HIGH SCHOOL CHALLENGE

ALLIE KROWN

HIGH SCHOOL CHALLENGE

Luv

1

Calliopé

Bip. Bip.

J'éteins mon réveil d'un coup de pied et lâche un soupir : foutue rentrée de terminale ! Je descends à la cuisine pour prendre un petit déjeuner, les cheveux en bataille et les yeux mi-clos. Je ne suis décidément pas du matin !

Quelques instants plus tard, un bol de lait renversé et une brioche dans le ventre, je suis dans la salle de bains en train de terminer mon trait d'eye-liner. Plus que la virgule, et voilà ! Il est enfin parfait au bout de cinq tentatives ratées. J'attache mes longs cheveux blonds en queue-de-cheval haute et applique une fine couche de gloss sur mes lèvres pour tenter de ressembler à quelque chose.

Je descends les marches de l'escalier quatre à quatre. J'attrape vite ma veste, car Abygail, ma meilleure amie, m'attend en bas pour m'emmener au lycée en voiture.

J'enfile une basket et sautille à cloche-pied pour chercher la deuxième. Ne la trouvant pas, je gueule :

– Ally, où t'as foutu ma deuxième chaussure ?

– Elle doit être sous le meuble !

Je me mets à plat ventre et regarde sous le meuble à chaussures. La voilà ! Il faut que ma petite sœur arrête de me piquer mes affaires !

Cela fait six mois que je ne suis pas retournée au lycée. Après le divorce de mes parents, j'ai fait une longue dépression. Du jour au lendemain, je n'ai plus fait de sorties avec mes amis, et j'ai même coupé les ponts avec Abygail, mon amie d'enfance. J'acceptais seulement que Simon, mon copain, puisse me voir, même lorsque j'étais au plus bas.

J'ai dû prendre des cours par correspondance et j'ai passé ma première à travailler avec acharnement pour ne plus penser à rien, et grâce à ça, j'ai pu valider mon année. Cette réussite a été un véritable déclic et m'a sortie de ma léthargie. Réalisant que mon comportement n'avait pas été digne de celui d'une meilleure amie, j'ai recontacté Abygail. Elle m'en a fait voir de toutes les couleurs, mais on a fini par retrouver notre complicité. Je suis rassurée qu'elle soit avec moi pour la reprise des cours, car j'ai un peu peur du regard curieux des autres lycéens qui ont la critique facile.

Les gens disent que je ne me lâche pas assez. C'est vrai, dans un sens. Je ne fume pas, je ne bois pas, je déteste les soirées et je passe mes journées à travailler. Je ne vois pas l'intérêt de danser collé-serré avec une cinquantaine d'ados en folie, pleins de sueur, ou de se réveiller un matin et de ne pas se rappeler les bêtises qu'on a pu faire la veille. Je pensais être la seule ado à penser cela, jusqu'à ce que je rencontre Simon en quatrième. Lui et moi, on a tout de suite été sur la même longueur d'onde. Et, à partir du jour où, mettant de côté sa timidité, il m'a défendue contre des garçons qui se moquaient de moi, on ne s'est plus quittés. Même si cela nous vaut la réputation du « couple le plus coincé » du lycée.

Je prends mon sac à main, que j'ai préparé hier, tout en attrapant mes clés sur le comptoir.

Ma mère est encore en train de dormir. Comme d'habitude. Le divorce l'a complètement détruite et, depuis, elle passe ses journées à la maison. La voir dans un tel état, même après tout ce temps, me rend triste. Ally et moi essayons de lui redonner le sourire, mais la tâche n'est pas facile. Mon père était l'amour de sa vie, mais visiblement ce n'était pas réciproque. J'ai du mal à comprendre qu'il ait pu tromper ma mère. Hop, du jour au lendemain, il a plié bagage, prenant le premier vol pour l'Australie pour rejoindre sa copine, de dix ans sa cadette. Ma rancœur envers lui est encore bien présente. Il essaie de garder le contact avec moi, mais je ne réponds plus à ses appels. Il a même proposé que je vienne le rejoindre en Australie cet été, mais il n'en est pas question. Je vérifie une dernière fois que tout est parfait. Coiffure? OK. Sourcils? Épilés. Haleine? Euh… Je prends un chewing-gum dans mon sac, puis je sors de chez moi et cours vers la voiture d'Aby. Perdue dans mes pensées, je n'ai pas vu l'heure et on risque d'être en retard, ce qui serait vraiment un mauvais départ pour reprendre les cours!

Aby m'attend en tapotant sur le volant avec son index. Elle fait ça quand elle est nerveuse. Elle est magnifique. Ses longs cheveux bruns sont rassemblés en un chignon fouillis sur sa tête et elle porte la robe en dentelle blanche que je lui ai offerte pour son anniversaire. Elle a sûrement fait ça pour me faire plaisir!

Je toque à la vitre pour la prévenir et m'installe côté passager.

– Calli, enfin! Mon Dieu, j'ai cru qu'on allait être en retard! Mais… waouh! Qu'est-ce que tu as fait à tes cheveux? Ils sont magnifiques! Et puis ce débardeur bien échancré… Eh bah, dis donc, ma belle, tes seins ont bien gross…

– Chut, Aby, et démarre au lieu de dire n'importe quoi, je lui réponds, ne sachant pas si je dois être amusée ou ennuyée.

Aby peut se demander pendant des heures lequel de ses vernis elle doit mettre avec un haut rose, quel haut assortir avec un vernis prune ou encore si, les jours de sport, elle peut quand même mettre des talons, quitte à prendre des baskets dans son sac. Une vraie icône de mode!

– C'est bon, j'ai le droit de dire que ma meilleure amie a un corps de rêve, non ? C'est Simon qui en a de la chance ! D'ailleurs, cet été, vous l'avez enfin fait ?

Oh, non… Elle aborde LE sujet. Aby a perdu sa virginité quand elle avait 15 ans et, depuis, elle n'arrête pas de me répéter à quel point c'est génial et qu'il faut absolument que j'essaie. Mais j'ai peur, et même si j'ai confiance en Simon, je ne me sens pas prête. Heureusement, il est compréhensif et ne me met pas la pression par rapport à ça. Néanmoins, j'ai conscience qu'il doit prendre des tas de douches froides à cause de mes réticences et je me sens coupable. J'ai toujours un peu honte de parler de ça avec Aby.

– Elles sont pas mal, tes boucles d'oreilles, tu les as achetées où ? je tente pour esquiver la question.

– Non, Calliopé, je rêve ! Vous n'avez encore rien fait ? Je vais aller voir Simon et lui dire de se bouger le cul… cornichon !

J'éclate de rire. Depuis qu'elle a un petit frère, elle ne peut plus dire de gros mots devant lui et les remplace par tout ce qui lui vient à l'esprit.

Elle me regarde quelques secondes, puis s'esclaffe avec moi. Son rire me fait encore plus rire, et vice versa. On part dans un fou rire interminable. Après quelques minutes, on se calme, mais j'ai horriblement mal au ventre.

– Plus sérieusement, je reprends, j'attends le bon moment. Cet été, en Corse, il a tenté un rapprochement lorsqu'on dormait tous les deux, mais je lui ai dit que je ne me sentais pas prête. Il a compris.

– D'accord, Calli. En tout cas, si tu as besoin d'en parler, tu sais que je suis là !

– Je sais.

Je pose ma tête contre la vitre et observe les alentours. On en a encore pour une dizaine de minutes. J'allume la radio et l'une de nos chansons préférées démarre. On se regarde immédiatement et on commence à chanter les paroles. Ou plutôt à les crier. Heureusement que personne ne peut nous entendre massacrer ce grand classique des Beatles ! Quel bonheur de retrouver Aby !

– Et toi, alors ? Un copain ? je demande.

– Non. Je suis sortie avec un gars très mignon cet été, mais il ne voulait rien de sérieux, alors on a juste arrêté...

Elle regarde devant elle, la mine songeuse tout à coup. Elle semble triste un moment, puis elle me refait un sourire.

Même si Aby papillonne un peu à droite à gauche, je sais qu'elle rêve de trouver le grand amour et qu'à chaque fois que l'une de ses relations ne fonctionne pas, ça la rend triste. Je n'insiste pas pour ne pas remuer le couteau dans la plaie.

– On est bientôt arrivées. Ça te dérange de sortir nous prendre un petit truc au Coffee House ? Il nous reste un peu de temps, finalement, et je crève la dalle !

– Quel ventre sur pattes ! je dis en riant. Allez, dépose-moi là !

Elle gare la voiture et je sors. Je n'ai pas besoin de lui demander ce qu'elle veut, elle prend tout le temps la même chose. Il n'y a pas beaucoup de monde quand j'arrive dans notre café habituel, juste à côté du lycée. Je demande un muffin à la framboise pour Aby et prends un cappuccino pour me réveiller.

La serveuse me regarde, blasée, et va préparer ma commande. Je la détaille rapidement. Elle est blonde, et je remarque que c'est une teinture quand j'aperçois ses racines brunes. Elle a tellement de maquillage qu'on dirait un pot de peinture. Sa robe est si courte que j'ai d'abord cru qu'elle se baladait en tee-shirt. Elle a l'air de détester son travail. Elle revient avec mon café et le muffin. Elle fait un sourire aguicheur en regardant derrière moi et se penche de manière que sa poitrine soit bien exposée.

– Salut, Evan ! murmure-t-elle d'une voix sulfureuse.

Quelle pétasse !

Énervée, j'attrape la commande et me retourne brusquement.

Grosse erreur. Très grosse erreur. Je n'aurais jamais dû me retourner aussi vite, car mon café percute le torse de la personne derrière moi et mouille tout son tee-shirt.

Paniquée, je reste toute droite et ne bouge plus, aucun mot ne sortant de ma bouche.

L'individu relève la tête lentement…

Oh, mon Dieu !

Il est beau. Vraiment beau. Il a l'air d'avoir mon âge. Il est brun, les cheveux en bataille, effet saut du lit, très grand ; je lui arrive au menton. Il est aussi très musclé et il a des tatouages sur les deux bras.

Puis je croise ses yeux d'un noir profond… Je reste perdue dans son regard. Il est très en colère. Sa mâchoire est contractée et ses yeux m'envoient des éclairs. Des frissons de peur parcourent tout mon corps. Il me fait carrément flipper. Une veine palpite sur son front et ses poings sont contractés. J'ai un instant l'impression qu'il va me frapper.

– Tu ne peux pas faire attention ? Tu sais combien il coûte, ce tee-shirt ? Non, mais tu te prends pour qui ? Excuse-toi, au moins, au lieu de rester là à me fixer ! m'agresse-t-il.

Sa voix rauque me sort de mon immobilité.

– Je… je suis désolée.

À ce moment-là, je suis dégoûtée de ne pas pouvoir contrôler ma voix.

– Allez, dégage maintenant !

Voyant que je ne réagis pas, il prend mon épaule et me pousse fort sur le côté, si bien que je trébuche. Il se retourne et discute tranquillement avec la fausse blonde.

Non, mais il se prend pour qui? Il n'a pas le droit de me traiter de cette manière! Comme si j'étais une moins que rien! OK, il est beau, mais c'est un connard. Très énervée, je me redresse, attrape le café que lui tend la fausse blonde et le verse entièrement sur son tee-shirt.

Un silence s'installe alors qu'ils me regardent, choqués. Je profite de l'effet de surprise pour me diriger rapidement vers la sortie.

– Arrête-toi immédiatement! Tu reviens ici! hurle-t-il.

On dirait qu'il est encore plus énervé maintenant. Je me retourne et je lui fais mon plus beau sourire, suivi d'un très aimable doigt d'honneur.

– Tu vas le regretter… j'entends alors que je franchis la porte.

Je ris doucement. Comme si j'allais avoir peur de lui!

C'est seulement quand je remonte dans la voiture et qu'Aby me demande pourquoi j'ai pris autant de temps que je me rends compte de ce que j'ai fait. Et j'espère ne jamais le recroiser.

***

Evan

Ma sonnerie retentit et je tape à côté de moi plusieurs fois avant d'attraper le réveil et de le balancer contre le mur. Il faudra que je demande à Maria de m'en acheter un autre.

Je me lève et je vais prendre une douche rapide, puis je m'habille et me brosse les dents.

Je reste un peu devant le miroir à me regarder. Je suis beau et je le sais. Toutes les filles sont à mes pieds et tous les mecs sont jaloux de moi. J'ai un beau corps et une belle gueule. Je joue avec les filles, je leur fais croire des trucs, passe une nuit avec et pars le lendemain. Je n'ai jamais eu de petite amie. Je n'en ai jamais eu l'envie.

Un coup d'œil à ma montre me fait comprendre que, si je ne pars pas maintenant, je vais être en retard. J'attrape les clés de ma moto, balance mon sac sur mon épaule et sors de la maison.

Je mets mon casque et enfourche ma moto au moment où mon ventre gargouille. Merde. Je n'ai pas mangé. Je décide de passer à la cafétéria avant d'aller au lycée.

Arrivé à la cafèt', j'attends mon tour derrière une petite blonde. Elle est bien foutue, d'ailleurs – du moins, elle a un beau cul. Je profite du spectacle. Après tout, je suis un mec comme un autre.

La serveuse, que je reconnais, revient avec la commande. Quand elle m'aperçoit, elle me fait un sourire aguicheur. J'ai dû la baiser une ou deux fois et je ne me souviens même pas de son prénom. Brandy… Britney? Quelque chose comme ça.

– Salut, Evan! me susurre-t-elle, les seins bien en avant.

La petite blonde se retourne brusquement, son café dans les mains. Je sens un truc chaud au niveau de mon ventre avant de me rendre compte que toute sa boisson s'est renversée sur mon tee-shirt.

Je regarde mon torse, puis relève la tête. Je croise son regard paniqué. Je bloque un instant sur ses yeux. Ils sont d'un bleu profond… Mais qu'est-ce que je raconte? Je ne vais pas commencer à avoir des pensées débiles de ce genre! Je me reprends et suis très vite énervé. Le fait qu'elle ne réagisse pas me met hors de moi.

– Tu ne peux pas faire attention? Tu sais combien il coûte, ce tee-shirt? Non, mais tu te prends pour qui? Excuse-toi, au moins, au lieu de rester là à me fixer! je lui balance.

Elle semble se reprendre et bégaie de plates excuses.

– Allez, dégage maintenant!

Comme elle ne réagit pas, je la pousse.

– Sers-moi comme d'habitude, Brenda! je lui dis en lui faisant mon plus beau sourire suivi d'un clin d'œil, me souvenant enfin de son prénom.

Elle me fait un petit sourire et part préparer ma commande. Elle revient presque immédiatement avec mon café, et alors qu'elle me le tend, la blonde l'attrape. Mais qu'est-ce qu'elle veut encore, celle-l…

Argh!

Mais elle est complètement tarée! Elle a versé tout le café sur moi!

Quand je veux l'attraper par le bras, je me rends compte qu'elle est déjà en train de partir rapidement.

– Arrête-toi immédiatement! Tu reviens ici! je lui hurle dessus.

Elle se retourne et me fait le plus faux des sourires, suivi d'un doigt d'honneur.

Je vais la tuer. Je vais la tuer. Je vais la tuer…

Je répète cette phrase en boucle dans ma tête.

Tu veux te battre? Il n'y a pas de problème, princesse!

– Tu vas le regretter… je dis assez fort pour qu'elle entende, avant qu'elle ne franchisse la porte.

Brenda repart me faire un café. Et ne me le fait pas payer. Être beau gosse a ses avantages. Je repasse chez moi pour prendre une douche. Là, c'est sûr que je serai en retard pour la rentrée. Tout ça à cause de cette chieuse.

J'espère qu'elle est dans mon lycée.

Si c'est le cas, l'année ne fait que commencer, princesse.

2

Calliopé

– Attends... tu as fait quoi ?!

– Chut ! Putain, Aby ! Tu m'avais promis de ne pas crier.

Je regarde autour de nous pour vérifier que personne ne nous a entendues. Par chance, les toilettes sont désertes.

Quand je suis revenue dans la voiture sans son muffin, Aby m'a demandé ce qu'il s'était passé. Une fois arrivée au lycée, je l'ai entraînée dans les toilettes et lui ai tout raconté.

Étant donné la tête qu'elle fait maintenant, je sens qu'elle est choquée de mon comportement. Elle me regarde, ébahie, puis éclate de rire.

– Tu as versé du café sur la tête d'un mec hyper canon, arrive-t-elle à dire entre deux éclats de rire.

– Ce n'est pas drôle, Ab' ! je réplique, vexée.

– Pardon, pardon, c'est juste que ça ne te ressemble tellement pas... dit-elle, une main posée sur son ventre, essayant d'arrêter de rire.

– Bref, j'espère que je ne vais pas le revoir, mais je ne sais pas... J'ai comme un mauvais pressentiment...

– Arrête un peu ta paranoïa ! Tu imagines le pourcentage ridicule que tu as de le revoir ? C'est la même chose que si je rencontrais Harry pour de vrai et qu'il me faisait un bisou et que...

Je ne l'écoute plus. Quand ma meilleure amie commence à *fangirler* sur les One Direction, rien ne l'arrête.

« Votre attention, s'il vous plaît. Les élèves de terminale sont attendus dans le gymnase pour découvrir leur classe. Je répète, les élèves... »

– Merde, Calli, on va être en retard !

Je me regarde une dernière fois dans le miroir, réajuste mon débardeur, et nous sortons des toilettes.

Des dizaines de lycéens vagabondent dans les couloirs. On marche le long des casiers, avant d'atteindre le gymnase, dont Aby pousse la porte. Il y a déjà plein de gens installés sur les gradins. Mon cœur bat de plus en plus vite et ma gorge s'assèche. Être de retour au lycée m'angoisse encore plus que ce que j'imaginais ! J'essaie de refermer la porte discrètement pour qu'on ne se fasse pas remarquer.

– Ils sont là-bas ! hurle Aby.

OK, pour l'entrée incognito, c'est raté. Tous les regards se tournent vers nous alors que je pousse Aby pour avancer plus rapidement, morte de trac. J'ai l'impression que les gens chuchotent sur mon passage, s'interrogeant sûrement à propos de mon retour après cette demi-année d'absence. Je tente de calmer le tremblement de mes mains.

Tout va bien, Calliopé. C'est dans ta tête, tout ça, ils ne te veulent aucun mal.

On rejoint notre petit groupe, qui s'est installé sur les gradins de gauche. Pour l'instant, il y a Simon et un autre gars, qui s'appelle James... je crois. Je n'ai pas trop eu le temps de le connaître, car il est entré dans notre bande un peu avant que mes parents divorcent, mais je le trouve sympa.

Mon copain m'attrape par la taille et m'attire contre lui. J'enfonce ma tête dans son cou et respire son odeur familière. Elle me rassure tellement. Et même si ça fait seulement une semaine que je ne l'ai pas vu, il m'a vraiment manqué.

– Salut, toi ! murmure-t-il contre mes cheveux.

– Bonjour, toi ! je réponds en me redressant et en lui faisant un rapide baiser sur les lèvres.

Des petits frissons parcourent immédiatement mon corps.

– Jeunes gens ! La règle du lycée stipule qu'il est strictement interdit de fricoter dans l'enceinte de l'établissement, nous reprend un surveillant.

Je me sépare de Simon. Je préfère être sage et faire ce qu'on me dit pour ne pas avoir de problèmes. Exactement le contraire de ce que j'ai fait ce matin. En repensant à ça, j'avale ma salive de travers et mon cœur bat plus vite. Il faut que je me calme. Je ne le reverrai jamais, de toute façon, inutile de paniquer.

Je m'assois sur les gradins entre Simon et Abygail. Le directeur commence son fameux speech interminable sur le fait que nous sommes en dernière année et qu'il faut nous prendre en main. Je regarde à ma droite et remarque qu'Aby est sur le point de s'endormir. Je lui donne un petit coup de coude. Elle me répond avec un regard blasé et lève les yeux au ciel. Je ris doucement.

Cela fait maintenant vingt minutes que le directeur parle et rien ne semble l'arrêter, alors j'entame une conversation à voix basse avec Simon.

Tout à coup, la porte s'ouvre. Je ne peux pas voir la personne qui entre à cause du gars devant moi, qui possède une grosse touffe de cheveux.

– Tiens, pourquoi ne suis-je même pas surpris de votre retard, monsieur Miller ? Allez vite vous asseoir avant que je ne m'énerve, menace le directeur.

– Bonjour à vous aussi, monsieur ! Vous m'avez tellement manqué cet été, si vous saviez…

Tout le monde éclate de rire, mais franchement, je ne vois pas ce qu'il y a de drôle.

La personne devant moi décale enfin sa tête et je peux voir qui est le jeune homme en retard.

Mon cœur rate un battement. Pas lui. Pitié, pas lui. C'est le gars du café. Je prie intérieurement pour qu'il ne me voie pas et me recroqueville sur les gradins.

Par chance, il monte les marches de l'autre côté et va s'installer avec la bande des footballeurs. Il fait tranquillement un *check* à tout le monde, alors que le directeur attend qu'il soit assis. Après avoir fait la bise à toutes les pom-pom girls, il s'installe et prend une fille sur ses genoux.

– Vous pouvez recommencer à parler, hein !

Nouvel éclat de rire général.

J'ai envie de pleurer. Qu'est-ce qu'il fait là ? Mais qu'est-ce qui m'a pris, aussi ! De toute façon, il va sûrement ne pas faire attention à moi. Ou alors, s'il m'agresse, je m'excuserai et ce sera terminé. Voilà, je vais faire ça.

Le directeur repart dans son discours et Aby me donne un coup de coude pour attirer mon attention.

– Le mec qui vient de rentrer, c'est Evan. Il est arrivé un peu après ton départ. Il y a des rumeurs comme quoi il était en prison avant d'arriver ici. Ne t'approche pas de lui, il est dangereux, Calli !

D'accord... Déjà que je flippais avant, maintenant je suis complètement paniquée. De la prison ? Mais c'est quoi, ce malade !

– Ça va, Calli ? T'es toute blanche, tu vas faire un malaise ? me demande Aby.

– C'est lui, Aby. Le mec du café. C'est lui, j'avoue d'une voix tremblante.

– Non ? Lui ? Calli, mais dans quoi est-ce que tu t'es embarquée, mon Dieu !

Elle a l'air encore plus paniquée que moi.

– Les bavardages au fond, ce n'est pas bientôt fini, oui! s'énerve le directeur.

Tous les regards se tournent vers nous. Y compris celui d'Evan. Et quand je croise son regard, je sais qu'il m'a reconnue. Il articule silencieusement des mots qui me font froid dans le dos: « Tu es morte, princesse. »

Je suis vraiment dans la merde.

3

Evan

Elle est là, dans le gymnase, à l'autre bout des gradins. Je la fixe depuis maintenant dix minutes. Depuis que je lui ai lancé ma menace, elle regarde devant elle. Elle ne bouge pas et fait comme si elle ne m'avait pas vu.

Elle me fait rire. Ce matin, elle a jeté son café sur moi et ne semblait pas du tout gênée, et pourtant, là, elle panique. Je secoue la tête, un sourire aux lèvres.

Cassandra est sur mes genoux. Aux yeux de tous, on est en couple. On s'est mis ensemble pour augmenter notre popularité. Enfin, c'est surtout elle qui voulait augmenter la sienne. Moi, c'était juste pour la baiser quand je voulais.

Je m'en fous complètement d'elle. J'ai dû la tromper une dizaine de fois. Elle est grande avec des gros seins. C'est tout ce dont j'ai besoin, mais elle ne me suffit pas. Je ne la considère pas comme ma copine. En plus, je crois que c'est la fille la moins futée que je connaisse.

Le directeur commence enfin à donner les classes. Il était temps. Je ne peux plus le supporter, cet imbécile! L'année dernière, j'étais tout le temps appelé dans son bureau à cause de mes conneries. Et pourtant, il ne m'a jamais viré, ce con. Tout ça grâce à l'argent de mon père.

– Terminale S. Argent Emily. Anderson Calliopé.

Je ricane. Il y a vraiment une personne qui s'appelle Calliopé ici ?

– C'est quoi, ce nom de merde ? hurle mon meilleur ami.

Mais quel idiot, celui-là ! J'éclate de rire et lui tape dans la main. Il se fout de tout, lui. Je sens qu'il va déjà se faire virer.

– Monsieur Stevens, je vous demande un minimum d'attention et de respect pour votre camarade ! le reprend le directeur.

– Désolé, monsieur, je n'ai pas pu m'en empêcher ! ricane-t-il.

Je regarde autour de moi, attendant de savoir qui est cette Calliopé.

– Ne fais pas attention à eux, bébé. C'est des cons.

Je tourne la tête sur la gauche pour voir qui a parlé. Et là, je bloque. La blonde qui m'a renversé le café dessus ce matin est en train d'embrasser Simon Denver sur la joue. Le délégué qui nous saoulait l'année dernière pour qu'on se calme et qu'on arrête de faire n'importe quoi. Alors, comme ça, elle sort avec quelqu'un… Intéressant.

Elle se lève et, à ce moment-là, je comprends que c'est elle, Calliopé. En plus d'être une emmerdeuse, elle a un nom bizarre ! Elle va se placer en bas, et je ne peux m'empêcher de loucher sur son cul, moulé dans son jean.

– Brown Cassandra… poursuit le directeur.

Cassandra se lève de mes genoux et me roule une pelle monumentale pour faire comprendre aux autres filles qu'il ne faut pas m'approcher. Je réponds à son baiser, plus pour emmerder le directeur que pour calmer sa jalousie. De toute façon, ce n'est pas ça qui m'empêchera de coucher avec d'autres !

– J'espère qu'on sera dans la même classe, bébé.

Putain. Il va falloir que je lui dise de ne plus jamais m'appeler comme ça ! Elle se lève et va rejoindre le rang tout en roulant des fesses. Je ricane. Elle en fait toujours des tonnes ! Évidemment, tous les mecs du campus lorgnent son cul. Je ne suis pas jaloux.

Ils peuvent bien baver sur elle, je sais que ce petit numéro n'était que pour m'exciter, moi.

Le directeur continue l'appel et je m'endors à moitié.

– Miller Evan.

Je me lève en entendant mon nom, réajuste mon pantalon, fais un *check* à mon meilleur ami et descends les gradins en lançant des clins d'œil aux filles.

Elles réagissent de deux façons : soit elles rougissent et détournent le regard, soit au contraire elles me font un sourire et un clin d'œil. Dans ce cas-là, je sais que je peux compter sur elles pour assouvir quelques besoins durant une soirée.

Je ne peux pas m'empêcher de sourire lorsque, arrivé dans le rang, je croise le regard exaspéré de Calliopé. Sa mine dégoûtée me ravit au plus haut point. J'ai vraiment hâte de pouvoir la faire chier. Elle ne sait pas à quel point être dans la même classe que moi va se transformer en enfer pour elle !

Je la dépasse et pars discuter avec d'autres footballeurs qui sont aussi dans ma classe. Cassandra arrive presque immédiatement et me saute au cou. L'appel se finit enfin. Je jette un bref coup d'œil à ma classe : pas de Simon aux alentours. Parfait ! Le petit délégué, fils à papa, ne nous saoulera pas cette année !

On monte dans la classe et je me mets au fond, Cassandra à côté de moi.

Je remarque que Calliopé est assise juste devant moi à côté d'une brune. Erreur de débutante. Elle n'aurait pas dû se mettre aussi près. La prof principale commence à nous distribuer les livres et nous fait son cours de français. Comme je me fais chier, je décide d'embêter Calliopé pour passer le temps.

J'arrache un bout de papier et fais une boule avec, que je lui lance sur la tête. Elle se retourne immédiatement et je la regarde chercher le coupable. Ses lèvres sont pincées et ses sourcils froncés. Une mèche de cheveux lui retombe sur le visage. Je ne peux pas m'empêcher de la trouver mignonne.

Quand ses yeux se posent enfin sur moi, je me perds dans son regard bleu. On reste quelques instants à se fixer avant que Cassandra ne me donne un coup de coude.

– Ça va, tu veux lui rouler une pelle devant tout le monde, pendant que t'y es? m'engueule-t-elle.

Je soupire. J'avais oublié qu'elle était là. Ne voulant pas m'embrouiller avec elle, j'essaie d'arranger la situation.

– Ne t'en fais pas, ce n'est pas une fille plate et chiante comme ça qui me fera craquer.

Je parle assez fort pour que Calliopé entende. J'ai vraiment envie de l'énerver.

Je crois que ça a marché, d'ailleurs, quand je la vois qui se retourne vers son bureau. Je suis quand même déçu, j'aurais aimé qu'elle réplique. Je mets ma tête entre mes bras, bien décidé à rattraper la nuit pourrie d'hier. Je commence à dormir quand je reçois une boule de papier.

Je relève la tête et aperçois Calliopé en train de me regarder, un sourire en coin. Quand elle voit que je l'ai remarquée, elle se retourne. On est au lycée et on se comporte comme des gamins... Je m'apprête à la relancer quand j'aperçois une lettre qui dépasse du papier. Je l'ouvre et regarde ce qu'elle a écrit dessus.

Connard

Haha! On dirait qu'elle n'a pas apprécié que je la critique. Je lui écris un mot en retour et, alors que je tends le bras pour le lancer, la prof m'intercepte.

Merde. Elle prend le bout de papier que je tiens dans la main et l'ouvre.

– « Pour te servir, princesse », lit-elle à voix haute (et je sens que Cassandra me foudroie du regard). Intéressant, monsieur Miller. Et qui est la fameuse princesse qui vous accompagnera pour votre colle demain ?

D'habitude, je ne suis pas une balance, mais rien que pour emmerder Calliopé, je la désigne du doigt.

– Très bien, je vous attends à mon bureau à la fin de l'heure. C'est valable pour vous aussi, mademoiselle Anderson.

– Mais, madame… tente Calliopé.

– Il n'y a pas de « mais » qui tienne ! Vous faites n'importe quoi pendant mon cours et c'est mon devoir de vous recadrer ! la coupe-t-elle.

Calliopé se retourne et me lance un regard noir, auquel je réponds par un large sourire.

Je dors pendant le reste du cours. À la sonnerie, j'attrape mon sac et rejoins le bureau de la prof. Calliopé se met le plus loin possible de moi. Je me rapproche et me place juste à côté d'elle. Elle s'écarte immédiatement, comme si ma proximité était un calvaire. Sa réaction m'amuse. Elle ne doit pas être habituée à se trouver aussi proche d'un mec comme moi.

– Calliopé et Evan, commence la prof d'une voix déjà lassée, j'espère que c'est la première et dernière fois que je vous reprends. Je ne sais pas à quoi vous jouez, tous les deux, mais faites-le en dehors de ma classe. Demain, vous êtes collés en fin de journée, donc vous irez à la bibliothèque. Vous pouvez y aller !

C'est quoi, cette merde ? Demain, j'ai entraînement de football. Mais je ne peux pas sécher la colle, sinon je risquerais de me faire virer. Et je ne peux pas me le permettre.

J'arrache le papier de colle des mains de la prof et sors de la salle, énervé.

Je rejoins mon groupe dans la cour. Ils sont en train de fumer.

– Passe une clope, Mickey, j'ordonne à mon meilleur ami.

– Y a pas de souci, frère, tiens, dit-il en me tendant sa cigarette. Qu'est-ce qu'il t'arrive, c'est la prof qui t'a mis dans cet état?

J'attrape la clope, prends une bouffée et laisse la fumée s'infiltrer dans mes poumons avant de l'expirer. Je me sens déjà mieux.

– Ouais, elle m'a collé demain, pendant l'entraînement de football, dis-je.

Mickey hausse les épaules.

– T'inquiète pas, ce n'est pas parce que notre capitaine manque un entraînement qu'il régressera.

Je souris à ces mots. Capitaine. En même pas six mois, j'ai réussi à devenir capitaine et à emmener mon équipe jusqu'à la victoire du championnat des lycées.

– Au fait, on m'a dit que t'emmerdais beaucoup la nouvelle pendant le cours. Calliopé, je crois. Notre bad boy aurait-il enfin trouvé chaussure à son pied? rigole Mickael.

Je ricane à ces mots. Il n'y a que Mickey pour sortir des expressions de merde comme ça. Calliopé… En entendant ce prénom, je ramène la cigarette à mes lèvres et inspire profondément.

– C'est la fille qui a renversé du café sur moi ce matin.

Quand je suis retourné me changer chez moi, il m'a envoyé un SMS pour me demander où j'étais. Je lui ai rapidement expliqué ce qu'il s'était passé.

– Tiens, ça me donne une idée, tout ça. Les mecs, rassemblement! hurle Mickey.

Et tous les gars de l'équipe viennent se mettre autour de nous. Je suis mort de rire parce qu'ils étaient déjà à côté et que Mickey a gueulé comme un malade. Mais en même temps, j'appréhende ce qu'il va nous dire. Mickey et ses idées, il faut toujours se méfier.

– Tout le monde écoute? OK! Alors, chaque année, la tradition veut que les footballeurs de terminale fassent un pari avec leur capitaine d'équipe. Ils choisissent une fille vierge et le capitaine doit se débrouiller pour qu'à la fin de l'année, elle ne le soit plus, dit-il, attirant l'attention de tout le monde. Vu qu'Evan se vante tout le temps d'avoir toutes les filles à ses pieds, j'ai eu une idée. Lui lancer le pari de coucher avec une fille vraiment inaccessible.

Mais c'est quoi, cette idée de merde? Inaccessible ou pas, de toute façon, elle succombera à mon charme. Je me retourne pour regarder les filles qu'il pourrait choisir. Ça pourrait tomber sur le groupe de gothiques ou celui de rockeuses. Elles ne sont pas terribles, mais ce serait facile. Aller les voir, faire semblant de m'intéresser à l'une d'elles et coucher avec. Et basta.

– Oh, bonne chance, mec! dit un joueur en me tapant dans le dos.

Perdu dans mes pensées, je n'ai pas entendu le nom de la personne choisie.

– Attends, je n'ai pas entendu, c'est qui? je demande à Mickey.

– Calliopé, Calliopé Anderson. Et tu n'as pas le droit de refuser.

Quoi? Non! C'est le pire choix qu'il pouvait faire. Déjà, elle me déteste, et même si j'aime l'embêter, je ne l'apprécie pas non plus. Alors, devoir la séduire et, pire, coucher avec elle…

– C'est n'importe quoi, je réplique. En plus, elle est en couple!

Mickey ricane à ma remarque

– Allez, Evan, depuis quand ça te dérange de te taper des meufs en couple?

– Je m'en fous, mais ça veut sûrement dire qu'elle n'est plus vierge. Donc, ton pari n'est pas valable.

– Figure-toi que James, le pote de Simon, est très bavard quand il est bourré. Il m'a confirmé, à la dernière soirée, que Simon n'avait pas encore trempé le pinceau. Et comme ils sont ensemble depuis la nuit des temps, ça veut dire que la petite Calli est encore une terre non explorée.

Il rit, pas peu fier de ses métaphores.

J'essaie de ne pas avoir l'air trop choqué. Comment est-ce possible? OK, Simon n'est pas très fun, mais merde, ce n'est pas un saint!

Je me creuse les méninges pour trouver une autre excuse, mais Mickey me regarde avec un air de défi et je sais que, si je refuse, je vais passer pour un lâche.

Je lance ma cigarette par terre et l'écrase.

– Pas de souci, ça va être facile! je lui annonce, n'y croyant pas du tout.

Le pari est lancé! À nous deux, princesse!

4

Calliopé

Je n'ai jamais eu de punitions de toute ma scolarité, et là, à peine une journée avec Evan et je me prends une heure de colle ! Je soupire... Comment vais-je annoncer ça à ma mère ? Elle a déjà assez de problèmes comme ça, je ne veux pas lui en rajouter.

J'attrape mon iPod et change le morceau. Une musique de Nirvana s'infiltre dans mes oreilles. Parfait. Je pose ma tête contre la vitre. Aby ne pouvait pas me ramener après les cours ; du coup, j'ai pris le bus. La prochaine fois, je rentrerai à pied. Je ne supporte ni l'odeur ni le monde qu'il y a dans les transports.

La fin de la journée est passée plutôt rapidement. Après la pause, Evan est parti et a séché les cours. Ce n'était pas plus mal. C'est sa faute si j'ai eu une heure de colle ! En plus, je suis sûre qu'il ne va pas venir demain et je vais me retrouver toute seule à la bibliothèque. Remarque, ce serait peut-être mieux ainsi. Au moins, il ne me saoulera pas avec ses remarques. Il a dit que j'étais plate et chiante ce matin. Je ne peux pas dire que ça ne m'a rien fait. Déjà que je n'ai pas confiance en moi, alors les remarques comme ça m'enfoncent encore plus.

Mon téléphone vibre dans ma main, annonçant un SMS de Simon.

[Coucou, bébé. Il faut vraiment
que je te parle de quelque
chose. On peut se voir
ce soir à la fontaine?
Ça ne va pas te plaire...]

Je fronce les sourcils? Qu'est-ce qu'il se passe? Il m'inquiète. Il veut qu'on parle de nous deux? Pourquoi ne m'en a-t-il pas parlé aujourd'hui? Ou alors, il a appris pour mon heure de colle... Ça ne m'étonnerait pas qu'il me sermonne à cause de cela. Il déteste les voyous et va sûrement me reprocher d'avoir adressé ne serait-ce qu'un mot à Evan.

[Y a pas de soucis,
à ce soir, 21 heures.]

Je prends mon sac et descends du bus. Je marche un peu et arrive chez moi.

– Maman, Ally, je suis rentrée! je les préviens en posant les clés sur le comptoir de l'entrée.

J'enlève mes chaussures et m'installe sur le canapé. J'allume la télé et décide de regarder *American Horror Story*, ma série favorite, quand une masse se jette sur moi.

– Bouge de là, Allyson! T'es lourde, dis-je en poussant ma sœur.

Voyant qu'elle ne se bouge pas, je décide d'adopter ma technique secrète. Son plus gros point faible, j'ai nommé: les guilis. J'approche mes deux mains de ses côtes et l'attaque sans pitié.

– Arrête, Calli, stop! Je te promets que je me décale, dit-elle tout en hurlant de rire.

J'arrête et elle s'assoit à côté de moi. Je l'observe. Ses cheveux blonds sont rassemblés en un chignon sur le haut de sa tête et ses yeux bleus, identiques aux miens, sont rieurs. Du haut de ses 14 ans, je la trouve déjà très forte mentalement. Alors que j'ai très mal pris le divorce, elle retournait déjà à l'école le lendemain. Certes, elle a quand même été affectée, mais elle a su relativiser très vite. Et contrairement à moi, elle est encore en contact avec notre père.

– Tu allais faire quoi ? me demande-t-elle.

– Je voulais regarder une série. Elle est où, maman ? je demande, curieuse.

– Je crois qu'elle est allée acheter à manger.

D'ailleurs, en parlant de manger, j'ai très faim. Je me lève et commence à aller à la cuisine.

– Attends, Calli, tu vas où ? me demande ma sœur en se précipitant devant moi pour me barrer l'accès.

– Prendre un truc à manger.

Elle ne me regarde plus et se mordille la lèvre, ennuyée. Je sens qu'elle hésite à m'avouer quelque chose. Je la connais, elle a dû faire une bêtise.

– Qu'est-ce que tu as encore fait, Ally ?

Je la pousse délicatement et ouvre la porte. Et là, c'est le carnage.

Un œuf est écrasé au sol, de la farine est répandue un peu partout et une pâte visqueuse, d'une couleur encore inconnue, repose dans un plat. J'éclate de rire : ma sœur a encore essayé de cuisiner !

Je la regarde, et on part dans un fou rire. Je ne sais même pas pourquoi, je pense que c'est nerveux. Une fois calmées, on nettoie et on range tout. Plus qu'à attendre maman pour manger.

***

Je réajuste ma veste en cuir sur mes épaules. La nuit est en train de tomber. Je souffle et de la buée sort de ma bouche. Je regarde ma montre et accélère le pas. Je tourne dans une rue et j'aperçois la fontaine au loin. Simon est déjà assis sur notre banc. C'est là qu'on a eu notre premier baiser. Depuis, c'est devenu en quelque sorte notre repaire.

Je le rejoins et m'assois à côté de lui. Un silence s'installe et aucun de nous ne veut le briser. Je ne sais pas pourquoi, mais je sens que, dès qu'il va ouvrir la bouche, je vais être triste. J'attends silencieusement quand il se décide à prendre la parole.

– Je vais partir, Calli... dit-il dans un souffle.

Je tourne ma tête vers lui. Je ne sais pas pourquoi, mais je ne suis pas surprise. Depuis quelques mois, il était plus distant, il ne me parlait plus trop de lui ni de sa famille, et je voyais qu'à certains moments, il était mal. Mais j'ai été égoïste, je ne lui ai même pas demandé ce qui n'allait pas. J'ai fait comme si tout allait bien, alors que ce n'était pas le cas.

– Partir où? je lui demande, ma voix se brisant sur la fin.

Non. Il faut que je retienne mes larmes. Je dois rester forte, je dois rester forte pour lui.

– Mon père a eu une mutation dans le Nord. On part demain matin. Je ne voulais pas t'en parler parce que tu étais si triste à cause du divorce.

Il secoue la tête, l'air de repenser à des souvenirs douloureux. Il prend une longue respiration.

– Je voulais te le dire cet été, mais tu semblais tellement épanouie... tellement... heureuse.

Il prononce ce dernier mot en étouffant un sanglot. Et je pense que c'est ça qui nous fait craquer, qui nous fait perdre le contrôle de nos émotions.

Il place sa tête entre ses mains et sanglote pendant que des larmes roulent silencieusement sur mes joues. Je le prends dans mes bras et il me rend mon étreinte. On comprend tous les deux que notre couple est fini. Je ne veux pas d'une relation à distance, et je sais que lui non plus.

Il relève la tête et m'embrasse. C'est un baiser d'adieu. Il m'embrasse avec toute la douceur possible. C'est un baiser douloureux. Mon cœur se serre dans ma poitrine. Mon copain s'en va. Il me laisse là et lui, il part. Je passe mes bras autour de sa nuque et essaie de le rapprocher encore plus de moi. Je sens nos larmes qui se mélangent sur nos joues. Ça fait mal.

Au bout de longues minutes, on se détache l'un de l'autre. Il pose son front contre mon front. Mon cœur est en miettes.

Il propose de me raccompagner chez moi, et on marche en silence main dans la main. Arrivée devant mon portail, on s'arrête. On se fixe pendant de longues minutes avant que je craque.

– T'as pas le droit de faire ça!

Je le pousse, il se laisse faire.

– Tu ne peux pas partir comme ça du jour au lendemain... tu ne peux pas, Simon... Reste avec moi, je t'en supplie.

Je lui donne des coups sur le torse.

– Ne pars pas...

Ma voix se brise.

Je m'écroule sur le sol, en larmes.

Il me soulève et me prend dans ses bras. J'essaie de m'écarter en lui donnant des coups de poing, mais il ne me lâche pas. À bout de force, je m'écroule et pleure contre son torse. J'en profite pour respirer une dernière fois son odeur.

Je le regarde et grave chaque parcelle de son visage dans ma mémoire. Ses cheveux châtains toujours coupés court. Ses fines lèvres, son nez droit, ses yeux bleus... Je caresse chaque partie du bout des doigts. Il ne me quitte pas du regard.

– Tu le sentais aussi, non ? Que notre relation amoureuse se muait petit à petit en amitié ? murmure-t-il, me sondant du regard comme s'il avait peur de ma réaction.

Mon cœur se serre. Il n'a pas tort. Même si je ne m'étais jamais vraiment fait la réflexion, je sentais que je n'éprouvais pas le désir que j'aurais dû avoir pour lui.

– Je ne me suis jamais vraiment posé la question, tu as été tellement présent pour moi pendant le divorce, je lui dis en sentant les larmes couler.

– Adieu, bébé. Prends soin de toi. Je t'enverrai des nouvelles souvent ! murmure-t-il contre mes cheveux au bout d'un long moment.

On se détache. Il me fait un dernier sourire triste et s'en va. Il marche droit devant lui et ne se retourne pas une seule fois. Et c'est ça qui me fait le plus mal. Je perds en même temps mon copain et mon meilleur ami. Celui qui a toujours été là pour moi, qui m'a toujours soutenue.

Je rentre chez moi bouleversée et monte dans ma chambre. Je tombe sur mon lit et pleure encore.

Épuisée de tant de larmes, je me mets sous les draps et commence à m'endormir quand le vibreur de mon téléphone me fait sursauter. Je me précipite sur mon téléphone, persuadée de découvrir un message de Simon.

[Sèche tes larmes, princesse,
il n'en vaut pas la peine.]

Je me redresse sur mon lit, un peu déçue mais tout de même intriguée. C'est un numéro inconnu… mais j'ai quand même une petite idée de qui est l'expéditeur. Il n'y a qu'une seule personne qui m'appelle « princesse », et je ne la porte pas spécialement dans mon cœur.

[Qui c'est?]

[Le plus beau du lycée.]

J'avais raison, c'est Evan. Il n'y a que lui pour être aussi narcissique. Mais comment il sait que je pleure? Et qui lui a passé mon numéro? Je m'assois contre la tête de lit en fronçant les sourcils. Qu'est-ce qu'il me veut? Je décide de le taquiner un peu pour penser à autre chose qu'à ma rupture douloureuse.

[Simon?]

[Sérieux, Calliopé, ne joue
pas à ça avec moi.
Tu sais bien qu'il ne m'arrive
pas à la cheville.]

Il a l'air vraiment énervé. Je souris malgré moi. Comment peut-il avoir autant confiance en lui? Je l'enregistre dans mes contacts.

[Comment t'as eu mon numéro?]

[J'ai mes sources.]

Il veut se la jouer mystérieux ou quoi?

[T'es aussi chiant
par messages qu'en vrai...]

[Toutes les filles rêveraient
d'être à ta place.

Rien que parler deux secondes
avec moi, elles seraient aux anges.
Alors profite !]

[Tu n'as qu'à leur parler, à elles,
alors, au lieu de me saouler.]

[Ah, ah ! Bonne nuit, princesse.]

Je pose mon téléphone sur ma table de chevet et me rallonge dans mon lit. Parler avec Evan m'a bizarrement redonné le sourire et fait oublier, pendant quelques minutes, le départ de Simon. Je pense à demain : première colle…

J'appréhende vraiment…

***

Evan

Quand je suis passé à moto devant la fontaine pour aller en soirée, je les ai vus ensemble. Sur le coup, ça ne m'a rien fait. Mais quand j'ai vu les larmes de Calliopé, je n'ai pas pu m'empêcher de me poser des questions. Qu'est-ce que cet imbécile de Simon avait bien pu faire pour la mettre dans un état pareil ? Et s'il lui mettait la pression pour qu'elle couche avec lui ? Je ne sais pas pourquoi, mais cette idée m'a irrité !

C'est dans cet état de nerfs que j'arrive à la soirée. J'attrape la première fille qui me chauffe et on monte dans la chambre. J'ai besoin de me défouler, et rien de mieux qu'un bon coup vite fait dans ces cas-là. Ensuite, je fume un joint pour me détendre, mon plan cul étendu à côté de moi, visiblement comblé par mes prouesses sexuelles. Elle tend le bras pour caresser mon bras nu. Je grimace. Je ne peux pas rester là. Je ne supporte jamais trop longtemps de rester avec celles que je baise. Les délires câlins enamourés, ce n'est vraiment pas pour moi. Je me rhabille vite fait en ignorant les questions de la fille.

En sortant de la chambre, je croise Mickey : il est complètement défoncé. Moi, j'étouffe, donc je sors fumer une clope. Le joint ne m'a visiblement pas aidé à me détendre. Adossé contre le mur de la baraque, la musique en fond, je revois sans cesse les larmes couler sur le visage de Calliopé. Pourquoi est-ce qu'elle m'obsède autant ? C'est sûrement à cause du pari. Ouais, c'est ça, elle m'intéresse, car je dois coucher avec elle pour gagner ce putain de pari ! Parfois, j'ai vraiment envie de tuer Mickey pour ses idées de merde !

J'ai besoin de lui parler si je veux faire avancer ce défi, d'ailleurs. J'appelle un pote qui saura me dégoter son numéro facilement. Il me l'envoie au bout d'à peine dix minutes.

J'écris un message à toute vitesse, ne réfléchissant même pas, sûrement à cause du joint. Quand elle me demande qui c'est, j'ai envie de lui dire quelque chose pour qu'elle comprenne immédiatement que c'est moi.

[Le plus beau du lycée.]

Je le lui envoie, le sourire aux lèvres, pressé d'avoir sa réponse. Quand mon portable vibre, je me précipite dessus. Je dois vraiment être à fond dans le pari, car je réagis comme un ado de 14 ans qui a sa première copine.

[Simon ?]

Elle est sérieuse? Je ne sais pas pourquoi, mais le fait qu'elle me parle de son mec me met sur les nerfs.

La discussion se poursuit et un petit sourire naît sur mon visage. Quand elle me demande de parler aux autres filles, j'ai l'impression qu'elle est jalouse. Parfait! Le pari avance plus rapidement que prévu. Je lui souhaite bonne nuit et retourne à l'intérieur.

Ils sont en train de jouer au jeu de la bouteille, je crois. Je décide de me barrer de cette soirée. Elle me saoule, et je ne suis plus dans l'ambiance depuis que j'ai parlé à une certaine petite blonde.

Je prends ma moto et rentre chez moi. Une fois dans mon lit, je repense à la journée. Cet après-midi, je ne suis pas resté au lycée, car les cours m'ennuyaient et que, de toute façon, le premier jour on ne fait jamais rien. Mais l'idée de passer du temps en classe ne me rebute plus autant qu'avant. J'avoue que l'idée de pouvoir taquiner Calliopé toute la journée est assez excitante. L'imaginer céder à mes tentatives de séduction pour gagner le pari est même jouissif.

Réussir à faire craquer sa petite coquille de fille parfaite serait un exploit. Surtout que cette coquille n'est pas déplaisante à regarder. Rien que d'imaginer son petit corps chaud sous le mien, son visage déformé par le désir, je sens mon sexe se dresser sous la couverture. Il va falloir que je calme mes pulsions en sa présence.

5

Evan

Driiiing!

La cloche sonne la fin des cours. Je me lève et me dirige vers la bibliothèque pour l'heure de colle. Calliopé n'est plus dans la salle, elle doit déjà être là-bas. J'ai remarqué qu'elle n'était pas bien aujourd'hui. Quand la fille qui était assise à côté d'elle – Abygail, je crois – lui faisait une blague, elle souriait tristement, semblant se forcer. Pas la peine d'être devin pour comprendre. C'est son altercation avec son mec, hier, qui doit la mettre dans un tel état. Je ne sais pas ce qu'il lui a fait, mais il a dû vraiment déconner. Je souris intérieurement. S'il grille ses cartes, j'aurai le champ libre.

Je ne lui ai pas parlé pendant le cours. Cassandra m'a collé toute la journée. Il faut vraiment que j'arrête notre soi-disant relation. Elle ne me satisfait plus, et si je veux gagner le pari, il faut que je me débarrasse d'elle. Pas besoin d'aller le lui dire en face, ce n'est pas comme si on était fous amoureux l'un de l'autre. Un frisson de dégoût me parcourt le corps. L'amour? Est-ce que ça existe réellement? Y a-t-il encore des personnes qui croient au grand amour? Je parie que Calliopé est comme ça...

Cette fille est trop innocente.

Je sors mon téléphone et écris un message à Cassandra.

[Nous deux, c'est terminé.]

Comme ça, c'est clair et net. Pas besoin de tourner autour du pot pendant quatre heures. Un simple « c'est fini », et c'est réglé.

Mon portable vibre.

[Pas de soucis, tu sais
où me trouver si jamais
tu as besoin de coucher
avec quelqu'un.]

Je secoue la tête. Les réactions de Cassandra sont vraiment imprévisibles ! Ça m'arrange bien qu'elle le prenne comme ça. Je n'aurais pas supporté qu'elle me fasse une scène. Je range mon téléphone et pousse la porte de la bibliothèque.

– Monsieur Miller, enfin ! On n'attendait plus que vous ! me lance la bibliothécaire pour m'accueillir.

Je l'aime bien, cette femme. C'est la seule qui est gentille et qui a toujours le sourire dans ce putain de lycée. Je regarde Calliopé. Elle me fixe, l'air de dire : « Je suis dégoûtée, j'aurais préféré que tu ne sois pas venu. » Je lui fais un grand sourire. Elle secoue la tête et regarde autre part, mais je peux apercevoir le petit rictus qui se forme au coin de ses lèvres. Je me demande si elle attendait mon arrivée. Je ne sais pas pourquoi, mais cette idée accentue mon sourire.

– Bon, alors, je vous ai posé là une série d'ouvrages ! nous dit la bibliothécaire en pointant une table sur laquelle trône une immense pile de livres. Il faut que vous les ayez tous rangés pour que vous puissiez sortir d'ici.

Quoi? Mais on va en avoir pour la nuit! La bibliothécaire a l'air très fière d'elle. Je retire ce que j'ai dit, elle n'est pas si gentille que ça!

– Vous auriez peut-être dû en mettre un peu plus, on ne va pas en avoir pour longtemps, là! j'ironise.

Elle me sourit et sort de la pièce, nous laissant seuls.

Calliopé s'avance vers la pile de livres et commence à les classer. Je ne peux pas m'empêcher de la regarder. Elle porte un jean moulant qui épouse parfaitement ses formes. Je bloque sur son fessier: elle est vraiment bien foutue!

– Bon, tu viens m'aider ou tu passes la nuit à me reluquer? dit-elle en se retournant brusquement.

Merde, elle m'a cramé!

– Je passe la nuit à te regarder, princesse, je réponds avec un sourire narquois.

Il faut bien que je sorte des phrases de *lover* si je veux faire avancer le pari. Vu la mine dégoûtée qu'elle prend, je devine que ça ne marchera pas avec elle. Au moins, j'aurais essayé.

– Au fait, pas mal, ce soutien-gorge rose! dis-je, cherchant à la déstabiliser, même si je n'aperçois pas le moindre bout de tissu dépasser de son tee-shirt large.

Elle rougit à ces mots et réajuste maladroitement son haut. J'ai réussi à la mettre mal à l'aise.

Evan: 1, Calliopé: 0.

– Tiens, prends ça au lieu de dire n'importe quoi!

Elle me donne une grosse pile de livres.

– T'es pas sérieuse, Calliopé, c'est lourd, putain! je dis en m'écroulant à moitié sous le poids des livres.

Elle a dû m'en mettre au moins vingt! Elle me regarde méchamment.

– T'arrêtes de faire ton gamin, un peu? Tu ne peux même pas porter cinq pauvres livres?

OK... Evan: 1, Calliopé: 1.

– Tu veux que je mette ça où ? je lui demande.

– Va dans la rangée des livres de science-fiction, répond-elle.

Je la regarde, perdu. Je crois que Calliopé n'a pas compris que je ne vais jamais à la bibliothèque, alors cette putain de rangée, je n'ai aucune idée d'où elle est.

– C'est où ?

Elle s'esclaffe face à mon air perdu. Et je ne sais pas pourquoi, son rire me fait du bien. Il est doux et j'ai envie de rire avec elle. Je secoue la tête, enlevant ces pensées de mon esprit.

– Suis-moi !

Elle avance entre les rayons et s'arrête dans une grande rangée.

– Pose-les là ! dit-elle en désignant une petite table.

Je lâche la pile et vais m'asseoir dans un fauteuil, dans la rangée. J'observe Calliopé. Elle prend un livre, regarde attentivement la couverture, puis la cote, et le range à ce qui semble être la bonne place. Je peux étudier son profil. Ses longs cheveux blonds retombent sur son dos, venant effleurer la courbe de ses fesses. Elle mordille ses lèvres pulpeuses, la mine concentrée, à chaque livre qu'elle étudie. Ce tic me rend fou et j'ai du mal à détacher mon regard de sa bouche. Ne m'accordant toujours pas un regard, elle passe une main dans ses cheveux pour les attacher. Cette nouvelle coiffure dévoile son cou fin et sa peau laiteuse. Mon souffle devient court et je m'agite dans le fauteuil. Il serait si facile de m'approcher, de la coincer contre l'une des étagères pour couvrir son cou si tentant de mes lèvres… Mon portable vibre dans ma poche, m'arrachant à ma contemplation.

[Hey, frère ! Je profite
de la pause pour te dire
que l'entraîneur était vraiment
énervé que tu ne sois pas venu.

Il en a marre que tu te tapes
tout le temps des heures de colle.
Et sinon, le pari, ça avance ?]

Je fronce les sourcils et réponds à Mickey :

[T'inquiète pas, je parlerai
à l'entraîneur. Oui, ça avance
plus vite que tu ne pourrais
l'imaginer.]

OK, j'ai peut-être un peu exagéré. Ça n'avance pas si vite que cela. Calliopé n'est pas du genre à se laisser séduire. D'habitude, je n'ai qu'à claquer des doigts et les filles sont à mes pieds. Et vu les pensées qui m'habitent lorsque je suis en sa présence, j'ai l'impression que c'est elle qui a de l'emprise sur moi, et non l'inverse. Il faut que je me reprenne et que je ne perde pas de vue mon objectif premier. Gagner ce foutu pari !

***

Calliopé

Il me regarde. Je suis dos à lui, et pourtant je sens son regard perçant sur moi. Il me détaille entièrement. J'ai envie de me retourner et de lui dire d'arrêter de me fixer. Mais j'ai peur de perdre tous mes moyens, comme tout à l'heure, quand il m'a parlé de la couleur de mon soutien-gorge. Je ne m'y attendais pas, même si j'aurais dû, vu sa réputation. Savoir qu'il utilise sur moi sa technique de séducteur me trouble plus que ça ne le devrait. Je prends un autre livre et le place sur l'étagère, essayant d'ignorer sa présence. Je pourrais passer des journées à la bibliothèque. La lecture est mon moyen d'évasion et, quand je ne vais pas bien, j'aime me plonger dans un bon roman d'amour. Je suis une romantique et je l'ai toujours été. Je croyais vraiment avoir trouvé mon prince charmant en Simon. Mon cœur se serre alors que je repense à son départ. Sa gentillesse et sa patience me manquent déjà ! Je prends un nouveau livre et regarde sa cote. Je repère l'endroit où il faut le ranger et m'aperçois que l'étagère est très haute et que je suis beaucoup trop petite pour l'atteindre. J'hésite à demander à Evan de m'aider, mais décide finalement de me débrouiller seule. Je tends le bras, mais rien n'y fait, je suis trop petite. Je m'apprête à reposer le livre sur la table quand je sens une présence derrière moi. Evan est collé à mon dos.

– Besoin d'aide, princesse ? me murmure-t-il à l'oreille.

Un frisson me parcourt le corps. Je n'ose plus bouger et ma respiration s'accélère. Chaque parcelle de mon dos qui est en contact avec son torse est tendue, dans l'attente. Je sens son souffle chaud sur ma nuque alors que je tente de calmer les battements de mon cœur. Sa proximité me trouble !

Reprends-toi, Calliopé, bon sang ! Il ne cherche qu'à te déstabiliser !

– Tu peux mettre ce li… livre là-haut ? dis-je en lui tendant l'ouvrage.

Mince, j'ai bégayé ! Il faut que je calme ces foutus battements de cœur. Evan lève son bras et range le livre. Je peux sentir son parfum, et il sent extrêmement bon.

Mon Dieu, Calliopé qu'est-ce que tu racontes ? Ce mec a sûrement fait de la prison et ta relation vient juste de se terminer !

Je prends mon courage à deux mains et me retourne, me retrouvant face à face avec son torse musclé. Je lève les yeux vers son visage. Il me regarde aussi. Je me perds une fois de plus dans ce regard noir. Je peux y voir de l'amusement et ce qui ressemblerait à… du désir? On se fixe pendant quelques minutes, avant que ses yeux ne descendent lentement jusqu'à mes lèvres. Une tension sensuelle s'installe et je sens mes jambes devenir tremblantes. Je m'appuie contre l'étagère derrière moi, tentant de retrouver mon équilibre. Il remonte son regard vers mes yeux et j'y lis clairement l'envie, cette fois. Mon cœur bat très vite. Il lève sa main et me caresse la joue délicatement. Comme si j'étais un objet fragile qu'il ne voulait pas casser. Sa main sur ma joue déclenche une nouvelle vague de frissons agréables dans tout mon corps. Nos regards ne se lâchent pas. Il se penche vers moi, je ferme les yeux…

Un raclement de gorge nous fait sursauter. Je tourne la tête et aperçois la bibliothécaire, qui nous regarde, les mains sur les hanches.

Je m'écarte d'Evan précipitamment et il se passe la main dans les cheveux, l'air agacé.

– On a fini de ranger tous les livres, madame. Il faut que j'y aille, dis-je, prenant mon sac et quittant précipitamment la pièce.

Il faut que je m'éloigne. Il faut que je parte très loin d'Evan. Je n'ai pas les idées claires quand je suis près de lui… Mais qu'est-ce qui a failli se passer? Je rêve ou on allait s'embrasser? Je rêve ou j'ai eu envie qu'il m'embrasse?

6

Calliopé

– Passe le vernis rose, s'il te plaît, Calli, demande ma meilleure amie.

Je cherche dans sa boîte de vernis et constate qu'il y en a une bonne vingtaine de roses… Elle est sérieuse ? Comment veut-elle que je sache lequel elle veut ?!

J'en prends un au hasard et le lui lance. Elle l'observe d'un œil suspicieux, puis semble satisfaite de mon choix.

– Merci ! Bon, de quoi tu voulais me parler ? reprend-elle en appliquant une grosse couche de vernis sur l'ongle de son pouce.

On est sur son grand lit. Moi, allongée, la tête posée sur l'oreiller entre une boîte de vernis, une trousse à maquillage et une pile de vêtements. Elle, assise en tailleur à mes côtés. Quand j'ai appelé Aby en sortant de la bibliothèque, elle m'a forcée à venir chez elle, et maintenant je me retrouve partie pour l'accompagner à une soirée. Elle m'a obligée à essayer presque toutes ses robes avant de finalement trouver « la perle rare » selon elle. Une courte robe blanche avec de fines bretelles.

Je ne voulais pas du tout aller à cette soirée, mais elle a argumenté que ça me changerait les idées par rapport à Simon et qu'on ne rentrerait pas trop tard pour être en forme pour le lycée. Puis elle m'a sorti sa tête de chien battu et j'ai cédé. Je ne serai pas obligée de boire ni de rester trop longtemps si je ne le sens pas et, finalement, peut-être qu'elle a raison et que ça va me permettre de penser à autre chose. Même si ce qui me préoccupe en ce moment n'est pas ma rupture avec Simon… J'hésite à lui dire ce qui a failli se produire à la bibliothèque. En fait, je ne sais même pas moi-même ce qu'il s'est passé… Je décide quand même de lui raconter. De toute façon, je ne peux rien lui cacher, elle finit toujours par deviner mes secrets.

– J'ai failli embrasser Evan Miller cet après-midi…

Elle s'étouffe à moitié avec sa salive et se met à tousser comme une malade.

– Dis-moi que j'ai mal entendu, Calli ! T'as failli faire quoi ? demande-t-elle, choquée.

– J'ai failli… je commence.

– Non, en fait, ne répète pas, me coupe-t-elle. J'avoue qu'il est canon, Calli, même très canon, mais c'est Evan ! Le bad boy, le mec qui a toutes les filles à ses pieds et qui veut juste coucher avec elles. Je sais ce que je dis. L'année dernière, une de mes amies était amoureuse de lui. Mais il n'en avait rien à faire. Il a juste couché avec elle et l'a rejetée comme un jouet quand il s'est lassé d'elle. Ne tombe pas dans son piège, Calli, pas toi ! Tu es censée être la plus raisonnable de nous deux.

Je secoue la tête et soupire.

– Ne t'en fais pas, Aby, c'était une erreur et on ne s'est même pas embrassés. Ça n'arrivera plus, je la rassure, tentant par la même occasion de me convaincre moi-même.

Est-ce que, si la bibliothécaire n'était pas revenue, j'aurais pu résister à l'envie de l'embrasser ? Je n'en suis pas si sûre…

Elle me regarde, pas très convaincue, puis soupire.

– D'accord ! Bon, on va te transformer en bombe pour ce soir. J'ai déjà plein d'idées pour ton maquillage et pour la coiffure…

Elle m'observe un instant avant d'attraper une mèche de mes cheveux et de la relever.

– Je pourrais mettre ça ici, faire un chignon fouillis avec quelques mèches qui retombent, ou alors faire une simple tresse sur le côté, ou encore..., marmonne-t-elle pour elle-même, la mine très concentrée.

Je la laisse partir dans son délire de styliste.

Finalement, elle va chercher son boucleur et me fait de larges boucles qui retombent en cascade sur mes épaules. Elle m'applique ensuite du mascara et une couche de rouge à lèvres rouge sombre.

– Et voilà ! Tu es parfaite ! Tu vas faire tomber tous les mecs de la soirée raides dingues de toi !

Elle va dans la salle de bains pour se préparer et j'en profite pour enfiler la robe.

Je m'arrête un moment devant le grand miroir de la chambre. C'est vrai que je me trouve jolie. Mais ma rupture avec Simon me fait vraiment souffrir et je ne suis pas près de me relancer dans une relation sérieuse avec quelqu'un !

Aby sort de la salle de bains au moment où j'enfile ma paire de Converse. Elle s'arrête et me fixe, contrariée, puis elle fait demi-tour et va fouiller dans son placard. Elle en ressort une paire de talons d'au moins dix centimètres.

Oh, non...

– Tiens, mets ça ! dit-elle en me tendant les chaussures.

– Hors de question que je mette ces objets de torture ! dis-je en croisant les bras.

Elle lève les yeux au ciel. Sa petite robe pailletée moulante ne laisse pas beaucoup de place à l'imagination et son maquillage provocant fait ressortir ses yeux de biche. Si j'ai toujours eu beaucoup de mal à assumer mon corps, Aby, elle, n'hésite pas à s'habiller comme elle en a envie. Je l'admire pour ça.

– Déjà, ce sont des Louboutin, et non des « objets de torture », dit-elle en mimant des guillemets avec ses doigts. Et avec ça, tu seras sexy et mystérieuse.

Sexy et mystérieuse ? Juste grâce à une paire de talons ? Je ne pense pas, non. Surtout que je ne sais même pas marcher avec. Je vais me ridiculiser... Mais inutile d'essayer de raisonner Aby quand elle a une idée en tête. J'attrape les chaussures en soupirant. Aby sautille, fière de m'avoir fait céder.

Elle enfile aussi ses échasses et on sort de chez elle. Je trébuche quelques fois à cause des talons. Je ne la sens pas du tout, cette soirée...

J'envoie un message à ma mère pour lui dire que je dors chez Aby. Je ne lui demande même pas si elle est d'accord, je sais qu'elle l'est. Depuis le divorce, elle préfère qu'on soit dehors, avec Ally, comme ça, elle n'a pas à s'occuper de nous. Parfois, j'ai même l'impression que nos rôles se sont inversés et que, dans l'histoire, c'est moi, la mère. J'essaie de tout faire pour ne pas lui montrer que cette situation me blesse, car je sais que ce n'est pas sa faute. Un jour, elle finira par se reprendre en main et elle s'en voudra déjà bien assez pour ça.

Je monte du côté passager de la voiture et Aby prend le volant.

– Elle est chez qui, la soirée ? je demande, curieuse.

– Un mec de terminale qui s'appelle Mickael, je crois...

– D'accord. Et tu penses que ça ne le dérange pas que je vienne ?

Aby éclate de rire face à ma question. Franchement, je ne vois pas ce qu'il y a de drôle.

– Tu plaisantes, Calli : il y aura au moins deux cents personnes ! Je suis sûre qu'on ne le verra même pas ! Tout le monde va à sa soirée, invité ou pas, de toute façon.

Je suis rassurée. C'est dans ces moments-là que je me rends compte que je ne connais vraiment rien à l'organisation d'une soirée. On arrive devant une immense propriété vers vingt-deux heures. Deux gars sont allongés par terre, en train de contempler le ciel, l'air de découvrir la vie. Des couples s'embrassent, d'autres personnes, seules, vomissent dans les plantes. Je viens de me rappeler pourquoi je déteste les soirées.

Aby m'attrape par le bras et m'entraîne à l'intérieur, très excitée. Dès que je passe la porte, je n'ai qu'une envie, c'est de sortir très vite. La musique me vrille les tympans. Il ne semble même pas y avoir de paroles, seulement une version instrumentale, répétitive et assourdissante, sur laquelle les gens se déchaînent. On ne s'entend même plus penser ! Les filles ont des tenues très courtes et je me sens en complet décalage !

Dans un coin, il y a une table avec plein de verres d'alcool. Quelques personnes sont rassemblées autour et lancent des balles de ping-pong dans les verres. Je ne reconnais pas un seul visage et je remarque qu'il n'y a pas que des gens de mon lycée. Cette constatation me fait me sentir encore plus mal. Il fait tout noir et les seules lumières proviennent de deux projecteurs. Des faisceaux bleus et roses. Il y a une odeur de transpiration. Il fait extrêmement chaud et apparemment un couple a confondu la table du salon avec un lit. Je suffoque. Quand je regarde à côté de moi, je remarque qu'Aby a disparu. Je veux faire demi-tour et sortir de là très vite, mais je suis coincée dans une foule de gens en folie. J'essaie de me frayer un chemin quand une main m'attrape le bras.

Je me retourne, m'attendant à voir Aby, mais ce n'est qu'un inconnu, qui me pousse vers un coin isolé. J'essaie de me débattre et lui dis de me lâcher, mais rien n'y fait. Il me colle contre un mur et me bloque le passage de son corps.

– Alors, poupée, on s'est perdue ? me souffle-t-il au visage.

Il pue l'alcool. Ses yeux sont très rouges, il est complètement défoncé.

Je le repousse, mais ça ne change rien. Il est bien trop fort pour moi. J'essaie de crier pour alerter quelqu'un, mais la musique est trop forte. Je savais que je n'aurais pas dû venir à cette soirée! Je commence vraiment à paniquer quand il pose ses lèvres dans mon cou. Il me dégoûte!

Je lui tire les cheveux très fort pour qu'il arrête. Tellement fort que je lui en arrache une touffe.

– Aïe, mais t'es une sauvage, toi!

Il relève la tête, très en colère. Mon Dieu, il va me frapper! Je ferme les yeux très fort et essaie de me protéger avec les mains.

J'attends, mais rien ne se produit. J'ouvre les yeux lentement, craignant ce que je pourrais voir.

Le mec qui était sur moi est maintenant plaqué au mur. Evan le tient par le col et semble vraiment énervé. Je suis tellement sous le choc que je ne me demande même pas pourquoi il est là et me défend.

Il frappe plusieurs fois l'inconnu au visage avec son poing. Le mec semble inconscient et sa mâchoire saigne abondamment. Je tire Evan pour qu'il arrête, mais il continue. Je n'avais jamais vu une telle violence de mes propres yeux. J'entends le craquement des os du mec lorsque le poing d'Evan l'atteint. Ce dernier est comme fou, emporté par une colère noire. J'essaie de mettre ma peur de côté et je ne pense plus qu'à une seule chose: tenter de l'arrêter avant que ça n'aille trop loin.

– Evan, arrête! Je t'en supplie, arrête! je hurle, mais il continue.

Je ne sais pas comment le calmer et j'essaie de trouver les mots justes.

– Evan, s'il te plaît, tu me fais peur!

Il lâche enfin le mec, qui tombe à terre, et lui crache dessus. Puis il se retourne vers moi. Il a les sourcils froncés, la mâchoire contractée et son visage est encore déformé par la colère. Tous ses muscles sont tendus, prêts à être utilisés si quelqu'un tente une attaque. Mon cœur s'accélère. Il fait vraiment peur en ce moment. Il ressemble à un lion qu'on aurait enfermé trop longtemps dans une cage et qui peut enfin laisser libre cours à sa colère. Ses yeux noirs me transpercent, mais j'y lis une pointe d'inquiétude. Il essaie de me toucher la joue, mais je recule, effrayée par le sang qu'il a sur ses mains. Il me prend délicatement par la main et me tire vers l'extérieur alors que les gens commencent à se rassembler autour de nous, sûrement alertés par mes cris. Je n'ose pas retirer la main de la sienne. Je ne veux pas le laisser seul dans cet état.

– Viens, princesse, on se tire d'ici.

7

Calliopé

– Allez, Calliopé, on ne va pas y passer la nuit. Tu montes et tu verras que ça va aller…

– Non, Evan, il est hors de question que je monte là-dessus, surtout avec toi bourré !

– Pour la cinquantième fois, je ne suis pas bourré, je tiens bien l'alcool. Allez, monte, Calliopé ! répond-il, lassé.

– Oui, eh bien, si on se fait arrêter par la police, on passera la nuit en prison parce que tu auras de l'alcool dans le sang. Il faut attendre au moins une heure par centilitre d'alcool bu pour…

Le bruit du moteur me coupe dans mon monologue. Evan essaie depuis tout à l'heure de me convaincre de monter sur sa moto. À la suite de son coup de colère, il m'a entraînée dans un petit coin isolé, où il l'avait garée. Je ne me fais pas de souci pour le type parce qu'il se relevait déjà lorsqu'on est partis. Il se réveillera sûrement demain avec un bel œil au beurre noir, l'arcade sourcilière entamée et un goût de sang en bouche. Evan a fini par se calmer et agit maintenant comme si de rien n'était. Et je n'ose pas lui demander pourquoi il a eu une réaction aussi violente. Je préfère ne pas ranimer la flamme de colère que j'ai vue dans ses yeux tout à l'heure. Il insiste pour me raccompagner à moto, mais je n'ose pas, j'ai extrêmement peur qu'on ait un accident. Du coup, depuis tout à l'heure, on se dispute et j'ai l'impression d'être une petite fille qui fait un caprice, une gamine chiante.

– Je te laisse ici alors, princesse. Tu ne pourras t'en prendre qu'à toi-même si tu te fais draguer par les deux mecs, là-bas… dit-il en me désignant la rue d'un coup de tête.

Je regarde dans la direction qu'il indique. Des personnes louches sont en train de me regarder. On dirait qu'ils attendent qu'Evan s'en aille pour passer à l'attaque. Comme des vautours guettant leur proie.

Evan démarre et commence à s'éloigner. Je décide de prendre sur moi, il n'est pas question que je reste ici une minute de plus !

– Attends, Evan, je crie en le rattrapant.

Il s'arrête, un sourire vainqueur aux lèvres, et me tend un casque. Je fais une petite moue et m'installe maladroitement derrière lui.

– Je peux m'accrocher à toi, Evan ? je demande.

Il rit légèrement, me faisant frissonner.

– Bien sûr, princesse, dit-il.

Hésitante, je passe mes bras autour de son torse. Je sens les muscles de son ventre se contracter sous mes doigts et mon cœur rate un battement. Je ne pensais pas être autant troublée de le toucher. Toute la chaleur qui émane de lui m'atteint, me faisant frissonner.

– Doucement, tu vas me couper la circulation, là, dit-il, riant de nouveau.

– Désolée, dis-je, gênée.

Et je desserre un peu mon étreinte en essayant de garder une distance raisonnable avec son dos.

Il faut vraiment que je calme ces foutus battements de cœur !

Il démarre le moteur et je ferme très fort les yeux, mon appréhension prenant le dessus. Il va doucement au début, et puis accélère brusquement. Il le fait exprès ou quoi ? Le vent froid fouette mon visage. J'enfonce ma tête dans son dos pour me protéger. Je ne suis jamais montée sur une moto et il fallait que ma première expérience soit en pleine nuit, derrière un mec que je ne connais que depuis deux jours…

Je ne bouge plus jusqu'à ce qu'on s'arrête. Je relève la tête.

– Attends, mais on est où, là ? dis-je, ne reconnaissant pas la rue.

Evan descend de la moto et enlève son casque. Il secoue ses cheveux pour les remettre en place et je reste figée. Il est vraiment sexy…

– Bienvenue chez moi, princesse, dit-il en ouvrant les bras devant une immense maison, un grand sourire sur le visage.

Quoi ? Chez lui ? Mais qu'est-ce qu'on fout là ? J'ai vraiment l'impression d'être dans une fiction « cliché » que je lis parfois le soir avant de me coucher. Déjà, le café qui se renverse sur Evan, puis il se retrouve comme par hasard dans la même classe que moi, et enfin il vient me sauver d'un autre gars qui me veut dans son lit.

Et maintenant, on est devant chez lui. La prochaine étape, c'est quoi ? Il n'y a pas de chambre d'amis et donc on doit dormir tous les deux ? Ça doit s'arrêter là.

– Je rentre chez moi ! j'annonce, tournant les talons.

– Quoi ? Calliopé, tu sais où on est, au moins ? me crie-t-il.

– Bien sûr, tu me prends pour qui ?

La vérité, c'est que je n'ai aucune idée de l'endroit où l'on est.

Il me rattrape et me prend par le bras, m'obligeant à m'arrêter. Je le regarde, énervée. Il fait de même et s'ensuit comme un combat. Une bataille de regards. Le premier qui cède est faible, il est lâche. On est là, comme deux idiots, en plein milieu de la rue, à se regarder. Et on s'en fout.

***

Evan

Je la regarde et je me dis qu'elle est belle. J'avais déjà remarqué qu'elle était jolie, mais là, elle s'est maquillée et elle a fait un truc à ses cheveux, et ça lui va vraiment bien. Je ne suis pas le genre de mec qui trouve les filles maquillées plus belles. Au contraire, en général. Mais Calliopé est vraiment magnifique ce soir. Ça me change des pots de peinture que j'ai tous les jours dans mon lit.

Plusieurs minutes maintenant qu'on se toise du regard. Attendant le premier de nous deux qui va flancher.

Quand je l'ai aperçue pendant la soirée, la première fois, je me suis demandé ce qu'elle faisait là. C'était la dernière personne que je m'attendais à voir… Puis, quand je l'ai perdue de vue, j'ai commencé à paniquer. J'étais avec une fille à ce moment. Elle voulait m'embrasser, mais je regardais partout autour de moi, cherchant une petite blonde. J'avais peur de la retrouver en train d'embrasser son mec, là, Simon. D'ailleurs, je ne l'ai pas vu aujourd'hui… Je n'avais même pas fait attention. Ce n'est pas le genre de personne à sécher les cours. Je me souviens, l'année dernière, il venait même quand il était très malade. Bizarre…

Peut-être que ça a un rapport avec le fait que Calliopé n'était pas bien toute la journée?

Quand j'ai finalement retrouvé Calliopé et que j'ai vu ce mec qui levait la main sur elle, j'ai carrément pété un câble. Je suis devenu fou. Je l'ai plaqué contre le mur et j'ai commencé à le frapper. Un homme qui frappe une fille, ce n'est pas un homme. C'est une ordure, un déchet.

Si Calliopé ne m'avait pas dit qu'elle avait peur, j'aurais continué. Mais quand j'ai entendu ses mots, je n'ai eu qu'une envie : l'emmener très loin d'ici et la protéger. Pas parce que je me suis attachée à elle, non. Je ne m'attache à personne. Juste parce qu'elle semblait fragile et perdue.

Elle me fixe toujours. Je crois que je vais bientôt lâcher, mais c'est pour la bonne cause, c'est pour faire avancer le pari.

Je descends mon regard de ses yeux à ses lèvres, qui sont légèrement entrouvertes. Et j'ai vraiment envie de poser ma bouche dessus. D'embrasser fougueusement sa bouche, d'y glisser ma langue pour approfondir le baiser et de…

– T'as perdu ! Le jeu du regard, t'as perdu ! souffle Calliopé.

Je remonte mes yeux vers les siens. Je m'apprête à répliquer quand un téléphone sonne.

Calliopé fouille dans son sac et sort son portable. Elle fronce les sourcils pour voir qui l'appelle, puis décroche, me regardant à nouveau.

– Allô, Aby ? Je ne sais pas où je suis, je suis avec Evan… Je sais très bien ce que tu m'as dit, je t'expliquerai ! Attends, je lui demande.

Elle baisse son téléphone et me demande l'adresse avant de la répéter à son interlocutrice. Elle lui dit qu'elle l'attend, puis raccroche.

– Aby va venir me chercher, tu peux rentrer chez toi.

– Dis pas de conneries, Calliopé, je vais attendre avec toi !

On s'installe sur un muret et un silence tombe. Et dire que, quelques minutes plus tôt, j'étais sur le point de l'embrasser ! Qu'elle veuille s'en aller me fait chier, mais en même temps cela ne me surprend pas. À quoi je pensais en l'emmenant ici ? À rien. J'avais juste envie de passer un peu plus de temps avec elle.

Quand j'y repense… Voir ce mec sur elle, tenter d'abuser

d'elle… C'était trop dur à supporter. Ça m'a rappelé des choses que je préférerais oublier à jamais. Sans parler des conséquences qui ont suivi. Et merde ! Je suis encore retombé dans mes vieux travers en ayant recours à la violence…

– Merci, dit-elle tout à coup.

– Pour ?

– Pour m'avoir sauvée ce soir.

– C'est normal, princesse. Je ne l'aurais pas laissé te faire du mal.

Elle rougit à mes mots. Elle est vraiment mignonne. J'essaie de ne pas trop m'attarder sur ses lèvres pleines, qui m'excitent plus que ce qu'elles ne devraient. Putain, mais pourquoi je n'arrive pas à contrôler mes pulsions avec elle ?

– Simon n'était pas avec toi ce soir ? je demande.

Je regrette immédiatement quand je vois l'expression peinée de son visage.

– On n'est plus… on n'est plus…

Sa voix tremble et je comprends qu'ils ne sont plus ensemble. C'était donc pour ça qu'elle était aussi bouleversée ! Je ressens un grand soulagement et mets ça sur le compte du pari. S'il n'y a pas de petit ami dans les parages, il sera encore plus facile à remporter !

– Tu t'es faite belle ce soir. C'est pour moi ? je la taquine dans une tentative pour changer de sujet.

Elle lève les yeux au ciel. Elle peut changer d'humeur en deux secondes ! Cette fille est étonnante.

– Ne pense pas que tout tourne autour de toi, Miller.

– C'est le cas la plupart du temps, Anderson.

Une voiture tourne au coin de la rue et s'arrête devant nous. La fille qui est tout le temps avec Calliopé en sort et se précipite vers nous. Calliopé se lève et l'autre la serre dans ses bras. Je reste sur le muret, les mains dans les poches, un peu déçu que notre conversation s'arrête si vite.

– Mon Dieu, Calli, ça va ? J'ai eu tellement peur qu'il te soit arrivé quelque chose !

Elle examine Calliopé sous toutes les coutures, puis se retourne vers moi, me lançant un regard noir. Encore une fille qui ne m'aime pas. Qu'est-ce que j'ai bien pu lui faire ? Un sentiment de panique monte en moi. J'espère que je ne l'ai pas baisée !

Elle dit quelque chose à l'oreille de Calliopé et monte dans la voiture. Calliopé se retourne vers moi.

– Bon, bah, j'y vais, Evan… Merci encore, t'es pas si chiant que ça, finalement !

– Y a pas de quoi, princesse.

Elle me fait un petit sourire et monte dans la voiture. J'attends de ne plus voir le véhicule avant de rentrer chez moi. Je monte tout doucement dans ma chambre pour ne pas réveiller mes parents. Je me mets en caleçon et m'enfonce sous les couvertures de mon lit. J'essaie de dormir, mais impossible, le visage de Calliopé est gravé dans mon esprit. Vivement qu'elle sorte de ma tête !

8

Evan

La journée commence par le cours de français. Je suis assis à côté de Cassandra et c'est insupportable parce que, même après le message de rupture, elle continue de me coller. Je crois qu'elle n'a pas trop compris… À un moment, je suis tellement à bout que je me barre de la classe, sous le regard désapprobateur de Calliopé et les cris de la prof, qui essaie de m'arrêter. Je m'en fous, je ne leur dois rien. Si j'ai envie de partir, je me taille, que ça plaise ou non.

Je sors du lycée et retrouve Mickey avec un autre pote de l'équipe, Bryce, en train de fumer devant la grille du bahut.

– Yo, Evan, tu t'es fait virer? me demande Mickey quand je m'approche d'eux.

– Non, je me faisais chier, du coup je me suis cassé, dis-je en sortant mon paquet de clopes.

J'en prends une et l'allume. Au début, je fumais pour me la péter, parce que tous les populaires le faisaient et qu'un mec qui fume attire plus de filles. Maintenant, je fume parce que je suis accro.

Mickey et Bryce sont morts de rire parce que je me suis cassé tranquille du cours. Je n'ai pas peur des problèmes que je pourrais avoir. Au pire, mon père les réglera avec son argent. Enfin, si je peux appeler ça un père... Ce connard ne s'intéresse qu'au fric.

– Et vous, pourquoi vous êtes ici? je demande en prenant une bouffée de ma clope.

– Bah, moi, je me suis pointé à huit heures et demie et le cours avait déjà commencé, donc je n'ai pas été accepté, répond Bryce.

Je ricane. Sans blague?

– Et moi, je me suis fait virer, poursuit Mickey. J'ai dit à la prof de français qu'elle était bien habillée aujourd'hui et que ça mettait en valeur son gros cul. Et je ne sais pas pourquoi elle a pété un câble...

J'éclate de rire. Y a que Mickey pour sortir ce genre de trucs aux profs! Dommage que je ne sois pas dans sa classe, cette année, ça m'aurait bien fait marrer d'assister à ça!

À midi, on retourne au lycée pour manger à la cafétéria, et je vais m'installer à la table des populaires. Il n'y a que des footballeurs et des pom-pom girls. Les autres sont exclus et n'ont même pas intérêt à essayer de s'installer avec nous.

J'écoute la conversation et elle ne m'intéresse pas. Je me retourne et regarde les autres tables, à la recherche d'une personne particulière. Je repère Calliopé, loin de moi. Elle est avec Abygail et un autre gars, que je n'ai jamais vu. Ou alors, je ne l'ai jamais remarqué. Il est un peu trop proche de Calliopé à mon goût. Il va falloir qu'il se calme, lui! Ils ont l'air de bien s'amuser, tous les trois. Calliopé prend son yaourt et je ris tout seul comme un débile quand je vois qu'elle s'en est mis sur la joue.

Je prends mon téléphone et écris un message.

[Alors, je t'ai manqué?
Au fait, t'as du yaourt
sur la joue!]

Je vois Calliopé sortir son téléphone, puis essuyer la tache avec une serviette. Elle regarde directement vers la table des populaires, me cherchant. Quand elle me trouve, elle me fixe pendant quelques secondes, puis retourne sur son téléphone.

Le mien vibre presque aussitôt après.

[Fais attention, Miller,
si tu n'arrêtes pas
de me fixer, on va croire
que tu es amoureux.]

Ce message m'amuse et je fais un clin d'œil à Calliopé avant de me retourner, un sourire aux lèvres… qui disparaît bien vite quand je vois que tout le monde est en train de me fixer. Qu'est-ce qui leur arrive d'un coup?

– Ne me dis pas que tu m'as quittée pour cette… sainte-nitouche, me dit Cassandra en crachant le dernier mot.

Je n'aime pas du tout la façon dont elle dévisage Calliopé ensuite. Elle la toise d'un œil mauvais, la regardant de haut en bas.

– Ne t'en fais pas, Cass, on a juste parié qu'il devait se la faire, rigole Mickey.

Putain, il ne pouvait pas fermer sa gueule, lui?! Cassandra est la plus grande commère de tout le lycée. C'est sûr qu'elle va le répéter à quelqu'un et, dans une semaine, tout le monde sera au courant, y compris Calliopé.

Putain!

Je me lève, prends mon plateau et quitte la table, énervé. Je sors et vais fumer une nouvelle fois. J'ai besoin d'une distraction, là, maintenant, sinon je sens que je vais casser un truc. Je regarde dans la cour et aperçois un pot de peinture pas très loin de moi.

Elle est seule, c'est la proie facile. Je m'avance, jette mon mégot de cigarette et me pose près d'elle.

– Salut, beauté ! dis-je en prenant ma voix de séducteur.

– Salut, beau gosse ! me répond-elle avec un sourire tout en s'approchant de moi.

C'est bon ! Elle est complètement sous mon charme. Je m'approche d'elle et l'embrasse rageusement. Je ne ressens rien. Je ferme les yeux. Le visage d'une petite blonde apparaît. Putain, pourquoi je pense à elle maintenant ? Je m'écarte de la fille et m'essuie la bouche avec le dos de la main.

J'aperçois derrière elle une silhouette. C'est une fille. Quand elle se rapproche, je vois qu'elle me regarde avec des yeux bleus remplis de dégoût et de déception. Merde, je n'aurais pas dû embrasser cette fille. Maintenant, Calliopé se méfiera encore plus de moi.

Merde, merde, merde…

***

Calliopé

Quand j'ai vu Evan sortir énervé de la cafèt', j'ai eu envie de le suivre, mais je ne l'ai pas fait. Après tout, je ne suis pas son amie. J'ai donc continué à manger comme si de rien n'était, mais Aby et James ont bien vu que j'étais préoccupée. Du coup, un silence s'est installé à table.

Je me suis beaucoup rapprochée de James aujourd'hui. On est dans la même classe et on a bien parlé pendant les pauses. On a plein de points communs. Il n'aime pas les soirées non plus et, du coup, je n'ai pas l'impression d'être la seule extraterrestre. C'est un beau garçon, il est brun avec des yeux noisette. Bien sûr, il n'est pas aussi ténébreux et musclé qu'Evan. Personne ne l'est, d'ailleurs... Même si je ne porte pas Evan dans mon cœur, je dois avouer qu'il est vraiment très beau. Presque parfait... Il lui manque juste une meilleure personnalité !

– Bon, les gars, on bouge ? Tout le monde a fini ! dit Aby.

On débarrasse nos plateaux, puis je sors. Je descends les escaliers et arrive dans la cour. Et là, je m'arrête. Juste devant moi, Evan est en train d'embrasser une fille. Mon cœur se serre. Pourquoi est-ce que j'ai mal quand je les vois ? J'ai envie de pleurer. Une grosse boule se forme et se coince dans ma gorge. Je ne voulais pas croire ce qu'on disait sur lui. Comme quoi il s'amusait avec les filles et les utilisait comme ses jouets... Un jour, il joue avec moi en m'appelant « princesse », et l'autre, il embrasse une fille devant tout le monde. C'est quoi, son problème ?

Quand je reprends mes esprits, Evan me regarde. Il semble perdu, j'ai l'impression qu'il regrette ce qu'il a fait.

Non, Calliopé, ne te fais pas de films !

Il ne regrette pas, ce mec est un connard. Je tourne les talons et rejoins James et Aby, assis sur un banc.

– Salut, Blondie ! J'ai cru qu'on t'avait perdue ! lance James.

Je lui donne un coup de pied léger. Il est sérieux avec son surnom ?

– Salut, le géant ! Non, t'es fou ! Je ne pourrais pas te perdre avec ta taille... je le taquine.

James est le mec le plus grand que je connaisse.

On continue à plaisanter comme ça jusqu'à ce qu'on entende la sonnerie. On récupère nos sacs et on monte en cours.

***

Dernier cours de la journée. Premier cours de sciences de la semaine. On rentre dans la classe et la prof nous met tous au fond.

Oh, non… On sait tous ce que ça veut dire: plan de classe. Evan arrive juste avant qu'elle ne commence à donner les places. Il rentre tranquillement et se place au fond sans même s'excuser pour son retard. Il ne daigne même pas faire semblant d'avoir couru pour essayer d'être à l'heure. La prof lève un sourcil, mais ne dit rien.

– Enchantée! Je suis votre professeure de sciences, Mme Greemer. J'ai décidé de faire un plan de classe pour que personne ne parle, même si je ne suis pas naïve et que je sais très bien qu'il y a des perturbateurs qui parleront, peu importe où je les mets, dit-elle en louchant sur Evan. Mademoiselle Corner? Ici. Monsieur Cooper? Ici, je vous prie.

Je soupire. Déjà, je ne serai pas à côté de James… Je n'écoute plus jusqu'à ce qu'elle m'appelle. J'attends, impatiente de savoir qui va être à côté de moi, croisant les doigts pour que ce soit Aby.

– Monsieur Miller? À côté de mademoiselle Anderson!

Ce n'est pas vrai… Je suis maudite ou quoi?

Evan s'installe à côté de moi, un grand sourire aux lèvres. Je lève les yeux au ciel et commence à sortir mes affaires. Quand je pose ma trousse sur la table, Evan la prend et joue avec en la lançant d'une main à l'autre. Mais quel gamin! J'essaie de l'attraper, mais Evan lève le bras beaucoup trop haut, me lançant un regard de défi. Je lève ma main pour l'atteindre.

– Oui, mademoiselle Anderson? m'interroge la prof.

À ce moment-là, je me rends compte que j'ai le bras levé. Je le baisse précipitamment. Tout le monde me regarde.

– Non, rien, je réponds, rouge de honte.

La prof secoue la tête et reprend son plan de classe.

Evan est mort de rire. Je lui donne un coup de coude et lui lance un regard noir, ce qui ne fait qu'augmenter son fou rire.

– Rends-moi ma trousse, Evan! Je ne rigole pas, je chuchote pour ne pas que la prof m'entende.

Il me fait un clin d'œil, puis pose la trousse sur la table. Il l'ouvre et sort mon blanco. Mais qu'est-ce qu'il fait? Il le secoue et commence à écrire sur ma trousse. Je soupire et le laisse faire. Si ça l'amuse, tant mieux, je ne vais pas rentrer dans son petit jeu. Je me tourne vers la prof, qui a commencé son cours et explique le programme de l'année. J'essaie d'écouter quand je sens un truc sur ma joue. Je regarde à ma droite et vois Evan, un sourire moqueur sur le visage et mon surligneur rose, ouvert, à la main. Il n'a pas fait ça… Je réagis très vite. J'attrape mon surligneur bleu dans ma trousse et lui fais une longue ligne sur le front. Il me regarde, choqué, et je ne peux m'empêcher de rire en voyant sa tête.

– Tu vas me le payer, Calliopé, me menace-t-il.

Je n'arrive pas à savoir si c'est de l'énervement ou de l'amusement que j'entends dans sa voix.

– C'est toi qui as commencé!

Il s'apprête à répliquer quand la prof nous demande de nous taire. Je me redresse sur ma chaise pendant qu'Evan se balance sur la sienne.

Le reste du cours, Evan continue de m'embêter. Ce mec n'a apporté aucune affaire et je dois lui prêter un stylo, qu'il me rend tout mâchouillé à la fin du cours. Je vois que, sur ma trousse, il a marqué son prénom avec un cœur à la fin. Bonjour la modestie…

La cloche sonne enfin. Je me lève, ramasse mes affaires, les fourre dans mon sac à main et je sors. J'attends Aby et James devant le lycée, et puis chacun rentre de son côté. Aby me propose de me ramener, mais j'ai envie de marcher. Je mets mes écouteurs et me laisse emporter par la musique. Au milieu du trajet, je reçois un message d'Evan.

[Tu ne me dis même pas
au revoir?]

Je souris.

[Au revoir.]

[J'ai adoré le cours
de sciences, princesse.]

Encore ce surnom : « princesse »... Je n'aime pas quand il m'appelle comme ça. Enfin si, j'aime bien, mais ça me fait croire des choses. Croire qu'il s'intéresse à moi alors qu'en fait, il s'en fout. Je l'ai bien vu ce midi, quand il embrassait l'autre fille. Non pas que j'aimerais avoir une relation avec Evan, loin de là, mais qu'un garçon s'intéresse à moi me redonnerait confiance en moi...

[Dommage que ça ne soit pas
réciproque. Arrête de m'appeler
« princesse ».]

[Moi aussi, je t'aime, chérie.]

OK, « chérie », c'est encore pire. Je préfère ne pas le lui dire, sinon il serait capable de sortir des trucs comme « mon amour » ou « mon cœur »...

[Toujours aussi drôle, Miller...]

[Je sais ! Je dois y aller,
essaie de ne pas trop rêver
de moi, princesse.]

Il doit y aller ? Mais où ça ? Sûrement chez une fille.

Je range mon portable. Comme si j'allais rêver de ce con !

9

Evan

Je suis chez le tatoueur. J'avais envie de me refaire un tatouage… Encore. Mes deux bras en sont presque tout recouverts. Les tatouages me protègent, en quelque sorte. Ils forment autour de moi une carapace de mec dur, insensible. Et je dois avouer que ça plaît aux filles aussi ! J'ai fait mon tout premier à 15 ans, et depuis, je les ai tous enchaînés.

Je décide de faire une couronne sur le petit bout de chair encore nu sur mon bras droit. Je ne sais pas d'où me vient cette idée, juste que ça me plaît. Et quand je veux quelque chose, je l'ai. Mon tatoueur habituel m'accueille et, une heure plus tard, je ressors. Je suis content du résultat même si, pour l'instant, c'est encore rouge.

Je remonte sur ma moto et je vais à mon cours de boxe. J'arrive et je me prépare. Une fois en tenue, je mets les gants et monte sur le ring. Le prof me dit que je vais combattre aujourd'hui, parfait. Je suis contre un gars que j'ai déjà battu à plusieurs reprises, ça va être facile.

On commence le combat et je lui donne trois coups précis. Il évite les deux premiers, mais se prend le troisième dans l'épaule. Il tente une attaque, que j'esquive facilement, et je lui redonne un coup. Et, à ce moment-là, je repense à la soirée où Calliopé m'a dit que je lui faisais peur. Perdu dans mes pensées, je manque d'attention et, quand je relève la tête, je me prends un gros coup sur le torse et je tombe à terre, sous le choc.

Le prof siffle la fin du combat. J'ai perdu… C'est le premier que je perds ! Mon adversaire essaie de m'aider à me relever, mais je repousse sa main et je me mets debout. Je pars, énervé, dans les vestiaires et je tourne en rond dans la pièce vide. Pourquoi il a fallu que je pense à elle à ce moment ? Pourquoi il a fallu que son putain de visage apparaisse dans mon esprit ? Mes muscles se contractent et je donne un coup dans le mur. Je suis très énervé contre moi, contre elle, contre l'adversaire, contre tout le monde.

Je retourne dans la salle, désormais vide, et passe mes nerfs sur le punching-ball. Je tape pendant très longtemps, mais je n'ai plus mes gants, si bien que, quand j'arrête, les jointures de mes doigts sont ensanglantées. Merde ! Je retourne dans les vestiaires, j'attrape une serviette et je me nettoie rapidement. Je prends une douche rapide et sors du bâtiment. Il fait déjà nuit, je ne pensais pas être resté aussi longtemps…

Je rentre chez moi à moto et, quand je passe la porte de la maison, mon père m'attend, dans son costume trois-pièces de patron de multinationale. Il est furieux.

– C'est à cette heure-ci que tu rentres, jeune homme ? Tu sais que le lycée m'a appelé pour me dire que mon fils avait déjà séché des cours et était parti en plein milieu d'un autre ? Mais t'es complètement inconscient ! Tu penses à ton avenir ? Ce n'est pas comme ça que je t'ai élevé ! s'emporte-t-il.

Je n'écoute pas vraiment. Parfois, il essaie de faire semblant de s'intéresser à ma vie et me fait des leçons de morale, comme celle-ci. Je m'en fous. Je sais que, la plupart du temps, quand le lycée l'appelle, il ne se préoccupe même pas de mes écarts de conduite et se contente de leur rappeler combien il leur a donné d'argent pour refaire la cafétéria. De toute façon, ma mère et lui sont trop occupés avec leur entreprise pour s'occuper de moi.

La seule personne qui s'intéresse à moi, c'est Maria, ma vieille gouvernante. Elle me connaît depuis que je suis petit et m'a pratiquement élevé. Lorsqu'il semble avoir fini son discours, je le contourne sans même le regarder et monte m'enfermer dans ma chambre. Je tombe de fatigue sur mon lit et mets mes écouteurs. Je repense à Calliopé, encore... Je pense tout le temps à elle. J'ai vraiment envie de gagner ce pari. Rien que pour ma fierté, je veux réussir. Mais quand je suis avec elle, je n'y pense plus du tout et ça ne va pas. Elle me rend fou, putain ! À cause d'elle, j'ai même perdu le match de boxe. Tout ça parce qu'elle n'aime pas quand je suis violent...

***

Calliopé

Evan ne me parle pas depuis le début du cours. Je lui ai demandé si ça allait et il ne m'a même pas répondu... Et ce n'est pas comme s'il n'avait pas entendu, j'ai bien vu qu'il faisait exprès de m'ignorer. Du coup, ma fierté en a pris un coup. Pour une fois que je fais un effort et que j'essaie de m'intéresser à lui, il ne m'adresse même pas la parole ! Alors qu'hier, c'est lui qui me saoulait pendant une heure. Ce mec est lunatique... Et moi qui pensais commencer à le comprendre... Mais quelle idiote !

– Calliopé Anderson, au tableau, s'il vous plaît, m'appelle la prof.

Je me lève brutalement et ne me sens pas bien d'un coup. Ma tête tourne énormément. Je vacille et essaie de retrouver mon équilibre. Je me dirige vers le tableau d'un pas chancelant. Les personnes rient en me voyant trébucher à plusieurs reprises. La prof semble inquiète.

– Vous allez bien, mademoiselle Anderson? me demande-t-elle, soucieuse.

– Je… je, je bredouille.

J'ai très chaud et je transpire de plus en plus. Je ne sais pas ce qu'il m'arrive, mais ça ne va pas du tout. Je croise le regard d'Evan. Il est à moitié levé et il fronce les sourcils. Tout d'un coup, je sens que je m'écroule par terre. Je suis sur le sol et j'ai les yeux fermés, mais j'entends encore les voix autour.

La prof est en train de paniquer et tout le monde a l'air d'être autour de moi.

– Vous croyez qu'elle est morte? demande quelqu'un.

– Ta gueule, Bryan! répond le reste de la classe.

– Bon, dégagez tous de là! Allez, bougez avant que je ne m'énerve.

Je reconnais la voix d'Evan.

– Non, je reste avec elle, c'est mon amie! proteste James.

– Je m'en fous! répond Evan, énervé.

Je me sens un peu mieux, mais je ne pense pas pouvoir rouvrir les yeux sans m'évanouir de nouveau. Je sens une main se poser délicatement sur mon front.

– Putain, elle est bouillante! Je l'emmène à l'infirmerie.

Je sens deux bras puissants me soulever du sol. J'ouvre tout doucement les yeux. Ma tête est nichée dans le creux du cou d'Evan. Je peux sentir son gel douche mélangé à un parfum masculin. Il sent bon! Je regarde son visage. Il a la mâchoire contractée et les sourcils froncés. Quand il voit que j'ai les yeux entrouverts, son visage se détend et un petit sourire apparaît sur ses lèvres.

– Ne t'en fais pas, princesse, je m'occupe de toi, repose-toi.

Je ferme les yeux à ses mots. Je me sens bien dans ses bras, je suis protégée.

Il me dépose délicatement sur un lit et je l'entends dire que l'infirmière n'est pas encore arrivée.

Un raclement de chaise qu'on rapproche, et je devine qu'il s'est installé à côté du lit. Je devrais être contente qu'il se préoccupe de moi, mais je pense que ça lui permet surtout de sécher les cours. Je m'endors rapidement, épuisée.

***

Un énorme poids me réveille. J'ouvre les yeux et découvre Aby en étoile de mer sur moi.

– Euh… Aby? Au cas où tu ne l'aurais pas remarqué, ce lit est déjà pris, je lui dis en me frottant la tête.

Elle relève la tête d'un coup en entendant ma voix. Elle s'écarte pour me laisser respirer et me fait un grand sourire, l'air soulagé.

– Mon Dieu, Calli! Si tu savais comme tu m'as fait peur! Quand Evan est venu me voir et m'a dit que t'étais tombée dans les pommes, j'ai paniqué! Bon, après, quand je suis arrivée et que je t'ai vue en train de dormir, la bouche ouverte, ça m'a rassurée. D'ailleurs, ne m'en veux pas, mais j'ai pris une photo! T'aurais vu ta tête…

Elle éclate de rire. Je la regarde avec des yeux furieux pour lui faire comprendre que son hilarité n'est pas partagée.

– Oh, allez, Calli… Boude pas! Evan m'a demandé de te donner ça, dit-elle en me tendant un bout de papier plié en quatre.

Le cœur battant, je déplie le mot et le lis:

Tu es belle quand tu dors, princesse.

– Il m'a demandé de ne pas le lire. Donc, bien entendu, je l'ai immédiatement lu ! dit-elle d'un ton sérieux, ce qui me fait sourire.

Je me sens rougir. Ma meilleure amie le remarque immédiatement et part dans un monologue.

– Mon Dieu, ça y est ! Ce que je craignais depuis le début est arrivé… J'ai pourtant essayé de la mettre en garde, mais elle ne m'a pas écoutée, comme d'habitude. Elle est tombée amoureuse d'Evan et…

Attends, mais qu'est-ce qu'elle raconte, là ?

Comme elle parle de moi à la troisième personne, elle doit vraiment être surprise. Elle a pris cette mauvaise habitude quand elle avait un ami imaginaire. Oui, Aby a eu cette période. C'était assez flippant, d'ailleurs. Je lui parlais et, tout à coup, elle se tournait et demandait l'avis de son ami imaginaire… On devait avoir 6 ans.

– Stop, Ab' ! Je n'aime pas Evan, d'accord ? Je ne suis pas amoureuse ! Je rougis parce que… parce que j'ai chaud !

Elle me lance le regard du « Ne crois pas que je vais gober ton mensonge », et je soupire.

– De toute façon, Calli, reprend-elle, je crois qu'il t'aime vraiment bien. James m'a raconté qu'il a poussé tout le monde pour voir comment tu allais.

– Ça ne veut rien dire, Aby ! Bref, je ne veux plus parler de ça…

– Tu as raison ! Parlons plutôt de cette mine affreuse que tu as ! Heureusement que j'ai mon fond de teint sur moi parce que, là… dit-elle, très fière d'elle, en brandissant le flacon qu'elle a sorti en deux secondes de son sac à main.

Je lève les yeux au ciel. Ma meilleure amie n'est pas du genre superficielle, mais pour son apparence, elle est toujours au top. Elle aime énormément prendre soin d'elle. Moi, je ne suis pas comme ça. Je pourrais venir au lycée en jogging sans problème.

Elle me maquille légèrement et, comme je vais beaucoup mieux, je décide de ne pas attendre l'infirmière pour sortir. Il faut que j'aille parler à Evan pour lui dire d'arrêter de jouer avec moi. Il me fait la gueule sans raison pendant tout le cours et, quand je tombe dans les pommes, il se précipite pour m'aider? N'importe quoi! Je vais aller le voir pour mettre les choses au clair avec lui.

10

Calliopé

Voilà maintenant vingt minutes que je suis à la recherche d'Evan et je ne le vois nulle part. Je suis toute seule. Quand les cours se sont terminés, Aby a dû partir chercher son petit frère à l'école maternelle. Je m'adosse à un casier, épuisée. Même si je me sens mieux, j'ai toujours mal à la tête. J'irai voir le médecin demain matin.

J'entends quelqu'un dire qu'il va à l'entraînement de foot. Pourquoi n'y ai-je pas pensé avant? Evan est forcément là-bas! Je me décolle du casier et me dirige vers le terrain d'un pas déterminé.

Plusieurs filles sont déjà installées dans les gradins, et j'aperçois aussi James. Il est un peu en retrait et semble vraiment intéressé par l'entraînement. Je m'avance vers lui.

– Salut! Tu ne m'avais pas dit que tu serais à l'entraînement de foot, dis-je quand j'arrive près de lui.

Il semble gêné d'avoir été surpris ici et j'ai l'impression qu'il rougit. Il jette un coup d'œil vers le terrain, puis son regard se repose sur moi. Il n'y a plus aucune trace de rougeurs sur ses joues. J'ai dû rêver.

– Ça va mieux?

– Oui, ne t'inquiète pas!

Je m'assois à côté de lui, sur les marches, et reporte mon attention sur les joueurs. Je les regarde un à un avant de trouver la personne que je cherche.

Evan est là. Il court d'un bout à l'autre du terrain pour l'échauffement. Il est un peu rouge, ses cheveux sont en bataille et il a l'air très concentré. Il porte un maillot de foot et un short. À un moment, il passe sa main dans ses cheveux et les ébouriffe. Je ne peux pas m'empêcher de le trouver vraiment très sexy. Et quand l'entraîneur, dix minutes plus tard, le félicite pour un but marqué, il fait un énorme sourire. Je n'avais pas fait attention, mais il a vraiment un très beau sourire.

Je secoue la tête.

Reprends-toi, Calliopé. Rappelle-toi qu'il n'y a pas si longtemps, tu étais en couple !

Simon… Je ne voulais pas y repenser. Je m'étais juré de l'oublier et d'aller de l'avant. Il me manque tellement… J'essaie de ne jamais y songer parce que ça me fait mal. Mon cœur se serre dans ma poitrine. J'ai tellement besoin de ses bras, là, maintenant. Tout me manque chez lui : sa chaleur, son odeur, sa gentillesse, ses baisers, sa voix… Pourquoi a-t-il dû partir ? On était bien, tous les deux ! Je l'aimais…

Une larme coule sur ma joue. Je crois que je viens juste de prendre conscience que tout est vraiment fini. Mon cœur me fait mal. J'ai envie d'exploser en sanglots, de relâcher la pression de ces derniers jours, de hurler. Mais je me retiens. Je me retiens parce que je suis en public et qu'Evan me regarde. Il est au milieu du terrain et il me fixe. Je crois qu'il vient de s'apercevoir de ma présence. Il a l'air déstabilisé par les larmes qui coulent sur mes joues. Je me perds une fois de plus dans son regard malgré la grande distance qui nous sépare. Je tourne la tête vers la gauche pour ne plus avoir à l'affronter… Mais je regrette quand James voit les larmes sur mes joues.

– Calliopé? Qu'est-ce qui ne va pas, ma belle? dit-il d'un ton inquiet.

Je suis trop bouleversée pour relever l'adjectif et je fonds en larmes. Il me prend immédiatement dans ses bras et me berce contre son torse. Je veux lui dire que Simon me manque, mais aucun son ne sort de ma bouche. Ma gorge est bloquée et elle me brûle.

– Chut, Calli, calme-toi, murmure-t-il contre mes cheveux.

Je me laisse aller dans ses bras et me calme progressivement. Il me serre fort et me chuchote des mots rassurants qui m'apaisent. Au bout de dix minutes, je mets un terme à notre étreinte et le remercie d'un mouvement de tête. Je suis gênée. Même si je me suis énormément rapprochée de James ces derniers temps, je ne le connais que depuis quelques jours, et avoir fait tomber mon masque devant lui me dérange.

Je détourne mon regard vers le terrain et remarque qu'Evan m'observe toujours. Il semble énervé et lance un regard meurtrier à James. Qu'est-ce qui lui arrive? Il commence à m'agacer à être tout le temps énervé. Je me rappelle alors pourquoi je suis venue ici.

Il faut que je lui parle, que je lui dise d'arrêter de m'appeler « princesse » et de jouer avec moi. Mais je n'ai pas la force de me disputer avec lui, je n'ai pas la force d'aller le voir. Tout à coup, je suis épuisée, épuisée de cette semaine où il s'est passé beaucoup trop de choses. Je n'en peux plus... Je prends mon sac et je me lève.

James me regarde, étonné, avec une pointe de peine dans les yeux. Je ne veux pas qu'on ait pitié de moi, je veux être forte! Je lui fais un sourire.

– Je viens de me souvenir d'un truc! Il faut que j'y aille, à plus tard! je dis en lui faisant un léger signe de la main.

Il acquiesce, pourtant loin d'être convaincu. Je descends les marches des gradins et passe devant le terrain. Je peux sentir le regard d'Evan dans mon dos lorsque je m'éloigne. J'ai envie de me retourner pour le regarder une dernière fois, mais je ne le fais pas. Je passe par le vestiaire pour sortir, c'est plus rapide et, de toute façon, tous les joueurs sont sur le terrain. J'entends des pas se rapprocher et j'accélère la cadence.

– Calliopé ! Arrête-toi, dit une voix grave derrière moi.

Je sais que c'est Evan, mais je n'ai pas envie de lui parler. Je continue de marcher dans les vestiaires, mais il attrape mon bras.

– Callio… commence-t-il.

Je me retourne brusquement. Je peux voir de l'inquiétude mêlée à de la surprise sur son visage.

– Evan, arrête ! Je ne suis pas ton amie, d'accord ? Alors arrête de tourner autour de moi, de m'aider et de t'inquiéter pour moi ! je m'énerve.

Il lâche mon bras et semble agacé. La veine de son front palpite.

– Je ne m'inquiète pas pour toi. Tu me faisais de la peine et donc je suis venu te voir ! se moque-t-il. Tu crois vraiment que j'en ai quelque chose à faire, de toi ? Tu n'es même pas mon style !

Même si je savais depuis le départ qu'il ne faisait que jouer avec moi, ces mots me blessent. Ma poitrine me fait encore plus mal et je n'ose plus affronter son regard. J'ai mal parce que j'étais heureuse qu'un garçon s'intéresse un minimum à moi… Je m'étais trompée sur toute la ligne. J'aurais dû écouter Aby… Je ne peux retenir ma peine et une larme roule une fois de plus sur ma joue. Je m'en veux de me montrer aussi faible devant Evan.

Je l'entends soupirer et je lève les yeux. Les siens sont fermés et il passe une main dans ses cheveux. Il ouvre les yeux et quand il croise mon regard, il tend la main et essuie tendrement les larmes sur mes joues.

– Désolé, Calliopé, je ne voulais pas dire ça ! Je ne te déteste pas, dans le fond. Si tu n'étais pas là, qui je pourrais faire chier en cours ? dit-il.

Je frissonne au contact de sa main sur ma peau et m'écarte pour ne plus sentir cette chaleur. J'inspire un bon coup.

– Je ne voulais pas pleurer. Et arrête de t'excuser, tu pourrais perdre ta réputation de « bad boy », dis-je en imitant des guillemets avec mes doigts.

Je ne me sens plus du tout triste. Je crois ses dernières paroles parce qu'il a l'air vraiment sincère. Peut-être que je fais trop confiance aux gens, mais je suis comme ça.

Il me fait un sourire séducteur.

– Alors, comme ça, je suis un bad boy sexy et mystérieux? Intéressant... dit-il en faisant un petit mouvement de sourcils.

Il est sourd ou quoi? À quel moment ai-je prononcé les mots « sexy » et « mystérieux »? Son narcissisme le tuera...

– Contente que tu aies retrouvé ta véritable personnalité, dis-je en levant les yeux au ciel pour qu'il comprenne que c'était ironique.

– Arrête de lever les yeux au ciel, Calliopé!

– Sinon quoi? je lui demande.

Il me fait un sourire énigmatique et s'approche de moi, puis il commence à me chatouiller le ventre. Ce mec est lunatique! Deux secondes plus tôt, il était en train de me critiquer, et là, il veut me faire rire. J'essaie de me retenir, mais j'éclate finalement de rire. C'est une vraie torture. Evan aussi est en train de rire. Au bout de deux minutes, il s'arrête pour me laisser respirer.

– Ne refais plus jamais ça! je lui dis.

Il me regarde et lève un sourcil, l'air de dire: « Sinon quoi? »

La porte s'ouvre brusquement à ce moment-là et on sursaute tous les deux.

– Yo, mec, t'es où? Tu ne vas pas en revenir, y avait une meuf trop bonne qui me regardait. Putain, je voulais en faire mon quatre-heures, mon petit déj, tout ce que tu veux... Le seul problème, c'est que je me suis épilé les jambes à cause d'un pari et...

– Euh, Mickey, je ne suis pas tout seul, là… le coupe Evan avant qu'il ne révèle des trucs plutôt personnels.

La tête d'un blond apparaît soudainement. On ne voit pas son corps, qui est derrière les casiers des vestiaires. Quand il me voit, ses yeux s'écarquillent.

– Oh, putain ! Mais t'es une fille ! hurle-t-il.

Evan est mort de rire.

– Euh… oui ? je réponds, interloquée.

– Je viens de me ridiculiser là, non ? demande le mec à Evan en avançant vers nous.

Je pouffe doucement. Evan me regarde, le sourire aux lèvres, et répond :

– Je crois que oui…

Le mec me jette un coup d'œil et on éclate tous de rire.

Il me tend la main lorsque l'on se calme.

– Mickael, mais tu peux m'appeler Mickey, poupée.

C'est quoi, cette technique de drague, là ?

– Calliopé.

Je lui serre la main.

– Enchanté, Calli ! dit-il, un grand sourire idiot sur le visage.

– C'est Calliopé, je le rembarre, et il me fait un clin d'œil.

– Bon, je voulais t'emprunter Evan !

Bizarrement, Mickael me fait un peu penser à Aby. Le mec qui parle tout le temps sans s'arrêter.

– Tu peux l'avoir, il n'y a pas de problème, lui dis-je.

Je remets mon sac sur l'épaule et fais un signe de la main en guise d'au revoir avant de sortir des vestiaires. Je souris en repensant à ce qu'il vient de se passer. Je ne déteste plus Evan, je ne l'ai jamais vraiment détesté d'ailleurs… On peut dire que je commence à… l'apprécier ? Je soupire. J'espère qu'il ne me fera pas regretter d'avoir dit ça de lui !

***

Evan

Calliopé s'en va et je reste avec Mickey, qui me regarde en souriant.

– Qu'est-ce qu'il t'arrive ? je l'agresse.

Je n'aime pas que l'on me fixe sans raison et il le sait.

– On dirait que ça avance bien, le pari ! dit-il.

Le pari ? J'avais complètement oublié cette merde ! Je ne suis pas sûr que ça avance si bien… J'ai failli tout faire foirer il y a à peine dix minutes.

– Ouais, on va dire que ça se fait petit à petit.

Mais quel menteur, je ne l'ai même pas encore embrassée !

– Elle a l'air gentille, quand même… Ça me fait de la peine de lui faire ça. Mais bon, un pari est un pari ! Je voulais te dire, il faut que tu retournes sur le terrain, l'entraîneur est en train de péter un câble et il m'a promis une glace si je réussissais à te ramener…

Mon meilleur ami aime vraiment trop la bouffe ! Je hoche la tête et on retourne sur le terrain. Je foire la fin de l'entraînement parce que je n'arrête pas de penser à Calliopé et à ses larmes. Putain, mais j'ai fait pleurer une fille ! Quel con… J'étais tellement déstabilisé à ce moment-là que j'avais juste envie de la prendre dans mes bras pour la consoler. Mais ça aurait été déplacé, surtout après ce que je lui avais dit. Du coup, j'ai juste essuyé ses larmes avec ma main et sa peau froide m'a fait frissonner.

À la fin du foot, Mickael revient, tout fier, dans les vestiaires en brandissant sa glace. Il nous charrie et la met devant nos nez.

– Et voilà, les mecs, c'est ce qui s'appelle être un boss ! J'ai une glace et vous, vous crevez la dalle ! dit-il.

Mais à force de l'agiter dans tous les sens, Mickey fait tomber sa glace par terre... Quel boulet! Toute l'équipe éclate de rire et on se fout gentiment de sa gueule.

Je rentre ensuite à moto. Mickey me propose d'aller en boîte ce soir et j'accepte pour me changer les idées. J'arrive chez moi et mon père est absent. Ce n'est pas nouveau. Mes parents ne sont jamais à la maison, ils sont la plupart du temps en déplacement pour leur travail. Ils dirigent ensemble une grande entreprise pharmaceutique qui leur prend tout leur temps. Ce n'est pas pour me déplaire, ça me permet de faire des soirées quand je veux!

– Maria? je crie pour savoir si elle est là.

Elle débarque deux secondes plus tard, un tablier autour de la taille.

– Bonsoir, mon chou!

Je lève les yeux au ciel à ce surnom, mais ne dis rien. Maria est la seule qui peut m'appeler comme elle veut.

– Tu préparais à manger? je lui demande quand je sens une bonne odeur de nourriture.

– Oui! J'ai fait ton plat préféré! dit-elle, un énorme sourire sur le visage.

Je souris en retour et la remercie, puis je monte dans ma chambre me préparer pour la soirée. Je prends une douche, m'habille normalement et coiffe mes cheveux en arrière. Un peu de parfum pour finir et je suis prêt. J'attrape des capotes dans mon tiroir, je suis presque sûr que j'en aurai besoin ce soir.

Je descends l'escalier et mange en vitesse le plat de Maria, posé sur la table.

– Tu vas quelque part? demande Maria, qui revient avec un DVD dans la main.

– Oui, en soirée, pourquoi?

– J'avais pensé qu'on pourrait se faire une soirée films, comme avant…

Elle semble déçue. Je me lève et la prends dans mes bras. Maria fait partie de la famille depuis qu'elle est ici.

– On fera ça une prochaine fois, je lui promets.

Puis je m'écarte d'elle et débarrasse mon assiette.

Je monte me laver les dents et regarde ma montre. Vingt-trois heures… Il est encore un peu tôt pour sortir en boîte, mais ce n'est pas grave. Je n'irai pas en cours demain, comme ça, je pourrai rester dormir chez Mickey.

J'attrape les clés de ma moto et vais chez mon meilleur ami.

Quand j'arrive, il porte une chemise et un pantalon de costume.

– T'es pas sérieux ? Tu ne vas pas y aller comme ça ? je lui demande en le regardant de travers.

– J'ai perdu un pari, mec, je suis obligé…

Je soupire. Mickey a un gros problème avec ça. Il est tout le temps en train de parier sur tout et n'importe quoi, mais le problème, c'est qu'il perd à chaque fois.

– Je ne reste pas à côté de toi si t'es habillé comme un vieux, je le taquine en riant.

– Eh ! C'est ma chemise préférée.

On se regarde et on éclate de rire. La nuit risque d'être longue. Surtout quand je reçois le message de Cassandra.

[Hey, Evan, je veux
qu'on se remette ensemble.
Si tu refuses,
je dis à Calliopé pour le pari.]

Putain de merde.

11

Evan

« *It's going down for real…* »*1*[1]

La musique résonne dans la boîte et je bouge mon bassin en rythme avec la fille contre moi, un bras autour de sa taille et l'autre le long de mon corps. Je ne sais pas depuis combien de temps je danse, ni même où est passé Mickey.

Quand on est arrivés ici, les filles nous regardaient en riant, pointant Mickey du doigt à cause de la tenue de guignol qu'il avait mise. On est allés boire un shot de vodka au bar, puis je suis parti danser pendant qu'il offrait à boire à une fille qui avait l'air intéressée malgré son accoutrement. La vérité, c'est que je voulais m'éloigner de lui, car il m'empêchait d'attirer l'attention.

Et voilà que je me retrouve à danser avec une fille dont je ne connais ni le nom ni l'âge, mais qui tente de m'embrasser depuis tout à l'heure, les bras croisés autour de mon cou. J'évite à chaque fois ses attaques pour s'emparer de mes lèvres : je ne suis pas encore assez bourré pour embrasser les siennes, dégoulinantes de gloss.

La chanson se termine. Je la prends par la main, bien décidé à ne pas perdre mon coup d'un soir, et je l'entraîne vers le bar. Je

---

1 « G.D.F.R. (Going Down for real) », Flo Rida feat. Sage the Gemini & Lookas.

commande un truc très fort pour moi et elle prend une vodka cerise.

On s'assoit sur les chaises et je crois qu'elle me raconte sa vie, mais je n'entends rien à cause de la musique, et sincèrement, je m'en fous. Je hoche la tête de temps en temps pour lui faire croire que je l'écoute et m'esclaffe lorsqu'elle dit quelque chose qui doit être drôle, vu qu'elle rit aussi.

Je lève le doigt et fais signe au barman de me resservir la même chose une fois que j'ai fini ma boisson. Le liquide me brûle la gorge, mais en même temps, il me provoque une agréable chaleur dans le ventre. Je bois gorgée sur gorgée, puis verre sur verre. À un moment, je sens que je suis complètement bourré. Je ris pour rien et ne pense plus à quoi que ce soit. J'oublie tout et ne vois que la paire de seins devant moi.

Je m'avance vers la fille, qui est toujours en train de me parler, et l'embrasse. Je passe ma langue entre ses lèvres pour approfondir le baiser et l'attrape par les hanches. Le baiser est désagréable, car son gloss a un goût de fraise… écœurant !

Je lâche sa bouche et attrape sa main. J'ai très envie d'elle. Je me dirige vers les toilettes d'un pas rapide et elle court derrière moi pour me rattraper.

Je vais directement dans les toilettes des gars, car j'entends déjà des gémissements dans ceux des filles.

Je rentre dans une cabine, plaque la fille contre la porte et commence à lui faire un suçon tout en retirant sa robe. Elle ne peut s'empêcher de gémir et tire très fort sur mes cheveux. J'ai bien fait de prendre des capotes.

***

– On remettra ça, hein ! souffle la fille dans mon cou, épuisée par ce que l'on vient de faire.

Je la repose au sol et remonte la braguette de mon jean pendant qu'elle remet correctement sa robe.

– Désolé, mais j'en ai connu des meilleures que toi, ma belle. Bonne soirée !

J'ouvre la porte et sors des toilettes alors qu'elle me traite de connard. J'ai l'habitude.

Je suis toujours aussi déchiré et je ne marche plus très droit.

Je suis de retour sur la piste de danse et je me fraie un chemin jusqu'au bar. C'est très dur, car plein de filles me collent et j'avance très lentement. Au bout d'un certain temps, j'atteins enfin le comptoir et m'installe sur la seule chaise restante. Je demande un verre au barman, qui me reconnaît.

Il semble se demander s'il peut ou non me resservir à boire alors que je suis déjà déchiré. Il me dit finalement qu'il serait peut-être temps que je rentre chez moi et je quitte le bar énervé. Je reste encore pas mal de temps à danser avec quelques filles, puis je sors de la boîte, épuisé.

Je m'adosse à un mur et je fume une clope. Je repense alors au message de tout à l'heure. Putain de Cassandra ! Je croyais qu'elle était comme moi et qu'elle s'en foutait ! Mais elle a dû s'attacher à moi pour vouloir me récupérer… Je rallume une cigarette et regarde mon portable.

J'ai deux appels manqués de Mickey et un message.

[Yo, je ne te trouvais plus,
j'ai quitté la boîte. Je suis avec
une fille sur un éléphant rose et
on fait des bébés ! Je te fais plein
de gros bisous, ma poulette.
Je rentre à la maison vers 6 heures
du mat', les clés sont sous le paillasson.]

OK. Moi qui pensais être complètement déchiré, je crois que Mickey l'est plus que moi. Quand il est bourré, il voit des éléphants partout... Allez savoir pourquoi ! Ce mec a un vrai problème... Une fois, je l'ai ramené à la maison et, quand il a vu Maria, il a gueulé : « OH, MON ÉLÉPHANT PRÉFÉRÉ ! » Inutile de dire qu'elle l'a très mal pris...

Je vais dans mes contacts et regarde mes destinataires récents. Le nom de Calliopé me saute aux yeux. Et dire que c'est à cause d'elle que je me suis bourré la gueule ! Tout ça pour l'oublier et ne plus penser à ce putain de pari...

Sur un coup de tête, j'appuie sur le bouton « joindre » et colle le téléphone à mon oreille.

Ça sonne, une fois, deux fois, trois fois... Je soupire et m'apprête à raccrocher quand j'entends la voix de Calliopé dans le combiné.

– Aby, si c'est encore toi qui m'appelles, je te jure que ça va très mal se passer ! Je n'en peux plus ! Laisse-moi dormir, putain... elle me dit dans un bâillement.

Oh, non, je crois que je l'ai réveillée. J'entends un silence et je devine qu'elle regarde qui l'appelle.

– Evan, c'est toi ? demande-t-elle, surprise.

– Salut, princesse, tu me manquais !

Voilà pourquoi je n'aurais pas dû l'appeler – parce que, quand je suis bourré, je dis n'importe quoi.

– Pourquoi tu m'appelles à trois heures du matin, Evan... ?

– T'es belle, Calliopé.

– Quoi ?!

– Tu as très bien entendu, bébé.

– Bon, Evan, je vais raccrocher...

– NON ! Ne me laisse pas...

J'ai encore envie d'entendre sa voix.

– Tu es bourré ?

– Un peu.
– T'étais en soirée?
– En boîte.
– Hmmm.
Elle ne semble pas surprise.
– Tu viens me rejoindre? je demande.
J'entends son magnifique rire.
Magnifique...
Je ne suis vraiment pas dans mon état normal.
– Je suis dans mon lit, donc non, je ne crois pas, Evan.
– Tu es en sous-vêtements? C'est peut-être moi qui devrais venir alors, dis-je avec une voix taquine, l'imaginant dans son lit, sur le dos, en train d'écouter mes mots.
Je l'entends bouger et devine qu'elle est gênée.
– Je suis en pyjama... et arrête de dire n'importe quoi! Tu es bourré.
– Ouais. D'ailleurs, il faut que je rentre, bébé.
– Tu ne comptes tout de même pas rentrer avec ta moto?
Sa voix est remplie d'appréhension.
– Si, pourquoi?
La vérité, c'est que je vais rentrer en bus et reviendrai chercher ma moto demain, mais j'ai envie de la taquiner.
– Tu sais à quel point les accidents de la route sont fréquents? Conduire à moto en état d'ivresse pourrait te coûter la vie et...
– J'ai compris, *maman*, je prendrai le bus!
Elle pousse un soupir de soulagement.
– Au revoir, Evan. Je vais me coucher maintenant que je sais que je n'aurai pas ta mort sur la conscience...
– Bonne nuit, princesse.
J'entends un bip continu, signe qu'elle a raccroché. Je vais à l'arrêt de bus et constate qu'il n'arrive que dans une heure.

C'est ça de prendre un bus la nuit ! Je mets mes écouteurs et m'adosse contre la vitre de l'arrêt. Le retour va être long...

***

« Bonjour, tout le monde, et merci d'être avec nous ! C'est le six heures-neuf heures sur Radio26 et c'est parti pour une heure de hits non-stop... »

Je grommelle et enfonce ma tête dans l'oreiller pour ne plus entendre la musique. Je suis chez Mickey et je crois qu'il a oublié d'enlever la programmation de son putain de radio-réveil.

Je suis allongé sur un matelas par terre et je l'entends bouger dans son lit. J'ouvre un œil. Mon pote est en train de dormir sur le dos, en étoile de mer, la bouche ouverte... Il n'est pas sérieux, là ?

Je me lève difficilement et prends ma tête entre mes deux mains. J'ai la gueule de bois... En même temps, avec tout ce que j'ai bu hier ! Pour faire chier Mickey, je décide de laisser la musique et pars dans sa salle de bains.

J'ouvre un tiroir et prends un Doliprane pour apaiser mon mal de tête. J'ai l'impression qu'elle va exploser. Ensuite, je prends une douche et l'eau froide me fait du bien.

On toque à la porte.

– Ouvre, putain, Evan ! Je vais me pisser dessus !

Ah, merde, j'avais oublié qu'ici les toilettes et la douche sont dans la même pièce. Je sors vite, me sèche et mets la serviette autour de ma taille. J'ouvre la porte et tombe sur Mickey, les cheveux en bataille, les yeux collés par le sommeil, en train de se tenir l'entrejambe.

Il me pousse et ferme la porte. Je ris doucement et vais me rallonger dans le lit avec mon téléphone.

Deux secondes plus tard, j'entends un bruit sourd dans la salle de bains, suivi de plusieurs injures de Mickey.

– Ça va, mec ?

– Ouais, t'inquiète, j'ai juste glissé et je suis tombé dans la baignoire !

Je ne peux pas m'empêcher d'éclater de rire. Mais quel con ! Il faut toujours qu'il lui arrive un truc !

Alors que je regarde mes messages, qui sont tous de filles enregistrées en tant que « plan cul 1 » ou « plan cul 2 », j'entends Mickey chanter sous la douche.

Il n'est pas sérieux ?

– LET IT GO, LET IT GOOOO...

Putain ! Il se fout de ma gueule ? Déjà que j'avais hyper mal à la tête !

– Mickey, ta gueule ou je t'enregistre et je poste ça sur Internet ! je le menace.

Il arrête immédiatement de chanter et continue sa douche en silence. Je soupire de soulagement.

Je reprends mon téléphone. Je n'ai toujours pas répondu à Cassandra, je lui parlerai au lycée.

Il est huit heures et demie, trop tard pour aller en cours ce matin. Si j'ai la force, j'irai cet après-midi. J'ai envie de régler cette histoire avec Cassandra, et aussi d'avancer le pari avec Calliopé. Plus vite on couchera ensemble, plus vite tout cela sera terminé. Et plus vite je pourrai la virer de mes pensées.

Je ferme les yeux et pose une main sur mon crâne. La prochaine fois, je ne boirai pas autant...

Mickey sort de la douche en slip motif Batman...

– Ne me dis pas que t'avais ça hier quand t'étais avec la fille ?

– Mais non, t'es fou ! J'avais le Superman... dit-il pour plaisanter.

Je regarde mon téléphone et vois que Calliopé m'a envoyé un message... Attends, quoi? Je me redresse d'un coup, mon cœur battant un peu plus vite. Ça doit être le stress.

[Evan, on doit travailler sur
un devoir de sciences ensemble,
à rendre pour lundi... Dimanche
matin à la bibliothèque?]

Je soupire... Un devoir de science? C'est une blague? Mais au moins, c'est l'occasion de passer à la vitesse supérieure pour le pari!

[Pas de problème, princesse.]

Crois-moi, on ne va pas faire que travailler, princesse!

12

Calliopé

– Debout, flemmarde !

Je me retourne dans mon lit et place la couette au-dessus de ma tête, essayant d'isoler tout bruit parasite. Et par bruit parasite, j'entends bien sûr Allyson, 14 ans, ma petite sœur.

Elle soulève la couette et je me protège de son haleine du matin avec mon bras.

– Calliopé, debout maintenant !

Je grogne et lui balance mon oreiller avec le mince espoir qu'elle s'avoue vaincue et qu'elle me laisse dormir encore quelques minutes de plus. N'entendant plus de bruit depuis dix bonnes minutes, j'ose ouvrir un œil et j'aperçois Ally, une bassine d'eau en main, prête à me la renverser dessus.

C'est une blague ?

Prise de panique, je me relève précipitamment. Surprise, Ally pousse un cri strident et lâche la bassine, qui vient se déverser sur tout mon lit.

Je vais la tuer.

– Tu as intérêt à courir, dis-je entre mes dents, commençant à me relever.

Elle met quelques secondes à comprendre, avant de s'élancer à toute vitesse dans l'escalier pour m'échapper.

Je commence à la poursuivre alors que je suis encore engourdie à cause du sommeil. J'ai des crampes au bout de dix secondes et mes cuisses me font mal. Bravo, Calliopé, quelle endurance !

Je m'arrête une fois en bas de l'escalier, soufflant comme une baleine, et décide d'aller prendre mon petit déjeuner. Cette garce paiera à un autre moment ! Je m'assois à ma place habituelle, quand je sens quelque chose de frais sous mes fesses. Je me relève et j'aperçois une bonne dose de chantilly sur la chaise, dont la moitié décore maintenant mon bas de pyjama.

Je respire un grand coup. Je ne dois pas m'énerver, je ne dois pas m'énerver, je ne dois pas m'énerv...

– Allyson, espèce de saleté, reviens ici ! je hurle.

Super, l'insulte, Calliopé. Tu n'aurais pas pu trouver plus ridicule ?

J'entends un bruit de porte qui s'ouvre et vois ma sœur sortir tranquillement du placard à nourriture. Elle n'était pas cachée là, quand même ? Comment elle est rentrée, d'ailleurs ? Je secoue la tête, là n'est pas le problème.

Ma petite sœur me regarde comme si elle n'avait rien fait, se demandant pourquoi on l'agresse.

– Je peux savoir pourquoi tu cries ?

Je pointe du doigt la chaise dégoulinante de chantilly sur laquelle j'étais assise un peu plus tôt.

– Tu m'expliques ? je lui demande, attendant qu'elle me sorte n'importe quelle excuse bidon qu'elle pourrait inventer.

– Que je t'explique quoi ?

Je lui lance un regard noir, lourd de reproches.

– Bon, j'ai peut-être voulu faire une petite blague, mais...

– Une PETITE blague ? je m'emporte. Tu te fous de ma gueule ?

– Oui, répond-elle avec un sourire malicieux.

OK. Elle veut vraiment me pousser à bout... Je décide simplement de l'ignorer pour le reste de la journée, épuisée par ses gamineries.

On est samedi. Demain, je dois retrouver Evan à la bibliothèque…

Hier, il n'était pas là pendant les cours du matin. Comme il a la réputation de sécher beaucoup, ça ne m'a pas vraiment surprise, mais je ne sais pas… j'étais un peu déçue qu'il ne soit pas là. Je me suis habituée à nos engueulades pendant les cours. C'est comme un rituel, même si cela ne fait qu'une semaine que je le connais.

En science, j'étais toute seule quand la prof nous a annoncé qu'il fallait faire un devoir à deux. J'ai hésité à en parler à Evan ; je voulais le faire seule et le rendre à la prof comme si de rien n'était.

Derrière moi, j'ai entendu des rumeurs venant des footballeurs comme quoi Evan aurait couché avec une meuf la veille. Ça ne m'a pas du tout étonnée : quand il m'a appelée, il était bourré.

Je lui ai finalement envoyé un message pour lui fixer un rendez-vous dimanche, mais je commence à regretter. Je me pose plein de questions. Comment va se passer la journée ? Va-t-il être gentil ? Arrogant ? Vexant ?

Je souffle et me prends la tête dans les mains. Il faut que j'arrête de penser à ça, on va faire le travail comme deux personnes normales et ça va aller ! Mais Evan n'est pas normal… Il est lunatique. Parfois, il rit et est gentil ; d'autres fois, il est froid et brutal. Je ne le comprends pas ! Il a une double personnalité ou quoi ?

Je ne sais pas s'il est venu en cours l'après-midi. J'ai séché, ce qui ne me ressemble absolument pas, pour aller voir le médecin. Il m'a dit que j'avais fait de l'hypoglycémie et m'a conseillé de manger plus et de me reposer. J'ai payé cinquante euros pour un diagnostic que j'aurais pu faire moi-même ! C'est vrai qu'à cause de la rupture avec Simon, j'ai perdu un peu de poids…

Je décide de passer la journée dans mon lit à bouquiner. Je n'ai pas envie de sortir et, de toute façon, personne ne m'a proposé de le faire. Je remonte dans ma chambre et mets un large tee-shirt pour que ce soit plus confortable. Je prends un bon livre d'amour à l'eau de rose, comme je les aime, et enfonce ma tête dans l'oreiller.

J'aurai tout le temps de m'occuper du reste plus tard !

***

Evan

Je me réveille et essaie de bouger mon bras, tout engourdi. Sentant quelque chose le bloquer, je tourne la tête et vois Cassandra, la tête posée dessus.

Putain.

Je me frotte le visage avec ma main libre. Je l'avais oubliée ! J'enlève délicatement mon bras pour ne pas la réveiller et ne pas avoir à la supporter dès le matin. Enfin libre, je secoue mon bras pour le détendre. Il est tout endolori. La prochaine fois, elle mettra sa tête autre part ! Je me lève du lit et m'étire. Il est déjà quinze heures ! Je vais dans la salle de bains pour prendre une douche.

Hier après-midi, je suis finalement allé en cours et j'ai réglé cette histoire avec Cassandra. On s'est remis ensemble. C'était ça ou elle révélait le pari… Elle m'a dit qu'elle s'était beaucoup attachée à moi et que je lui manquais… Putain de merde ! Et moi qui avais fait exprès de prendre une fille qui ne tomberait pas amoureuse de moi…

Du coup, on est en couple, mais presque personne ne le sait parce que je ne veux pas mettre en péril la réussite du pari. J'entends un bâillement dans la chambre. Cassandra est réveillée.

– Bébé ? Tu es où ?

Putain, je crois que je suis tombé sur la meuf la plus collante de tout le lycée…

– Dans la salle de bains, je lui réponds sans enthousiasme.

J'entends des pas et, deux secondes plus tard, elle toque à la porte. Elle l'ouvre sans attendre ma réponse. Cette fille ne connaît pas l'intimité ? Je constate que non lorsque je vois qu'elle ne porte qu'un simple string et se balade la poitrine à l'air.

Elle s'approche de moi et me passe les bras autour du cou. Elle me regarde longuement, puis m'embrasse. J'enfonce ma langue dans sa bouche et réponds à son baiser. Mes bras sont toujours le long de mon corps. Le baiser se poursuit et devient sensuel, excitant. Nos langues tournent rapidement et nos salives se mélangent. Elle prend mes cheveux et les tire en arrière, me faisant lâcher un soupir de contentement. Elle n'arrête pas de pousser des gémissements, mais ça m'énerve. Je dois dire que, malgré sa stupidité, Cassandra sait s'y prendre avec les mecs. Elle a un beau corps et sait s'en servir.

Elle me donne des coups de hanches pour m'exciter. Je l'attrape par les cuisses et me dirige vers le lit. Je l'y jette et me place au-dessus d'elle. Je veux faire ça rapidement !

***

Il est dix-huit heures. Je suis avec Mickey, qui voulait absolument acheter un jean et m'a entraîné avec lui. J'ai accepté seulement parce que je verrais des jolies filles… Enfin, c'est ce que je pensais, mais pour l'instant il n'y a que des adolescentes boutonneuses et des sexagénaires.

– Tu en penses quoi, de celui-là ?

Mickey me montre un jean bleu foncé qui est pratiquement identique à celui qu'il m'a montré trente secondes plus tôt.

– C'est tous les mêmes ! Allez, bouge-toi ! lui dis-je, lassé.

Je regarde autour de nous et constate que les filles nous regardent, l'air interrogateur. Putain, je suis sûr que l'on passe pour un couple de gays. Je tue Mickey du regard pour qu'il se dépêche et il décide de prendre le premier qu'il a trouvé. Il est sérieux? Tout ça pour ça? Il se fout de ma gueule! Ce mec est pire qu'une fille!

Il paie et lâche un clin d'œil à la vendeuse, qui rougit immédiatement. Je crois que mon pote a une touche. Je sors fumer pendant qu'il récupère son numéro.

Je repense à ce matin. Pendant qu'on couchait ensemble, Cassandra m'a dit qu'elle m'aimait... Rien que d'y repenser, ça me dégoûte. Elle, aimer? Je ne la savais pas capable de ça! Je l'ai tout simplement regardée et je n'ai rien dit. J'ai juste continué ce que j'avais à faire. Sans sentiments.

Je regarde autour de moi et aperçois une fille qui doit être au collège me regardant avec de grands yeux.

– Salut, beau gosse! Tu me passes une clope?

Mais c'est qui, celle-là? Elle est malade ou quoi?

– On ne joue pas avec ces choses-là, gamine, retourne t'amuser avec tes Barbie.

Elle me dévisage de haut en bas, me lançant un regard mauvais, puis prend la cigarette de ma bouche et tire une taffe. Cette petite a du culot!

Finalement, je l'aime bien. Elle veut quelque chose, elle l'a. Je lui laisse ma clope et en sors une autre et, quand je commence à l'allumer, j'entends une voix que je reconnais. Mais qu'est-ce qu'elle fout là?

– Allyson, mais tu étais où? Déjà que tu m'as obligée à sortir! Ça fait une heure que je te cherche... Mais qu'est-ce que tu as dans la bouche? s'énerve Calliopé.

– Une cigarette, pourquoi? répond très calmement la petite.

Je pouffe de rire et j'observe la scène, amusé. Calliopé se rend enfin compte de ma présence. Elle tourne la tête vers moi et son regard passe de la surprise à l'incompréhension, puis à la colère. J'ouvre à peine la bouche que je me prends un coup de sac.

Mais ça ne va pas!

Calliopé vient de me fouetter avec son sac de courses. Elle a cru que ça allait me faire quoi? Mal? Je ricane intérieurement.

– Tu es complètement inconscient? Tu laisses une petite fumer? Ma sœur, en plus!

– C'est bon, détends-toi, princesse, c'est juste une cigarette!

– Juste une cigarette? Juste une cigarette? Ah, mais oui! C'est vrai! Ce n'est pas comme si une cigarette pouvait te rendre accro, détruire tes poumons, puis te tuer par la suite... Non! C'est juste une cigarette, bien sûr! s'emporte-t-elle en faisant des grands gestes avec ses mains et levant les yeux au ciel d'un air dramatique.

La petite croise mon regard et lève les yeux au ciel, ce qui nous fait rire tous les deux. Calliopé exagère vraiment tout...

Je l'entends soupirer.

– Tu en veux une, princesse? je lui demande en lui montrant le paquet, un petit sourire moqueur aux lèvres.

Je suis persuadé qu'elle va dire non.

Elle retrousse le nez avec dégoût et secoue la tête.

– Je savais que tu ne relèverais pas le défi! lui dis-je.

Je m'apprête à ranger mon paquet dans la poche de mon jean quand je sens une main froide sur la mienne. Je frissonne. Calliopé me regarde avec détermination et prend mon paquet. Elle l'ouvre et récupère le briquet qui est toujours dans mon autre main. Nos doigts se frôlent. Je frissonne de nouveau. Elle ne me quitte toujours pas des yeux, sort une cigarette, l'allume et la porte à sa bouche. Je bloque dessus. Ses lèvres ont l'air douces et j'ai tellement envie de les toucher, putain! Son regard ne m'a pas lâché! Elle inspire profondément et ne tousse pas. Je suis assez étonné. Elle expire la fumée comme si elle avait fait ça toute sa vie.

– Waouh, Calli, tu sais fumer? s'étonne sa sœur.

Je l'avais complètement oubliée! Et j'ai l'impression que Calliopé aussi, lorsque son regard change et qu'elle jette brusquement la cigarette au sol avant de l'écraser.

– Vous me prenez pour qui? J'ai déjà testé, je ne suis pas la dernière des saintes-nitouches!

C'est drôle, c'est exactement ce que je pensais d'elle... Elle arrête de parler, puis regarde sa sœur, l'air confus.

– Enfin... moi, j'ai le droit, mais pas toi!

Sa petite sœur la toise, l'air de dire: « Ce n'est pas juste! » Calliopé la calme d'un regard noir.

– Salut, la compagnie! dit une voix derrière nous.

– Bonjour, Mickael, répond Calliopé.

Sa sœur, elle, examine Mickey sous toutes les coutures, sûrement pour juger s'il est digne de traîner avec Calliopé. Elle semble satisfaite et fait un petit sourire charmeur.

– Qu'est-ce que vous faites de beau? demande Mickey.

– On fume, je réponds en faisant un clin d'œil à Calliopé, qui lève les yeux au ciel.

Cette habitude commence vraiment à m'amuser.

– On allait partir, dit Calliopé en attrapant la main de sa sœur. Contente de t'avoir vu, Mickael. Et Evan...

Elle s'arrête, pose son regard sur moi comme si elle cherchait quelque chose de pas trop méchant à me dire, et déclare finalement:

– À demain pour le devoir...

J'esquisse un sourire et lui fais un clin d'œil.

– À demain, et à bientôt, petite! dis-je à la sœur de Calliopé.

À demain, princesse.

13

Calliopé

Je pousse la grande porte en bois de la bibliothèque. Le silence m'apaise immédiatement, mais n'enlève pas la boule de stress qui s'est formée dans mon ventre. Mon cœur bat très vite lorsque j'arrive dans le coin où l'on s'est donné rendez-vous, avec Evan. Je pousse un soupir de soulagement quand je remarque qu'il n'est pas encore arrivé.

Je m'installe dans l'un des fauteuils de velours et commence à sortir mes affaires. Mes mains tremblent, il faut que je me calme. C'est juste un travail avec Evan, il ne va rien se passer. Je prends une profonde inspiration et me détends.

Tout va bien, Calliopé.

Je pose mon classeur sur la table et croise mes jambes, les mains posées sur mes genoux, en l'attendant.

Dix minutes plus tard, il n'est toujours pas arrivé. Peut-être qu'il ne viendra même pas. Je décide de commencer seule. Je prends un stylo et, maladroite comme je suis, ma trousse tombe sur le sol et se déverse par terre. Je soupire et me mets à quatre pattes, après avoir vérifié que personne n'est là, pour ramasser mes affaires.

– Bonjour, Calliopé. Jolis sous-vêtements, dis-moi !

Ma respiration se coupe en entendant cette voix et, surprise, je me relève brusquement et me cogne la tête contre la table.

Oh, non, la honte!

Gênée, je me mets debout et réajuste ma jupe taille haute. A-t-il vraiment vu mes sous-vêtements? Je me masse le crâne et le regarde en entendant son rire. J'aime ce son, et Evan est beau quand il rit. Ses yeux sont plissés et une petite fossette creuse sa joue. Il semble tellement innocent à cet instant. Je secoue la tête et me reprends.

– Arrête de te moquer de moi, Evan! Pourquoi es-tu en retard?

– Rien qui te concerne, princesse. On travaille, alors?

Je m'installe sur le fauteuil de nouveau et il se met devant moi. Je commence à ouvrir mon classeur et il ne me lâche pas des yeux. Son regard me rend extrêmement nerveuse.

– Tu peux arrêter de me fixer?

– Pourquoi? dit-il avec un sourire taquin.

– Parce que ça me déconcentre!

Je le vois esquisser un sourire. Mon comportement l'amuse... Tant mieux pour lui! Je soupire et me fais un chignon, pour que mes cheveux ne me gênent pas, et coince un crayon entre mes dents. Une habitude pour me concentrer.

– Tu es mignonne comme ça.

Mon cœur rate un battement à ces mots. Ai-je bien entendu? Je relève les yeux de mon classeur. Il le fait exprès ou quoi? Il me regarde, l'air le plus sérieux du monde. Je retire mon crayon de ma bouche et me mords la lèvre inférieure. Son regard descend sur mes lèvres. Je peux voir ce qui ressemblerait à du désir dans ses yeux. La tension de la pièce a changé. Il fixe mes lèvres avec envie et je commence à faire de même avec les siennes. Mon Dieu, il faut que je me calme. Je me racle la gorge et il semble revenir sur terre.

Il faut que je calme ces putains de battements de cœur.

– Alors, notre sujet est… je commence en cherchant la feuille que m'a donnée la prof dans mes affaires. La reproduction humaine !

Quand je me rends compte de ce que je viens de presque crier, je me plaque la main sur la bouche. Je sens mes joues s'empourprer. Evan, bien sûr, est mort de rire… Pour changer !

– Eh bien ! Je vois que le sujet t'inspire !

Je lui donne un coup dans le bras, ce qui ne fait qu'accroître son hilarité. Je soupire.

On travaille pendant au moins une heure. Malgré sa réputation, Evan sait rester très sérieux et réussit à travailler correctement. Je suis agréablement surprise. Il a même donné beaucoup de bonnes idées.

Lorsque l'on a terminé, Evan se lève et s'étire.

– C'était moins chiant que ce à quoi je m'attendais, dit-il.

Je dois avouer que, moi aussi, j'ai apprécié.

Je me retourne et me cogne à Evan, qui était juste derrière moi. Il me rattrape dans ses bras. Je lève les yeux vers son visage et une tension pesante s'installe. Il me tient toujours contre son torse et j'entends ses battements de cœur réguliers. Mon cœur, lui, bat à cent à l'heure. J'espère qu'il ne l'entend pas. Les mains d'Evan sont sur mes hanches et les miennes sont sur son torse. On n'ose plus bouger. Nos yeux ne se lâchent pas. Je suis plongée dans son regard noir, noir de désir. Il entrouvre ses lèvres et j'ai tellement envie de les sentir sur les miennes. Je veux toucher ses lèvres – mon Dieu, qu'est-ce que j'en ai envie ! –, mais je n'ose pas faire le premier pas. Tremblante, j'attends qu'il se décide à agir. Il a l'air de se battre avec lui-même. Je vois dans son regard qu'il en meurt d'envie. Ses yeux n'arrêtent pas de descendre sur ma bouche. Il semble en proie à une grande hésitation. Mais pourquoi ? Est-ce qu'il attend un signe de ma part? Sans m'en rendre compte, j'humecte mes lèvres avec ma langue et je ne sais pas si c'est le signal qu'il attendait, mais il pousse un soupir et grogne.

– Et puis merde!

Il se penche vers moi et pose enfin ses lèvres sur les miennes.

***

Evan

Elle soupire de soulagement et je me détends. Tout mon corps est rempli de frissons. Mon Dieu, j'embrasse Calliopé, j'embrasse mon pari. Et ses lèvres sont douces. Mon cœur bat très vite, et le sien aussi, je peux le sentir contre mon torse. Je l'approche de moi et me mets contre un mur, ne quittant pas une seule seconde ses lèvres. Je veux approfondir ce baiser. Je caresse ses lèvres avec ma langue, lui demandant silencieusement de les ouvrir. Elle ouvre finalement la bouche et nos langues se trouvent. Elles se découvrent d'abord doucement, timidement et, petit à petit, elles bougent ensemble dans une danse lente, érotique. Le baiser est sensuel, doux, déroutant, parfait. Je sens son haleine mentholée dans ma bouche. Je la rapproche encore plus de moi. Elle passe sa main dans mes cheveux et les caresse tout doucement pour, finalement, les tirer, ce qui m'arrache un gémissement.

Elle me rend fou.

Je suis comme un enfant de 15 ans. J'ai l'impression d'embrasser pour la première fois. J'en veux plus, j'en veux tellement plus. Je sens le désir brûlant qui nous entoure. Mon corps n'a jamais été aussi chaud. Nos yeux sont fermés pour plus de sensations. Je lâche enfin ses lèvres, mais seulement parce que je suis à bout de souffle. J'attrape sa lèvre inférieure entre mes dents, ce qui la fait légèrement gémir. Et son gémissement est le son le plus excitant que j'aie jamais entendu. Je pose finalement mon front contre le sien et on essaie de reprendre notre souffle, de calmer nos respirations.

Après quelques minutes, nos respirations sont redevenues régulières. J'ouvre les yeux et constate que les siens sont fermés. J'ai envie qu'elle les ouvre, qu'elle me regarde avec ses yeux bleus mais, quand elle le fait, je regrette. Je regrette qu'elle les ait ouverts parce que j'y lis du regret. Putain, elle regrette d'avoir répondu à mon baiser ! Elle détache son front du mien. Je vois qu'elle est perdue, elle regarde partout, sauf moi.

– Calliopé…

Elle pose enfin ses yeux sur moi et ils sont remplis de larmes. Putain, mais qu'est-ce qu'elle a ? Pourquoi elle pleure ? Elle essaie de se détacher de moi, mais je la tiens fermement, je ne suis pas prêt à ce qu'elle parte, à ce qu'elle me quitte. Je n'ai jamais ressenti ça, ce sentiment de possession. Je me sens faible, déstabilisé. Putain ! Dire que je ne l'embrassais que pour le pari, à la base…

– Pourquoi tu pleures ? Calme-toi, je lui murmure en essuyant ses larmes avec ma main.

– Lâche-moi, Evan. C'était une erreur, je n'aurais pas dû faire ça, on n'aurait pas dû le faire !

Je la lâche à ces paroles. Elle est sérieuse, là ? Pour elle, ce baiser n'était rien ? Putain, et moi qui l'ai trouvé parfait. Je suis perdu, blessé.

Je la regarde méchamment.

– Oui, tu as raison, c'était une erreur. On n'aurait pas dû faire ça.

Je n'en pense pas un mot. Elle semble déçue, mais la seconde d'après elle affiche une mine soulagée. J'ai dû rêver.

Elle ramasse son sac et sort de la bibliothèque, me laissant comme un con. Putain, je suis en train de tout mélanger.

Ce baiser, ce n'était que pour le pari, ce n'était qu'un jeu, Evan !

Ouais, un putain de jeu qu'il faut que je gagne au plus vite. Il n'y a pas de sentiments, je ne connais pas cela.

Calliopé m'a tout de même excité et j'appelle Cassandra pour assouvir mes envies.

J'arrive chez moi et il n'y a personne, tant mieux. Je bois un verre d'eau et me mets en caleçon. Cassandra débarque et veut m'embrasser, mais je n'en ai pas envie à cause de ce qui s'est passé tout à l'heure. On monte dans la chambre. Je la baise rapidement, mais Calliopé ne sort pas de mes pensées… Putain de merde. Ce pari prend trop d'importance.

Cette meuf me rend fou.

14

Calliopé

Je sors de la bibliothèque en courant. Mais qu'est-ce qu'il vient de se passer ? J'ai embrassé Evan. Je l'ai embrassé et c'était génial ! Je n'avais jamais ressenti ça... ces milliers de frissons, ce besoin de plus, cette envie de l'avoir contre moi, d'être toujours plus proche de lui. J'étais tellement bien dans ses bras, je me sentais protégée, en sécurité. J'aurais voulu y rester des heures.

Et puis on s'est écartés et j'ai repris mes esprits. Je me suis rappelé que j'avais quitté Simon il y avait à peine quelques jours et je m'en suis voulue de n'avoir jamais éprouvé ça avec lui. Je n'ai pas pu m'empêcher de pleurer.

J'ai dit à Evan que ce baiser était une erreur, mais je ne le pensais pas, et quand il me l'a confirmé, ça m'a fait mal. J'avais encore plus envie de pleurer, et comme je ne voulais pas le lui montrer, je suis partie.

Et me voilà, assise sur un banc, pas loin de la bibliothèque, le cœur et les pensées en vrac.

Je sors mon téléphone et constate que j'ai deux appels manqués de James. Je suis assez inquiète, j'espère qu'il n'y a pas de problème.

– Hey, James !

– Salut, Calliopé, ça va?

– Ça peut aller... Tu voulais me dire quelque chose?

Je change rapidement de sujet, ne voulant pas parler de mon état actuel.

– J'ai des places pour aller voir un concert le week-end prochain! Ça te dit d'y aller avec moi?

Un sourire éclaire mon visage, je suis trop contente de cette proposition. James est adorable et, en plus de ça, l'ambiance des concerts est géniale. Je déteste les soirées, mais lorsque j'étais avec Simon, on allait souvent écouter des petits groupes locaux. Ça fait partie de mes plus beaux souvenirs avec lui.

– Oui, pas de soucis! Le concert de qui?

– Un petit groupe pas très connu... Mais ça va être super!

– D'accord! je lui réponds avec enthousiasme.

– Allez, bisous, ma belle, à demain!

Je range mon téléphone et m'adosse contre le banc. Je respire un grand coup. Quelle journée!

***

Quatre jours. Quatre jours que je suis retournée au lycée et que je n'ai pas vu Evan. Quatre jours qu'il est absent et que je me retrouve seule en cours de sciences. Quatre jours que je me repasse en boucle la scène de dimanche.

Je sais très bien qu'il n'est pas malade, car il va en soirée. Aby me l'a dit lorsque je le lui ai demandé. Je ne lui ai pas raconté ce qu'il s'était passé à la bibliothèque. Je ne suis pas sûre moi-même de ce qu'il s'est vraiment passé. C'est pourquoi il faut que je lui demande. Mais monsieur ne se montre pas... J'ai l'impression qu'il m'évite et je vais devenir folle si je n'ai pas d'explications.

C'est pourquoi j'appelle Aby pour lui dire que je veux sortir ce soir. Elle est très surprise, mais semble ravie et me dit qu'il y a justement une soirée où tout le monde va.

Je cherche dans mon armoire quelque chose de convenable à me mettre. Je ne veux pas une tenue trop courte, mais pas non plus une robe de petite fille modèle.

Je dégote un tee-shirt blanc et une jupe taille haute noire. Parfait ! Je vais dans la salle de bains, me fais un trait d'eye-liner et mets du rouge à lèvres rouge bordeaux. Je fais un chignon et laisse retomber quelques mèches.

Aby m'envoie un SMS pour me dire qu'elle m'attend en bas. Je descends l'escalier et enfile mes Vans. Je veux bien faire un effort, mais les talons, ce n'est vraiment pas possible…

Aby a sorti sa décapotable rouge.

– Salut, Calli ! T'es pas mal, dis donc !

– Merci, Aby. Je te retourne le compliment, lui dis-je avec un clin d'œil.

Elle me sourit et je monte dans la voiture. On arrive devant une grande maison qui a juste l'air d'être un château. Je sors de la voiture et on entre. Mon souffle se coupe. J'ai l'impression qu'il y a encore plus de monde que l'autre fois et, tout à coup, ce qu'il s'est passé me revient en tête. Un gars bourré m'a plaquée contre le mur et presque embrassée. Mais qu'est-ce que je fous là ? La musique me pète les oreilles et je le cherche. Le mec pour qui je suis venue. Je ne le trouve pas. Les personnes me bousculent et je continue d'avancer.

– Tu veux quoi, ma jolie ? me demande une voix.

Quand je relève les yeux, je vois un mec plutôt mignon derrière une table sur laquelle il y a plein de boissons.

J'inspecte chaque liquide d'un regard suspicieux, cherchant quelque chose sans alcool, mais j'ai l'impression qu'il n'y a rien de ce style.

Cela dit, j'ai envie de boire ce soir. Pour me lâcher, pour dire plus facilement ce que j'ai besoin de *lui* dire. Alors, je demande au mec un truc fort. Il m'adresse un sourire et me tend un gobelet rouge qui contient un liquide transparent. Je sens l'odeur et frissonne de dégoût. Je bois une petite gorgée et le liquide me brûle la gorge. Cette sensation est très désagréable et je secoue la tête. Je repose immédiatement le verre. Au moins, j'aurais essayé. Je regarde à nouveau vers le « bar » et constate que le mec me regarde toujours, un petit sourire en coin. Il est blond avec des yeux bleus, vraiment mignon, et son expression amusée lui donne un air innocent.

– C'est la première fois que tu bois, je me trompe? me dit-il avec un léger sourire, les yeux rieurs.

Je me rapproche de la table pour qu'il puisse m'entendre malgré la musique.

– Ça se voit tant que ça? je demande, amusée.

Il rit légèrement.

– Vu l'expression dégoûtée que tu as faite, je peux te dire que tout le monde pourrait le deviner.

– Je suis percée à jour! dis-je en faisant semblant d'être affolée.

Il sourit et glisse quelque chose à l'oreille du mec à côté de lui, puis il passe au-dessus de la table pour venir à mes côtés.

– Ça te dit de sortir dans le jardin? C'est ma pause et je crève de chaud ici!

J'hésite... D'un côté, je ne le connais pas et il est peut-être mal intentionné. Mais c'est vrai qu'il fait chaud ici, et si je reste encore une minute de plus, je vais étouffer. Il faut que j'arrête de stresser et de voir le mal partout!

Je lui fais un signe pour accepter et le suis à travers la foule. On passe entre les gens et tout le monde le salue. Il a l'air très apprécié. On arrive dans une petite cour. Il y a quelques personnes, mais pas énormément. On s'installe contre le mur de la maison, un peu à l'écart, et il sort une cigarette. Je retrousse le nez de dégoût et il s'en aperçoit.

– Je fume de temps en temps pour décompresser, se justifie-t-il, mais si ça te dérange, je peux la ranger.

– Non, vas-y, c'est bon, tu peux.

Il prend sa cigarette, la coince entre ses lèvres et l'allume.

– Alors, qu'est-ce qu'une fille aussi jolie fait ici toute seule ?

Je sens mes joues s'empourprer. Il me drague là, non ?

– Je suis venue avec une amie, il fallait que je parle avec quelqu'un...

– Une histoire de cœur ? demande-t-il, sûr de lui.

– Non ! je proteste.

Il semble surpris de ma réponse brusque. Je me racle la gorge.

– Je dois juste parler à un gars pour mettre les choses au clair...

– Comment il s'appelle ? demande-t-il, curieux.

– Pourquoi ?

Il hausse les épaules

– Peut-être que je le connais !

J'hésite à le lui dire, mais finalement je me décide :

– Evan Miller.

Une expression d'étonnement passe sur son visage et son regard semble devenir plus dur.

– Tu as couché avec ce mec ?

Une pointe de colère passe dans ses yeux.

Je manque de m'étouffer avec ma salive. Il me prend pour qui ? Moi, coucher avec Evan ? Et puis quoi encore !

– T'es malade ! Jamais je ne coucherai avec lui ! je réponds, offusquée.

Il me regarde, rassuré, et semble vouloir me dire autre chose, mais se ravise.

– Je ferais bien d'aller le chercher, d'ailleurs ! lui dis-je.

Même si j'aimerais bien rester avec le barman sexy, je suis venue ici pour mettre les choses au clair avec Evan, il ne faut pas que je l'oublie.

– Vas-y, de toute façon ma pause est terminée. Moi, c'est Dylan, au fait ! dit-il avec un grand sourire.

– Calliopé.

Je lui rends son sourire et repars dans la maison.

La musique est toujours aussi forte et l'odeur de transpiration toujours aussi présente. Je regarde autour de moi.

Où es-tu, Evan ?

Peut-être n'est-il même pas venu à cette soirée. Un mec me bouscule et ne s'excuse même pas. Je soupire de mécontentement. Les gens ne connaissent pas la politesse ou quoi ? La musique passe à un slow et je cherche encore des yeux Evan quand je l'aperçois enfin. Il est tellement beau ! Je ne sais pas pourquoi je suis aussi contente de le voir, mais en même temps j'appréhende beaucoup. Il porte une chemise et ses muscles sont parfaitement visibles. Il danse avec une fille, que je déteste déjà : blonde décolorée, très maquillée, bien foutue. Il lui parle et ils rient ensemble. J'ai envie de pleurer. Mais quelle idée de venir là ! Je me retourne, les larmes aux yeux. Je ne devrais pas réagir comme ça !

J'entends quelqu'un m'appeler. Je ne réagis pas et accélère vers la sortie quand une main m'attrape le poignet et me tire. La personne monte l'escalier, ouvre une porte et nous entraîne dans une pièce sombre. Je sens un corps me plaquer contre le mur. Je ne vois rien à cause de la pénombre, mais je sais très bien que c'est lui.

– Lâche-moi, Evan ! T'es malade ou quoi ? Laisse-moi partir, dis-je en essayant de le repousser, mais il ne bouge pas d'un pouce.

Très bien, je lui dirai ce que j'ai à dire dans cette position.

– Il s'est passé quoi, dimanche ? je demande.

Je ne passe pas par quatre chemins, je pose directement la question. Je me mords timidement la lèvre, attendant une réponse, mais rien ne vient. Je pousse un soupir.

– Réponds-moi, Evan. Je vais devenir folle si tu ne le fais pas. J'ai repassé la scène en boucle, cherchant à savoir ce qui n'allait pas, ce qui s'était passé, qui de nous deux avait fait le premier pas, et je n'ai trouvé aucune réponse. Donc, je voulais te le demander, à toi, mais tu n'es pas venu, tu n'étais pas là, Evan, et moi, je pétais un câble. Et me voilà devant toi, en train de faire un putain de monologue…

Je suis coupée dans mon élan par sa bouche, qui se referme sur la mienne. Ses douces lèvres caressent les miennes. Il rentre sa langue dans ma bouche et je frissonne de plaisir. J'aime tellement ce que je ressens en ce moment. Ses lèvres ont légèrement le goût de l'alcool, mais ça ne me dérange pas. Il passe ses mains dans mon dos pendant que j'entoure son cou des miennes. Il descend ses mains sur mes cuisses et me soulève. J'entoure son bassin de mes jambes et lui tire les cheveux. Il pousse un grognement de plaisir. Il a ses mains sous mes fesses pour me maintenir et nos lèvres sont toujours scellées. Je ne respire plus depuis le début, je profite juste du moment. Mon cœur bat très fort. Au bout de cinq minutes, il me repose délicatement par terre et enroule ses bras autour de mon corps.

Il pose son front contre le mien et me serre encore plus fort.

– Comme ça, tu ne t'échapperas pas… murmure-t-il contre mes cheveux.

15

Evan

Je ne sais pas ce qu'il m'arrive. Je perds totalement le contrôle. Quand elle est dans mes bras, je ne réfléchis pas correctement. Je ne voulais pas l'embrasser, je voulais simplement l'emmener loin de la foule pour la protéger. J'étais en pleine séance de drague quand je l'ai vue à la soirée. Elle avait mis une jupe et elle était vraiment sexy, détrônant toutes les autres filles. D'ailleurs, je n'étais pas le seul à l'avoir remarquée. À un moment, ne supportant plus le regard des mecs sur son corps parfait, et surtout parce que je voulais passer du temps avec elle, je l'ai entraînée dans une chambre.

Quatre jours sans la voir, ça m'a fait bizarre. J'avais envie de retourner au lycée rien que pour l'embêter, pour lui parler. J'étais comme un putain de puceau qui ne peut pas passer cinq secondes sans voir sa copine, même si elle ne l'est pas et qu'elle ne le sera jamais.

C'est juste un pari, Evan.

C'est pour ça que je n'y suis pas retourné, pour l'oublier et sortir son putain de visage de ma tête.

Et la voilà qui débarque à la soirée sans prévenir.

Je la serre encore plus fort dans mes bras et respire son odeur.

Un mélange de vanille et d'un autre parfum indescriptible. Elle sent tellement bon. Mon visage est enfoui dans ses cheveux. Elle ne parle pas depuis que je lui ai dit qu'elle ne pourrait pas m'échapper. L'alcool me fait vraiment dire n'importe quoi…

Calliopé remonte ses mains, les glisse dans mes cheveux et joue avec. Elle veut me rendre fou ? Je m'assois sur le lit, Calliopé à califourchon sur mes genoux. Je place ma tête dans son cou et la secoue. Elle s'esclaffe.

Putain, son rire…

– Arrête, Evan… Tu me fais des chatouilles, dit-elle entre deux éclats de rire.

Je continue, rien que pour l'entendre. Un sourire idiot se plaque sur mon visage lorsque je relève la tête pour la regarder. Elle est magnifique.

– Arrête de faire ça, Evan !

– De faire quoi ?

– Ton truc du regard !

– Mon truc du regard ? je lui demande, surpris et amusé.

– Oui, tu me regardes l'air de dire : « Prépare-toi, Calliopé, je vais t'embrasser. »

Elle essaie d'imiter ma voix, ce qui me fait sourire.

– Et après, tu m'embrasses parfaitement…

– Parfaitement, hein ? lui dis-je pour la taquiner.

Mais au fond de moi, ce mot a provoqué quelque chose dans mon estomac.

Elle baisse la tête, gênée, et ses joues deviennent rouges.

Je me penche vers elle et l'embrasse sur la joue. Elle ferme les yeux. Je l'embrasse sur le nez et je m'apprête à l'embrasser sur les lèvres quand je remarque que les siennes sont déjà avancées dans ma direction. Je ne peux pas m'empêcher de retenir un rire, elle est trop mignonne. Elle ouvre les yeux et s'écarte de moi, soudain en colère. Je la rapproche et la remets dans mes bras. Je ne suis pas prêt à ce qu'elle me quitte. Elle ne me regarde plus et je frôle son oreille de mes lèvres, la mordillant de temps en temps. Elle ne réagit pas.

– Tu boudes, princesse? je lui demande.

– Tu te moques de moi, dit-elle avec une mine contrariée.

– Mais non! dis-je avec un léger sourire.

Je lui relève délicatement le visage et pose mes lèvres sur les siennes. Je frissonne encore une fois et je sens qu'elle tremble contre mon torse, ce qui fait accélérer les battements de mon cœur. Je mettrai tout ça sur le compte de l'alcool si elle me demande pourquoi je n'arrête pas de l'embrasser. Pourtant, je n'ai pas bu tant que ça. Je lui caresse délicatement le dos et la serre contre moi. J'ai l'impression que je ne me lasserai jamais de la sensation que ses lèvres provoquent en moi. Je passe mes mains sous son haut lorsque la porte s'ouvre brutalement et nous fait sursauter tous les deux. Elle semble reprendre ses esprits tandis que je lance un regard de tueur à la personne qui vient d'entrer. Mickey se tient dans l'embrasure de la porte et nous regarde avec un petit sourire.

– Désolé, les gars, je croyais que la chambre était libre... Je ne savais pas que vous étiez *occupés*, dit-il en appuyant sur le dernier mot, puis il me fait un clin d'œil.

Il lui arrive quoi?

Et là, ça me revient: le pari... Putain, il pense sûrement que je suis dans la chambre pour le pari. Je devrais y être pour ça, d'ailleurs, mais la vérité, c'est que je n'y pense même plus. J'ai simplement envie de passer plus de temps avec elle, de continuer à l'embrasser.

Mickey nous lance un dernier regard avant de sortir de la chambre. Je me retourne vers Calliopé, qui s'est levée et réajuste son haut avant de passer la main dans ses cheveux. J'ai froid sans la chaleur de son corps et je veux juste qu'elle revienne dans mes bras.

Elle se racle la gorge et me regarde droit dans les yeux. Elle semble perdue.

– Qu'est-ce qu'on est, Evan? dit-elle d'une voix tremblante.

– Comment ça?

– Je suis qui pour toi?

Putain, elle n'est pas sérieusement en train de me demander ça? Ça ne fait que deux semaines qu'on se connaît, elle s'attend à quoi? À ce que je lui dise que je l'aime, qu'elle est ma copine? Je n'ai pas envie de lui donner de faux espoirs. Je ne m'attache pas aux filles, elles ne sont rien pour moi et ce n'est pas maintenant que ça va changer.

– On est deux personnes qui s'embrassent, je lui réponds honnêtement.

Elle semble déçue de ma réponse et secoue la tête. Elle ramène ses cheveux sur le côté, ferme brièvement les yeux et les rouvre.

– Je devrais y aller, il est tard.

– On est vendredi demain, reste…

Je ne reconnais pas le ton suppliant de ma voix.

– Non, Evan, je…

– S'il te plaît. Profite un peu de la soirée.

Elle me regarde et semble réfléchir. Après quelques minutes, elle accepte, et je ne sais pas pourquoi je suis si heureux.

Je la prends par la main et l'emmène à l'extérieur de la chambre, mais quand je me rends compte de mon geste, je lui lâche la main. Elle me regarde, gênée.

On descend l'escalier et on arrive dans le salon. Je suis à peine arrivé, et voilà que Cassandra se jette dans mes bras pour me faire un long câlin. Je l'avais prévenue de ne pas m'embrasser devant

Calliopé, car elle n'est pas au courant que l'on est de nouveau en couple. Je sens le regard de Calliopé dans mon dos et j'ai envie de lui dire que Cassandra n'est personne pour moi. Je ressens le besoin de me justifier alors que je ne le devrais pas.

Après quelques minutes, elle se détache enfin de moi et je me retourne pour constater que Calliopé n'est plus derrière moi. Mais elle est où, putain? Je la cherche du regard et la vois, plus loin, en train de parler à quelqu'un que je ne distingue pas, car il est caché derrière un mur. Calliopé se met à rire. J'espère qu'elle parle avec une fille. Je m'approche et, quand je vois à qui elle parle, je bloque.

Dylan.

J'ai envie de tout casser, de le buter. Je l'avais prévenu, je lui avais dit de ne plus jamais tourner autour de moi. Ce connard, je vais le tuer. En plus, il parle avec Calliopé, et elle, elle rit innocemment. Je m'approche d'eux, la mâchoire contractée. Je passe mes deux mains autour des hanches de Calliopé lorsque j'arrive près d'elle pour montrer à Dylan qu'elle m'appartient.

Une expression de surprise passe dans ses yeux.

C'est ça, fais comme si tu ne savais pas que j'étais là.

Je le regarde méchamment et il me fixe, puis lance un dernier regard à Calliopé avant de partir. Je n'en ai pas fini avec lui, mais je ne veux rien faire devant Calliopé.

– Je te cherchais, princesse… je lui murmure à l'oreille.

– T'avais l'air plutôt occupé, répond-elle froidement en s'écartant de moi.

– Tu es jalouse?

– N'importe quoi!

Je lui lance un sourire lorsque Mickey s'approche de nous.

– Ça vous dit, un jeu de la bouteille?

Il plaisante? Qu'est-ce que c'est que ce jeu gamin? Il est hors de question que…

– Pourquoi pas ! dit Calliopé, et je la regarde froidement.

Elle me lance un regard de défi et je finis par accepter, moi aussi. Je ne le sens pas du tout, ce jeu.

On suit Mickey et on s'installe par terre, en cercle. Il y a deux mecs qui font du foot avec moi et trois filles style pots de peinture, ainsi que Cassandra, qui s'installe directement à mes côtés. Calliopé part à l'opposé de moi, entre deux mecs. Mon sang bouillonne dans mes veines. Si un seul ne fait que poser une main sur elle, je crois que je vais péter un câble.

– C'est parti ! dit Mickey en tournant la bouteille, qui fait un tour.

J'espère que ça ne va pas tomber sur Calliopé. Si elle embrasse un mec devant moi, je vais devenir fou, c'est *mon* pari.

La bouteille s'arrête sur une des filles et ensuite sur Mickey. Ils s'embrassent à pleine bouche, c'est écœurant. Puis la bouteille s'arrête sur moi et Cassandra. On se fait un bisou et Calliopé nous regarde.

Le jeu continue et, à un moment, la bouteille s'arrête sur Calliopé. Mon cœur rate un battement et, au fond de moi, je prie pour que ce soit moi qui l'embrasse. Mais la bouteille désigne un mec du foot. Je suis très énervé. Calliopé ne sait pas où se mettre, elle est très gênée et l'autre connard approche ses lèvres des siennes.

Dégage de là.

J'aimerais réagir, mais c'est le jeu, et en plus ce serait louche que je fasse quelque chose. Donc, je les fixe patiemment et, quand leurs lèvres se rejoignent, j'ai envie de tout casser. Au lieu de ça, je me lève, je dis que ce jeu me saoule et je sors fumer dans le jardin.

La cigarette m'aide à décompresser, comme d'habitude. Je suis adossé contre le mur, il fait bon ici. Je suis perdu dans mes pensées lorsque Calliopé se place devant moi.

– Tu me dis que je dois rester, mais tu n'es même pas avec moi, m'accuse-t-elle.

J'ai mal à la tête, et la voir embrasser un autre mec m'a tellement énervé que je me fous de ce qu'elle me raconte.

– Et donc? je lui réponds froidement.

– Je ne sais pas, ça ne sert à rien que je sois ici.

– Ouais, t'as raison, casse-toi, je lui dis en ne la regardant même pas.

Je ne contrôle plus mes mots et je sais que je dois passer pour un putain de lunatique. Et je m'en veux de lui parler comme ça.

Ses yeux sont légèrement brillants et j'ai envie de me frapper mais, au lieu de ça, je la regarde méchamment et elle s'en va.

Mais quel con, putain!

***

Calliopé

La soirée avait pourtant bien commencé. J'étais bien avec lui, dans ses bras, mais il m'a rejetée. J'étais dégoûtée lorsque j'ai dû embrasser le mec pendant le jeu, et quand Evan a embrassé la blonde, ça m'a fait mal.

Mais lui, il s'en foutait que j'embrasse quelqu'un d'autre, il est juste parti fumer dehors. Et moi qui pensais qu'on pourrait devenir... je ne sais pas... amis?

Je le déteste.

Je suis dans la chambre d'Aby. Lorsqu'elle m'a vue arriver en larmes devant elle, elle n'a pas cherché à comprendre et elle m'a emmenée chez elle.

Je lui ai raconté toute la soirée et ce qu'il s'était passé dimanche. Elle m'a dit de ne plus m'approcher de lui, que ça ne servait à rien, qu'il changeait tout le temps de caractère et que ce n'était pas un mec sincère. Puis je lui ai parlé de Dylan, et elle a semblé ravie.

Elle m'a posé plein de questions à son sujet et veut absolument m'arranger un rendez-vous avec lui. Mais je ne sais pas… Il a l'air gentil, mais je commence à douter de tout.

Je m'apprête à m'endormir lorsque je reçois un message. Lorsque je le lis, mon cœur rate un battement et je me redresse brusquement.

[Je suis désolé, princesse,
pardonne-moi, je suis con.
J'aurais aimé que tu sois
dans mes bras. Bonne nuit.]

16

Calliopé

[Je suis désolé, princesse,
pardonne-moi, je suis con.
J'aurais aimé que tu sois
dans mes bras. Bonne nuit.]

Je relis le message plusieurs fois, ne sachant pas si je dois lui répondre ou non. Après plusieurs instants d'hésitation, j'attrape mon téléphone et écris un message. Mon doigt reste suspendu au-dessus de l'icône « Envoyer » quelques secondes, et j'appuie finalement dessus. Je fixe mon téléphone, le cœur battant.

[Je ne te comprends pas...]

[Pourquoi ?]

[Parfois, tu es gentil,
et l'instant d'après
tu deviens blessant.]

[Je t'ai blessée ce soir ?]

[Ce n'est pas le sujet.]

[Réponds-moi avant que
je ne m'énerve, Calliopé.
Je t'ai fait du mal ?]

[Non, tu m'as juste fait peur.
J'ai cru que tu allais me
frapper si je ne partais pas.]

[Je ne lèverai jamais la main
sur une fille, et encore moins
sur toi. Je ne veux pas que
tu aies peur de moi.]

[Je n'ai pas peur de toi.]

[D'accord. Tu étais mignonne
ce soir.]

[Arrête de me draguer,
tu vas me faire rougir.
Note l'ironie…]

[Je ne peux pas m'en
empêcher, princesse.]

[Je ne veux plus que
tu m'embrasses, Evan.]

[Pourquoi ?]

[Parce que. Je ne suis
pas ta copine, tu n'es
pas mon copain,
tu ne m'embrasses pas, point.]

[Comme tu voudras, princesse,
c'est toi qui le regretteras.]

[N'importe quoi !]

[Ce n'est pas moi
qui ai dit que mes baisers
étaient parfaits !]

[Je ne le pensais pas du tout,
j'ai dit ça pour ne pas te faire
de la peine.]

[Oh ! Je suis vexé...]

[Désolée, Evanou.]

[Viens-tu sérieusement d'utiliser
le surnom que me donne
ma grand-mère ?]

[Hé hé !]

Evan me fait rire, j'aime bien quand il est comme ça.

[Tu es où, là ?]

[Dans la chambre d'Aby,
sur un matelas.]

[Tu as froid?]

[Non, pourquoi?]

[Je serais venu te réchauffer…]

[Merci, mais j'ai déjà
ma couverture pour ça.
Et elle fait très bien
son travail!]

[Je sais que tu aimes
mon corps de rêve.]

[C'est vrai que j'adore
tes petits bourrelets.]

[Tu voulais plutôt dire mes
plaquettes de chocolat, non?]

[Non, je parlais bien
de ta bedaine.]

[Calliopé?]

[Oui?]

[Non, rien.]

[T'es sérieux ?]

[C'était pour me venger !]

[Je ne suis pas normal,
putain.]

[Pourquoi ?]

[Quand je suis avec toi,
je ne réfléchis pas.]

Mon cœur rate un battement.

[Comment ça ?]

[Tu me rends fou.]

Je me redresse brusquement. Je réponds quoi, putain ? Mon cœur bat la chamade.

[C'est-à-dire ?]

[Non, rien, laisse tomber.]

[Dis-moi, Evan !]

[Non.]

Et voilà, Evan le lunatique est de retour.
Je soupire.

Qu'est-ce que je peux lui dire maintenant?! Je repose mon téléphone, mais il vibre de nouveau. J'ouvre rapidement le nouveau message.

[Je t'ai vue parler avec Dylan
tout à l'heure.]

[Et donc?]

[Ne t'approche pas de lui,
Calliopé, il est dangereux.]

Je ne sais pas trop quoi penser. Dylan a l'air vraiment gentil, et en plus tout le monde a l'air de l'apprécier.

[Je préfère me faire
ma propre opinion des personnes.]

[OK.]

[Tu es énervé… ?]

[Oui.]

[Pardon.]

[Putain, arrête de t'excuser,
Calliopé, tu n'as rien fait!]

[D'accord. On se voit demain
en sciences?]

[Oui.]

[On va disséquer une grenouille.]

[C'est une blague ?]

[Serait-ce ta phobie, Evan ?]

[N'importe quoi ! Je la mange
si tu veux, ta grenouille !]

[Mais oui, bien sûr...
Tu vas crier quand
tu vas la voir.]

[Parle pour toi !]

[Bon... Bonne nuit, Miller,
je vais dormir.]

[Bonne nuit, princesse.]

Je pose mon téléphone à côté de moi et remonte la couverture. Mes paupières se ferment et je m'endors.

***

Je me lève difficilement, car je me suis couchée tard hier. Je frotte mes yeux et m'étire. Je n'ai vraiment pas envie d'aller en cours, mais ce n'est que pour la matinée, et si ça me permet de voir Evan, ça me va.

Aby est à côté de moi. Elle dort comme un bébé, la bouche ouverte. Je la prends en photo en souriant. Je me lève et vais dans la salle de bains ; je fais comme chez moi, ici. Je prends une douche et me maquille légèrement pour ne pas ressembler à un fantôme. Quand je retourne dans la chambre, Aby émerge de son sommeil. J'ai une serviette autour du corps et je lui demande si je peux lui emprunter des vêtements. Elle accepte et j'attrape un haut et un jean dans son armoire.

Trente minutes plus tard, on est dans la voiture, en direction du lycée.

– Aby, il faut que je te dise quelque chose, je commence, hésitante.

– Qu'est-ce qu'il y a ?

– Hier soir, quand tu t'es endormie, Evan m'a envoyé un message. Il s'est excusé.

– Donc, tu ne lui en veux plus ?

– Non…

Elle me regarde quelques instants, la mine sombre, avant de reporter son attention sur la route.

– Fais comme tu veux, Calli, mais moi, je ne lui fais pas confiance.

Je soupire, ne sachant pas quoi répondre. Au fond, elle a peut-être raison de s'inquiéter pour moi. Après tout, je suis revenue au lycée récemment, alors qu'elle le côtoie depuis l'année dernière. Et hier soir, j'ai pu découvrir son côté lunatique ! Mais au fond de moi, je sais que je ne pourrai pas arrêter de lui parler du jour au lendemain. Notre jeu du chat et de la souris me plaît trop pour ça. Et je n'ai pas envie de penser aux conséquences pour l'instant.

– Je vais faire attention, Aby, promis, je lui dis.

Elle me retourne un petit sourire, pas vraiment convaincue.

On arrive au lycée et ça me tire de mes réflexions. Je sors de la voiture et la sonnerie retentit presque immédiatement. Avec Aby, on court pour rejoindre la classe. On arrive devant la salle de sciences, tout essoufflées, et je toque, une main sur mon ventre pour récupérer ma respiration. La prof nous ouvre et tous les regards se tournent vers nous.

Vous n'êtes jamais arrivés en retard ou quoi?

Je baisse la tête et pars vite m'asseoir à ma place. Evan est déjà là et il m'observe avec un sourire en coin.

– Bonjour, princesse.

– Bonjour! dis-je, maintenant gênée au souvenir de la conversation que l'on a eue par SMS hier.

C'était tellement simple de lui parler derrière un écran!

Je l'entends rire légèrement et il rapproche sa chaise de la mienne. Il semble humer un parfum autour de lui et il chuchote.

– Tu sens tellement bon, putain.

Je rougis de plus belle et me racle la gorge.

– Tu devrais écouter le cours.

Ma voix est timide.

– Je préfère largement te regarder.

D'accord, c'est vraiment déstabilisant... Le regard d'Evan qui parcourt chaque parcelle de mon visage, chaque parcelle de mon corps. Je suis tendue sur ma chaise, mon cœur bat très vite.

Je vois la main d'Evan se rapprocher de mon visage et je ne réagis même plus. Je reste immobile, me demandant ce que va faire Evan. J'ose à peine respirer.

Il prend délicatement une mèche de cheveux qui tombe sur mon visage et, lorsque la peau de sa main frôle ma joue, des milliers de frissons me parcourent le corps et mon ventre se tord légèrement.

Calme-toi, Calliopé.

Il entortille la mèche de cheveux autour de son doigt avant de la placer délicatement derrière mon oreille. J'ai l'impression qu'il y a une sorte de tension indéfinissable entre nous et je devine qu'Evan la ressent aussi, car il se mord la lèvre inférieure.

Il veut me tuer?

Nos regards ne se lâchent pas et j'ai envie de mordre sa putain de lèvre, de l'embrasser comme hier…

– Calliopé et Evan, je ne vous dérange pas, j'espère? ironise la prof.

Je redescends sur terre. J'ai l'impression de ne plus penser à rien lorsque je suis avec lui.

– Non, ça va, répond Evan.

Je lui donne un coup de coude pour qu'il arrête de faire le malin.

Le reste du cours se passe bien. Evan et moi nous taquinons sans cesse, comme d'habitude, et donc je finis avec un trait de stylo sur la joue droite, et lui avec un « *Calliopé is the queen* » marqué en énorme sur son cours. Bonne chance pour réviser!

Evan a fait une tête de dégoûté lorsqu'il a vu la grenouille et j'ai cru qu'il allait vomir quand j'ai commencé à la disséquer. Je ne pouvais plus m'arrêter de rire. Heureusement, nous avons réussi à travailler, et comme j'ai évité de regarder ses lèvres, il n'y a plus eu de moments où je ne rêvais que de sentir sa bouche sur la mienne.

***

C'est la fin de la matinée. Je sors des cours et je vais au McDonald's avec James. On a décidé de réviser ensemble et hors de question que je le fasse le ventre vide.

On arrive au McDo et James prend trois Big Mac. Comment peut-on manger autant?

On s'installe à une table au fond et on commence à parler de tout et de rien.

– Alors, avec Evan, j'ai l'impression que vous vous rapprochez pas mal? me demande-t-il en me faisant un clin d'œil.

Je lève les yeux au ciel et secoue la tête. Qu'est-ce qu'Aby est allée lui raconter?

– Je ne sais pas, on passe notre temps à s'embêter.

– Qui aime bien châtie bien! dit-il avec un grand sourire.

– Et toi, alors, une copine?

Je change de sujet pour ne plus avoir à répondre à ses questions.

Il se triture les doigts et baisse les yeux. Il semble gêné et perdu. Aurais-je tapé dans le mille? Il me regarde, ouvre la bouche, puis la referme comme s'il hésitait à me dire quelque chose. Ce manège dure plusieurs minutes avant qu'il hausse tout simplement les épaules. Je décide de ne pas insister. S'il veut me parler, il le fera.

On continue de manger et, à un moment, James a de la sauce au coin de la bouche. Ça me fait rire et, instinctivement, je passe mon doigt à la commissure de ses lèvres pour l'essuyer, ce qui le fait sourire. Mon portable vibre tout à coup dans ma poche.

[Vas-y, embrasse-le
pendant que tu y es.]

Oh, putain, Evan est au McDo? Je me retourne et l'aperçois un peu plus loin, avec des footballeurs et des pom-pom girls. Il me dévisage, très énervé. Sa mâchoire est contractée et une veine pulse sur son front. Quand il voit que je le regarde, il se lève et s'approche de nous.

– Oh, mon Dieu, James, code rouge, dis-je, paniquée.

C'est un nom de code que l'on a inventé. Lorsqu'une personne que l'on ne veut pas voir est là, on le dit. Même si j'apprécie Evan, je ne suis pas prête à supporter une de ses colères injustifiées maintenant. James lève les yeux de son Big Mac et regarde juste derrière moi. Je lui lance un regard paniqué tandis qu'il me regarde, compatissant.

Je sens une main sur mon épaule et je me retourne tout doucement. Je croise le regard très énervé d'Evan.

– Viens avec moi, Calliopé, dit-il.

Il ne me laisse même pas le temps de répondre qu'il attrape mon bras et me tire vers l'extérieur. J'essaie de me débattre pour qu'il me lâche, mais il resserre son emprise. Dehors, il me plaque contre un mur, la tête entre ses deux mains, son visage à quelques centimètres du mien. Je le fusille du regard, sentant une colère me monter au nez. Pour qui se prend-il? Tout se passait bien ce matin, et là monsieur veut jouer au gros dur?

– Je peux savoir à quoi tu joues?

– De quoi tu parles?

– Ne fais pas semblant, putain! Pourquoi tu lui caresses les lèvres?

Il frappe le mur juste à côté de ma tête et, même si la colère ne me quitte pas, je commence à avoir peur.

– Il avait de la sauce…

Ma voix est tremblante et je me déteste pour ça. Je devrais l'envoyer chier!

– Et alors? C'est une bonne raison, ça? Tu m'embrasses hier, et aujourd'hui tu lui caresses les lèvres? Mais t'es qu'une allumeuse, en fait, crache-t-il

Mon cœur se brise à ces mots. Comment ose-t-il me parler comme ça? Je n'en peux plus, je n'arrive plus à supporter ses sautes d'humeur. Je le pousse et lui hurle:

– C'est toi qui as dit qu'on n'était que deux personnes qui s'embrassaient, non? Va te faire foutre, Evan!

Je me retourne lorsqu'une main attrape brusquement mon poignet. Evan me plaque sur son torse et il lie nos lèvres. C'est un baiser fort, passionné. Je passe mes mains dans ses cheveux et les tire pour lui montrer que je lui en veux encore. Au début, je tente de lui résister, mais rapidement, j'apprécie juste le moment, le goût de ses lèvres, sa respiration qui s'échoue dans mon cou, son cœur qui bat la chamade contre le mien. Ma tête tourne. C'est tellement fort ! Ses mains parcourent et découvrent mon corps avant de s'arrêter sur mes hanches. Sa langue tourne en rythme avec la mienne. Il soupire de soulagement, de plaisir, et je réponds par des gémissements. Je descends mes mains contre son torse et peux sentir ses muscles se contracter à mon contact. Après plusieurs minutes, il se recule légèrement pour coller son front au mien.

– Tu es à moi, ne l'oublie pas.

17

Evan

Je suis sur ma moto, Calliopé derrière moi. Elle serre très fort mon torse, peu rassurée. Je fais exprès d'accélérer pour ressentir encore plus son corps contre le mien. Je frissonne. J'adore le contact de ses mains qui se referment sur ma poitrine.

Quand je lui ai dit qu'elle était à moi, elle a répliqué qu'elle n'était pas un objet, et comme elle était énervée, j'ai décidé de l'emmener. Elle voulait absolument dire au revoir au mec du McDo. Je les ai observés et j'ai cru que j'allais le frapper lorsqu'il lui a fait un câlin. J'ai lancé au mec un regard de tueur et il a baissé la tête… Tant mieux.

Je tourne dans une ruelle et gare ma moto. Je descends, j'enlève mon casque et Calliopé fait de même. Comme il n'y a personne aux alentours, je lui prends la main. Elle ne la retire pas, ce qui fait battre mon cœur plus vite, et je la tire vers une porte.

J'entre et je descends les marches. Je reconnais l'odeur et l'atmosphère de la salle de boxe. Ici, je me sens bien. Calliopé semble légèrement perdue, elle ne comprend sûrement pas ce que l'on fait là.

– Tu as besoin de te défouler, donc on va se battre ! dis-je avec un grand sourire.

Elle me dévisage de haut en bas, semblant comparer mon gabarit au sien.

– Mais ce n'est pas équitable ! se plaint-elle

Je ris légèrement.

– Je ne ferai qu'encaisser tes coups, ne t'inquiète pas pour ton visage, princesse, je lui réponds avec un clin d'œil.

Elle lève les yeux au ciel. Et jette un coup d'œil au ring.

– Bon, on y va alors ? demande-t-elle, soudain déterminée.

Elle est tellement impatiente… Je souris.

– Tu comptes te battre sans gants ? je la taquine.

Ses joues s'empourprent et elle passe la main dans ses cheveux.

– Suis-moi ! je lui dis pour diminuer son embarras.

Je me dirige vers la réserve et attrape deux gants de boxe de petite taille.

– Donne-moi tes mains, je lui demande, et elle me les tend timidement.

Je lui prends délicatement les doigts et je me sens apaisé lorsque nos peaux se touchent. Je lui passe le premier gant, puis le deuxième. Ensuite, je m'éloigne d'elle pour qu'elle n'entende pas mon cœur battre la chamade et je me dirige vers le ring. Je ne me reconnais plus : perdre mon assurance devant une fille, ça ne me ressemble pas.

Ce n'est pas n'importe quelle fille, me chuchote ma conscience.

– Maintenant, tu peux y aller ! dis-je avec un petit rire.

Elle me lance un regard noir et monte. Je la suis.

Je lui montre comment il faut se placer et je me mets face à elle.

– Prêt ? me demande-t-elle.

Et je ne peux pas contrôler le rire qui sort de ma gorge. Pense-t-elle vraiment que je ne suis pas prêt à me prendre un coup ? Avec sa taille, ça ne va rien me faire ! Et en plus, je suis habitué.

– Tu penses que tu vas me faire quoi avec ces petits bras… Aah !

À peine ai-je fini ma phrase que je me plie en deux, sous le choc, le souffle coupé. Je couvre mes parties génitales de mes mains pour qu'elle ne me redonne pas un coup. Mais elle est folle ou quoi? Elle sait à quel point ça fait mal, ça? Je suis très énervé contre elle. Je relève les yeux et lui lance le regard le plus noir que je peux. Elle me retourne un regard impassible.

– Il ne fallait pas me sous-estimer, Evan! me lance-t-elle, visiblement fière de son coup.

Il faut que j'enlève l'expression de fierté de son visage.

– Je crois que tu n'as pas très bien compris les règles de la boxe, je crache. Ne jamais frapper son adversaire en dessous de la ceinture, c'est clair?

– Très clair, répond-elle, pas le moins du monde intimidée.

Elle recommence et, cette fois-ci, me donne de petits coups sur le torse. Je lui donne quelques conseils de temps en temps. Je suis redevenu calme.

Elle est très mignonne. Ses cheveux sont en bataille et elle a une expression très concentrée. Ses coups ne me font pas mal, et pourtant je sais qu'elle y met toute sa force.

Déjà quinze minutes, et Calliopé ne fatigue toujours pas. Elle en redemande même et veut continuer. Je commence vraiment à avoir chaud et, en plus de ça, j'ai envie de la déstabiliser, de voir comment elle va réagir si j'enlève mon tee-shirt. Calliopé s'apprête à me redonner un coup quand je l'arrête.

– Deux minutes, princesse.

Elle arrête sa main et me questionne du regard. Je ne la lâche pas des yeux lorsque j'attrape le bas de mon tee-shirt de mes deux mains. Ses yeux bleus descendent vers le bas et, quand elle comprend ce que je m'apprête à faire, ses joues s'empourprent. Je remonte doucement mon tee-shirt, dévoilant ma *V-line*, puis mes abdos. Je dois avouer que je suis très musclé grâce à la boxe et à la musculation. Une fois que je l'ai enlevé, je fais une boule avec mon tee-shirt et le balance un peu plus loin. Je regarde de nouveau Calliopé. Elle ne bouge pas. Ses yeux dévorent mon torse et sa respiration semble rapide. Je suis très heureux qu'elle réagisse comme ça et je souris intérieurement.

– On continue? je lui demande, l'air de rien.

– P... pourquoi tu as enlevé ton tee-shirt? bégaie-t-elle.

Elle est adorable! Je lui fais un sourire en coin et lui réponds que j'avais trop chaud. Elle se remet en position et essaie de reprendre ses esprits, mais ses coups sont moins précis et ses mains tremblent.

Quelques instants plus tard, on est assis sur des chaises, à côté du ring. Je suis allé chercher des boissons au distributeur, dans les vestiaires. Je tends la canette à Calliopé et elle boit rapidement.

– C'est qui, pour toi, le mec du McDo? je demande, et je le regrette immédiatement.

Elle va me prendre pour un mec jaloux... Finalement, tant mieux! Ça fera avancer ce pari ridicule.

– Le mec du McDo?

Calliopé me regarde, un petit sourire en coin.

– Ouais, je ne connais pas son nom, mais réponds au lieu d'éviter la question!

– Ne me dis pas que tu es jaloux? dit-elle avec un rire.

– Ça ne répond toujours pas à ma question, je lui retourne, impassible.

– Si je réponds à ta question, tu réponds à la mienne? demande-t-elle avec un grand sourire.

– Oui.

– D'accord. Alors, James est juste un très bon ami, rien de plus.

Je hoche la tête. Je suis rassuré, je ne sais même pas pourquoi. Mais il va falloir que je fasse des recherches sur ce James: peut-être qu'il a des arrière-pensées.

– Et toi ?

– Quoi, moi ? je lui demande, amusé, alors que je sais très bien ce qu'elle veut dire.

– Tu es jaloux ?

Elle penche la tête sur le côté et m'observe attentivement. Je bois une gorgée de mon soda et réfléchis. Qu'est-ce que je pourrais dire ? Si je veux gagner ce pari, il faut que je lui dise que je le suis.

– Bien sûr, je suis jaloux, princesse. Tu es à moi.

Elle avale sa gorgée de travers et me regarde avec les yeux ronds.

Eh ouais, princesse, tu ne t'attendais pas à ça, hein ?

Le problème, c'est que j'ai l'impression que ce que je viens de lui dire est la vérité. Je suis jaloux, et pas que pour le pari. Mais qu'est-ce qu'il m'arrive, putain ?

– Et donc, tu es à moi aussi ? demande-t-elle.

Sa voix est hésitante et tremblante. Comment fait-elle pour être aussi mignonne, aussi innocente ? Mon cœur bat plus vite. J'ai tellement envie de la prendre dans mes bras, de sentir son odeur, d'enfouir mon visage dans ses cheveux, de sentir ses lèvres caresser les miennes et d'avaler les gémissements qui sortiront de sa bouche ! C'est plus qu'une envie, c'est un besoin. Mais je ne peux pas, je ne dois pas. Je dois la baiser sans émotion et lui avouer que tout était un pari. Je ne dois pas lui faire l'amour. Je n'ai jamais fait l'amour, mais avec elle, je veux être tendre, doux, je ne veux pas la brusquer, elle semble si précieuse.

– Non, princesse, ça ne marche pas comme ça, je n'appartiens à personne.

– C'est injuste, dit-elle tristement.

Je m'en veux d'avoir fait apparaître cette expression sur son visage. Je veux qu'elle soit heureuse. Si elle est heureuse, je le suis aussi.

– Embrasse-moi, Calliopé.

– Pourquoi ?

– Parce que j'en ai besoin, s'il te plaît.

Je ne me reconnais plus, ma voix est suppliante. Je veux ses lèvres sur les miennes et elle me rend fou à me faire attendre.

Je l'attire contre mon torse toujours nu et elle rougit. Elle semble hésiter, puis commence à caresser mes muscles du bout des doigts. Je ferme les yeux. C'est tellement fort, tellement bon ! Des milliers de frissons me parcourent le torse et mes muscles se tendent à son toucher. Elle découvre mes abdos et, quand elle descend sur mon V, j'ai l'impression que je vais craquer. Mon entrejambe commence à durcir et je ne peux contrôler cette réaction. J'espère que Calliopé ne va pas le remarquer. Elle caresse toujours mon torse et, lorsque j'ouvre mes yeux, je n'en reviens pas. Elle est magnifique. Sa bouche est entrouverte de désir et ses yeux me montrent à quel point elle me trouve sexy.

Oh, princesse, arrête de me regarder comme ça, je ne vais plus pouvoir me retenir !

J'ai tellement envie d'elle, là, maintenant. Mon bas-ventre me brûle tellement je la désire, et je ne peux pas m'empêcher de donner des petits coups de hanches pour me soulager. Calliopé ne semble pas le remarquer et elle s'approche de mes lèvres. Lorsqu'elles se rejoignent enfin, je pousse un soupir de soulagement que je ne savais pas que je retenais. Calliopé gémit contre mes lèvres et nos langues se rejoignent. J'ai l'impression que mon cœur va sortir de ma cage thoracique.

Si tu savais l'effet que tu me fais !

Au bout de longues minutes, elle s'écarte de moi, à bout de souffle, et je dépose un chaste baiser sur ses lèvres, essayant de contrôler mes mains, qui ne demandent qu'à caresser son corps. On se regarde longuement.

– Je pense que je dois rentrer, Evan.

Je hoche la tête, me lève, récupère mon tee-shirt et tente de cacher tant bien que mal mon érection, mais Calliopé finit par s'en apercevoir et elle la regarde, les yeux exorbités. Je ris légèrement. Ne me dites pas que c'est la première fois qu'elle voit ça ? Elle était bien en couple avant, non ? Est-ce qu'en plus d'être vierge, elle n'a jamais connu aucune expérience sexuelle ? Pas même des séances de frotti-frotta à travers les vêtements ? Je ne sais pas pourquoi, mais cette idée fait battre mon cœur plus vite.

– Arrête de regarder comme si c'était un monstre, c'est une réaction naturelle ! dis-je en riant.

Elle devient écarlate, puis secoue la tête, gênée.

– Désolée, c'est juste que je ne savais pas que ça t'avait fait autant d'effet, répond-elle.

Je ris et lui prends la main.

On sort de la salle et je remonte sur la moto. Calliopé s'installe derrière moi. Elle m'indique son adresse et je la raccompagne chez elle. Je me gare devant une petite maison, dans un quartier tranquille. Elle descend de la moto, me fait un signe de la main et s'en va.

Elle se fout de moi ? Elle va partir comme ça ?

– Calliopé ! je l'appelle, énervé.

Elle se retourne, surprise, et je lui fais signe de revenir, ce qu'elle fait aussitôt.

– Oui ? demande-t-elle innocemment.

Je l'attrape par le tee-shirt et la rapproche de moi avant de déposer un long baiser sur ses lèvres.

– Tu avais oublié de dire au revoir à ton homme, je lui dis pour la taquiner, en faisant démarrer ma moto, la laissant seule devant chez elle, sous le choc.

Je vais chez Mickey, car aujourd'hui on doit se faire une soirée PlayStation. Je sonne à la porte et il vient m'ouvrir. On s'installe sur le canapé et on commence à jouer en silence. J'ai la tête ailleurs. Les baisers de Calliopé sont encore trop présents dans mon esprit et je ne pense qu'à une chose : recommencer. Je n'ai encore jamais connu ce sentiment de frustration. M'arrêter à des baisers n'est pas dans mon habitude, mais il est hors de question de la brusquer.

– Alors, ton pari, ça avance ?

La question de Mickey me sort de mes pensées.

– Ouais, tranquille, je réponds, l'air détaché.

Je ne veux pas vraiment en parler.

– Tu lui as fait quoi ? Tu l'as déjà vue à poil ou pas encore ? Je suis sûr qu'elle doit être bien foutue ! dit-il dans un rire.

Je me retiens de lui balancer mon poing à la gueule.

Je ne veux pas parler des moments que je passe avec Calliopé. C'est privé et je veux garder ça pour moi. Je ne veux pas montrer à Mickey qu'il m'a énervé, alors je fais juste « non » de la tête et il n'insiste pas. On parle encore, puis on mange des pizzas. Ma bonne humeur est revenue. Tant qu'il n'aborde pas le sujet, ça va.

Il est tard, donc Mickey va se coucher et je vais dans la chambre d'ami. Je m'allonge et je repense à la journée. Je crois que je suis en train de m'attacher à Calliopé et ça me fait carrément flipper.

18

Calliopé

Je me glisse à travers la foule en essayant de me rapprocher de la scène. James est derrière moi et me suit. Je reçois des injures de personnes qui attendent debout sur la pelouse du parc parce que je leur marche sur les pieds. Je m'excuse poliment. J'avance encore et on se retrouve juste devant la scène avec James.

Il fait nuit et un peu froid, mais c'est encore supportable. On est au concert auquel James m'a invitée quelques jours plus tôt. C'est un petit groupe de rock pas très connu, mais je sens que l'on va passer un bon moment. James, lui, est à fond et connaît toutes les chansons, une vraie groupie !

Je me suis habillée simplement d'un jean et d'une veste en cuir. James est vraiment canon avec ses cheveux relevés et son visage d'ange.

– Tu vas faire tomber toutes les filles ! je lui dis dans l'oreille pour qu'il m'entende malgré le brouhaha.

Il semble tout d'abord un peu gêné et me fait un sourire timide. Mais pourquoi, à chaque fois que je lui parle de possibles conquêtes, il réagit comme ça ? Peut-être a-t-il déjà quelqu'un et il ne m'en a pas parlé. Cela expliquerait son comportement. Je hausse les épaules et décide de ne pas y faire attention.

Un mec arrive sur scène et se présente. Il est habillé dans un style rock et punk, veste en cuir, piercings, vêtements noirs de la tête aux pieds, avec beaucoup de tatouages sur les bras. Il semble avoir la trentaine. Il est très beau. Un guitariste et un batteur sont derrière lui. Ils semblent plus jeunes mais sont tout aussi séduisants. Tout le monde se met à crier lorsque le groupe commence à jouer. J'aime beaucoup leur musique et je me laisse emporter, l'ambiance est géniale !

Je suis à fond dans le concert lorsqu'une main me touche l'épaule. Je me retourne, pensant voir James, mais je tombe nez à nez avec Dylan, un grand sourire sur le visage. Je lui fais un léger sourire, un peu méfiante par rapport à ce que m'a dit Evan et surprise de le voir ici. Je ne l'ai pas revu depuis la soirée, quelques jours plus tôt.

– Qu'est-ce que tu fais là ? hurle-t-il pour que je l'entende malgré la musique.

– Je suis venue avec un ami, je lui dis en désignant de la main James.

Il n'a même pas remarqué que je parlais à quelqu'un et il hurle les paroles de la chanson en faisant une danse plutôt… ridicule !

On se regarde avec Dylan et on éclate de rire. James se retourne et semble perdu puis, lorsqu'il voit Dylan, il devient légèrement rouge. Je pense qu'il a compris qu'il venait de se ridiculiser.

– James ! dit-il à Dylan en lui tendant la main.

Dylan la lui serre et se présente à son tour.

– Et toi, qu'est-ce que tu fais ici ? je demande, curieuse.

– Je suis venu voir mon frère jouer, dit-il en désignant le batteur du groupe.

Maintenant qu'il me le dit, c'est vrai qu'il y a un air de ressemblance : les mêmes cheveux blonds en bataille et les mêmes yeux bleus.

– Il s'en sort bien, je lui dis sincèrement.

Je lis dans ses yeux de la fierté et ça me fait chaud au cœur. Evan a beau dire ce qu'il veut, je sens au fond de moi que Dylan est une bonne personne.

On continue de bouger sur le rythme de la musique tous les trois. Dylan est plein d'admiration pour son frère, il a des étoiles dans les yeux. Il est trop mignon. Il crie pour l'encourager et, du coup, je me mets à faire de même.

Le concert se termine et, petit à petit, les personnes s'en vont. James, Dylan et moi, on reste un peu pour discuter.

– J'ai adoré! déclare James.

Ce concert est l'un des meilleurs auxquels je suis allée. Je ne connaissais aucune chanson et, pourtant, j'étais dans l'ambiance.

– Ton frère est vraiment doué! je dis à Dylan.

Un grand sourire éclaire son visage.

– Normal. En plus, il est aussi beau que son frère!

Il me fait un clin d'œil et je lève les yeux au ciel en riant légèrement. Les mecs sont-ils tous narcissiques?

– Largement plus beau que toi, oui! je réplique très sérieusement pour que ce soit crédible.

Bien sûr, je mens. Même si le batteur est très beau, Dylan l'est encore plus. Il prend un air contrit, pour faire comme si ma remarque l'avait blessé.

– Bon, les amoureux, j'aimerais bien vous entendre vous chamailler toute la nuit, mais on doit rentrer, nous! nous coupe James.

C'est vrai que, lorsqu'il est passé me prendre chez moi, ma mère a fait une apparition inattendue. Elle qui passe la journée dans son lit a décidé, pour une raison mystérieuse, de s'intéresser à la vie de sa fille. Elle m'a donc imposé un couvre-feu. Non, mais sérieusement, un couvre-feu? Un samedi? J'ai décidé de ne pas le respecter, mais apparemment, James est déterminé à me ramener à l'heure convenue.

– Attendez, je vais vous raccompagner à la voiture, nous dit Dylan.

On se met donc en route vers la vieille voiture de James en silence. Je suis très contente, même si j'essaie de ne pas le montrer. J'apprécie énormément la compagnie de Dylan, c'est vraiment quelqu'un de bien. Je ne vois vraiment pas ce qu'Evan lui reproche ! Il est peut-être jaloux que je porte de l'attention à une autre personne, vu qu'apparemment je suis « à lui ». En repensant à la dernière fois où je l'ai vu, mon cœur s'accélère sans que je ne lui aie rien demandé. Le souvenir de sa bouche sur la mienne, de mes doigts caressant son torse chaud et musclé déclenche une série de fourmillements agréables dans mon corps. Je me sens rougir en repensant à l'effet que ça lui a fait, en bas... Étrangement, à ce moment-là, au lieu de paniquer, j'ai ressenti un puissant désir pour lui.

– Comment ça s'est passé avec Evan, l'autre fois ? me demande Dylan, me sortant de mes pensées déplacées.

Dylan ne semble pas trouver cela bizarre que mes joues aient viré au rouge cramoisi et James est en train de s'éloigner de nous, le téléphone collé à l'oreille.

Je n'ai pas vraiment envie de parler à Dylan des nombreux baisers que l'on a échangés et de notre relation très... particulière. Même moi, je ne saurais pas dire ce que l'on est. Des amis ? Sûrement pas. Un couple ? Encore moins. Des connaissances ? Je pense que l'on a dépassé ce stade depuis longtemps.

Je regarde Dylan et il semble attendre ma réponse impatiemment.

– C'est... compliqué, je finis par dire. (Cette réponse me semble la plus représentative d'Evan et moi.) Il ne t'aime pas beaucoup.

– Je sais, me répond Dylan froidement.

Pas d'explication. Rien que deux mots et son expression

douloureuse. Je n'ai pas envie de poser plus de questions. Pour une fois, je décide de me taire et d'enfouir mon sentiment de curiosité au plus profond de moi-même. On continue silencieusement la route avec une certaine gêne et James revient.

– Eh bah, dis donc, quelle ambiance! dit-il ironiquement.

– Je pense que je vais aller voir mon frère, nous dit Dylan.

Je suis déçue qu'il s'en aille déjà.

James lui fait un signe de la main et s'éloigne pour nous laisser nous dire au revoir tranquillement.

– Donne-moi ton téléphone, me demande Dylan.

Je le lui tends et il enregistre dedans son numéro.

– Si jamais tu as besoin de parler, je suis là...

– Merci.

Même si je ne connais pas Dylan depuis très longtemps, je l'apprécie. Il est gentil et semble attentionné. Je sais que, si jamais il m'arrive quoi que ce soit, je pourrai compter sur lui. Je le regarde s'éloigner, les mains dans les poches, et je rejoins James.

– Merci pour cette soirée, j'ai adoré!

– De rien, je suis content d'avoir partagé ça avec toi!

– Tu appelais qui, tout à l'heure? je le questionne, ma curiosité de retour.

– Hmm... (Il se passe une main dans les cheveux.) Un... ami, me répond-il, un peu hésitant.

Encore une fois, je ne comprends pas sa réaction. Pourquoi paniquer s'il a juste appelé un pote? Je le regarde, suspicieuse, mais il tourne la tête et je ne peux donc pas lire en lui.

– Écoute, James, je sais que l'on ne se connaît pas depuis longtemps, mais tu peux tout me dire. Si tu as besoin de te confier, je suis là, je le rassure.

– J'ai confiance en toi, mais je ne veux pas en parler pour l'instant tant que je ne suis pas sûr moi-même...

– Pas de problème !

Je lui fais un sourire et on arrive enfin à la voiture. Je commence à monter lorsque je me rends compte que j'ai une envie très pressante d'aller aux toilettes.

– James, tu vas me tuer ! je lui dis, sachant très bien qu'il déteste perdre du temps.

– Qu'est-ce qu'il y a ? demande-t-il, inquiet.

Il est déjà installé dans la voiture et moi, je suis toujours debout, la poignée de la porte en main.

– Il faut absolument que j'aille aux toilettes, j'avoue avec une petite moue désolée.

Il soupire et lève les yeux au ciel.

– Il n'y a pas de toilettes par ici, me dit-il.

Merde. Comment je vais faire ? Je suis vraiment très pressée. Je ne vois plus qu'une seule solution : les buissons ! Il faut que je trouve un coin dans ce parc où il n'y a personne et je pourrai me soulager en toute intimité.

– Je reviens ! je dis à James, et je pars à la recherche d'un coin isolé.

Je le trouve finalement et je fais ce que j'ai à faire.

Lorsque je retourne à la voiture, j'entends deux personnes parler à voix basse derrière un muret. Je ne peux pas voir qui c'est à cause de la pénombre, mais il me semble que c'est une blonde, et lorsque la personne avec laquelle elle discute se met à parler, des frissons me parcourent. Non, impossible, ça ne peut pas être lui ! Qu'est-ce que Evan ferait ici ? Je me rapproche en essayant de ne pas faire trop de bruit et m'accroupis derrière un buisson. Ils ne peuvent évidemment pas me voir, mais moi, je les vois bien distinctement maintenant. Cassandra est adossée contre un muret et Evan est devant elle, ses deux bras autour de sa taille. Je ressens un pincement au cœur en les voyant aussi proches et j'ai une soudaine nausée. Je sais que je devrais tourner les talons et partir, mais je suis comme clouée au sol, dans l'attente de voir ce qu'il va se passer.

– Mais tu es souvent avec elle, ça ne me plaît pas du tout... dit Cassandra.

– Tais-toi et embrasse-moi ! murmure Evan.

À ce moment-là, mon cœur lâche. J'ai envie de pleurer, de hurler, de crier, de tout casser. Evan n'est qu'un putain de menteur. Tout ce qu'il m'a dit me revient en tête : « Bien sûr, je suis jaloux, bébé, tu es à moi. » Et moi qui pensais que nos baisers avaient été aussi spéciaux pour lui que pour moi ! Je suis trop naïve ! J'ai été conne : il ne m'a jamais rien promis, je me suis fait des films depuis le début ! Aby m'avait prévenue, Evan est un séducteur né et je me suis fait avoir comme une débutante. Son petit jeu de séduction n'avait qu'un seul but : ajouter une nouvelle conquête à son tableau de chasse.

J'essaie de reprendre ma respiration et je pose une main sur mon cœur pour le calmer. On pourrait croire que je viens de terminer un marathon ! Je jette un nouveau coup d'œil et, lorsque je vois la tête d'Evan dans le cou de Cassandra, je crois que cette fois-ci les larmes coulent réellement sur mes joues. Cassandra n'arrête pas de gémir et j'ai envie de partir pour ne plus avoir à subir cet enfer, mais mes pieds sont cloués au sol. Mes yeux ne veulent pas se détacher d'eux. Je m'imagine à la place de Cassandra. Je suis comme elle, après tout, une simple fille qui tombe sous le charme du mystérieux et sexy mec du lycée qui, lui, ne pense qu'à coucher. Les filles sont ses jouets. Il s'amuse et, quand il en a marre, il les jette. Lorsque Cassandra commence à déboutonner son haut, je me résous à partir. Mon corps répond enfin et j'arrive à me relever, mais lorsque je me retourne pour y aller, je marche sur une branche, ce qui provoque un craquement sonore. Merde.

– Qui est là? demande Cassandra.

J'entends des pas qui se rapprochent de plus en plus de l'endroit où je suis. Je devrais partir en courant, mais mes pieds restent à nouveau cloués au sol. Je tremble et mon cœur bat encore plus vite du fait d'avoir été surprise. Je ne sais pas ce qu'il va se passer et ça me fait flipper. Je tremble de partout et je me sens vraiment mal, détruite. Une main se pose sur mon épaule et mon corps pivote de lui-même. Je me retrouve face à Evan. Il est tellement beau. Ses lèvres sont rouges à cause du baiser qu'il vient d'échanger et ses cheveux sont en bataille. Les larmes coulent toujours sur mes joues et je suis très en colère, mais je ne bouge pas, je ne dis rien. L'expression que je lis dans ses yeux me déchire le cœur. J'ai l'impression qu'il souffre, qu'il s'en veut.

– Ne pleure pas, princesse, je vais t'expliquer... murmure-t-il d'une voix brisée, à peine audible.

– M'expliquer quoi, Evan?

Ma voix est méconnaissable, un mélange de colère et de douleur. Pourquoi s'entête-t-il à vouloir me parler?

– Je... Elle n'est rien pour moi, je suis bourré. Ne me quitte pas, Calliopé.

Je sens de la détresse dans sa voix et dans son regard.

– Pourquoi je te quitterais, on n'est même pas ensemble! je réplique froidement.

– Je veux dire là, maintenant. Reste avec moi ce soir, s'il te plaît...

Je ne comprends rien de ce qu'il me raconte. Pourquoi voudrait-il que je reste? Je suis épuisée, j'en ai vraiment marre de tout ça et je veux rentrer chez moi. Dans un accès de colère, ma main s'échoue avec un grand « clac » sur la joue droite d'Evan.

Je tourne les talons et je m'en vais.

19

Evan

– Evan, ça va? hurle Cassandra alors que je vois la seule personne à qui je tiens s'éloigner de moi.

Mon cœur me fait mal et je n'arrive plus à bouger. J'ai envie de courir pour la rattraper, mais mes pieds sont cloués au sol. Je devrais être énervé contre elle, car elle m'a giflé, mais je suis juste triste.

Sa gifle m'a fait tellement mal – pas physiquement, car je suis habitué aux coups, mais mentalement. J'ai eu l'impression que quelque chose se déchirait en moi. J'étais énervé pendant trente secondes et, quand j'ai vu qu'elle partait, j'ai cru que j'allais devenir fou.

Alors que j'essaie de reprendre mes esprits, je sens deux bras enlacer mon torse et un frisson de dégoût me parcourt le corps. Je détache les bras de Cassandra et me retourne brusquement. Je lui lance un regard noir.

– Qu'est-ce qu'il y a, bébé? me susurre-t-elle en essayant de me prendre dans ses bras.

Je me retiens pour ne pas lui foutre mon poing dans la gueule. Je ne vais pas être violent avec une fille.

– Barre-toi, Cassandra, ne me pousse pas à bout, lui dis-je méchamment.

– Tu avais l'air plutôt chaud il y a à peine un quart d'heure. Appelle-moi si tu en as besoin, dit-elle en s'éloignant de moi.

Encore une personne qui part, mais là, je m'en fous. Je revois le regard blessé et meurtri de Calliopé, je me rappelle encore les larmes qui coulaient sur son magnifique visage, son expression détruite. J'ai mal au cœur, j'ai envie de vomir, de tout casser. Je donne un coup dans l'arbre à côté de moi. Si ça avait été une autre fille, je n'en aurais rien eu à faire, mais là c'était Calliopé et je ne veux plus jamais voir de la douleur dans son regard. Ça me tuerait.

J'étais à ce fichu concert, car Mickey m'y avait entraîné de force. Je ne savais pas que j'allais tomber sur le frère de Dylan. Je pense qu'il ne m'a pas vu mais, s'il était là, c'est que Dylan n'était pas loin. J'étais tellement énervé que j'ai descendu plusieurs verres d'alcool sans vraiment les compter.

Cassandra était là, allez savoir pourquoi, et j'avais vraiment besoin d'elle à ce moment-là. Elle allait m'aider à tout oublier, à extérioriser ma colère. Tout à l'heure, dans les buissons, plus rien n'existait, ni le pari, ni Dylan, ni Calliopé. J'étais prêt à tout oublier pour simplement coucher avec une fille et ne plus avoir à me préoccuper de rien.

Je me passe la main dans les cheveux et soupire de frustration. Pourquoi est-ce que j'ai demandé à Calliopé de ne pas me quitter? J'avais vraiment envie qu'elle reste à mes côtés, mais elle est partie et je ne peux m'en prendre qu'à moi-même. Il va falloir que je donne tout pour la récupérer, sinon il n'y a plus de pari. Mais, au fond de moi, je sais que ce n'est pas ça qui me fait peur. Rien que de me dire que je ne lui parlerai plus me déchire, alors la perdre me détruirait.

Je quitte enfin les buissons et je mets mes écouteurs, car je vais devoir rentrer à pied. Ça va, car ma maison n'est pas très loin, mais honnêtement ça me saoule. Je n'ai pas la tête à marcher. J'ai juste une envie : c'est de retrouver mon lit et de dormir. Sur le chemin du retour, je ne pense qu'à une chose : Calliopé. Je n'arrive pas à me la sortir de la tête, je ne pense qu'à son expression quand elle m'a quitté. Et dire que j'ai failli craquer devant elle ! Je sentais les larmes monter, putain !

J'ouvre la porte de chez moi doucement pour ne réveiller ni mon père ni Maria. J'enlève mes chaussures et monte dans ma chambre. Je me déshabille et je me glisse sous la couverture en caleçon. J'attrape mon téléphone et je commence à écrire un message pour Calliopé. J'hésite beaucoup avant de l'envoyer, et finalement je repose mon téléphone. J'ai trop de fierté pour m'excuser maintenant. Je veux attendre quelques jours et j'irai lui parler face à face.

***

– Ça pue la chèvre, ici !

Je grommelle et me protège les yeux à cause de la lumière qui s'infiltre dans la chambre. Il n'y a que Mickey pour rentrer comme ça et sortir des expressions que plus personne n'utilise depuis trente ans.

– Casse-toi, frère, je n'ai pas la tête à rire ! je l'agresse.

J'ai juste envie de dormir et, en plus de ça, j'ai l'impression d'avoir un marteau-piqueur qui me broie la tête.

– Vu que tu n'es pas venu en cours pendant deux jours, j'ai décidé de prendre les choses en main, commence-t-il en ouvrant les volets.

Je le défonce quand ?

– C'est bon, *maman*, laisse-moi dormir, j'ironise à moitié en enfouissant encore plus ma tête dans l'oreiller.

– Très drôle ! dit-il.

Deux secondes plus tard, il se jette sur le lit.

– Tu m'as tellement manqué, Evaaaaan ! hurle-t-il en prenant une voix de pouffe.

Je ne peux retenir un rire et le pousse du lit. Je me lève et pars dans la salle de bains pour prendre une douche. Je m'en fous de laisser Mickey seul chez moi, il sait comment se débrouiller.

Je rentre dans la douche et je repense à ces derniers jours. Je ne suis pas retourné en cours parce que je ne me sentais pas prêt à affronter l'indifférence de Calliopé. J'ai fait une connerie au concert en embrassant Cassandra et je regrette énormément, mais comment lui faire comprendre ? La connaissant, elle ne voudra rien entendre et n'en fera qu'à sa tête. Pourquoi doit-elle avoir un caractère de merde ?

Tu l'aimes bien, ce caractère de merde, me chuchote ma conscience, et je secoue la tête pour faire partir cette pensée de mon esprit.

Je soupire et le jet d'eau chaude m'apaise. Je sors de la douche et je mets une serviette autour de la taille avant de retourner dans la chambre. Je manque d'éclater de rire quand j'entre et que je vois Mickey, un bandeau sur la tête pour maintenir ses cheveux en arrière et un balai entre les mains. Il est tellement ridicule. Et qu'est-ce qu'il fout d'ailleurs ? Il ne m'a pas entendu arriver et il siffle tranquillement. Pourquoi mon meilleur ami est-il si bizarre ?

– Euh… mec ? Tu fous quoi ? je lui demande, moqueur.

– Bah, le ménage, ça ne se voit pas ? me répond-il comme si tout était normal.

Je décide de le laisser dans son délire et je m'habille rapidement avant de retomber sur mon lit.

– Alors, pourquoi t'es pas venu en cours, tu te la joues rebelle ? me questionne Mickael, moqueur.

– J'étais crevé !

– Ne va pas me faire croire ça ! C'est à cause de Cassandra, non ? Elle n'arrête pas de raconter à tout le monde que tu l'as laissée en plan samedi soir.

– Je n'ai pas envie d'en parler, je réponds, exécrable à cause des souvenirs de la soirée qui remontent.

Je veux tout oublier, j'aimerais ne jamais avoir eu à faire ce putain de pari. J'ai cru que j'allais m'en remettre, mais Calliopé est tout le temps dans mes pensées.

– Comme tu voudras, mais ce soir on va à une soirée et toute la classe est invitée ! s'exclame-t-il.

Je n'ai qu'une envie, c'est de refuser, mais quand je pense qu'il y aura toute sa classe, j'ai le mince espoir d'y voir Calliopé et j'entrevois l'occasion parfaite de pouvoir me rattraper.

– Très bien, je réponds.

Je fais mine de ne pas voir Mickey sauter au plafond. Il peut vraiment se comporter comme un gamin parfois.

– Super ! Ce soir, je vais enfin pouvoir baiser ! hurle-t-il.

Je rigole tout en levant les yeux au ciel. Ce mec ne pense vraiment qu'au cul !

– Charmant, je lui réponds, et il me fait un clin d'œil.

– Ah, au fait, je voulais te demander un truc ! dit-il avec un sourire malicieux.

Oh, putain ! Mickey et ses questions… Quelque chose me dit que ce qu'il va me demander ne va pas me plaire…

– T'as baisé la sainte-nitouche ?

J'avais raison. Je fronce les sourcils méchamment.

– Ne t'énerve pas, je demande juste. T'es amoureux ou quoi ? demande-t-il.

Toute forme de colère me quitte et la surprise s'installe. Moi ? Amoureux ? Mais comment peut-il me demander ça… Mickey me connaît par cœur, il sait que je n'ai pas de sentiments, et encore moins amoureux. J'apprécie Calliopé, mais de là à dire que je suis amoureux, il ne faut pas exagérer !

– Mais t'es malade ou quoi ! Je réagis comme ça parce que… je commence en réfléchissant à un mensonge à dire à Mickael.

Si je commence à lui raconter que je l'apprécie, il ne va pas me lâcher et va me faire chier jusqu'à la fin du pari.

– Parce que ça m'énerve qu'elle me résiste ! je finis par dire.

Et, dans un sens, c'est la vérité.

– Ne t'inquiète pas, elle finira par succomber au charme du prince charmant, dit-il.

– Bref, en attendant la soirée, tu n'avais pas une revanche à prendre ? je lui rappelle.

– Ah, si ! dit-il en se précipitant sur le canapé de ma chambre, qui est en face d'un grand écran. *FIFA*, nous voilà !

***

– C'est bon, ne boude pas, tu gagneras la prochaine fois, je rassure Mickey en essayant de garder mon sérieux et de ne pas me moquer de lui.

Il a perdu toutes les parties que l'on a pu faire. Il me lance un regard blasé et monte du côté passager.

Je me gare devant une grande maison avec une piscine. Il fait nuit et il y a déjà une grosse ambiance. On entend la musique qui est à fond et la soirée a vraiment l'air au top. Je rentre et salue les gens que je connais, donc à peu près tout le monde, mais je ne pense qu'à une seule personne. Je la cherche un peu partout et mon cœur s'accélère lorsque je la repère finalement près de la piscine. Elle est de dos et elle a les pieds dans l'eau. Elle ne me voit pas. Je prends mon courage à deux mains et m'avance vers elle. J'enlève mes chaussures et je m'assois à ses côtés.

– Tu es mignonne, je lui dis en la regardant pour apaiser la tension électrique qui plane entre nous.

Ses cheveux blonds sont ramenés en une queue-de-cheval haute et elle est en salopette. J'ai envie de la manger. Ses sourcils se froncent et elle tourne la tête lentement pour plonger ses yeux bleus dans les miens. J'y lis de la colère et une pointe de soulagement.

– Ne commence pas, Evan! dit-elle d'une voix glaciale qui me fait frémir et qui serre mon cœur.

– Commencer à quoi?

– À faire comme si de rien n'était, répond-elle après un long silence.

Elle a raison, il faut que je change de stratégie si je veux la récupérer.

– Je suis désolé... Je n'avais pas envie de te blesser l'autre soir. J'étais bourré et...

– Je n'ai pas besoin de tes excuses, répond-elle froidement et elle détourne le regard.

Elle soupire et commence à se lever, mais je ne veux pas la laisser partir, pas encore une fois. Je me lève aussi et attrape son bras pour la ramener contre moi. Je ne suis rassuré que lorsqu'elle est dans mes bras.

– Laisse-moi partir! dit-elle en se débattant, mais je la tiens fermement entre mes bras.

Je l'observe et passe délicatement une main sur sa magnifique bouche.

– Tes lèvres m'ont manqué, je lui dis.

Elle se fige. Je sens son cœur battre fort contre mon torse. Je ne regarde que ses yeux, ébloui par la beauté de leur couleur océan.

Je n'ai plus qu'une envie: retrouver ses lèvres, qui m'ont hanté ces derniers jours, et m'abandonner dans ses bras. Je veux entendre ses soupirs contre mon oreille, enfouir ma tête dans son cou et respirer son odeur, avaler ses gémissements. Mais je ne fais rien de tout ça. J'attends. J'attends que ce soit elle qui craque la première et qui m'embrasse. Je sais qu'elle ressent aussi la tension sexuelle qui nous dévore, je sais qu'elle rêve de dévorer mes lèvres. Ses joues sont en feu et elle n'arrête pas de se mordre la lèvre inférieure comme pour se retenir, pour tenter de résister.

Oh, princesse... Ça ne sert à rien de résister, tu finiras toujours par succomber.

Après quelques secondes, je vois qu'elle ne cède toujours pas à ses pulsions, alors je décide de prendre les devants et j'avance lentement mon visage dans sa direction. Je n'en peux plus. J'ai l'impression que, si je ne pose pas mes lèvres sur les siennes, je vais craquer. Mais lorsque j'avance ma tête, elle semble reprendre ses esprits et recule brusquement. Tellement vite qu'elle fait un faux mouvement et tombe dans l'eau.

– Calliopé ! je hurle lorsque j'entends le bruit de son corps qui frappe l'eau.

Je ne réfléchis même pas et j'enlève mon tee-shirt avant de plonger dans la piscine. Mon cœur bat très vite et je me pose mille questions. Et si elle s'était cogné la tête ? Et si elle ne savait pas nager ? Et s'il lui était arrivé quelque chose par ma faute ? Je ne m'en remettrais pas. Une fois dans la piscine, je sors la tête de l'eau et je regarde autour de moi. Je vois Calliopé un peu plus loin, en train d'agiter les bras pour garder la tête hors de l'eau. Si je n'étais pas aussi inquiet, la situation m'amuserait. Je nage dans sa direction et la prends dans mes bras. Elle s'accroche fort à mon cou comme si j'étais sa bouée de sauvetage.

– J... j'ai eu si peur... Une fois, quand j'étais petite, j'ai failli me noyer et depuis je... dit-elle dans mon cou, la voix tremblante.

Elle frissonne entre mes bras et ma gorge se serre quand j'entends la panique dans sa voix. Je la serre encore plus fort contre moi et elle passe ses jambes autour de ma taille.

– Je suis là maintenant, je ne te lâcherai plus, lui dis-je dans un souffle.

20

Calliopé

Je sens ses bras autour de moi. Il me porte et il me semble que l'on sort de la piscine. Je garde les yeux fermés parce que j'ai eu peur et que j'ai vraiment honte.

Mais quelle idiote, aussi !

Comment ai-je pu me noyer ? Je sais nager, mais j'ai perdu tous mes moyens. Il me fait perdre tous mes moyens. Mais ce n'est pas parce qu'il a voulu m'embrasser que je vais changer d'avis. Je suis venue à cette fête déterminée et je ne compte pas pardonner à Evan, quoi qu'il fasse ou dise. Je ne retomberai pas dans ses bras… Du moins, au sens figuré, parce qu'au sens propre, c'est déjà fait.

Lorsqu'il me dépose sur la terre ferme, j'ouvre les yeux. Ses bras sont toujours autour de moi pour me soutenir au cas où mes jambes lâcheraient. Il a vraiment l'air inquiet : ses sourcils sont légèrement froncés et ses yeux me scrutent comme s'ils cherchaient la moindre blessure. Comme il n'en voit pas, il pousse un soupir de soulagement et son regard vient se perdre dans le mien.

– Ça va ? demande-t-il.

– Non, Evan, ça ne va pas, je réponds sèchement.

Et c'est la vérité. Physiquement, tout va bien, mais depuis le concert, je ne mange plus, je ne rigole plus. Evan m'a tellement déçue et il m'a vraiment fait mal. J'étais attachée à lui, je lui avais donné ma confiance. Alors, oui, on n'était pas en couple, mais je pensais quand même que j'étais la seule avec qui il jouait. Il n'est même pas venu en cours après, sûrement trop occupé avec ses pouffiasses.

– C'est à cause de moi? demande-t-il.

– Oui.

– Je t'ai déjà dit que ce n'était rien, Calliopé, j'étais bourré, dit-il d'une voix triste.

– Un baiser, ce n'est pas rien, et vous sembliez vouloir aller plus loin.

– Et alors? Je ne t'ai jamais rien promis! Tout était clair depuis le départ, on n'est pas ensemble!

Il hausse le ton, les sourcils froncés.

– Tu as raison, mais maintenant je veux que tu arrêtes de jouer avec moi, je ne suis pas comme tes pouffiasses, je crache.

– Attends, tu es jalouse? me demande-t-il avec un petit sourire malicieux.

Ça m'énerve, je veux lui faire ravaler son putain de sourire.

– Oui, je réponds pour le déstabiliser.

Et je suis satisfaite lorsque je vois son sourire disparaître petit à petit pour laisser place à une expression surprise.

– Pourquoi? me demande-t-il, curieux.

Je ne peux pas lui dire que je suis attachée à lui. Je ne dois pas lui pardonner, je dois rester loin de lui pour éviter qu'il me fasse plus de mal.

– Je dois y aller! dis-je en me dégageant de ses bras.

Et je prends la fuite avant qu'il ait le temps de réagir.

Je cours et m'arrête derrière un mur, essoufflée. Il n'a pas l'air d'avoir couru après moi, tant mieux.

Je pars à la recherche d'Aby, que j'ai perdue dès le début de la soirée. Je rentre dans la villa, qui est vraiment magnifique, et je cherche une brune avec une robe rouge. Je la repère, debout sur la table de la cuisine, en train de danser collé-serré avec un gars qui ne me semble pas inconnu. Je secoue la tête : elle est si extravertie ! Je décide de ne pas la déranger et je pars chercher James pour ne pas rester toute seule.

Je le cherche un peu partout, mais je ne le trouve nulle part. J'ai la tête qui tourne à cause de la chaleur, donc je monte pour essayer de trouver une salle de bains. J'arrive dans un très long couloir, où je vois une fille allongée par terre, écroulée le long des portes. Mais c'est quoi, ce délire ? Je m'approche d'elle et la secoue légèrement par l'épaule. Elle ouvre les yeux et ils sont très rouges.

– Ça va ? je demande.

Elle ne fait que me fixer et ne me répond pas. Elle me file la chair de poule. Je décide de ne pas faire attention. Elle doit être défoncée et je cherche une salle de bains. J'actionne un peu toutes les portes au hasard, mais elles sont toutes fermées à clé. Je suis en train de désespérer lorsque je vois une porte s'ouvrir et James en sortir très rapidement.

– James ! je l'appelle.

Il se retourne, car il allait dans la direction opposée de là où je suis.

Lorsqu'il me voit, ses yeux s'ouvrent très grands et il semble paniqué. En quelques secondes, il est juste devant moi. Il me prend le bras.

– Qu'est-ce que tu fais là ? demande-t-il en regardant dans la direction de la chambre d'où il vient de sortir.

On dirait qu'il a peur qu'une personne en sorte.

– Je cherchais une salle de bains pour me rafraîchir ! je réponds alors qu'il m'entraîne déjà vers l'escalier.

– Elles sont toutes occupées, tu verras plus tard, me dit-il.

J'ai vraiment l'impression qu'il ne veut pas que je reste dans ce couloir.

– Et toi, qu'est-ce que tu fais là ? je demande une fois en bas de l'escalier.

– Attends, on va discuter dehors, hurle-t-il à cause de la musique.

J'espère qu'Evan n'est plus dehors, je n'ai pas envie de retomber sur lui. J'essaie de lui résister, mais ce n'est vraiment pas facile ! À chaque fois que je le vois, j'ai envie d'embrasser sa parfaite bouche, sa mâchoire, passer mes mains sur son torse parfaitement dessiné.

Stop, Calliopé, tu divagues !

On arrive devant la piscine, et après de brefs coups d'œil, je constate qu'il n'est plus là. Tant mieux !

– Alors, que faisais-tu là-haut ? je demande, curieuse.

– Je… dormais ! dit-il.

Je lève un sourcil. S'il pense que je vais croire son mensonge ! Je m'apprête à répliquer lorsque je vois un suçon dans son cou. C'est une blague ? Ne me dites pas que James est comme Evan ? Qu'il couche avec n'importe qui ? Il voit que je bloque sur son cou et il remonte son col pour que je ne le voie plus, mais c'est trop tard !

– Attends, t'as couché avec une fille que tu ne connaissais même pas ? je demande, offusquée.

J'espère vraiment que ce n'est pas le cas.

– Ce n'est pas ce que tu crois, dit-il en regardant partout autour de lui, gêné.

– C'est quoi, alors ? je le questionne.

Et à ce moment-là, j'ai l'impression de me comporter comme sa mère.

– C'est mon… ma copine, dit-il finalement en me regardant droit dans les yeux.

Tout mon énervement retombe aussitôt. Je ne sais pas pourquoi, mais je le crois immédiatement, il semble vraiment sincère.

– Mais pourquoi tu ne me l'as pas dit avant ? C'est super ! Je la rencontre quand ? Elle est belle ? Ça fait longtemps que vous êtes ensemble ? Attends... vous avez fait quoi, dans la chambre ? Vous avez... couché ensemble... ? je demande avec peut-être un peu trop d'enthousiasme.

Je dois faire carrément flipper avec toutes mes questions, car il me regarde bizarrement.

– Euh... je ne sais pas. Tu veux que je réponde à quelle question ? demande-t-il, amusé.

On se regarde quelques instants, puis on éclate de rire.

– Laisse tomber ! Tant que tu es bien avec elle, ça me va ! je réponds honnêtement.

James a l'air heureux et ça me fait du bien de voir mon ami comme ça.

– Merci ! répond-il, un grand sourire sur le visage.

Mais il semble un peu... préoccupé. J'ai l'impression qu'il ne m'a pas tout dit. Je suis sûrement parano !

Je regarde autour de moi et vois Evan qui nous fusille du regard. Tiens, le grand retour ! Quand est-il arrivé, d'ailleurs ? Je décide de ne pas faire attention à son regard meurtrier et continue de parler à James.

– Pourquoi il nous regarde comme ça, Brad Pitt ? demande James.

– Brad Pitt ? Mais il n'est même pas blond !

– Et alors ! Il se croit beau, et en plus il a toutes les filles à ses pieds.

– En même temps, il l'est, mais Brad l'est plus ! je réplique, songeuse, en comparant dans mon esprit Evan et Brad Pitt.

En vérité, Evan est dix fois plus beau, mais je ne l'avouerai jamais, et encore moins devant James. Il ne ferait que me taquiner.

James lève les mains, l'air de dire « les filles, toutes les mêmes ! », et je ris encore plus. Je me retourne dans la direction d'Evan mais, à ma plus grande surprise, il a disparu.

– Il est parti où ? je demande à James, qui regarde derrière moi, inquiet.

Je n'ai même pas le temps de comprendre ce qu'il se passe que je me retrouve la tête en bas. Evan me porte comme un vulgaire sac à patates. Mais qu'est-ce qu'il lui arrive ? Ah oui ! Evan le lunatique est de retour…

– Mais qu'est-ce que tu fous ? je demande en essayant de me dégager.

– Arrête de gigoter, princesse. Déjà que tu n'es pas légère, me provoque Evan.

– Va te faire foutre, Evan ! Je pèse moins de soixante kilos ! je réplique, vexée.

– C'est ce que je dis, tu n'es pas un poids plume ! poursuit-il en riant.

Ah, ça l'amuse ?

– Je pense que tu n'as pas assez de force, c'est tout ! je réplique, fière de ma repartie.

– D'accord, tu as gagné sur ce coup-là, je n'ai rien à répondre. Tu as gagné une bataille, mais pas la guerre, dit-il en prenant un ton dramatique.

Je ne peux m'empêcher de rire.

– C'est censé être une menace ?

– Plus un avertissement, dit-il, légèrement amusé.

– Bon, repose-moi par terre maintenant !

– Non, dit-il.

Parfois, il peut se montrer mature, mais la plupart du temps, c'est un vrai gamin.

Je lance un regard à James, qui depuis tout à l'heure nous observe, amusé. J'articule « aide-moi » dans l'espoir qu'il trouve un moyen pour me faire descendre de là. Il me fait un clin d'œil et s'en va à reculons. Merci, James ! Pour une fois que j'ai besoin de lui...

– Sale lâche ! je hurle.

Et James, qui est déjà loin, me fait un grand sourire et un bisou de la main.

Je vais le tuer !

– J'adorerais passer la nuit ici, Evan, mais je commence à avoir mal à la tête, j'ironise.

– Tu ne descends pas tant que tu ne m'as pas pardonné ! dit-il.

Il n'a trouvé que cette solution pour se faire pardonner ? Ce n'est pas très imaginatif, et surtout, ça ne marche pas comme ça.

– Je ne te pardonnerai pas, Evan, je ne retomberai pas dans ton piège, je dis sérieusement.

L'heure n'est plus à la rigolade.

– Je ne t'ai jamais piégée, princesse.

Ce n'est pas très pratique de parler alors que j'ai la tête à l'envers et qu'il ne me voit pas.

– Est-ce que tu sors avec Cassandra ? je demande.

J'espère vraiment qu'il va me dire non, car si c'est oui, ça veut dire que la salope, dans l'histoire, ce n'est pas elle mais moi.

– Non, c'est plus mon... plan cul, avoue-t-il.

J'avale ma salive de travers. Je commence à tousser comme une folle et Evan doit paniquer, car il me repose immédiatement par terre. J'essaie de respirer profondément pour arrêter les quintes de toux et j'ai envie de rire quand je vois Evan regarder partout autour de lui, cherchant quelque chose à me donner.

– De l'eau, je demande, et ma voix ressemble à celle de Dark Vador.

Le genre de voix horrible que je n'avais vraiment pas envie qu'Evan entende. Il me soulève et me met sur son dos. Je le vois courir vers la piscine. Mais qu'est-ce qu'il fout ? Il plonge avec moi et je ressors quelques secondes après. Je m'agrippe à lui.

– Mais t'es malade ou quoi? je l'agresse.

Ma voix est redevenue normale, pour mon plus grand soulagement.

– T'as demandé de l'eau, et moi, j'ai paniqué, dit-il en attrapant mes cuisses pour les mettre autour de sa taille, un sourire vainqueur sur le visage.

Je ne peux m'empêcher de rire.

– J'aime bien quand tu rigoles, dit-il.

Oh, non… Evan est passé en mode séducteur et je pense que je ne vais pas résister longtemps. Je lui fais un sourire timide.

– On est de retour au point de départ : toi et moi dans l'eau, dit-il avec une voix douce.

Mon Dieu, aidez-moi à ne pas lui sauter dessus.

Ce mec est une véritable perfection. Surtout avec les cheveux mouillés et sans tee-shirt, car il n'a pas pris la peine de le remettre depuis qu'il m'a « sauvée » tout à l'heure.

– Si je te pardonne, tu ne seras rien qu'à moi? je demande.

Il me fait un grand sourire.

– Ça veut dire que tu me pardonnes?

– Réponds à la question d'abord! dis-je en essayant de ne pas me laisser attendrir par ses yeux qui pétillent.

– Si tu veux dire que je n'embrasserai plus d'autres filles, alors oui, je serai à toi.

Mon cœur rate un battement à ces mots. Ces mots que j'ai tellement rêvé d'entendre. Je ne sais pas si je peux lui faire confiance, mais j'en ai envie. J'ai envie de croire en lui et j'ai l'espoir de créer un « nous ».

– Alors, vous êtes pardonné, monsieur Miller, je lui dis.

Et je pose finalement mes lèvres sur les siennes.

Je retrouve son goût, les frissons habituels qui me parcourent le corps. Je le sens sourire contre mes lèvres et il me mord la lèvre inférieure. Je recule, passe mes bras autour de son cou. Il blottit sa tête dans mon cou, me fait un câlin. C'est adorable et il est parfait.

– Tu passes la nuit avec moi? me murmure-t-il dans l'oreille, et je me crispe.

Comment gâcher un merveilleux moment en deux secondes…

21

Evan

– Attends, tu te fous de ma gueule là, Evan ? Passer la nuit avec toi ? Mais tu m'as prise pour qui ? Une fille facile ?

Elle se détache de moi et s'éloigne un peu, non sans me fusiller du regard.

OK. J'ai peut-être voulu y aller un peu trop vite. Je ne pensais pas qu'elle coucherait avec moi, mais qui ne tente rien n'a rien. Et c'est difficile pour moi de lui résister alors qu'elle est trempée et que je peux apercevoir sa poitrine, à peine cachée par un joli soutien-gorge rose à dentelles. Je n'ai qu'une envie, l'arracher et découvrir le goût de sa peau, mais il faut que je me retienne, que je calme mes pulsions. Calliopé n'est pas comme les autres, il faut que j'y aille doucement. Je veux faire les choses bien, à son rythme.

– Ce n'est pas ce que je voulais dire… je commence doucement en espérant qu'elle se calme.

– Ah non ? répond-elle en levant légèrement son sourcil droit.

Son ton est complètement ironique et elle me toise durement.

– Je voulais juste qu'on dorme ensemble, comme un couple normal.

– Ah, parce qu'on est en couple ?

Je suis surpris par sa question et en même temps irrité. C'était clair, non? Quand j'ai dit que je n'embrasserai pas d'autres filles, pour moi c'était censé signifier que l'on était en couple. Je n'ai jamais été en couple de toute ma vie et je ne sais pas comment m'y prendre, mais il faut que je passe par cette étape pour le pari. Je m'en veux de faire ça à Calliopé. Je me traite tous les jours de connard pour ça. Je la fais espérer, croire en moi, je lui demande de me faire confiance alors qu'au fond, je la trahis chaque jour un peu plus.

– Je ne sais pas ce que l'on est, mais c'est clair qu'on est plus que de simples amis, je réponds finalement.

– Je ne sais pas ce que l'on est non plus, Evan…

Elle semble perdue dans ses pensées, ce qui me fait culpabiliser encore plus à cause du pari. Pourquoi a-t-il fallu que ce soit elle? Ça ne pouvait pas être une de ces bimbos superficielles que j'ai l'habitude d'avoir dans mon lit?

Le problème, c'est que la fille devait être vierge, et j'imagine que Calliopé est la seule qui le soit encore en terminale. Son copain a été con de ne pas lui avoir appris le plaisir. Je suis sûr qu'il était puceau aussi parce que, si Calliopé avait été à moi, j'aurais profité de chaque parcelle de son corps, de ses courbes si parfaites. En fait, heureusement qu'il n'a rien tenté. Rien que de penser à Calliopé nue contre un autre mec, ça me fait frissonner de dégoût. Elle est à moi, personne n'a le droit de la toucher.

– Et pour dormir avec moi, t'en dis quoi, alors?

Je lui fais mon plus beau sourire pour qu'elle accepte. J'ai vraiment envie de la tenir contre moi cette nuit, même si on ne fera rien.

Elle me regarde, cherchant sûrement à voir si je n'ai vraiment aucune pensée perverse. Elle penche la tête sur le côté et fronce légèrement les sourcils. De petites gouttes d'eau sont prises dans ses cils. Elle cherche à lire en moi.

– Si on ne fait que dormir, à quoi ça sert que l'on soit ensemble ? demande-t-elle, suspicieuse.

Pas bête, chérie.

– Je veux juste te tenir dans mes bras, Calliopé, c'est tout, je réponds en espérant intérieurement qu'elle ne posera pas plus de questions et finira par céder à ma demande.

Elle baisse le regard, se mordille la lèvre et vient replacer ses yeux bleus dans les miens. Je dois prendre sur moi pour ne pas focaliser mon regard sur la courbe de ses lèvres si pulpeuses.

– D'accord, lâche-t-elle finalement dans un souffle.

Elle rougit légèrement.

Je me rapproche d'elle et la prends dans mes bras. J'approche mon visage à quelques centimètres de ses lèvres, si près que je peux sentir sur ma peau le mince filet d'air qui sort de sa bouche. Elle tremble légèrement, attendant la chaleur des miennes. Sa bouche s'ouvre de désir. Son souffle devient saccadé et elle ferme les yeux, car la tension est trop forte entre nous deux. Mon cœur bat comme un fou, mais je ne dois pas céder. Je ne compte pas l'embrasser, elle va devoir attendre. Je dois résister à la tentation. Je déplace doucement mon visage sur le sien. Je frotte mon nez à sa joue et elle frissonne en s'agrippant fortement à mon dos. Ses ongles griffent légèrement ma peau, mais cela ne fait qu'augmenter mon désir, la passion qui nous unit. Je mordille son oreille et lui souffle un « merci » au creux de l'oreille pour avoir accepté, puis je baisse ma tête et viens la nicher dans son cou. Je retrouve son odeur mélangée avec celle du chlore, mais ce n'est pas dérangeant. Pris d'une pulsion, je décide de faire quelque chose qui ne va sûrement pas lui plaire. Je descends ma bouche dans son cou, lui fais un bisou, puis commence à lui faire un suçon.

– Evan… dit-elle dans un soupir en tirant légèrement sur mes cheveux pour que j'arrête.

– Chut…

Je termine mon suçon avant de placer mon front contre le sien. Ses yeux sont toujours fermés et elle les ouvre tout doucement. Ses pupilles sont dilatées par le désir et ses ongles sont toujours enfoncés dans mon dos. Elle essaie de reprendre son souffle et nos cœurs battent vite l'un contre l'autre. Je n'avais jamais ressenti ça pour un simple suçon.

– Je vais avoir une marque, Evan.

Elle est en colère. Je frotte nos deux nez pour la calmer.

– Comme ça, tout le monde saura que tu es à moi, je réponds avec un sourire en coin, ce qui lui fait lever les yeux au ciel.

Elle tremble dans mes bras et je décide d'y aller parce qu'elle meurt de froid.

On sort de la piscine et, comme il n'y a pas de serviettes, je dis à Calliopé que je la ramène directement chez moi en voiture, mouillée ou pas. Je ne dis au revoir à personne, même pas à Mickey, avec qui je suis venu. Le connaissant, il doit déjà être chez lui avec une fille.

Je prends Calliopé par la main et l'entraîne rapidement, sans faire attention à ses nombreuses protestations.

– Attends, Evan, arrête-toi. Il faut que je prévienne Aby, elle va s'inquiéter. Evan? Deux secondes…

Je m'arrête brusquement et je la sens s'écraser contre mon dos, prise au dépourvu. Je me retourne.

– Calliopé, je suis fatigué. Tu enverras un message à ta copine, je dis d'une voix neutre.

Elle n'ose plus rien dire. On monte dans ma voiture et, en dix minutes, on arrive chez moi. Heureusement, il n'y a ni mon père ni Maria. Je donne toujours la main à Calliopé et l'emmène dans ma chambre. Je fouille dans une armoire et en sors une serviette.

– Tiens, tu peux aller te doucher, je lui dis.

Je vois qu'elle rougit et qu'elle hésite à me dire quelque chose. Son attitude est adorable.

– Qu'est-ce qu'il y a, Calliopé? je lui demande avec un sourire taquin.

– Je... je mets quoi après la douche? dit-elle en baissant les yeux, trop gênée pour me regarder.

Merde. Je n'avais pas pensé à ça. Je suis tenté de lui dire de ne mettre que ses sous-vêtements, mais je sais qu'elle ne voudra pas. Je cherche dans mon armoire et finis par lui tendre un de mes tee-shirts. Vu comment elle est petite, ça lui arrivera largement à mi-cuisse. Elle prend le vêtement et part dans la salle de bains.

Je monte et je vais prendre une douche rapide dans une autre salle de bains. Sous le jet d'eau chaude, je pense à Calliopé et à combien elle m'excite. Je vais devoir prendre sur moi pour ne pas lui sauter dessus. Pour la première fois, je vais dormir avec une fille sans la toucher. Je sors et enfile juste un caleçon. Un sourire espiègle apparaît sur mes lèvres en imaginant la réaction de Calliopé me voyant arriver à moitié nu.

Je retourne dans ma chambre et découvre Calliopé assise en tailleur sur mon lit, vêtue simplement de mon tee-shirt. En fait, c'est moi qui fais moins le fier. Je dévore des yeux ses jambes et la courbe de ses seins, légèrement visibles à travers le tissu. Lorsqu'elle entend du bruit, elle relève la tête et bloque sur mon corps en se mordant la lèvre inférieure. On se dévore mutuellement du regard. Je secoue la tête pour me reprendre.

– On dort, princesse?

Ma voix est rauque.

– Tu comptes dormir comme ça? demande-t-elle, un peu gênée.

– Oui, un problème?

Je lui fais un sourire en coin.

– Aucun, répond-elle finalement avant de se mettre sous les couvertures.

Elle veut faire comme si ça ne la dérangeait pas. Je la rejoins après avoir éteint la lumière. Elle est assez loin de moi, donc je l'attire plus près. Son dos est contre mon torse, mes mains le long de ses hanches et j'entremêle nos jambes. Je place le bout de mon nez dans son cou et je respire son odeur. Mon souffle lui caresse la nuque et elle frissonne entre mes bras. Je suis surpris par le calme qui m'apaise. Je m'attendais à devoir résister à mes pulsions, mais finalement je ne pense pas à coucher avec elle. Je profite simplement de l'avoir contre moi et je me sens bien. Je m'endors rapidement, bercé par sa douce respiration et les battements réguliers de son cœur, son corps frêle s'emboîtant parfaitement avec le mien et provoquant une douce chaleur contre lui.

***

Le bruit de la porte me réveille. Je garde mes yeux fermés et, lorsque je me rappelle que Calliopé a dormi ici, je la cherche avec ma main droite. Je touche le lit, mais constate, au bout de quelques instants, qu'elle n'est plus à côté de moi. Putain. Je me lève brusquement et je la cherche dans toute la maison, mais je suis obligé de constater qu'elle est partie sans me prévenir. Je remonte dans la chambre et trouve un mot sur le lit que je n'avais pas vu plus tôt.

Je suis partie en cours, je n'osais pas te réveiller.
Calliopé
PS: tes ronflements sont insupportables!

Je souris à ce message. Je sais très bien que je ne ronfle pas. Je m'allonge et place un bras sur mon front, souhaitant me reposer un peu plus, mais c'était sans compter sur Mickey, qui surgit brusquement dans ma chambre. Qu'est-ce qui m'a pris de lui laisser les clés de chez moi?

– Youyouyouyouyouyou, fait-il en plaçant une main sur sa bouche.

– Putain, Mickael, qu'est-ce que tu fous? je l'engueule.

– Aujourd'hui est un grand jour. Un jour à marquer d'une croix blanche, un jour qui restera à jamais gravé dans les annales...

– Bon, accouche, je le coupe dans son monologue en lui lançant un regard blasé.

– Tu vas être choqué... commence-t-il.

Il s'arrête pour mettre du suspense, ce qui lui vaut un autre regard lassé.

– J'ai couché avec une fille, dit-il finalement avec un grand sourire.

Je soupire bruyamment: tout ce cinéma pour ça? Il couche avec des filles tous les soirs.

– Et...?

– Et c'est la femme de ma vie, je le sens.

Il s'allonge sur le lit à côté de moi. Je ne suis pas surpris: Mickey s'attache très vite, et à chaque fois, c'est la même histoire. Mais au final, il se lasse au bout de quelques jours.

– C'est qui, cette mystérieuse fille? je lui demande, à moitié intéressé.

Et là, il me lance un regard paniqué et plaque sa main contre son front.

– Merde! J'ai complètement oublié de lui demander son prénom!

Il se lève et commence à faire les cent pas tout en proférant des jurons pour lui-même.

– Elle était comment? je demande.

– Brune, belle, parfaite, dit-il rapidement.

Il prend un air songeur.

Si, moi, je suis très difficile et n'ai jamais eu de sentiments pour une fille, Mickey, lui, en a toujours eu. C'est un mec bien.

– C'est un signe ! hurle-t-il tout à coup.

– Que tu ne lui aies pas demandé son prénom ? je questionne.

S'il y a un truc qu'il faut savoir avec Mickey, c'est qu'il voit des signes partout.

– Yep. Comme dans *Cendrillon* : le prince ne connaît pas son identité, tu vois ? Mais il finit tout de même par retrouver sa bien-aimée…

Je lui lance un regard inquisiteur pour essayer de voir s'il est sérieux ou non. Je suis triste de constater qu'il l'est. Il continue de parler, mais je n'écoute plus. Je commence à somnoler.

– Tu m'écoutes, là ? me demande-t-il.

– Hmmm, je grommelle.

– Enfin bref, je disais qu'en arrivant ici, j'ai vu la fille de ton pari avec Dylan et donc…

Je me redresse brusquement sur le lit. Pardon ? Calliopé avec Dylan ? C'est quoi, cette merde ?

22

Calliopé

J'observe le profil de Dylan. Ses mains sont posées sur le volant et il est concentré sur la route. J'ai vraiment eu de la chance de tomber sur lui quand je suis sortie de chez Evan. Je devais vraiment aller en cours et je suis partie sur un coup de tête. Mais le problème, c'est que je ne savais pas comment m'y rendre. J'ai commencé à paniquer et c'est là que Dylan m'a vue et qu'il m'a proposé de m'y emmener. J'ai tout de suite accepté sans l'ombre d'une hésitation. Evan m'a demandé de m'éloigner de lui, mais je lui fais confiance, et de toute manière je ne vois pas comment il pourrait apprendre que j'ai revu Dylan.

Je pose ma tête contre la vitre. Un silence s'est installé dans la voiture, mais il n'est pas pesant. Je repense à cette nuit, mon corps plaqué contre celui d'Evan… J'étais bien, je me sentais en sécurité dans ses bras musclés, sa tête enfouie dans le creux de mon cou me provoquant de petits frissons à chaque fois que son souffle venait chatouiller mon oreille, la chaleur sauvage qui émanait de son corps à lui…

– Je ne t'ai pas demandé, mais qu'est-ce que tu faisais chez les Miller ?

La voix de Dylan vient interrompre mes pensées et sa question me surprend. Mince. Comment sait-il qu'Evan habite dans cette maison ? Et je fais quoi, moi ? Je dis la vérité ? De toute façon, je ne sais pas mentir. Je sens Dylan qui m'observe, en me jetant des regards de temps en temps, mais je n'ose pas tourner la tête de son côté.

– J'ai dormi chez eux, je finis par avouer.

– Tu sors avec Evan ? me questionne-t-il.

Pourquoi me pose-t-il toutes ces questions ? J'ai l'impression d'avoir été piégée. Si je dis que je ne sors pas avec lui, ce qui est le cas, je vais passer pour la fille facile qui dort avec n'importe quel mec.

– En quelque sorte.

Ce n'est qu'un demi-mensonge. Je décide de tourner enfin la tête de son côté et constate qu'il fronce les sourcils. Il y a définitivement quelque chose qui ne va pas entre ces deux-là et il faut que je découvre quoi.

– Qu'est-ce qu'il s'est passé entre vous ?

Il me jette un coup d'œil surpris à la suite de ma question inattendue.

– Qu'est-ce qui te fait penser qu'il s'est passé quelque chose ?

– Ce n'est pas le cas ? je l'interroge.

– Arrête de répondre à une question par une autre.

– C'est toi qui as commencé ! je lui rappelle.

On se regarde, avant de rire de cette situation.

Après quelques instants, un silence s'installe. Je n'ose pas le briser, j'attends juste ses confessions.

– Evan et moi… commence-t-il.

Je le regarde pour lui montrer que je l'écoute.

– On était amis, meilleurs amis, même, et par la suite il s'est passé quelque chose…

Il semble nostalgique, et même… triste ?

– Dont je ne vais pas parler, précise-t-il immédiatement.

– D'accord, c'est ton choix, je réponds.

Je m'enfonce dans le siège et décide de ne pas insister. Je ne veux pas mettre Dylan mal à l'aise, et visiblement ce n'est pas un sujet qu'il veut approfondir. On arrive devant le lycée et il me dépose. Je sors de la voiture et passe de l'autre côté. Je me penche vers la vitre, qu'il a ouverte, je lui fais la bise et le remercie de m'avoir accompagnée. Il me gratifie d'un sourire éclatant.

Je tourne les talons et je jette un coup d'œil à mon téléphone, je manque de le faire tomber lorsque je constate avec surprise que j'ai trois appels manqués et plein de messages d'Evan.

[Je t'avais dit de
ne plus l'approcher.]

[Surtout, ne réponds pas, hein.]

[Calliopé ?]

[Réponds-moi, putain,
je deviens fou, bébé.]

[Calliopé, je vais m'énerver,
réponds quand je t'appelle.]

[Tu sais quoi ? Tu n'as qu'à rester
avec ton nouveau mec, je m'en fous.]

Oh, putain ! Mais comment est-ce qu'il l'a su ? Et pourquoi il s'énerve comme ça aussi ?! Dylan m'a juste emmenée en cours, pas de quoi en faire un drame. Je suis énervée et je n'ai même pas envie de répondre. Je place mon téléphone dans la poche arrière de mon jean et rentre dans l'établissement. Evan n'a qu'à péter un câble, je m'en fiche.

***

– Et qu'est-ce que tu penses de celle-là ? me demande Aby en sortant de la cabine.

Elle se place devant moi et tourne sur elle-même pour me faire voir la robe.

– Elle est magnifique, comme les dix autres robes que tu m'as montrées, je réponds, lassée.

Cela fait maintenant plus de deux heures qu'Aby essaie des robes qui se ressemblent toutes, mais elle n'arrive pas à faire un choix.

– Oh, allez ! Fais un effort ! me dit-elle.

Apparemment, mon humeur maussade n'a pas fait disparaître son excitation. Je soupire bruyamment lorsqu'elle retourne dans la cabine pour la énième fois.

– Rappelle-moi pourquoi on est là, déjà ? je demande, au bord de la crise de nerfs.

Je n'ai jamais aimé faire les boutiques, et encore moins juste après les cours. Et depuis ce matin, je suis de très mauvaise humeur à cause d'Evan. Il n'était pas en cours et les dernières nouvelles que j'ai sont ses messages, et ça m'agace encore plus quand j'y repense. J'ai l'infime espoir qu'Evan soit jaloux, car cela voudrait dire qu'il tient un minimum à moi, mais je pense plutôt que c'est son ego qui en a pris un coup parce que j'étais avec un autre mec. Ma meilleure amie sort sa tête du rideau de la cabine, un grand sourire plaqué sur le visage.

– On est là pour nous trouver des robes pour le bal de la rentrée ! dit-elle avec tellement d'enthousiasme que ça pourrait presque faire peur.

Je me retiens de lever les yeux au ciel pour ne pas la blesser, mais de toute façon, elle est déjà repartie dans la cabine. Un bal… Mais quelle idée ! Chaque année, il y a un bal de rentrée uniquement pour les terminales, et je rêvais d'y participer lorsque j'étais en première. Maintenant que j'y suis, j'ai juste l'impression que ce sera la pire soirée de ma vie, un véritable cauchemar. Surtout que je n'ai pas trouvé une seule robe qui me convienne dans cette boutique qui en contient pourtant des centaines, alors qu'Aby a essayé toutes celles qui lui arrivaient au-dessus des genoux. Je ne me fais pas de soucis, le bal est dans une semaine, j'ai le temps, même si je pense que je vais y aller seule. J'aurais vraiment aimé qu'Evan m'invite, mais à bien y penser, c'est complètement ridicule, et pas seulement parce qu'on ne se parle plus. Non, mais Evan à un bal ? Rien que d'y penser, ça me fait sourire. Si ce n'est pas mon truc, c'est encore moins le sien. Il trouverait cela complètement snob, j'en suis sûre. Mais je pense qu'il serait encore plus sexy dans un smoking.

– Ah !

Un cri enjoué provenant de la cabine d'Aby me tire de ma rêverie.

– Qu'est-ce qu'il t'arrive ? je lui demande, curieuse.

– J'ai trouvé LA perle rare ! s'exclame-t-elle.

Je pousse un soupir de soulagement. Mon calvaire est terminé. Elle sort de la cabine et me montre sa tenue, qui est effectivement très jolie. La couleur blanche fait ressortir son léger bronzage naturel. La robe tombe parfaitement sur ses hanches et le décolleté n'est pas trop exubérant.

– Elle est très jolie, je la complimente.

Elle retourne dans la cabine pour se changer.

Elle ressort quelques minutes plus tard, un énorme paquet de robes dans les mains, si bien que je ne vois même plus son visage. Elle galère et finit par mettre toute la pile sur une table. La vendeuse nous lance un regard exaspéré, car elle va devoir remettre toutes les robes à leur place. Je lui lance un regard désolé. On sort du magasin. Aby est ravie et elle est déjà en train de se demander quelles chaussures mettre et comment elle va pouvoir accessoiriser sa tenue.

– Au fait, me dit-elle subitement, j'ai rencontré quelqu'un à la soirée d'hier.

Je suis surprise et en même temps très heureuse pour Aby. Elle a toujours eu beaucoup de succès, mais elle n'est pas sortie avec beaucoup de garçons. Elle est très difficile et c'est rare qu'elle trouve une personne qui lui corresponde. Je comprends mieux son enthousiasme pour trouver une robe : elle a déjà un cavalier.

Contrairement à d'autres ! me dit ma conscience.

– Ah, et il s'appelle comment ? je demande, impatiente d'en savoir un peu plus sur ce mystérieux mec.

– Mickael.

Elle semble ravie et je la laisse partir dans ses pensées. Elle est sûrement en train de se remémorer la nuit dernière. J'aimerais pouvoir lui parler de la nuit que j'ai passée avec Evan, mais le problème, c'est que je ne sais même pas où l'on en est maintenant. Peut-être qu'il est déjà avec une autre fille ? Je ressens un pincement dans mon cœur. Ça me ferait très mal si c'était vrai. Je suis attachée à Evan, et je commence même à avoir des sentiments très forts pour lui, des sentiments qui me dépassent complètement.

– Calli, j'ai trouvé la boutique parfaite ! hurle Aby dans la rue, ce qui nous vaut des regards méprisants des passants.

J'ai à peine le temps d'ouvrir la bouche qu'elle m'entraîne dans une petite boutique de chaussures. C'est reparti !

Une heure plus tard, des chaussures rouges à talons pour Aby et des escarpins noirs à talons pour moi – que, je précise,

Aby m'a forcée à acheter. On ressort de la boutique et, alléluia, Aby décide enfin de rentrer. C'est elle qui m'a accompagnée en voiture, donc elle me ramène chez moi. Ce soir, il n'y a personne à la maison. Ma mère est je ne sais où et ma sœur dort chez une amie. J'ai la maison pour moi toute seule. Je commande des pizzas et je me mets devant la télé une fois qu'on me les a livrées. Comme il n'y a rien d'intéressant à regarder, je sors mon téléphone. Pas de nouveaux messages d'Evan. En même temps, vu que je n'ai pas répondu à ceux de ce matin, je ne vois pas pourquoi il m'en aurait envoyé des nouveaux. Je ressens tout de même une pointe de déception.

Vers vingt-deux heures, je monte me coucher. Je suis crevée. J'éteins mon téléphone et me mets sous les couvertures avant de sombrer dans un sommeil profond.

***

– Aïe, putain de merde !

Un juron provenant de l'extérieur me tire de mon sommeil. J'entends des bruits qui viennent de ma fenêtre, et pas besoin de chercher à comprendre pendant cent mille ans : quelqu'un essaie de grimper par la gouttière. Prise de panique, j'allume, prends la première chose qui me vient à la main et avance doucement en direction de la fenêtre. Je plaque mon dos contre le mur et je risque un coup d'œil par la vitre. Malheureusement, il fait bien trop sombre pour que je puisse distinguer quoi que ce soit. Je tremble de peur et j'ai l'impression de me trouver dans un film d'horreur. Je respire un grand coup et, avec tout le courage que j'arrive à rassembler, j'ouvre brusquement la fenêtre, passe ma tête… et je me retrouve nez à nez avec Evan, qui ne s'attendait pas à me voir. Il pousse un cri strident, ce qui me fait crier à mon tour.

– Mais t'es malade ou quoi? Tu ne connais pas les portes? J'ai eu la peur de ma vie, j'ai cru que t'étais un tueur! je l'agresse.

– Aide-moi à monter au lieu de hurler, demande-t-il.

Je pose le livre avec lequel j'étais censée me défendre et l'aide à passer par la fenêtre. Une fois dans la chambre, il s'assoit sur mon lit. Il semble épuisé. Je me place devant lui, les bras croisés.

– Qu'est-ce que tu fais là? je demande.

– Je suis venu m'excuser pour t'avoir engueulée par messages.

– Tu sais t'excuser maintenant?

– C'est bon, Calliopé, accepte mes excuses et on n'en parle plus. T'es très sexy ce soir, dit-il avec un sourire malicieux.

Je suis très gênée et je baisse le regard. Je ne suis habillée que d'un grand tee-shirt large et mes cheveux sont rassemblés dans un chignon fouillis sur le haut de mon crâne, sans parler de mon visage, qui doit être marqué par le sommeil. Sexy, moi? Je ne pense pas. Lui, en revanche, est vraiment beau. Ses cheveux en bataille ne le rendent que plus canon.

Voyant que je ne parle pas, Evan m'attrape les mains et me place sur ses genoux. Il met sa tête dans mon cou et respire mon odeur.

– Tu m'as manqué aujourd'hui, chuchote-t-il dans un souffle.

– Toi aussi, je réponds sans réfléchir.

Il relève la tête. Un grand sourire illumine son visage. Je ris légèrement: il a vraiment des réactions d'enfant.

Il m'embrasse lentement d'abord, puis avec plus de force, d'envie. Il m'embrasse comme s'il en avait besoin. Il m'entraîne sur le lit et s'allonge au-dessus de moi. Il me caresse la joue avec sa main et les miennes sont en train d'explorer sa chevelure. Sa main descend dans mon cou tandis que sa langue vient rejoindre la mienne, et des frissons me parcourent tout le corps lorsque sa main chaude vient se placer sur ma hanche. Son autre main me caresse le ventre et je ne peux retenir un soupir de bonheur.

On continue de s'embrasser et je nous retourne pour être sur lui. Il rit légèrement contre ma joue lorsqu'il voit que je prends les devants.

– Tu deviens sauvage, me murmure-t-il dans l'oreille avec un petit rire.

Je lui donne une légère tape sur l'épaule, ce qui le fait sourire, et il se rapproche pour me mordre la lèvre. C'est le retour des picotements dans tout le corps. Je plonge mon regard dans le sien. Nos visages sont si près que nos nez se touchent. Je frotte le mien contre le sien et il ferme les yeux. Je décide de faire quelque chose de surprenant qui m'étonne moi-même. Je m'assois sur lui et j'attrape mon tee-shirt avant de le passer au-dessus de ma tête lentement, dévoilant un ensemble de sous-vêtements rose pâle. Le regard d'Evan change brusquement. Il brûle de désir. Ses yeux sont complètement dilatés. Il mord sa lèvre inférieure en dévorant des yeux chaque partie de mon corps. Je me penche sur lui dans une tentative pour cacher mon corps, gênée par son regard brûlant. Je sens son anatomie grossir contre mes fesses. Un peu surprise, je m'écarte légèrement. Savoir l'effet que je lui fais me fait peur, mais en même temps je sens une excitation monter en moi. Des sensations que je n'ai jusque-là jamais ressenties. Une envie d'en découvrir davantage. Il place ses mains sur mon bassin et me murmure à l'oreille des mots qui font redoubler les frissons dans mon corps.

– Mais qu'est-ce que tu me fais ?

23

Evan

Elle veut me rendre fou. Lorsqu'elle a enlevé son tee-shirt, j'ai cru que mon cœur allait s'arrêter de battre.

Elle est tellement sexy, putain !

Ses courbes sont si parfaites, exactement comme je les imaginais. Je n'ai qu'une envie : lui arracher ses sous-vêtements et lui faire l'amour. Oui, lui faire l'amour, et pas la baiser, parce que j'ai des sentiments pour Calliopé, indescriptibles certes, mais des sentiments quand même.

Bon, je sais que c'est un peu tôt pour elle et je ne veux pas la presser. Je veux que ce soit parfait la première fois où on le fera, ça doit être inoubliable pour elle. Sa première fois, que j'ai pariée avec mes potes comme un con ! Un sentiment d'angoisse me gagne lorsque je pense à sa réaction si jamais elle le découvre. Il va falloir que je parle à Mickey pour trouver une solution ! Je secoue la tête pour ne plus penser qu'à elle et à son corps lové contre le mien.

Je reprends ma place au-dessus d'elle pour pouvoir plus facilement lui faire ce dont j'ai envie. Je l'embrasse une nouvelle fois et j'enlève mon tee-shirt sans pour autant séparer nos bouches. Ses mains deviennent folles à la découverte de mon torse et le caressent rapidement avec envie, presque comme du désespoir, ce qui me provoque de violents frissons. Je place ma tête dans son cou et mordille son oreille, qui est très sensible. Elle gémit et mon érection augmente encore. Mon corps est bouillant de désir et ma langue trace un chemin de son cou jusqu'à sa mâchoire. Elle frissonne à mon passage. Je continue jusqu'à sa bouche et j'aspire sa lèvre inférieure pour savourer son goût sucré, le tout dans un concert de gémissements.

Oh, princesse, si tu savais ce que tu me fais !

Je passe une main dans ses cheveux et enlève l'élastique qui les maintient.

Je caresse sa poitrine par-dessus son soutien-gorge. Elle se cambre pour que je puisse l'enlever, ce que je m'empresse de faire. Ses yeux sont fermés pour mieux apprécier mes caresses. Ses cheveux sont éparpillés sur l'oreiller et sa bouche est légèrement entrouverte. Ses joues sont rouges. Je lance son soutien-gorge et m'arrête quelques secondes pour admirer sa poitrine si ferme, ses petits seins bien ronds. Je passe ma langue sur mes lèvres. Si elle savait tout ce que je veux faire à cette poitrine… Je prends son sein droit dans ma main. Je lui titille le mamelon avec ma langue, lentement, en l'aspirant. Je le sens se tendre contre mes lèvres et durcir. Elle pousse des soupirs et son souffle s'accélère. Je relève la tête pour l'observer prendre du plaisir, mais elle tire fort sur mes cheveux pour que je continue, ce qui me fait sourire contre sa peau nue.

– Tu es si impatiente, je murmure entre ses seins.

Je remonte ma tête vers son visage et l'embrasse. J'adore le contact de sa langue sur la mienne, son odeur de vanille. Elle me rend mon baiser lentement, ce qui a le don de me rendre fou. Elle entortille sensuellement sa langue contre la mienne. Je ne pourrai pas me passer de ses baisers, je veux qu'elle soit à moi pour toujours. Elle mordille ma lèvre inférieure et je ne peux retenir un grognement de frustration, je veux lui faire tellement de choses…

– Tu es ma drogue, je murmure contre ses lèvres, à bout de souffle.

Elle ouvre ses yeux emplis de désir et de quelque chose d'autre, de beaucoup plus doux.

– Evan… me dit-elle dans un souffle, si faiblement que j'ai presque du mal à l'entendre.

– Qu'est-ce qu'il y a ? je demande en caressant son visage, écartant quelques mèches folles.

– Je n'ai jamais… je ne l'ai jamais fait, m'avoue-t-elle dans un chuchotement.

Ses joues deviennent rouges. Mon cœur se serre à la pensée qu'elle puisse être gênée de me dire qu'elle n'a jamais couché avec un mec. Au contraire, elle devrait être fière de s'être préservée aussi longtemps.

– Ce n'est pas grave, princesse, je ne comptais pas le faire ce soir de toute façon.

Elle fronce les sourcils et de l'incompréhension se lit dans son regard.

– Il y a plein d'autres choses à faire, je la rassure.

Et je l'embrasse à nouveau, incapable de résister à la tentation que me procurent ses lèvres.

Je recommence mes caresses sur sa poitrine, avec les mains cette fois, et j'avale les gémissements qui sortent de sa bouche. Je commence à descendre tout doucement mes mains le long de son corps. Je m'arrête en bas de son ventre et passe ma main entre ses cuisses, dans sa culotte, avant d'aller explorer son sexe. Elle est déjà très mouillée et elle accueille mon doigt en elle dans un gémissement. Elle resserre son sexe sur moi comme pour m'emprisonner en elle. L'effet que j'ai sur elle me ravit au plus haut point. J'observe son visage tout en faisant des mouvements de va-et-vient. Elle est très étroite. Je ne sais pas si j'arriverai à rentrer en elle le moment voulu, et cette pensée me rend encore plus dur. Ses yeux sont encore une fois fermés et elle gémit contre ma bouche. Ses mains sont dans mon dos et ses ongles s'enfoncent dans ma peau, mais ça ne me fait pas mal – au contraire, ça m'excite encore plus. Je sens ses battements de cœur contre mon torse, qui sont de plus en plus rapides, et je me rends compte que les miens sont pareils.

Son visage est tendu par le désir et la voir prendre du plaisir me ferait presque jouir, alors que je ne me suis même pas touché. Elle commence à bouger son bassin pour rencontrer mon doigt plus rapidement.

– Doucement, je lui murmure dans l'oreille.

Elle ralentit ses coups de hanches avant d'ouvrir les yeux et de me regarder comme si elle avait fait quelque chose de mal.

– C'est juste que je ne veux pas que tu jouisses trop vite, je réponds à sa question muette.

Après quelques minutes, je sens que ses jambes commencent à trembler et j'accélère mon mouvement tout en lui caressant son bouton d'amour de ma main libre. Le plaisir semble trop puissant pour elle, et elle agrippe les draps si fort que les jointures de ses mains deviennent blanches. Ses yeux se ferment à cause du trop-plein de plaisir que mes doigts lui procurent. Je commence à donner des petits coups de hanches contre elle pour me soulager, car je suis serré dans mon pantalon.

– Evan… chuchote-t-elle.

L'entendre gémir mon nom me provoque des sensations que je n'aurais jamais cru ressentir.

J'ai tellement envie d'elle, là, maintenant. Mon érection déforme complètement mon jean et commence à être vraiment douloureuse.

Je me retiens d'enlever mon caleçon pour la pénétrer sauvagement et me déverser en elle. Résister à la tentation est une véritable torture.

– Hmm, Evan, c'est bon...

– C'est bien, laisse-toi aller.

Ma voix est grave. Mes mots lui font connaître son premier orgasme. Elle hurle mon nom pendant que je la regarde atteindre l'apogée. Elle est magnifique.

Je ne peux m'empêcher de mettre mon doigt dans ma bouche pour goûter son jus d'amour. Je ferme les yeux pour savourer au maximum.

Lorsqu'elle revient à elle, je lui fais un bisou sur le front, qui se veut protecteur, puis je m'allonge à côté d'elle et la prends dans mes bras. Sa tête est posée contre mon torse nu. Je lui caresse doucement le dos.

– Tu te sens comment? je lui demande.

– Bien, répond-elle d'une voix essoufflée.

Elle me regarde et sourit, gênée. Je vois qu'elle hésite à me dire quelque chose quand elle sent mon érection encore proéminente sur sa cuisse.

– Qu'est-ce qu'il y a, Calliopé?

Elle détourne le regard.

– C'est gênant, dit-elle avec un petit rire. (Puis elle replace ses yeux bleus dans les miens.) Est-ce que... comment dire... tu veux que je te soulage?

La manière dont elle le dit me fait rire. Elle est si innocente. Je me prends une tape sur le bras, ce qui fait immédiatement disparaître mon sourire.

– Arrête, Evan, c'était gênant de te le demander!

– J'arrête... Oui, tu peux me toucher, je réponds finalement, sans gêne, et la tension revient.

J'enlève rapidement mon jean, que je lance par terre. J'attendais ce moment avec impatience. Elle pose une main sur mon caleçon et commence à caresser mon membre de haut en bas, la main à plat. Un grognement sort immédiatement de mes lèvres : même par-dessus le tissu, je ressens ses doigts inexpérimentés et ça me fait beaucoup de bien. Mon pouls s'accélère. Je place ma main sur celle de Calliopé pour lui montrer le mouvement exact. Elle ne tarde pas à prendre mon membre entre ses doigts délicats. Je ferme les yeux très fort. Je ne tiendrai pas longtemps. C'est si bon… Sa main bouge si lentement le long de ma verge que ça en devient une torture. Je pousse des gémissements et je commence à balancer mon bassin pour venir à sa rencontre plus rapidement. Ma respiration est saccadée. Plus à l'aise, elle accélère enfin son mouvement et je me laisse complètement aller entre ses doigts. Oh, mon Dieu ! Ça monte, ça monte… C'est tellement bon ! Il ne faut pas qu'elle s'arrête. Elle accélère encore plus le mouvement, oh oui ! Elle est tellement douée, je ne vais plus pouvoir me retenir…

– Continue, je suis près, très près !

Je jouis dans mon caleçon en poussant un râle de plaisir. Calliopé est toute gênée et je lui souris pour faire disparaître son angoisse.

Elle remet sa tête sur mon torse et je remonte la couverture pour qu'on soit au chaud, puis je l'entoure de mes bras et on s'endort sans avoir besoin de se parler. On est transpirants, collants, mais ce moment était parfait.

***

Je me réveille en sentant une douleur sur ma joue droite. J'ouvre les yeux et constate que Calliopé vient de me mettre une baffe dans son sommeil. J'attrape mon téléphone dans la poche arrière de mon jean, laissé sur le sol hier, et constate qu'il est déjà midi. Je regarde Calliopé encore endormie. Elle est en culotte, son corps est recroquevillé d'une façon étrange et elle a la bouche ouverte. Je ne peux m'empêcher de sourire. Comment casser le cliché de la fille mignonne au réveil… Remarque, elle est quand même adorable.

Elle grommelle dans son sommeil avant d'ouvrir un œil. Lorsqu'elle voit que je l'observe, elle me fait un timide sourire avant de se souvenir de sa nudité. Elle se lève précipitamment et part dans la salle de bains à une vitesse impressionnante, le drap autour de son corps. Elle claque la porte avant de la rouvrir quelques secondes plus tard, passant uniquement la tête dans l'entrebâillement.

– Euh, tu peux me passer mes vêtements? balbutie-t-elle sans me regarder, les joues cramoisies.

Je lui lance un regard amusé, un grand sourire plaqué sur le visage, avant de ramasser le large tee-shirt qu'elle portait hier et de le lui tendre. Elle me le prend des mains avant de prononcer un inaudible « merci » et de me refermer la porte au nez.

– Quelle heure il est?

J'entends sa voix à travers la porte. Je me mordille la lèvre, appréhendant déjà sa réaction lorsqu'elle va découvrir qu'on vient de rater une matinée entière de cours.

– Euh… midi?

Mon affirmation ressemble plus à une question.

Je n'ai pas le temps de dire « ouf » que la porte de la salle de bains s'ouvre brusquement, laissant apparaître Calliopé dans ce tee-shirt dix fois trop grand pour elle.

– Pardon? me demande-t-elle, énervée.

– C'est bon, Calliopé, on n'a séché qu'une matinée.

Je hausse les épaules pour lui montrer que ce n'est pas si grave.

– Qu'une matinée? Mais on avait maths! Imagine qu'on ait raté une leçon importante? panique-t-elle.

Je souris. Elle est trop marrante ! Moi, ça ne m'a jamais posé le moindre problème, de rater des cours, et encore moins les maths !

– Bon, dépêche-toi de t'habiller alors, je t'emmène ! je lui dis, un sourire en coin.

Elle me lance un regard glacial et prend des affaires dans son armoire. J'en profite pour mater son cul. Je suis un mec, après tout ! Elle repart une énième fois dans la salle de bains et je me rhabille comme hier.

Quand elle sort, je passe pour me laver les dents. Comme je n'ai pas ma brosse à dents, j'emprunte celle de Calliopé. Cette situation m'excite et j'aimerais pouvoir passer la journée au lit avec elle et lui faire du bien comme hier, mais je suis sûr qu'elle ne sera pas d'accord.

On sort de la maison et je prends Calliopé par la main. Elle rougit à ce contact. Je l'emmène vers ma moto, avec laquelle je suis venu hier soir. Je l'ai garée juste à côté de chez elle avant de grimper comme un vrai psychopathe le long de sa gouttière. Devant la moto, je prends Calliopé dans mes bras.

– Qu'est-ce que tu fais, Evan ? On y va, là ! dit-elle, excédée.

– Je veux mon bisou ! je lui demande, bien décidé à l'embêter jusqu'au bout.

Elle fait un petit sourire et m'embrasse tendrement. Je force l'entrée de sa bouche avec ma langue et elle finit par me céder l'accès. Nos langues se retrouvent, se cherchent pendant que je descends mes mains sur ses fesses. Ses mains à elle sont posées sur mon torse et elle les descend lentement. Je respire très fort alors que ses mains continuent de descendre. Je n'embrasse plus Calliopé, mon front est posé contre le sien et je la regarde, cherchant au plus profond de ses yeux bleus ce qu'elle s'apprête à faire. Ses mains se posent contre la bosse qui déforme mon jean. Elle presse ses doigts dessus et je ferme les yeux, m'abandonnant au plaisir, mais une sonnerie retentit et Calliopé enlève ses mains de mon érection. Je reprends mon souffle et je mets quelques secondes avant de me rendre compte que c'est mon téléphone qui sonne.

– Quoi ? j'agresse mon interlocuteur.

– Calme-toi, Grincheux, j'ai besoin de toi !

Mickey est joyeux à l'autre bout du fil.

– Pourquoi ?

– Ah, ah, tu verras ! Mais il faut que tu viennes, j'ai eu une super idée et j'ai besoin de ton aide.

Mais qu'est-ce qu'il a encore préparé ?

24

Evan

J'attends Mickey dans le couloir du lycée, adossé contre le mur, les bras croisés. Je me demande bien ce qu'il veut. Je suis encore énervé qu'il nous ait interrompus pendant un bon moment. Ça a intérêt à être important !

Je me demande si je devrais lui reparler du pari. Mickey ne comprendrait pas. Pour lui, un pari est un pari, et on doit le respecter jusqu'au bout. Ça doit passer avant tout sentiment…

Je sors mon paquet de clopes de ma poche et en allume une. Je sais très bien que c'est interdit, mais respecter les règles est pour l'instant le dernier de mes soucis. Je pose ma tête contre le mur en expirant la fumée et imagine Calliopé en cours, quand elle est concentrée et que ses sourcils se froncent légèrement. Je préférerais passer des heures à contempler cette expression plutôt que d'attendre comme un con dans le couloir pendant quatre heures.

– Jeune homme, fumer dans l'établissement est interdit !

Je tourne ma tête sur la droite et vois mon meilleur ami, un grand sourire plaqué sur les lèvres, manifestement ravi de sa petite blague. J'éteins ma cigarette sur le mur et balance le mégot dans la poubelle.

– Qu'est-ce que c'est que ça ? je lui demande en désignant une pile monstrueuse de papiers qu'il porte à bout de bras.

– Ça, mon pote, commence-t-il en déposant la pile par terre avec un grand « boum », c'est une affiche, dit-il fièrement.

J'attrape l'un des exemplaires et me retiens d'éclater de rire. Je vois une photo de mon meilleur pote, qui arbore un grand sourire qui fait plus peur qu'autre chose. Je baisse les yeux et constate que tous les papiers sont identiques.

– C'est quoi, le but, là ? Faire peur à tout le lycée ? Parce que je peux t'assurer que tu as toutes tes chances ! je me moque gentiment.

– Très drôle ! Non, c'est une idée de génie que j'ai eue pendant la nuit ! Tu te souviens de la fille que j'ai rencontrée en soirée ? Eh bien, j'ai fait cette affiche pour elle. Regarde ce que j'ai écrit en bas.

Je baisse les yeux sur la feuille et lis : « Salut, beauté. Si tu te rappelles la soirée qu'on a passée ensemble, n'hésite pas à venir me voir, je suis en terminale 5. »

Oh, putain ! Je savais que mon meilleur ami était déterminé à retrouver cette fille, mais au point de faire des affiches de merde et de passer pour un canard, il doit être vraiment accro.

– Tu sais que plein de meufs du lycée avec qui tu as passé des « soirées » vont rappliquer, je le préviens.

– Je m'en fous ! Le principal, c'est qu'ELLE vienne, dit-il. Bon, tu m'aides ?

– T'aider à quoi ?

Je lève un sourcil interrogateur.

– À plaquer les affiches un peu partout dans le lycée, dit-il comme si c'était tout à fait normal et qu'on n'allait pas galérer pendant des heures…

Et je ne parle pas du cas où un surveillant nous trouverait à placarder la tête de mon meilleur ami dans tous les recoins du bahut !

– Tiens, ton rouleau de Scotch, et ça, c'est le mien… poursuit Mickey en me tendant un rouleau d'adhésif, la tête plongée dans son sac. Et voilà un plan du lycée : j'ai mis des croix rouges là où tu dois mettre les affiches. Go !

Je n'ai même pas le temps de comprendre ce qu'il m'arrive que je vois Mickey à l'autre bout du couloir, un paquet d'affiches sous le bras. Je baisse les yeux sur le Scotch dans ma main droite et le plan où sont grossièrement dessinées des croix.

Mais comment il a fait pour trouver un plan ? Et il pense que c'est une mission ou quoi ? Il est vraiment déterminé… On se croirait en course d'orientation !

Je ramasse les affiches et me dirige vers la première croix. J'en ai pour très longtemps. Je regrette presque de ne pas être allé en cours…

***

Calliopé

Je sors des cours, déjà fatiguée de cette matinée. Je n'ai pratiquement rien écouté, car j'étais perdue dans mes pensées. Je n'ai fait que penser à Evan et à la nuit qu'on a passée ensemble. J'ai trouvé ça parfait. Je me sentais bien avec lui, il m'a mise en confiance. Je n'avais jamais rien ressenti de tel, même avec Simon. Je pensais aimer Simon, mais je me rends compte que je ne ressentais que de l'affection pour lui. Je ne dis pas que j'aime Evan… J'ai des sentiments forts pour lui, mais je ne saurais pas mettre de mots dessus.

Je me dirige vers la cafétéria quand, tout à coup, Aby se jette sur moi.

– Calli, tu ne devineras jamais ce qu'il vient de se passer !

– Non, mais je sens que je vais vite l'apprendre, je dis à ma meilleure amie, à peine intéressée, toujours bloquée dans ma bulle de bonheur.

Elle me plaque une affiche sous le nez, où je reconnais le meilleur ami d'Evan, un grand sourire sur les lèvres qui fait légèrement flipper.

– C'est quoi, ce délire? je demande à Aby, choquée.

– Lis! hurle-t-elle à cause de l'excitation en pointant le bas de la feuille.

Je parcours les quelques phrases rapidement et je croise le regard de ma meilleure amie, un sourire plus que significatif plaqué sur le visage.

– Attends, ne me dis pas que, le mec de la soirée, c'est lui?

Je suis choquée, je m'attendais à tout, sauf à ça.

– Si, c'est lui! C'est super, il faudra que j'aille en terminale 5 après! Calli, j'espère qu'il va m'inviter au bal!

Je lève les yeux au ciel: encore et toujours ce fameux bal. Je n'ai jamais vu ma meilleure amie aussi contente et je suis ravie pour elle, mais j'ai un petit pincement au cœur quand je pense à Evan qui, lui, ne m'invitera jamais au bal. Ce n'est pas son truc et je pense qu'il n'aimerait pas s'afficher avec moi. S'il y va, ce sera sûrement avec Cassandra ou une pimbêche comme ça.

On mange rapidement un petit truc à la cafétéria et, lorsque les cours reprennent, je repars dans ma classe. Alors que j'allais rentrer, je sens une main sur mon bras et quelqu'un qui m'entraîne dans un couloir, où il fait sombre, et me plaque contre le mur.

– Salut, toi!

Je distingue le sourire d'Evan dans la pénombre.

J'en ai des frissons dans tout le corps.

– Qu'est-ce que tu fais, Evan? On a cours! je le rembarre.

Mais en vérité, je suis bien, là, entre ses bras – ce que, bien sûr, je ne lui dirai jamais.

Bonjour, fierté de merde !

Je fais mine de vouloir me dégager, mais il me retient en me plaquant encore plus contre le mur avec son corps. Il enfouit sa tête dans mon cou et respire mon odeur.

– Tu m'as manqué, chuchote-t-il.

Mon estomac fait des tours sur lui-même.

– Arrête de faire ton *lover*, ça ne te va pas, je me moque de lui.

Il me regarde avec un petit sourire en coin et je ne peux empêcher ma main de caresser sa mâchoire. Il semble surpris par ce geste, puis son sourire s'élargit encore plus.

– Mon côté *lover* te plaisait bien hier soir, murmure-t-il en pressant encore plus son bassin contre le mien.

Je suis contente qu'on soit dans le noir parce que je dois être rouge comme une tomate. Je lui donne une petite tape sur la tête.

– Et sinon, tu es au courant que ton meilleur ami a posté des affiches de lui dans tout le lycée ?

Je me félicite pour ce changement de sujet.

– Ne m'en parle pas, je l'ai aidé. Et maintenant, j'ai mal aux mains. Je dois avoir des ampoules à cause de sa merde.

– Oh, pauvre chou ! je me moque gentiment, ce qui me vaut un regard noir de sa part.

OK. Trouve quelque chose à dire…

– C'est ma meilleure amie, la fille qu'il cherche ! je lui dis.

– Sérieux ?

– Sérieux, je souris.

C'est une sacrée coïncidence, en fait, que nos deux meilleurs amis veuillent se mettre ensemble.

Evan me regarde avec plein de tendresse. Je n'ai pas l'habitude de le voir comme ça. J'ai l'impression qu'on est de retour dans la chambre, tous les deux, comme hier soir. Il s'approche de moi pour m'embrasser, mais je pose une main sur son torse.

– Qu'est-ce qu'il y a? grogne-t-il.

– Rien, c'est juste qu'au lycée, c'est interdit.

– Oh, c'est bon, Calliopé, je l'ai déjà fait plein de fois et je ne me suis jamais fait prendre!

Bam! Prends-toi ça dans la tête, Calliopé.

Ça me fait tellement mal de me dire qu'Evan a déjà embrassé des milliers de filles et qu'il compte le refaire avec moi. En fin de compte, je ne suis qu'une fille de plus sur son tableau de chasse. C'est peut-être valable aussi pour ce qu'on a fait hier. C'est sûr, même! Je baisse la tête, incapable de répliquer quoi que ce soit. Je suis plus triste qu'en colère.

– Ce n'est pas ce que je voulais dire... dit-il.

– Ne t'énerve pas, Evan. Tu n'as qu'à chercher une autre fille à embrasser vu que, apparemment, personne ne te résiste.

Je pousse son bras et pars dans le couloir. J'entends ses pas derrière moi. Je n'ai même pas la force d'accélérer et il me rattrape facilement. Il me retourne brusquement, si bien que je n'ai pas le temps d'essuyer la larme qui a coulé sur ma joue. Lorsqu'il la voit, il me prend dans ses bras et me serre très fort. Je ne retiens même plus mes sanglots.

– Tu n'as rien à voir avec les autres, murmure-t-il dans mes cheveux.

Je ne sais pas si je dois le croire ou non. Il a l'air sincère, mais on n'est jamais sûr de rien avec Evan. Il serait prêt à mentir pour obtenir ce qu'il veut. J'écoute ses battements de cœur réguliers pour me calmer.

– Qu'est-ce que je dois faire pour que tu me croies?

Il a pris mon visage entre ses mains et essuie les larmes qui coulent encore sur mes joues. Je hausse les épaules, je n'en ai aucune idée. Il me dévisage longuement avant de prendre une profonde inspiration.

– Sors avec moi, me dit-il avec le ton le plus sérieux du monde.

– Tu ne sors avec personne, Evan, c'est toi-même qui le dis, je lui réponds.

– Commence pas, Calliopé. Je prends sur moi, là ! Je veux bien essayer avec toi, voir où ça nous mène.

– Tu es au courant que sortir ensemble veut dire que tu ne peux plus coucher à droite à gauche ? j'ironise.

Il lève les yeux au ciel et plonge ses pupilles noires dans les miennes.

– Oui ou non ? questionne-t-il.

– Oui, je réponds d'une voix à peine audible parce que je suis gênée.

– Je n'ai pas entendu.

Un grand sourire se dessine sur son visage, ce qui veut dire qu'il a très bien entendu, mais qu'il aime trop m'embarrasser.

– Tu as très bien entendu.

– Non, répète.

– Non.

– Si.

– Non !

– Si !

– Je veux être en couple avec toi, je cède finalement, car je sais très bien qu'il ne lâchera pas l'affaire.

Il sourit et ses lèvres se posent sur les miennes. Je ferme automatiquement les yeux et ouvre la bouche pour que sa langue puisse rejoindre la mienne. J'aime trop ce genre de baiser passionné. Mon cœur bat très, très vite, et le sien aussi. Nos souffles sont courts et ma main ne quitte plus ses cheveux, que je tire pour lui arracher des gémissements, mon son préféré. Quand on n'en peut plus, je place ma tête dans son cou et respire son odeur.

– On devrait aller en cours, je lui dis.

– D'accord, répond-il.

Mais aucun de nous deux ne bouge. Je lève la tête et vois qu'il a un grand sourire sur le visage. Il est heureux avec moi et ça me fait plaisir. Je me mets sur la pointe des pieds et lui fais un chaste bisou.

– C'était en quel honneur? demande-t-il.

– Il faut une raison maintenant pour embrasser son copain?

Un sourire éblouissant, qui me fait presque fondre, se dessine sur son visage. Sous ses apparences de dur, ses tatouages et tout ça, Evan a vraiment besoin d'affection.

– Non, tu peux faire tout ce que tu veux, ma petite amie!

Je crois que je ne m'en étais pas rendu compte. Je suis la petite amie d'Evan Miller, le bad boy du lycée, le mec qui couche avec toutes les filles…

– Tu es mal embarqué avec moi, je lui dis.

– C'est sûr, avec ton caractère de chieuse! rit-il.

Je fais mine de bouder.

Il me fait un bisou sur la joue et mon cœur rate un battement, je ne m'y habituerai jamais. Je regarde ses magnifiques yeux noirs.

– Je suis heureuse avec toi, Evan.

– Tu me fais quoi, là, une déclaration d'amour? se moque-t-il.

Je lui tape l'épaule. Il est obligé de me recaler tout le temps?

Il me fait un câlin et murmure dans mes cheveux:

– Moi aussi, je suis le plus chanceux des copains.

Je crois que je commence à m'habituer au Evan *lover*. Je crois même que je commence à tomber amoureuse de lui, et ça, c'est une très mauvaise idée…

25

Evan

La fin de la journée est passée très vite. Je me suis mis à côté de Calliopé dans tous les cours pour l'embêter, et elle n'a pas arrêté de s'énerver parce qu'elle voulait écouter. Moi, je n'ai pas cessé de rire et, à un moment, la prof a pété un câble et nous a virés tous les deux. Calliopé était hyper énervée, mais après je l'ai embrassée à lui en couper le souffle et elle s'est détendue. On est allés à la bibliothèque et elle a passé la fin de la journée à préparer son exposé pendant que je la déstabilisais en la fixant. Elle déteste quand je fais ça.

Puis elle est rentrée chez elle en bus, ce qui m'a énervé parce que je voulais la ramener. Mais quand elle m'a embrassé pour me dire au revoir, un sourire niais s'est plaqué sur mon visage. Ça fait peur de voir à quel point elle contrôle mes émotions.

Je suis toujours près du bahut, en train de fumer, comme d'hab. Je suis heureux d'être avec elle, qu'on soit un couple tranquille, pas prise de tête. Je souris comme un con en repensant à sa tête quand je lui ai demandé de sortir avec moi. Ça me rassure qu'elle soit à moi officiellement, comme ça, elle ne me rendra pas fou à traîner avec des gars. Le problème, c'est que, quand je suis avec elle, j'oublie tout, y compris le pari.

Je finis ma clope lorsque la dernière personne que je voulais voir vient se planter devant moi. Elle approche sa main manucurée de mon visage et je recule de dégoût.

– Qu'est-ce que tu veux, Cassandra? je lui demande brusquement.

– C'est comme ça que tu t'adresses à ta copine? réplique-t-elle.

Putain! J'avais oublié cette histoire. Il ne faut absolument pas que Cassandra apprenne que je suis en couple, sinon elle serait capable d'aller tout balancer à Calliopé pour le pari et faire bien pire encore… Cassandra a déjà blessé plein de filles, qui ne s'en sont jamais remises.

– Non, désolé, bébé, je n'étais pas d'humeur, je reprends, espérant qu'elle ne remarque pas le ton faux que j'utilise.

Elle pose une main sur mon torse et je me retiens pour ne pas la retirer brusquement. Elle me dégoûte.

– Tu crois que je n'ai pas remarqué ton petit manège avec la sainte-nitouche?

Mon sang se glace dans mes veines.

Reste calme, Evan… Elle ne peut pas savoir ce que tu ressens… Elle te teste.

– Ouais. C'est juste pour que je finisse le pari le plus vite possible.

Elle me fixe, un sourcil levé comme si elle voulait juger de ma sincérité. Je reste complètement impassible.

– Mouais… lâche-t-elle, à moitié convaincue.

Elle n'est peut-être pas si conne qu'il y paraît, finalement…

– Je voulais te voir au sujet du bal! reprend-elle, enjouée.

Le bal? Quel bal déjà? Ah, oui, la soirée organisée par le lycée dans laquelle il n'y a aucune ambiance et où le seul truc assez marrant, c'est de se foutre de la gueule des profs qui débarquent en costard. C'est bien le genre de soirée pourrie que Calliopé adorerait.

– Bah, vas-y, je t'écoute, je demande, à peine intéressé, m'imaginant Calliopé dans une robe de bal.

– On y va ensemble et tu n'as pas le choix, sinon la blondasse sera au courant pour le pari.

Je manque de m'étouffer. C'est une blague, j'espère ? Il est hors de question que j'y aille avec cette pouffe. Déjà, je n'ai pas envie d'y aller, et en plus je suis pratiquement sûr que Calliopé y sera. Et si elle me voit avec Cassandra, je ne vais pas savoir quoi lui dire comme excuse.

Je m'apprête à répliquer, mais je remarque qu'elle est déjà loin. Je ne peux m'en prendre qu'à moi-même. Je n'aurais jamais dû commencer à coucher avec elle.

Je rallume une clope.

Il faut vraiment que je me calme avec cette connerie. Mon portable vibre dans ma poche. Mon cœur s'accélère en pensant que c'est peut-être Calliopé qui m'envoie un message. Je suis vraiment pathétique.

[Ce soir y a une soirée,
tu viens ?]

Je suis un peu déçu quand je vois que ce n'est qu'un gars de l'équipe de foot.

Il est hors de question que j'aille en soirée. Déjà, je n'en ai aucune envie, et en plus, sans Calliopé, ce ne sera pas amusant, donc je refuse.

J'arrive chez moi et file sous la douche, puis je me mets sur le canapé avec mon téléphone. Je n'ai pas de message de Calliopé et ça m'énerve. Je balance mon tél et commence à jouer à la console quand mon portable vibre. Une nouvelle fois, je me précipite dessus comme un malade.

[Frère, je vais au cinéma avec
la fille que j'ai retrouvée
ce soir. Tu veux pas
venir avec ton pari
pour faire avancer
tout ça ?]

Qu'est-ce qu'ils ont tous à m'énerver ce soir ? « Mon pari », à croire que Calliopé n'est qu'un objet. Je prends une profonde inspiration pour me calmer. Je suis content pour mon pote. Apparemment, la technique des affiches a marché. Je n'étais pas très confiant.

[D'accord. 20 heures
au ciné.]

J'appelle Calliopé et elle décroche à la première sonnerie, ce qui me fait sourire. Est-ce qu'elle attendait mon appel ?

– Sois prête pour dix-neuf heures quarante-cinq, on va au cinéma avec Mickey et sa nouvelle copine, je lui annonce sans qu'elle ait eu le temps de dire un mot.

– C'est si gentiment demandé, ironise-t-elle.

– Tu ne veux pas aller au cinéma avec moi ? je la taquine.

– Non.

– Tu es sûre ?

– OK, mais juste si tu m'achètes du pop-corn.

– Pas de problème… mais sache qu'on ne va pas faire que regarder le film.

Sur ces mots, je raccroche.

***

J'arrive chez Calliopé et vois qu'elle m'attend en bas de chez elle. Elle a mis un sweat-shirt gris très large et elle s'est fait un gros chignon. Elle prend le casque que je lui tends et le met.

– T'aurais pu faire un effort quand même, je ris en regardant sa dégaine.

Mais peu importe comment elle est habillée, elle reste mignonne.

– Parle pour toi.

Je baisse le regard sur mon jean et mon tee-shirt tout simple, et lève les yeux au ciel. Au moins, moi, je n'ai pas l'air d'avoir emprunté un pull à mon père. Elle s'installe derrière moi et je démarre en direction du cinéma.

Quand on arrive, Calliopé court dans les bras de sa meilleure amie. Je me crispe. En y repensant, j'espère que Mickey ne va pas lui parler du pari. D'ailleurs, il a l'air complètement perdu et fixe les deux filles avec des yeux ronds.

– Mais vous vous connaissez? demande-t-il, choqué.

Les filles se regardent et éclatent de rire. Mickey me regarde, l'air de dire: « Il y a quoi de drôle?» Je lève les yeux au ciel, il ne faut pas chercher à comprendre. On commence à faire la queue pour acheter les places pendant que les filles vont aux toilettes.

– T'as déjà parlé du pari à Abygail? je demande à Mickey.

– Non, t'inquiète. Mais c'est chaud, je ne savais pas qu'elles se connaissaient. Il ne va pas falloir que je fasse de gaffes!

Je suis vraiment dans la merde parce que Mickey est le pro pour dire des trucs qu'il ne faut pas. Je commence vraiment à paniquer. Ce pari me casse les couilles… Si seulement il n'avait jamais existé! Non… parce que, sans lui, je n'aurais sûrement jamais adressé la parole à Calliopé. Je trouverai bien un moment où je pourrai lui parler calmement de tout ça et elle comprendra.

Les filles reviennent et Mickey prend Abygail par la main. Je regarde celle de Calliopé, me demandant si je devrais faire pareil.

Je ne suis pas un mec très tactile, qui s'affiche en public. Je suis plus distant parce que je n'ai jamais vraiment été en couple. Mais quand je vois qu'elle regarde leurs mains enlacées avec envie, j'attrape la sienne et la serre doucement. Elle ne me regarde pas, mais un sourire timide se place sur son visage. Mickey prend des places pour un film d'horreur et on part s'installer. Ce sont des sièges de couple, donc je me mets avec Calliopé. Une fois que je suis bien assis, elle commence à me fixer, les mains sur les hanches.

– T'oublies pas un truc, là ? me dit-elle.

Je lui lance un regard d'incompréhension. Qu'est-ce que j'ai fait encore ?

– Mon pop-corn !

C'est une blague ?

– T'es sérieuse, là ? Je suis bien installé !

– Et alors ? Je m'en fous ! C'était la condition pour que je vienne.

Je soupire et me lève pour aller lui en acheter, et c'est uniquement parce que, sinon, elle va me casser les couilles toute la soirée.

Je reviens, lui tend son paquet et, alors qu'elle allait l'attraper, je le ramène vers moi.

– Fais-moi un bisou.

– Quoi ?

– Si tu veux ton pop-corn, tu dois m'embrasser.

Je suis vraiment en train de mendier pour un bisou ?

Elle se lève et dépose ses lèvres sur les miennes, et frissonne quand je mords sa lèvre inférieure. J'adore faire ça.

On se rassoit. Le film commence et je suis impatient que Calliopé ait peur pour qu'elle vienne se blottir contre moi. Eh ouais, je me suis vraiment cru dans un cliché. La réalité est tout autre : elle n'a pas peur une seule seconde ! Elle est même à fond dans le film, en train de mastiquer son pop-corn, à croire qu'elle regarde une téléréalité ! Même moi, à des moments, je sursaute et elle se moque de moi. Cette fille n'est vraiment pas normale !

Vers la moitié du film, je passe mon bras autour de ses épaules.

Je me suis un peu cru dans un film de *lover*, où le gars tente une approche avec son bras, mais j'ai trop envie de la sentir contre moi. Elle place sa tête contre mon torse et, à ce moment, je me rends compte de la chance que j'ai de l'avoir. On passe la fin du film comme ça.

En sortant, on discute un peu du film et là, brusquement, Mickey se met à genoux devant Abygail. Oh, putain ! Mais qu'est-ce qu'il fout encore ?!

– Aby… veux-tu m'accompagner au bal ?

Merde. Merde. Merde.

Ce n'est pas le moment, putain… Je fais quoi, moi, après ? Calliopé va s'attendre à ce que je lui demande aussi. Mais c'est mort… Je suis obligé d'y aller avec Cassandra.

Je fais mine de ne pas avoir entendu lorsque Abygail le redresse et qu'ils s'embrassent passionnément en plein milieu de la rue.

– Nous, on y va, je dis

Je vois que Calliopé a une pointe de déception dans le regard. Je sais qu'elle s'attendait à ce que je le lui demande aussi, et si Cassandra n'avait pas tout cassé, c'est peut-être ce que j'aurais fait.

Elle dit au revoir à Aby et elle monte sur la moto. Arrivé devant sa maison, je m'arrête et on descend tous les deux. Je m'appuie contre ma moto et la prends dans mes bras. Elle pose sa tête sur mon torse et on reste comme ça un bon moment. Personne ne dit un mot. Elle lève la tête et plonge ses yeux dans les miens. Je me penche et pose mes lèvres sur les siennes. Ma langue s'enfonce délicatement dans sa bouche et elle pousse un soupir de soulagement quand elle s'entortille contre la sienne. Je m'écarte et pose mon front contre le sien et elle tremble dans mes bras.

– Tu as froid? je lui demande, inquiet, en la serrant encore plus contre moi.

– Non, ça va… Evan?

– Hmm? je demande, ma tête enfouie dans son cou, en train de respirer son odeur.

Je n'ai vraiment pas envie de la quitter. J'aimerais tellement rester avec elle ce soir.

– Je… suis en train de tomber amoureuse de toi.

26

Calliopé

Il se détache brusquement de moi et me fixe dans les yeux.

Qu'est-ce qu'il pense ? Est-ce que j'ai eu raison de le lui dire ?

Il fronce les sourcils et essaie de percevoir dans mon regard si je suis sincère ou non. Il semble surpris, voire énervé.

Je n'aurais jamais dû lui dire… j'aurais dû garder mes sentiments profondément enfouis.

Je baisse les yeux et commence à triturer mes doigts. Est-ce qu'il va parler au moins ? J'aimerais qu'il dise quelque chose, qu'il nous débarrasse de ce silence gênant. Ou alors, je pourrais tout simplement partir le plus discrètement possible. Si je fais quelques pas en arrière, je n'aurai plus qu'à me retourner et piquer un sprint vers chez moi. Je m'apprête à m'élancer quand un raclement de gorge me fait relever les yeux vers celui qui occupe toutes mes pensées depuis maintenant quelques semaines.

Il est en train de sourire. Mais pas son magnifique sourire qui me fait fondre et accélère mes battements de cœur. C'est plutôt un sourire moqueur qui me fait froid dans le dos. Il se met à rire faussement, les yeux clos. Je ne le reconnais plus et il commence même à me faire peur.

– Evan ?

Ma voix est tremblante.

Il s'arrête de rire et pose un regard froid sur moi.

– Quoi? dit-il brusquement.

– Je... tu n'as rien à dire?

– J'ai réussi! Je voulais voir si tu allais succomber à mon charme et... c'est le cas.

Mon cœur se brise à ces mots. Il ne peut pas être sérieux... Il était prêt à se mettre en couple, et tout ce qu'il m'a dit depuis le début... Je pensais qu'il tenait un minimum à moi!

Une larme roule sur ma joue et je l'essuie rageusement.

– Pourquoi tu fais ça?

Je le regarde droit dans les yeux maintenant. Il me semble voir un sentiment de tristesse passer sur ses traits, mais il est vite remplacé par un visage sans émotion, si bien que je pense l'avoir seulement imaginé.

– Hein? Réponds!

Je le pousse brutalement, mais il ne bouge pratiquement pas.

– Parce que je suis un connard, Calliopé! Je suis soulagé que tu me l'aies dit. Ça commençait à me saouler de faire semblant. T'embrasser, c'était vraiment le pire... Ah, non! En fait, c'est la fois où je t'ai caressée qui m'a dégoûté...

J'ai envie de hurler et en même temps de pleurer. Ma main part toute seule et je le gifle. Sa tête part sur le côté et il contracte la mâchoire.

Je lui ai fait confiance, j'ai failli lui donner ma première fois.

Je me tourne et cours jusque chez moi. Je monte les marches quatre à quatre, sans faire attention à ma mère ni à ma sœur, et ferme la porte à clé. Je m'écroule sur mon lit et fonds en larmes. C'est terminé! Lui et moi... Mais est-ce que ça a vraiment commencé? C'était un jeu pour lui. Il aime bien jouer avec les sentiments, il est comme ça. Aby m'avait prévenue, mais je pensais qu'avec moi, c'était différent, qu'il avait changé. Quelle conne ! Je suis si naïve, putain…

Mon téléphone vibre. C'est lui. De rage, je le jette par terre. Je n'ai pas envie d'écouter ce qu'il a à dire. Si c'est pour qu'il me rabaisse encore plus…

J'enlève mes vêtements et me mets sous la couette, priant pour dormir et tout oublier le temps d'une nuit.

***

Je ne suis pas allée en cours aujourd'hui, je ne me sentais pas de taille à affronter Evan. Je ne sais pas comment il réagirait en me voyant. Peut-être qu'il me lancerait un regard méprisant ? Ou alors, il m'ignorerait tout simplement. Aby m'a envoyé plusieurs messages, me demandant pourquoi je n'étais pas là, mais je n'ai pas eu le courage de lui répondre. Je lui expliquerai tout quand je me sentirai prête. J'ai passé la journée dans mon lit, à pleurer et à relire les messages qu'on s'envoyait, avec Evan.

Je suis actuellement sur le canapé, en train de regarder une série, quand je ressens une vive douleur dans mon ventre. Merde ! C'est signe que les Anglais vont bientôt débarquer, et je n'ai aucune protection en stock. Je me lève avec difficulté et monte pour m'habiller. Il est hors de question que je déboule au supermarché avec mon large tee-shirt orné de l'inscription *« Normal people scare me »*. Un jean et un pull enfilés plus tard, je passe dans la salle de bains et risque un regard dans le miroir. Je regrette immédiatement. Mes cheveux, habituellement disciplinés, sont tout emmêlés ; mes yeux sont rouges et bouffis, sans parler des vilaines taches rouges qui apparaissent sur mes joues, pour mon plus grand bonheur, lorsque je pleure. Notez l'ironie. J'attrape ma brosse et essaie de démêler tant bien que mal ma tignasse, passe mon visage sous l'eau et applique une fine couche de mascara sur mes yeux. Je regarde ma montre. Il est bientôt quinze heures. Tout le monde est encore au lycée, je ne croiserai donc personne avec un peu de chance. Je descends, attrape mes clés sur le comptoir et enfile un bonnet.

Le froid me fait frissonner lorsque je sors, signe que l'hiver n'est plus très loin. J'enfonce mes mains dans mes poches et souffle. L'air se remplit d'une fine buée. Le quartier est désert. Je tourne à droite, dans Miller Street, où se trouve la petite supérette à laquelle je vais depuis toute petite. Je pousse la porte et la caissière m'adresse un petit signe de tête en me reconnaissant. Elle ne semble pas voir que je ressemble à un véritable zombie. Je fais un sourire qui doit plus ressembler à une grimace et me dirige vers le rayon de l'hygiène féminine, puis attrape la boîte de tampons que j'ai l'habitude de prendre. Je repars vers la caisse telle une limace quand je tombe nez à nez avec James.

– James ?

– Calli ?

Nous parlons en même temps, ce qui me fait légèrement rire.

– Qu'est-ce que tu fais là ? je demande, surprise.

Il se passe une main dans les cheveux. Il a l'air mal à l'aise, même extrêmement gêné. Il regarde partout autour de lui. On dirait qu'il veut s'enfuir le plus loin possible.

– Je… euh…

Je fronce les sourcils. Qu'est-ce qu'il lui arrive ?

– C'est bon, bébé, je les ai trouvés !

Un gars, que je reconnais comme étant l'un des footballeurs du lycée, sort du rayon d'à côté, brandissant fièrement dans sa main une boîte de préservatifs XXL. Il fait un léger bisou sur les lèvres de James, qui ne sait vraiment plus où se mettre.

Je suis tellement surprise que ma boîte de tampons tombe par terre et que ma main vient se plaquer sur ma bouche, maintenant grande ouverte. L'autre gars, alerté par le bruit sourd que fait la boîte en touchant le sol, me lance un regard et, lorsqu'il me reconnaît, il articule un « merde » silencieux.

On reste tous les trois à se fixer, pendant un moment, sans qu'aucun de nous ose dire quoi que ce soit. James finit par rompre le silence.

– David, je te présente Calliopé. Calliopé, voici David.

David me tend la main et je prends quelques longues secondes avant de la lui serrer, toujours estomaquée par ce que je viens de voir.

– Euh… Je crois que je vais vous laisser. Vous avez sûrement des choses à vous dire. À plus, bébé ! dit David en caressant le dos de James.

– Attends ! Tiens, c'est pour payer les… les protections, dit James en tendant un billet à son copain, qui lui fait un sourire taquin suivi d'un clin d'œil.

Si je n'étais pas aussi interloquée, j'aurais pu dire qu'ils forment vraiment un couple très mignon.

– Pourquoi tu ne m'as rien dit ? je demande dès que David est parti.

Je suis sur les nerfs depuis hier et le fait qu'il ne m'ait pas fait confiance m'énerve encore plus.

– Je cherchais le bon moment. Je t'assure que je voulais te le dire, mais j'avais peur que tu réagisses mal.

Il semble sincère et je me radoucis immédiatement. Il était simplement effrayé par la réaction que j'aurais pu avoir.

– Je ne vois pas pourquoi j'aurais mal réagi, James. Tu es mon ami et tu as le droit de sortir avec qui tu veux…

– Merci de comprendre, dit-il.

Il s'avance pour me prendre dans ses bras.

Je le serre fort à mon tour et ça fait du bien. J'avais vraiment besoin d'un câlin.

Et là, je me rappelle les bras d'Evan lorsqu'il me tenait contre lui, son corps musclé, et j'ai envie de pleurer. Je respire un grand coup pour me reprendre. Il faut que j'arrête de repenser à ce connard.

James s'écarte de moi.

– Promets-moi de ne le dire à personne. Je ne suis pas prêt à ce que tout le monde me dévisage, me demande-t-il.

– Ne t'inquiète pas. Si les autres doivent être au courant, c'est à toi de leur dire.

Il me fait un sourire.

– Qu'est-ce que tu fais là, toi, d'ailleurs ? demande-t-il soudain en levant un sourcil inquisiteur.

– Problème de filles, je réponds en ramassant ma boîte de tampons, qui traîne encore au sol.

– Ah…

James se met à rougir et il rit nerveusement.

On va vers la caisse. Je paie ma boîte et on se sépare, car il va rejoindre son copain. Inutile de me demander ce qu'ils vont faire… Je rougis quelque peu en pensant que j'aurais pu faire ça avec Evan s'il n'avait pas été si con. En l'imaginant, je deviens immédiatement triste. Une douleur me serre la poitrine. Je suis amoureuse de lui… J'ai l'impression que je ne pourrai jamais retrouver quelqu'un comme lui.

***

Jeudi soir, je suis assise en tailleur sur mon canapé. Les deux derniers jours ont été très éprouvants.

Evan ne m'a pas adressé un regard en cours. Il m'a ignorée totalement et il a séché tout simplement le cours où il devait être à côté de moi, m'obligeant à faire les TP toute seule. Son indifférence me fait mal, mais ce n'est pas le pire, non. Le pire, c'est de l'avoir vu rouler des pelles à Cassandra à presque chaque intercours, et d'avoir même eu l'impression qu'il me regardait quand il l'embrassait, comme pour me narguer. Il ne sait pas à quel point il me fait mal… Mais je pense que, même s'il le savait, ça ne changerait rien : il serait sûrement ravi de faire souffrir la pauvre sainte-nitouche.

J'ai tout expliqué à Aby, qui m'a énormément réconfortée. C'est elle qui m'a dit de retourner en cours pour l'affronter la tête haute, faire comme si ça ne m'avait pas atteinte. On a supprimé ensemble le numéro d'Evan de mon téléphone, et je dois avouer que ça m'a fait un pincement au cœur quand elle a aussi effacé tous nos messages. Pour m'aider à avancer, a-t-elle dit en appuyant sur le bouton « supprimer ».

De son côté, tout va bien avec Mickael. Elle l'a salement engueulé parce que son meilleur ami est un con, mais lui a vite pardonné, se rendant compte que ce n'était pas du tout sa faute. Elle me fait rêver quand elle me raconte ce qu'ils font tous les deux. C'est un couple très mignon. Elle n'arrête pas de me dire qu'elle est pressée d'être au bal, puis se ravise en se souvenant que, moi, samedi soir, je serai sous ma couette en train de regarder une série.

– Tu pourrais y aller toute seule, m'a-t-elle dit, je resterais avec toi !

J'ai immédiatement refusé. Il est hors de question que je passe la soirée assise sur une chaise, en train de regarder celui que j'aime et ma pire ennemie se rouler des patins. J'ai entendu Cassandra s'extasier auprès de ses copines, car Evan l'a invitée au bal. Ça a terminé de me briser le cœur.

Il ne m'aurait jamais invitée, moi. Il aurait eu trop honte de s'afficher avec l'intello.

Mon téléphone, posé sur mes genoux, me tire de mes pensées. Je regarde qui m'appelle et sourit en voyant le nom de mon ami s'afficher sur l'écran.

– James !

– Calli, ça va ?

– Bien, et toi ?

– Ça peut aller ! Écoute, c'est un peu gênant mais… j'ai un service à te demander…

– Je t'écoute.

– Tu vois, mon père va aider pour l'organisation du bal du lycée. Il sera donc présent et ça fait quelques semaines que je lui ai dit que j'étais en couple, et bien entendu je ne lui ai pas précisé le sexe de mon compagnon…

– Et donc ? je demande, ne voyant pas où il veut en venir.

– Je sais que tu es célibataire et j'aimerais que…

– Que quoi ? Dis-moi, James ! je le presse, ne supportant plus le suspense.

– Que tu fasses semblant d'être en couple avec moi…

Je soupire. Je ne m'attendais vraiment pas à ça. Je réfléchis quelques instants avant de lui donner ma réponse. D'un côté, voir Evan avec une autre me piétinera un peu plus le cœur, mais en même temps j'ai bien le droit de m'amuser aussi. Et peut-être que me voir avec un autre garçon le rendra jaloux. Ce serait le moyen de vérifier qu'il ne ressent vraiment rien pour moi.

– OK, James !

Je ne sais pas dans quoi je m'embarque…

27

Calliopé

Je m'observe dans la glace en lissant un pli de ma robe. Je l'ai trouvée dans une boutique du coin, en allant faire du shopping avec Aby hier. Ça n'a pas été une partie de plaisir. Aby me fourrait sous le nez des robes pleines de strass et de sequins, toutes plus kitsch les unes que les autres. J'ai finalement trouvé cette robe. Le coup de cœur n'était pas là. Je ne me suis pas dit : « Cette robe est faite pour moi », comme on le voit dans de nombreux films. Je l'ai simplement trouvée jolie et l'ai achetée, car j'en avais marre de me balader dans les boutiques. Je dois dire que le fait qu'elle soit en solde m'a bien aidée. Il y avait bien d'autres robes plus belles, mais le porte-monnaie n'aurait pas suivi.

J'observe le tissu bordeaux, qui laisse entrevoir un léger décolleté. La longueur de la robe est telle qu'elle cache par miracle mes pieds. J'ai donc pu enfiler sans complexe mes Dr. Martens, espérant que personne ne remarquerait cette immense faute de goût. Ma sœur n'y a vu que du feu, en tout cas. Quant à ma mère, elle ne m'a pas prêté attention lorsque je lui ai dit que je sortais.

Je replace une mèche de cheveux que j'ai bouclée sur mon épaule et observe mes yeux surlignés d'un trait d'eye-liner, finalement à peu près droit après l'avoir recommencé une dizaine de fois.

Je regarde ma montre : plus que quelques minutes avant que James ne vienne me chercher, et je commence à avoir mal au ventre. Est-ce vraiment une bonne idée ? Qu'est-ce que je vais faire là-bas ?

Je commence à paniquer, mais me dis que James serait trop déçu que j'annule à la dernière minute. Cela dit, il pourrait inventer un mensonge à son père en disant que sa copine est malade. De toute façon, il lui ment bien depuis plusieurs mois.

Avant que je ne puisse faire quoi que ce soit, la sonnerie retentit. Je descends l'escalier très lentement, redoutant le moment où je me retrouverai face à mon ami, cherchant une excuse crédible. Je pourrais lui dire que la pizza au thon d'hier est mal passée…

– Tu es magnifique ! me salue-t-il, un grand sourire sur les lèvres lorsque je lui ouvre enfin la porte.

Son expression très joyeuse me dissuade d'annuler. Je dois faire un effort pour aider mon ami.

– Tu n'es pas mal non plus, dis-je.

Sa chemise blanche souligne sa silhouette, le nœud papillon et ses cheveux blonds soigneusement peignés sur le côté lui donnent un côté très classe.

Je monte dans la voiture et le voyage se passe dans la bonne humeur. J'arrive même à me détendre un peu.

– Ton copain est au courant que je viens avec toi ? je demande à James, ce qui me vaut une grimace de sa part.

Mince, sujet tabou.

– On s'est un peu disputés, commence-t-il, les yeux rivés sur la route.

– Ça s'arrangera, je tente de le rassurer, alors que je suis la moins bien placée pour parler d'histoire d'amour, vu comment s'est terminée la mienne.

Mon cœur se serre… Et dire que j'aurais pu être dans cette

voiture avec Evan s'il avait eu ne serait-ce qu'un peu d'affection pour moi… Quel connard!

Les larmes commencent à monter. Je prends une grande inspiration et les chasse d'un revers de manche. Il faut que j'arrête de penser à lui!

– Tu connais David depuis longtemps? je demande pour revenir sur James et son histoire qui m'intrigue.

Un petit sourire éclaire son visage.

– Ouais, ça fait un petit bout de temps!

– Et ça a été le coup de foudre? je lui demande avec un petit regard complice.

James éclate de rire comme si ce que je venais de dire était complètement absurde.

– Loin de là. On s'est détestés pendant tout le collège.

Je lance à James un regard surpris: je ne m'attendais pas du tout à ça!

– Comment c'est possible? Tu sembles tellement l'aimer!

– J'ai toujours eu les joueurs de football en aversion. Leur façon de se croire mieux que tout le monde… Et au collège, David était le pire. J'avais des lunettes, à l'époque, et il m'a donné le surnom de « binoclard ». Il me critiquait devant tout le monde pour faire rire les autres. Donc, ouais, je le détestais plus que tout.

Je n'étais pas dans le même collège que James. Je ne l'ai rencontré qu'en seconde, lorsqu'il a sympathisé avec Simon, donc je découvre complètement cette histoire. Mais je n'aurais pas pensé David capable de ça.

– Qu'est-ce qui a changé?

– J'ai commencé à fréquenter une fille en troisième. Elle était très gentille et on s'entendait plutôt bien, même si, pour ne rien te cacher, je ne bandais pas quand je pensais à elle.

Un petit rire nerveux sort de ma gorge. James est un peu trop direct pour moi!

– Donc, j'ai commencé à me poser des questions sur ma sexualité. À cette époque, David était encore plus méchant avec moi. Lorsque j'étais avec Rose, il me lançait des regards noirs pleins de haine. Je me disais qu'il devait bien l'aimer et qu'il était jaloux que je sois avec elle. Et un soir, en rentrant, il m'attendait devant chez moi. Il m'a attrapé par le bras, il m'a plaqué contre un mur et il m'a embrassé.

Ma bouche est grande ouverte alors que je regarde James avec des yeux ronds. Cette chute est improbable!

– Et tu as réagi comment? Tu l'as laissé faire?

– Pas du tout! Je l'ai repoussé, je l'ai insulté. Je pensais qu'il jouait encore à un jeu, que c'était une nouvelle façon de me torturer.

– En même temps, tout le monde aurait pensé comme toi!

– Ouais, sûrement! Mais alors que je m'attendais à ce qu'il se moque de moi, il m'a fait une longue déclaration. Il disait qu'il était complètement perdu, qu'il n'arrêtait pas de penser à moi, que s'il agissait comme un connard, c'était parce qu'il ne savait plus comment faire avec moi. Et ensuite, il m'a de nouveau embrassé, tendrement. Et c'était incroyable. C'est ce qui m'a permis d'ouvrir les yeux. J'ai compris aussi que toute la haine que j'avais pour lui était une attirance refoulée.

James a un petit sourire au coin des lèvres.

– Et tu lui as pardonné toutes ces années de harcèlement?

James secoue la tête.

– Ouais. Enfin… je l'ai d'abord bien fait galérer, et au bout d'un moment, je suis passé à autre chose. Je l'aime trop pour lui en vouloir toute ma vie.

– Alors, pourquoi tu n'es pas avec lui ce soir? je lui demande en espérant qu'il ne se braque pas.

Une vague de tristesse passe sur son visage et ses mains se crispent sur le volant.

– On pourrait croire que c'est plus difficile pour lui d'assumer son homosexualité. Après tout, tu connais les mecs de l'équipe de foot, ils ne sont pas méchants, mais leur ouverture d'esprit est vraiment faible.

Je pense un instant à Evan. Comment réagirait-il s'il apprenait qu'un mec de son équipe est gay? Je pense que ça lui passerait complètement au-dessus!

– Ils ne sont pas tous comme ça, dis-je, ne pouvant m'empêcher de défendre Evan malgré ce qu'il m'a fait.

– Bien sûr! Je ne veux pas faire de généralités! Enfin bref, tout ça pour dire que David est prêt à le dire à tout le monde. Il en a marre qu'on se cache. Mais moi, je ne sais pas... J'ai peur de ce que les gens pourraient dire, pourraient lui faire.

La voix de James tremble un peu et je lui touche le bras, espérant que mon contact puisse lui donner un peu de réconfort.

– James, les gens ne sont pas tous des connards. Je suis sûre que beaucoup seront contents pour vous ou alors s'en moqueront complètement.

Il soupire.

– Tu ne connais pas mon père, marmonne-t-il entre ses dents serrées, si bien que j'ai du mal à le comprendre.

Et c'est là que je percute: le véritable problème, c'est que James a peur de décevoir son père.

– Tu sais, moi, je veux juste que tu sois heureux, je rajoute. C'est clair qu'il faut que tu te prépares pour annoncer ça à ton père. Je veux bien jouer le jeu ce soir, mais je ne serai pas là indéfiniment...

– Je sais, Calli. Merci de m'aider malgré tout.

– Fais juste attention à ne pas blesser David. Explique-lui la situation. Si tu le perds, tu t'en voudras toute ta vie...

Il me lance un regard perdu qui me serre le cœur. Il a l'air de ne plus savoir quoi faire.

Le trajet se poursuit en silence et bientôt nous arrivons sur le lieu du bal. James se gare et je descends de la voiture, vérifiant bien que mes chaussures soient toujours camouflées par le tissu bordeaux. James vient à mes côtés et me prend la main. Je lui lance un regard gêné.

– Je pense que c'est plus crédible si on se comporte vraiment comme un couple dès le départ.

Je lui fais un sourire pour le rassurer et pour qu'il comprenne que tout va bien, mais au fond de moi, c'est la panique totale. Après tout ce qu'il m'a raconté sur sa relation avec David, cette mise en scène m'apparaît vraiment comme une très mauvaise idée! Je suis bien placée pour savoir que voir la personne que l'on aime avec quelqu'un d'autre est dévastateur! En plus, je suis une piètre actrice!

Ma main doit être moite dans la sienne, mais il ne fait aucun commentaire. On passe sur un tapis rouge, où déjà plusieurs couples avancent devant nous. Ça ne rigole pas, au lycée, ils ont fait les choses en grand!

Le bal se passe dans le gymnase. À l'entrée, une jeune fille qui porte des lunettes nous propose de faire une petite photo souvenir. On accepte et je force un sourire alors que James passe une main autour de ma taille. Je déteste ce genre de soirée, j'ai l'impression que tout est surfait.

La salle est plongée dans le noir. Sur la droite, quatre tables forment un buffet, autour duquel les geeks et les personnes qui sont venues seules se rassemblent pour passer la soirée à manger les petits fours regroupés par dizaines sur des assiettes en carton. J'aurais pu faire partie de ces personnes si James ne m'avait pas proposé cette supercherie. Cela aurait peut-être été mieux, d'ailleurs.

Une boule à facettes est accrochée au plafond et éclaire les danseurs qui sont déjà sur la piste. Une musique assourdissante retentit et je regrette de ne pas avoir pris avec moi du Doliprane pour finir la soirée sans avoir l'impression que des marteaux-piqueurs me cassent la tête. Je me rends compte que je cherche inconsciemment Evan et sa géniale nouvelle copine du regard. Après avoir balayé des yeux toute la salle, je remarque qu'ils ne sont pas encore arrivés. Je ressens une pointe de déception au fond de la poitrine. J'ai vraiment envie qu'il me voie avec James pour lui montrer qu'il ne m'a pas tant blessée que ça et que je me suis vite remise. Bon… OK… c'est totalement faux… Je n'ai jamais eu un tel trou béant dans ma poitrine. J'ai envie de pleurer toutes les deux minutes et le savoir avec elle me détruit un peu plus à chaque moment. Il affiche toujours un sourire quand ils sont ensemble. Ils ont l'air heureux, et j'ai l'impression que l'époque où il était proche de moi n'était qu'un rêve. J'ai le sentiment que le Evan que je connais, celui que j'aime, n'existe plus, et ça me brise le cœur.

James me sort de mes pensées en me prenant par le bras et me ramène brusquement contre lui.

– Mon père approche, me chuchote-t-il à l'oreille.

Je vois un homme plutôt grand, les cheveux poivre et sel, le visage assez fermé, marcher à grands pas dans notre direction.

OK… Mon cœur bat très vite.

Il salue son fils et porte son attention sur moi.

– Tu dois être Calliopé, me dit-il sans un sourire.

Pas même un petit rictus, son visage est complètement impassible. Plus froid que ça, tu meurs !

Ses yeux me scrutent et j'ai l'impression qu'il devine que tout ceci n'est qu'un mensonge.

– Oui, bonsoir, je suis ravie de vous rencontrer !

Je me ressaisis puis, après une timide hésitation, je tends la main. Le père de James la regarde quelques instants, un sourcil levé, et tourne les talons sans même prendre la peine de la serrer. Elle retombe contre mon corps. La honte !

– Désolé, il est un peu froid, hurle James dans mon oreille.

– C'est le cas de le dire, je réponds, toujours pas remise du vent qu'il m'a mis.

James hausse les épaules comme s'il était habitué à ce que son père soit quelqu'un d'impoli.

– On danse ? me propose-t-il.

– Tu es sûr de vouloir risquer la vie d'un de tes pieds ? je demande très sérieusement.

Je n'ai jamais su et ne saurai jamais danser, et je n'ai pas vraiment envie de me ridiculiser.

Il ricane :

– Ne t'inquiète pas, je vais mener.

***

– Aïe, putain ! Mais James… Fais un peu attention ! C'était mon orteil gauche, ça !

– Je l'aurais sûrement remarqué si tu n'étais pas en train de me broyer la main, rétorque-t-il.

On se chamaille depuis dix minutes. James est aussi nul que moi en danse ! Ça doit faire peur à voir. On se dandine tant bien que mal sur la piste, mais je crois que nos mains et nos pieds ont un gros problème de coordination.

James me fait un bisou sur la joue de temps en temps lorsque son père nous regarde, mais c'est tout. Je suis rassurée, je ne me voyais pas l'embrasser à pleine bouche. La musique change et un slow se lance, l'une des seules danses que je sais à peu près assurer sans faire trop de dégâts.

Alors que je passe mes bras autour du cou de James, j'aperçois une silhouette immobile dans l'entrée du gymnase. Evan se tient droit. Il nous fixe, l'œil mauvais, la mâchoire serrée. Il est plus beau que jamais dans un costume qui épouse parfaitement ses muscles, ses larges épaules. Ses cheveux sont légèrement ébouriffés, lui donnant un côté sauvage, il est parfait. J'arrête immédiatement de danser et James m'interroge du regard, mais je suis incapable de détacher mon regard d'Evan. Il n'a pas bougé. Mon cœur bat très vite et mes joues rougissent. Je me déteste de réagir comme ça en sa présence. Evan lance un regard glacial à James, lorsque Cassandra surgit brusquement et s'accroche à son bras. Il détourne immédiatement les yeux et écrase ses lèvres sur les siennes. Mon cœur se brise, une nouvelle fois. Voir ses lèvres se poser sur une autre me retourne complètement. Est-ce qu'il lui dit les mêmes choses qu'à moi? Est-ce qu'il l'appelle « princesse », elle aussi? A-t-il la moindre idée du mal qu'il me fait? Sûrement que oui, mais il s'en fout. La tristesse m'envahit petit à petit et mon souffle se fait court. Lorsque Cassandra passe ses mains dans les cheveux d'Evan comme j'ai l'habitude de le faire, je détourne la tête vers James, qui m'observe, l'air inquiet.

– Ça va? me demande-t-il.

– Oui, ne t'inquiète pas, je vais juste me rafraîchir cinq minutes aux toilettes.

Je me force à sourire pour ne pas l'inquiéter encore plus et me précipite dans les toilettes du gymnase, mais je crois que ma voix tremblante m'a trahie.

Je m'enferme dans l'une des cabines et m'adosse contre la porte. Il faut que je me ressaisisse, je ne peux pas réagir comme ça à chaque fois que je le vois embrasser sa nouvelle copine!

J'entends des pas précipités dans les toilettes et, quelques secondes plus tard, on frappe à la cabine dans laquelle je suis.

J'essuie les larmes que je n'ai pas réussi à retenir avant de me racler la gorge.

– C'est occupé, je dis d'une voix la plus claire possible, essayant de chasser ainsi la fille importune.

– Ouvre cette porte, Calliopé !

Je frissonne et les battements de mon cœur redoublent. Je reconnaîtrais cette voix entre mille. Et c'est loin d'être une fille. Evan... Le savoir de l'autre côté de la porte me fait complètement perdre pied. Je fais quoi ?! J'ouvre... je n'ouvre pas ? Mon cerveau n'arrive pas à réfléchir et mon cœur ne s'est toujours pas remis de l'avoir vu avec une autre.

– Calliopé ? Mais, euh, je suis... Julia !

Je me mords la lèvre.

Quelle idiote !

Je croise les doigts et retiens ma respiration, espérant qu'il y croie. Je ne suis pas prête à l'affronter, pas dans cet état ! Un grand coup sur la porte me fait sursauter et je pousse un petit cri.

– Ça ne me fait pas rire ! Ouvre ou je défonce la porte.

Il est vraiment énervé. Je ferme les yeux et passe une main dans mes cheveux, essayant de reprendre le contrôle. De quel droit se permet-il de me parler comme ça ? Ce n'est pas moi qui avais la langue dans la bouche d'une autre il y a quelques instants !

– Il me semble que ce sont les toilettes des femmes ici ! Et jusqu'à preuve du contraire, je ne pense pas que tu en sois une !

Il soupire.

– Calliopé, il faut que je te parle.

– Je n'ai rien à te dire, j'aimerais finir de faire pipi tranquillement avant d'aller rejoindre mon *copain*.

J'insiste sur le dernier mot.

Un silence s'installe. Je n'entends plus que sa lourde respiration, puis la porte des toilettes claquer. Il est parti ? Je risque un œil à l'extérieur de la cabine et constate que les toilettes sont vides. Je sors donc et ne vois Evan nulle part. Un rapide coup d'œil aux alentours me fait comprendre que Cassandra n'est plus là non plus. Je regrette presque de ne pas avoir ouvert la porte. J'imagine bien ce qu'ils doivent faire en ce moment... J'imagine ses mains sur elle, et ça me dégoûte ! Et dire que ça aurait pu être moi à sa place, que, comme elle, j'aurais pu me faire avoir par lui ! Mais même lui, le séducteur insatiable, ne veut pas de moi. Me caresser l'a « dégoûté ». Mon cœur se serre en repensant aux mots qui m'ont complètement détruite. Comment ose-t-il encore venir me parler après ça ? Ça ne lui a pas suffi de me briser le cœur en mille morceaux ?

Je cherche James et le repère près du DJ. Il se dispute violemment avec son petit ami. Je ne les entends pas, mais je le vois faire de grands gestes. Heureusement, son père n'a pas l'air dans les parages ! Je ne vais pas les voir, ils ont besoin de régler leurs histoires sans que je vienne les interrompre. De toute façon, j'en ai déjà bien assez fait en participant à cette mascarade ridicule ! J'aurais dû tout annuler pendant le trajet en voiture, je n'ai pas du tout aidé James ! Au contraire, j'ai mis son couple en péril... Ma meilleure amie et Mickael, eux, s'embrassent à pleine bouche au milieu de la piste. Je souris. Il y en a qui ont de la chance.

Je me retrouve seule comme je le craignais et je regarde le buffet, me demandant si je devrais y aller pour finir la soirée. Je pourrais échanger quelques mots avec Lisa, la fille gothique de la classe. Elle me lance un regard noir quand je m'approche et je fais semblant de prendre un toast au saumon plutôt que de me prendre un deuxième vent en lui adressant la parole.

J'ai limite envie de pleurer. Je me demande vraiment ce que je fais là. Je sors du gymnase pour m'aérer un peu et m'adosse contre un mur. Je n'arrête pas de penser à Evan, à sa mâchoire contractée quand il m'a vue avec James. J'avais juste envie d'y déposer des milliers de baisers pour qu'il se détende. J'aurais aimé qu'il me prenne dans ses bras et qu'il ne me lâche plus jamais.

Plusieurs personnes fument non loin de moi. Je sors mon iPod, que j'ai apporté au cas où une situation comme celle-ci se produirait. Je lance une chanson d'Eminem et ferme les yeux, oubliant tout.

Je suis à fond dans la musique quand je sens une main se poser sur mon bras nu. Je pousse un hurlement à faire dresser les cheveux sur la tête tellement je suis surprise.

– Dylan, qu'est-ce que tu fais là ? je demande, choquée de voir le blond.

– Je passais dans le coin...

Il me détaille attentivement avant de me complimenter sur ma robe, arborant comme d'habitude un sourire Colgate.

Je remarque son excuse bidon, mais décide de ne pas relever, trop contente d'avoir enfin de la compagnie. Je fronce néanmoins les sourcils. Pourquoi me ment-il ? Il n'y a absolument rien à faire à côté du gymnase et ça m'étonnerait beaucoup qu'il passe ici par hasard.

– Merci. Tu veux entrer ? je lui propose en désignant de la main le gymnase, duquel s'échappe une musique plutôt rock.

– Qu'est-ce que c'est ? Une fête ? demande-t-il, l'air amusé.

– Le bal de la rentrée...

Je ne peux cacher ma mine dégoûtée et il rit doucement.

– Tu ne sembles pas avoir tellement envie d'y retourner, toi.

Je souris et réponds que je ne suis pas contre rester dehors. Il se pose à côté de moi et on commence à parler de tout et de rien. Il me parle de son lycée, de son envie de devenir médecin pour sauver des vies, et je l'écoute. Sa présence est agréable et me permet de penser à autre chose qu'à cette soirée affreuse. L'avertissement d'Evan par rapport à lui est désormais loin derrière moi. De toute façon, c'était sûrement une autre de ses stratégies pour me séduire et éloigner les autres garçons. Soudain, les yeux de Dylan deviennent sombres. Il regarde derrière moi et fronce les sourcils.

– Laisse tomber, Dylan, elle a déjà un copain.

Je me retourne pour faire face à Evan, il me regarde dans les yeux et un long frisson me parcourt le dos. Il sort d'où? Je ne vois pas sa pimbêche à côté de lui. Il est tout seul et ses cheveux sont encore plus décoiffés que tout à l'heure.

Style après baise, me chuchote ma conscience, et ma poitrine se comprime.

– Je peux savoir ce que tu fais ici? je lui demande.

Il me lance un regard noir et me prend par le bras avant de m'emmener à l'écart, là où Dylan n'est plus visible. Je fais ce que je peux pour me débattre, mais sa poigne se resserre sur mon bras.

– Je t'ai dit de ne pas t'approcher de lui, Calliopé, me dit-il une fois à l'écart en me lâchant.

– Oui, tu me dis beaucoup de choses que tu ne penses pas! Et tu feras attention, il te reste un peu de rouge à lèvres au coin de la bouche, je dis en lui tapotant le coin de la lèvre, ce qui me vaut des millions de frissons dans les doigts.

Mon Dieu, cette emprise qu'il a sur moi commence vraiment à me faire flipper! Il fronce les sourcils et s'essuie la bouche. Il s'avance vers moi et je me retrouve bloquée contre le mur. Il a l'air vraiment énervé. Mon cœur bat la chamade. Je suis tellement amoureuse de ses yeux noirs, qu'il plonge dans les miens! Le sentir aussi près de moi après tout ce temps me fait perdre mes moyens. Son corps n'est plus qu'à quelques centimètres du mien et sa chaleur m'enveloppe. J'aimerais le repousser, mais mes mains restent le long de mon corps, comme paralysées. Je suis faible lorsqu'il est trop près.

– Je vois que tu m'as vite remplacé. Tu n'es pas aussi innocente que tu le laisses paraître en fait, souffle-t-il, les mains de part et d'autre de mon visage.

Ses mots me blessent.

– Tu as fait la même chose avec Cassandra, à ce que je sache. C'était bien ta langue qui était enfoncée dans sa bouche tout à l'heure, non?

Je ne sais pas d'où me vient cette repartie, mais j'en suis plutôt fière sur le coup.

– Calliopé…

– Quoi? je l'agresse en le poussant de toutes mes forces. C'est toi qui m'as quittée, c'est toi qui as dit que tu n'en avais rien à faire de moi, que je te dégoûtais. Alors, casse-toi! Dégage, Evan! Je ne veux plus te voir, jamais!

Il se passe la main dans les cheveux et crie aussi fort que moi.

– J'ai paniqué, Calliopé, OK? Tu m'as annoncé tes sentiments d'un coup et je ne savais pas quoi dire, et donc je t'ai blessée et je suis désolé, mais je ne suis pas habitué. Je n'ai jamais été en couple, rappelle-toi, mais je…

– Tu quoi, hein? Tu regrettes? N'essaie même pas de me faire croire ça! je le coupe.

Il me repousse contre le mur et approche son visage de plus en plus près du mien, et toute ma colère s'évapore. Je n'entends plus que ses battements de cœur et les miens résonnant à l'unisson.

– Tu l'aimes?

Sa voix est glaciale.

Je m'écarte et commence à m'éloigner de lui. Il est hors de question que je retombe dans ses bras. Être près de lui après tout ce qu'il m'a dit, tout ce qu'il a fait est bien trop douloureux. Je sens des larmes me monter aux yeux, mais je me contrôle pour ne rien laisser paraître. Il ne doit pas savoir à quel point il me blesse.

– Qui? je demande, dos à lui, faisant semblant de ne pas comprendre.

– Le mec avec qui tu as dansé.

– Non! Ce n'est même pas mon copain, je ne sais pas pourquoi je t'ai dit ça, je réponds sincèrement en me retournant.

J'en ai marre de lui mentir. Il est à cinq mètres de moi maintenant et mon cœur peut enfin battre normalement.

Il semble rassuré et se gratte derrière la tête, exposant le bas de son torse musclé. Je m'empêche de le fixer trop intensément, mais ce n'est pas l'envie qui m'en manque, il est tellement sexy, mon Dieu! Pourquoi a-t-il tout gâché?

– Tu ne sais pas à quel point ça m'a énervé, me dit-il.

– Pourquoi? Je pensais que tu n'en avais rien à faire de moi, dis-je en haussant la voix.

– C'est faux, Calliopé, tu devrais comprendre, je...

– Tu?

Mes émotions sont incontrôlables, je suis de nouveau énervée. Une multitude de questions se bousculent dans ma tête. Comment peut-il revenir maintenant et me dire ça? Qu'est-ce que ça peut lui faire de me voir avec quelqu'un d'autre alors qu'il a été le premier à retourner baiser à droite et à gauche?

Il plonge son regard noir dans le mien et je n'ose plus rien dire. Son visage semble tordu dans une expression douloureuse, comme s'il hésitait à me dire quelque chose. Sa mâchoire se contracte à intervalles réguliers et je vois qu'il serre les poings. Nos yeux ne se lâchent plus et je lis dans les siens tout le désespoir qu'il ressent, tout ce qu'il veut me dire mais sans l'oser. Mon cœur bat comme un fou alors que, semblant se décider, il s'avance d'un pas vers moi et me répond finalement:

– Je t'aime, putain, et te voir avec un autre, je n'y arrive pas!

28

Evan

J'ai l'impression que plus rien n'existe autour de nous. Elle a l'air complètement bouleversée par ce que je viens de lui annoncer. C'est tout à fait normal, vu ce que je lui ai dit il y a quelques jours. Au moins, elle est toujours là et ne s'est pas encore enfuie en courant. À sa place, j'en aurais marre d'écouter un putain de lunatique qui ne sait jamais ce qu'il veut. Elle me regarde avec attention, et je distingue une petite lueur d'espoir dans ses yeux, vite balayée lorsqu'elle fronce les sourcils, affichant une mine suspicieuse.

– Je ne te crois pas, lâche-t-elle finalement dans un souffle.

Même si ses mots me blessent, je ne peux pas lui en vouloir. Mickey lui-même ne me croirait pas. Je me suis toujours dit que l'amour, c'était pour les faibles, pour ceux qui ont forcément besoin de quelqu'un pour avancer. Moi, je me débrouille bien tout seul. Enfin, c'était le cas avant de la connaître… Putain ! Je suis vraiment fou d'elle, et depuis un moment déjà. Je n'ai jamais ressenti quelque chose d'aussi fort et ça me fait peur rien que d'y penser. Et si je dois jouer des pieds et des mains pour le lui prouver, je suis prêt à le faire. Je ne veux pas laisser la possibilité à d'autres gars de sortir avec elle. Je veux qu'elle ne soit rien qu'à moi.

Elle avait l'air tellement heureuse d'être avec lui que ça m'a mis dans une colère noire. Je suis possessif et ses mains sur elle, ça m'a donné envie de lui casser sa putain de gueule de premier de la classe. Heureusement, par je ne sais quels moyens, j'ai réussi à garder mon self-control.

– Calliopé, je le pense vraiment. Je ne vois pas à quoi ça me servirait de te mentir !

Si elle savait que je n'ai jamais dit « je t'aime » à personne ! J'essaie de trouver les bons mots pour qu'elle me croie.

– Alors, pourquoi tu m'as envoyé balader quand je t'ai avoué que je t'aimais ?

Elle est très en colère. Ses yeux bleus me fusillent et ses bras sont croisés sur sa poitrine, signe qu'elle se protège de moi.

– Je ne sais pas, j'ai paniqué... Mais depuis que je te connais, je me remets sur le droit chemin, et même si je sais au fond de moi que je ne suis pas assez bien pour toi, je n'arrive pas à te quitter. J'ai essayé, mais je n'arrive pas à rester loin de toi, parce que je suis complètement fou de toi. Et qu'il n'y a pas une seule minute où je ne pense pas à toi. Et parler avec toi me manque, t'embrasser me manque, et notre complicité encore plus.

– Je n'avais pas l'air de te manquer quand tu embrassais Cassandra. Où étaient tes sentiments pour moi à ce moment-là ?

Je tente quelques pas vers elle. Putain, mais je suis trop con ! Pourtant, je savais, quand j'embrassais Cassandra, que je faisais une grosse erreur, mais ma fierté a pris le dessus à ce moment-là. Je ne pouvais pas la voir avec ce mec et ne rien faire en contrepartie. Bien sûr, toucher les lèvres d'une autre m'a fait me sentir encore plus mal. J'ai dû me contenir pour ne pas grimacer de dégoût. Dès que ma bouche a quitté la sienne, je me suis promis de ne jamais refaire ça.

– J'étais fou de jalousie. Je me suis comporté comme un con.

– Ça, je ne te le fais pas dire !

– Qu'est-ce que je peux te dire pour que tu me croies ?

– Il n'y a rien que tu puisses dire ! Tu n'as qu'à retourner entremêler ta langue avec celle d'une fille qui veut de toi ! Je suis sûre que ce n'est pas ce qui manque dans la salle !

– Je m'en fous, des autres, Calliopé. Tu comprends ça ? Il n'y a plus que toi depuis que j'ai commencé à te parler !

– Eh bien, apparemment non. La preuve, dit-elle en désignant la porte de la salle.

– Elle ne compte pas, Calliopé. La seule que je veux, c'est toi.

– Tu agis comme un enfant à qui on vient d'enlever son jouet préféré, Evan. Mais je commence à te connaître et je ne m'en fais pas pour toi : tu en retrouveras bientôt un nouveau plus beau et plus rigolo. Et à ce moment-là, tu pourras de nouveau le casser, comme tu sais si bien le faire.

Sa colère ne retombe pas et je ne sais plus quoi dire. J'aimerais vraiment qu'elle puisse avoir accès à mon esprit pour qu'elle voie que son visage y est tapissé dans tous les recoins. Je tente un nouveau pas vers elle, mais elle recule immédiatement comme si elle avait été balayée par un vent violent. Mon cœur se serre.

– S'il te plaît, Calliopé, ne me rejette pas. Je t'aime et je te le répéterai jusqu'à ce que tu l'entendes enfin.

Je reconnais à peine ma voix. Une sorte de soufflement rauque, presque inaudible, comme si ces mots sortaient tout droit de mon cœur.

Un voile de tristesse passe sur son visage et j'ai enfin l'impression d'avoir la vraie Calliopé devant moi. Celle qui ne se cache pas derrière un masque de colère. Lorsque celui-ci n'est plus là pour la protéger, elle semble si triste, si fragile, si brisée que mon cœur se brise aussi. Comment est-ce que je peux lui faire autant de mal alors que, tout ce que je veux, c'est qu'elle soit heureuse ?

– Tu… Calliopé, quand je ne suis pas avec toi, je ne me sens pas bien. C'est comme si on m'enlevait une partie de moi. Et je ne dis pas ça pour te faire pitié, je le pense vraiment.

Mon cœur se serre et… merde, quoi ! Je pourrais presque pleurer tellement j'ai mal, tellement j'ai peur de la perdre ! Une larme coule sur sa joue et je m'en veux encore plus. J'avance doucement et, cette fois, elle ne recule plus. Lorsque je suis à quelques centimètres d'elle, je la prends dans mes bras. Elle se laisse faire, comme si elle n'avait plus l'énergie de me repousser.

Je la serre fort contre moi, comme si j'avais peur qu'on vienne me la reprendre, et profite de sa chaleur retrouvée, de son corps fin pressé contre le mien. Je prends de grandes inspirations pour me délecter de sa délicieuse odeur de vanille. Je sens ses larmes couler dans mon cou et je lui caresse les cheveux. La voir pleurer me tue, surtout quand c'est ma faute.

– Qu'est-ce que je peux faire pour que tout redevienne comme avant, Calliopé ? je murmure contre ses cheveux.

Elle lève la tête et plonge ses yeux rougis par les larmes dans les miens. Elle semble complètement perdue, se demandant sûrement si elle peut m'accorder une fois de plus sa confiance.

– Je ne sais pas… répond-elle d'une voix tremblante.

Je passe une main dans ses cheveux et elle frissonne à mon contact, fermant les yeux. Sans pouvoir me contrôler, je lui caresse la joue pour effacer la trace de ses larmes. Sa peau douce contre la mienne me fait frissonner. J'essaie de ne pas trop m'attarder sur ses lèvres, si proches des miennes.

– On peut essayer, au moins ? je demande, priant pour qu'elle dise oui.

Un lourd silence suit ma demande et elle me regarde longuement.

– Tu ne vas plus me faire de mal ?

– Plus jamais.

– Je suis sérieuse, Evan, je ne pourrais pas subir ça une fois de plus.

– Je te le promets, Calliopé.

– Tu me promets de ne plus jamais embrasser d'autres filles au moindre problème entre toi et moi ?

– Oui.

– Tu m'aimes vraiment ?

– Je t'aime. Plus que tout au monde.

Je ne la quitte pas des yeux lorsque je lui dis ça, la tenant toujours serrée contre moi. Je me demande si elle peut entendre les battements de mon cœur tellement ils sont forts. Son visage s'adoucit et un faible sourire s'inscrit sur ses lèvres alors qu'elle prend une profonde inspiration. Elle passe ses bras autour de mon cou et je dois me contenir pour ne pas montrer ma joie. C'est un premier pas, mais elle n'a pas dit qu'elle voulait se remettre avec moi ! Il faut que je me calme !

– Qu'est-ce que tu me fais, Evan Miller ? murmure-t-elle alors que ses lèvres ne sont plus qu'à quelques centimètres des miennes.

– Je vais te rendre heureuse, princesse. J'arrête mes conneries maintenant.

À ces mots, elle se met sur la pointe des pieds, passe une main dans mes cheveux et pose ses lèvres sur les miennes. J'ai enfin l'impression de respirer normalement, que la terre tourne à nouveau dans le bon sens et que je suis revenu à ma place. Lorsque nos langues se trouvent, des milliers de frissons parcourent mon corps. Je n'ai jamais connu un baiser aussi tendre et empli d'amour. J'aimerais qu'il ne s'arrête jamais. Mais finalement, elle s'écarte et je pose mon front contre le sien. Nos souffles courts se mélangent.

– Ne me déçois pas, Evan, murmure-t-elle.

– Plus jamais, je lui réponds en essayant de repousser le plus loin possible le goût amer d'un pari que je n'aurais jamais dû accepter.

Soudainement, elle frissonne entre mes bras.

– Tu as froid ? je lui demande, protecteur, en remarquant que, depuis tout à l'heure, elle n'a que sa robe de bal sur elle.

– Un peu.

Je retire ma veste de costume pour l'en envelopper.

– Viens, on retourne à l'intérieur.

Je la prends par la main et on retourne au bal. Si ça ne tenait qu'à moi, je serais parti immédiatement avec elle, mais Calliopé mérite d'avoir son bal de princesse ! Lorsque j'arrive dans la salle, personne ne nous prête attention. Je vois Cassandra au loin. Il faut que j'aille lui parler.

– Calliopé, il faut que je parle à Cassandra pour qu'elle comprenne que je ne veux plus être avec elle. Mais, si tu préfères que j'y aille à un autre moment, je comprends, je lui dis dans l'oreille.

Elle lance un regard mauvais vers l'endroit où Cassandra danse. Voir son expression jalouse me fait sourire et me prouve qu'elle tient à moi. Elle n'a vraiment aucun souci à se faire : rien que la vue de Cassandra me dégoûte.

– Non, vas-y, je préfère que les choses soient claires dès maintenant plutôt qu'elle tente quoi que ce soit, me dit-elle.

Je l'embrasse, ne pouvant pas résister à l'attrait de ses lèvres, et en même temps pour qu'elle soit rassurée pendant que je vais parler à Cassandra. Pouvoir de nouveau l'embrasser quand je veux est un vrai bonheur !

Je laisse Calliopé à contrecœur et me dirige vers Cassandra qui, quand elle me voit, sourit de toutes ses dents.

– Viens, il faut que je te parle.

Elle me suit dans un coin un peu à l'écart et, une fois que plus personne n'est en vue, elle me saute dessus en essayant de m'embrasser. Par chance, je tourne la tête à temps et la repousse.

Le moindre contact me dégoûte.

– Je ne suis pas venu ici pour coucher avec toi, je commence. Je voulais juste te dire que, toi et moi, c'est terminé, pour de bon cette fois.

Elle me toise et fait un sourire de vipère.

– C'est pour ta petite pétasse que tu me quittes ? Tu oublies que je sais tout pour le pari.

Je me tends immédiatement lorsque j'entends la manière dont elle parle de Calliopé. Je me retiens de l'insulter. Il faut maintenant que je bluffe. Avec un peu de chance, elle ne cherchera pas plus loin.

– Tu peux aller lui dire, si tu veux, mais ça ne servira à rien. Je lui ai déjà tout avoué et elle ne m'en veut pas.

Je reste le plus calme possible pour qu'elle n'entende pas la supercherie dans ma voix.

Elle fait une tête dégoûtée, car pour une fois, elle ne contrôle pas la situation. Elle soupire et tourne les talons, et je lâche un ouf de soulagement. Je rejoins alors Calliopé et la retrouve assise sur une chaise, toute seule dans son coin. Ça me fait mal de la voir comme ça ! Elle regarde un peu partout et a l'air paniquée. J'aimerais que tout le monde sache à quel point elle est formidable. Personne n'arrive à sa hauteur.

Je la prends par la main et lui propose de danser. Elle accepte, non sans me prévenir que ça risque d'être une catastrophe.

Comme si le destin était avec nous, lorsqu'on s'avance sur la piste, la musique change et un slow démarre. J'attrape Calliopé par les hanches alors qu'elle passe ses bras autour de ma nuque. On commence à se balancer lentement sur le rythme de la musique sans se lâcher des yeux. Mon cœur bat à une allure frénétique. J'observe ses longs cheveux blonds, qui encadrent son visage, son petit nez parsemé de taches de rousseur, sa bouche aux lèvres pulpeuses. Calliopé est la femme la plus belle que je connaisse ! Je me penche vers elle et l'embrasse une fois de plus en la serrant contre moi. Elle répond à mon baiser, et c'est comme si on se retrouvait seuls au monde, bercés par la musique et animés par le seul mouvement de nos bouches l'une contre l'autre. Je crois qu'à cet instant, je peux dire que je connais le véritable bonheur.

Soudainement, la musique s'arrête, nous ramenant sur la terre ferme. J'entends une voix provenir de derrière nous et je vois le directeur du lycée un micro en main et son stupide sourire hypocrite plaqué sur le visage.

– Chers élèves, voici maintenant le moment que vous attendez tous : l'élection de la reine et du roi du bal !

Il dit ça avec une voix tellement monotone ! Quel enthousiasme !

Un concours ? Je n'étais même pas au courant ! En même temps, je n'en avais clairement rien à faire de cette soirée…

Je vois Cassandra au loin, tout sourire, qui me fait un léger signe de main. Putain, ça ne m'étonnerait même pas que cette tarée m'ait inscrit à ce stupide concours sans me prévenir. Calliopé semble tout à coup angoissée et baisse la tête. J'attrape sa main et entrelace nos doigts. Elle relève la tête en serrant ses doigts dans les miens et me fait un léger sourire, mais je sens qu'elle n'est pas à l'aise. Le directeur sort une enveloppe de je ne sais où et la déplie.

– Nous avons comptabilisé les votes et je vais maintenant annoncer les résultats. La reine de ce début d'année est… Cassandra Brown !

Les applaudissements retentissent dans la salle. Cassandra fait semblant d'être surprise et monte sur l'estrade installée pour l'occasion, tout sourire. Une élève du comité lui place une couronne en plastique sur la tête et Cassandra fait un discours que je n'écoute que d'une oreille parce que ça ne m'intéresse pas. En gros, elle remercie tout le monde, alors qu'elle ne fait que les critiquer dans leur dos.

Le directeur lui reprend le micro assez rapidement, sûrement pour finir cette corvée le plus vite possible.

– Le roi de la soirée est : Evan Miller !

Je le sentais arriver à dix kilomètres. Calliopé essaie de retirer sa main, certainement pour me laisser rejoindre l'estrade, mais je la serre encore plus fort. Il est hors de question que je monte sur cette scène et que je remercie des gens que je ne connais pas pour un titre dont je n'ai rien à foutre. Tous les regards sont braqués sur moi et je me penche à l'oreille de Calliopé.

– On se tire d'ici ?

Je reçois en retour un regard étonné mais légèrement rassuré. Je devine qu'elle avait peur que je la laisse toute seule au milieu de la foule. Elle hoche la tête et je l'entraîne, sous le regard ébahi des élèves et les appels incessants du directeur. Cassandra est toute seule sur scène et ne sait visiblement plus où se mettre. Elle doit être rouge de honte, mais c'est difficile à distinguer sous les trois couches de fond de teint qu'elle s'est appliquées sur le visage.

– C'est ce qu'on appelle une sortie remarquée ! lance Calliopé une fois qu'on est dehors.

Je souris.

– Je ne serais monté sur la scène que si tu avais été la reine, je lui dis, et elle lève les yeux au ciel.

– On fait quoi maintenant ? J'aurais bien aimé rester, moi !

Elle croise les bras et fait mine d'être énervée.

– Arrête de mentir, tu sais très bien que tu ne voulais pas que je monte sur cette scène.

– OK, j'avoue.

Je souris et m'approche d'elle, la prends dans mes bras. Ses lèvres m'attirent irrésistiblement depuis tout à l'heure. Ma main caresse sa joue et vient enserrer sa nuque. Je rapproche son visage du mien et pose finalement mes lèvres sur les siennes. Je frissonne au contact de sa bouche froide. Je ne vais pas tarder à la réchauffer. Elle m'a vraiment manqué !

Elle se met sur la pointe des pieds et répond à mon baiser. Elle passe les bras autour de mon cou et, en même temps, elle me mord la lèvre inférieure, m'arrachant un soupir.

J'ai l'impression de ne pas réussir à me contrôler, mon bas-ventre me brûle déjà.

Je l'embrasse de nouveau plus passionnément, comme si je voulais perdre mon souffle, puis on s'écarte et elle se blottit dans mes bras. Je la serre le plus fort possible, mon nez enfoui dans ses cheveux. Après quelques instants sans bouger, je lui propose de rentrer, car il est un peu tard. Je la raccompagne chez elle à moto. Sacrée galère à cause de sa robe ! Sa poitrine pressée contre mon dos pendant le trajet me fait penser à toutes les choses que je rêve de lui faire depuis que j'ai croisé ses yeux bleus, mais je me contiens et essaie de cacher tant bien que mal mon érection quand je l'embrasse rapidement pour lui dire au revoir.

– Calliopé, je la rappelle avant qu'elle passe sa porte d'entrée. On se voit demain ?

– Ça dépend, pour faire quoi ?

Elle a un grand sourire aux lèvres et un sourcil légèrement levé. Comme si elle me défiait de lui proposer quelque chose qui soit à la hauteur de nos retrouvailles.

– C'est une surprise, mais je peux te dire que ce sera très romantique !

***

– Un bowling ? C'est ça, ton rendez-vous romantique ?

Je camoufle un rire. C'est vrai qu'il y a plus romantique comme sortie, mais je voulais qu'on fasse quelque chose de simple. Juste pour pouvoir profiter de sa présence et qu'on s'amuse tous les deux. Et pas pour mater son cul dès qu'elle lance une boule comme Mickey me l'a suggéré !

– Tu ne trouves pas ça mignon ? je tente quand même.

Elle me lance un regard qui en dit long sur ce qu'elle pense de cette activité. Je commence à paniquer légèrement. Et si elle détestait vraiment le bowling ?

– Ah là là, les femmes, jamais contentes ! je la taquine.

Elle me lance un petit sourire.

– Je plaisante, Evan, je suis contente d'être là avec toi !

Toute mon angoisse s'envole et je ne peux m'empêcher de sourire à mon tour. J'aime tellement la voir heureuse. Je m'approche d'elle et dépose un léger baiser sur ses lèvres.

– C'est en quel honneur ? me demande-t-elle, toujours souriante.

– Juste parce que j'en avais envie.

– Laisse exprimer tes envies un peu plus souvent, alors ! me dit-elle.

On rit doucement. C'est tellement agréable et simple d'être ensemble !

– Pour pimenter le jeu, je propose que le perdant paie les boissons !

– J'espère que tu as assez d'argent, alors !

Elle me fait un clin d'œil. D'où lui vient cette soudaine assurance ?

Elle attrape une boule avant de se placer devant la piste. Elle s'accroupit, vise en pointant les quilles d'une main et tire. Elle se redresse et croise les doigts en fermant les yeux. Elle est vraiment concentrée. Je la regarde, ne m'intéressant même pas à la boule, fasciné par son air enfantin. Elle est tellement mignonne ! Je fais un effort surhumain pour ne pas me lever et aller la prendre dans mes bras. D'un coup, elle lève les bras et me saute dessus tout en criant « Strike ! », ce qui nous vaut un regard noir des autres personnes. Elle redescend ensuite, gênée de s'être fait remarquer.

– Je ne me doutais pas que tu étais aussi forte, j'aurais parié que tu la mettrais dans la gouttière !

J'attrape à mon tour une boule et la lance, confiant. J'allais très souvent au bowling avec Maria quand j'étais petit. Et j'assiste au trajet d'une boule qui finit au bout de deux secondes… dans la gouttière. Putain, la honte !

Calliopé ne dit rien et se contente de me tapoter l'épaule en retenant un fou rire. Je reprends une boule pour mon deuxième coup et touche huit quilles cette fois-ci. Lorsque c'est au tour de Calliopé de jouer, je reste près d'elle et, alors qu'elle s'apprête à lancer, je viens me coller dans son dos, entourant son ventre de mes bras. Elle penche la tête en arrière pour pouvoir m'observer à travers ses longs cils.

– Je peux savoir à quoi tu joues ?

– Je tente une technique de déstabilisation. Je ne peux pas te laisser me mettre une raclée !

Elle éclate de rire et secoue la tête.

– Ça t'apprendra à sous-estimer tes adversaires, Evan Miller, dit-elle en me taquinant.

Je plonge ma tête dans sa nuque et y dépose une traînée de baisers. Je ne peux m'empêcher de vouloir tout le temps la toucher ! Je la sens frissonner contre moi alors qu'elle pousse un soupir de satisfaction. Puis elle se reprend et me donne de légers coups de coude pour se dégager.

– Ce n'est pas du jeu, Evan ! se plaint-elle.

Je ris en m'éloignant pour la laisser tirer.

La partie s'enchaîne et, à la fin, Calliopé me devance largement malgré mes nombreuses interruptions pour l'embrasser. Ma fierté ne se remettra jamais de cette défaite !

– À moi la grenadine ! s'écrie-t-elle.

Je vais lui payer sa fameuse « grenadine », boisson que seuls les moins de 5 ans prennent, mais je ne fais aucun commentaire, pas franchement fier d'avoir perdu la partie. La barmaid semble étonnée aussi, car elle me fait répéter deux fois. Je prends une pinte de bière. On s'approche d'une table à côté de la piste et Calliopé s'assoit juste devant moi. Elle continue de me taquiner sur le fait que j'ai perdu et je ris aussi, heureux d'avoir retrouvé notre complicité.

Alors qu'on est en plein fou rire parce que j'ai avalé de travers et que je tousse comme un dératé, son portable vibre. Elle se reprend et lit le message qu'elle vient de recevoir. Son expression change complètement. Elle devient aussi blanche que les quilles du bowling. Je la sens très mal… Elle relève la tête et, d'une voix tremblante, me demande :

– Tu as vraiment fait de la prison ?

29

Calliopé

Mes mains tremblent et s'agrippent désespérément à mon téléphone, comme pour prouver que le message que je viens de recevoir est bien réel. Je regarde Evan. Il est devenu tout blanc. J'espère tellement qu'il va démentir, me rassurer, mais j'ai l'impression que ça ne va pas être le cas. Je n'ose même pas le regarder dans les yeux. Je me remémore maintenant vaguement Aby me disant qu'Evan a fait de la prison, mais avec tout ce qui s'est passé depuis, ça m'est complètement sorti de l'esprit. Je relis le message de James en espérant y trouver une anomalie, un détail qui m'aurait échappé.

[Je t'ai vue partir du bal
avec Evan hier…
David m'a dit qu'il a fait
de la prison dans le passé.
Je m'inquiète, dis-moi
que ça va !]

Je n'arrive pas à y croire ! Evan, dangereux ? C'est plus un séducteur qu'une brute épaisse. Il ne ferait pas de mal à une fille.

Encore moins à moi, il m'aime. Mais peut-être qu'il a fait de la prison pour une histoire de drogue? Je ne pourrais pas être avec un toxico, ou encore pire, un dealer! Non, impossible. Il n'est pas comme ça… C'est l'un des mecs les plus doux que je connaisse, même s'il se cache derrière une carapace de séducteur.

– Tu comptes m'expliquer? je lui demande, brisant le silence.

J'ai l'impression qu'on ne sera jamais tranquilles, lui et moi. À chaque fois qu'on règle quelque chose, un nouveau problème débarque et ça semble sans fin. Je soupire d'exaspération face à son silence. Il passe une main dans ses cheveux, comme pour ordonner sa tignasse ébouriffée qui lui donne un côté hyper sexy. Une mèche retombe sur ses yeux et je dois me retenir de ne pas la remettre à sa place.

– Je…

Il marque une pause et braque ses yeux dans les miens.

– C'est vrai, finit-il par avouer.

Je ne réagis pas. Je baisse mon regard sur mes mains moites pour éviter ses yeux noirs, qui me scrutent. J'attends, j'attends qu'il m'explique, qu'il continue, qu'il se justifie. Je n'ose plus rien dire de peur de fondre en larmes. Suis-je vraiment amoureuse d'un criminel?

Au bout de quelques minutes, n'obtenant rien de plus qu'un silence pesant, je relève les yeux vers lui pour voir les siens embués de larmes. Son expression est pleine de souffrance et ma respiration s'arrête. Il a l'air tellement mal que je ne peux m'empêcher de passer la main sur sa joue rugueuse pour le rassurer.

– Qu'est-ce qu'il s'est passé? je lui demande d'une voix qui se veut calme.

Mais à son regard triste, je sais qu'il n'y entend que de la peur, de l'appréhension.

Je rapproche nos visages, ne laissant que quelques centimètres entre nos lèvres. Je sens son souffle chaud sur les miennes mais, lorsqu'il s'avance pour m'embrasser, je me recule légèrement. Il me regarde, troublé, et je lui fais comprendre que j'attends une réponse avant quoi que ce soit. Je ne veux plus de secrets entre nous, je ne le supporterai pas.

– Je ne peux pas te le dire… (Il baisse la tête.) Tu me quitteras si jamais tu l'apprends, et je ne peux pas… pas encore une fois, Calliopé. Je ne veux plus te perdre… S'il te plaît, ne m'oblige pas à te le dire, je ne veux plus te perdre… répète-t-il, les yeux fermés.

Ses mots me déchirent. Je ne me vois pas non plus continuer une nouvelle fois sans lui, pas après la douleur provoquée par notre dernière rupture. Je lui prends doucement les joues et lui relève la tête, pouvant lire dans ses yeux une profonde douleur.

– Je ne te quitterai plus, Evan, quoi qu'il arrive… Je t'aime.

Je le lui dis calmement et je le pense vraiment. Je suis prête à faire des efforts. Je sais qu'il ne ferait de mal à personne volontairement. Quoi qu'il se soit passé, ça ne doit pas être si grave. J'essaie de me rassurer.

Il lit sûrement la sincérité dans mes yeux, car sa respiration se calme et il prend une grande inspiration avant de me confier son histoire.

– Ça s'est passé il y a un an. Je ne voulais pas lui faire de mal, Calliopé, je te le promets…

Ses yeux viennent se perdre dans les miens. Il prend mes mains et les pose sur ses genoux, entremêlées avec les siennes. Il se concentre dessus, puis reprend.

– J'étais en boîte avec Dylan et sa nouvelle copine et, à un moment, ils sont partis. Je suis sorti quelques minutes après. J'étais bourré. Je ne savais pas vraiment où j'étais, et c'est là que je l'ai entendue… Maya, la copine de Dylan. Elle criait. Un mec la pelotait et était sur le point de la violer… Son… son pantalon était baissé.

– C'était… Dylan? je lui demande, écœurée.

Il secoue la tête.

Au fond de moi, je suis rassurée. Savoir que je n'ai pas accordé ma confiance à un violeur me soulage. Les violeurs tout court me donnent envie de vomir. Comment peut-on abuser d'une femme?

– Je n'ai pas réfléchi une seule seconde. J'ai sauté sur le gars et je lui ai cassé la gueule. Un mec qui touche à une fille sans son consentement, ça me met hors de moi…

Je repense à Evan lorsqu'il s'est jeté sur le gars qui me pelotait à la fête. Il était fou de rage ce soir-là. Je comprends mieux sa réaction maintenant. J'ai l'impression que c'était il y a une éternité. Quand je n'avais pas encore tous ces sentiments pour lui.

Il me caresse la joue, protecteur, et je sais qu'il repense à cette soirée lui aussi.

– Si j'ai réussi à arrêter de frapper ce connard à la soirée, c'est uniquement parce que tu étais là et que tu tremblais de peur. Je ne pouvais pas te laisser comme ça, tu avais l'air tellement fragile… Mais ça ne s'est pas fini comme ça l'autre fois. Le mec est resté dans le coma pendant six mois à ce que j'ai compris. Moi, j'étais déjà en centre de détention pour mineurs. Je ne sais pas s'il a été puni pour ce qu'il a fait, je sais juste qu'il était salement amoché quand la police m'a séparé de lui.

Les larmes roulent sur mes joues. Ça ne me ressemble tellement pas de pleurer, et pourtant Evan a fait couler mes larmes un nombre incalculable de fois depuis que l'on se connaît. Ça me détruit que l'on condamne ce mec formidable alors qu'il voulait juste aider, qu'il voulait juste empêcher un drame. Même si la violence ne résout rien.

– J'ai appris en prison, reprend Evan, que Dylan, en plus de s'être enfui en laissant sa copine toute seule quand le type s'est pointé, a appelé la police au lieu d'essayer de nous arrêter. Il a abandonné sa copine et son meilleur ami le même soir.

Sa voix se brise et je le prends instinctivement dans mes bras. Je veux qu'il sache que je suis là et que je ne lui en veux pas. Il me serre fort contre son torse, comme pour être sûr que je ne lui échapperai pas, et je respire à fond son odeur. L'odeur de son parfum légèrement boisé, de sa peau, que je trouve rassurante à chaque fois. Comment est-ce que son meilleur ami a pu le trahir comme ça? Comment a-t-il pu laisser sa copine à la merci de ce violeur? Je comprends maintenant les avertissements d'Evan par rapport à Dylan. Moi qui le considérais comme un ami, il est descendu dans mon estime.

Les personnes du bowling doivent nous regarder bizarrement, se demandant sûrement pourquoi deux jeunes se donnent en spectacle dans un lieu public, mais je n'y fais pas attention. Quand je suis dans les bras d'Evan, plus rien ne compte. Il me caresse les cheveux tendrement et je relève mon visage vers lui, suivant de mon doigt le contour de son nez droit.

– Tu pensais que je te quitterais pour ça?

Il secoue la tête. L'air triste qui passe sur son visage me serre le cœur.

– Tu ne te rends pas compte. Je suis incontrôlable, Calliopé. Je pourrais recommencer si cela se reproduisait. J'aurais pu le tuer… Il n'arrêtait pas de me supplier de le lâcher, il me disait qu'il regrettait, mais je ne l'écoutais pas. Je l'ai tabassé, et encore même après qu'il a perdu connaissance…

– Et alors? je lui demande, essayant de contrôler ma voix qui tremble quand même un peu. À ce que je sache, tu n'as jamais recommencé. Tu es quelqu'un de bien, Evan, et je ne te quitterai pas pour des actes du passé.

Sa bouche si parfaite s'arque en un magnifique sourire dont lui seul a le secret. Je retrouve enfin de l'amour dans son regard. Il semble vouloir me dire quelque chose, mais il se ravise presque aussitôt en fronçant les sourcils et en secouant la tête. Je décide de ne pas insister. Il me tend la main et je la lui prends pendant qu'il m'emmène dehors. Je respire l'air extérieur et il m'enserre, mon dos contre son torse musclé. Nous contemplons quelques instants le parking vide dans lequel on se trouve. Il fait déjà sombre en cette fin d'après-midi. Aucun de nous deux n'a parlé depuis que je lui ai dit que je ne le quitterais plus. Ses bras autour de moi suffisent amplement à combler ce silence.

– J'ai eu peur. J'ai vraiment cru que tu allais me quitter alors qu'on est à peine ensemble de nouveau, murmure-t-il contre mes cheveux.

Je frissonne.

– Je sais, Evan. Je t'aime, je souffle.

– Putain, Calliopé. Je n'ai jamais été aussi dépendant d'une personne. Je m'imaginais ne plus te revoir et j'avais l'impression d'avoir un trou béant dans la poitrine. Alors, si ça avait été réel? Si un jour tu arrêtais de m'aimer et que tu me quittais?

Je me retourne et l'embrasse pour qu'il arrête de s'inquiéter, qu'il arrête d'avoir peur pour quelque chose qui n'arrivera jamais. Si un jour nous ne sommes plus ensemble, ce sera parce qu'il m'aura quittée, jamais l'inverse. J'en suis certaine. Il gémit et rapproche nos bassins tout en me rendant mon baiser. Il passe une main sous mon tee-shirt et me caresse le dos tout en attrapant mes cheveux de l'autre. Les miennes s'emmêlent dans ses mèches. Ses doigts remontent finalement jusqu'à mon soutien-gorge et le dégrafent. Il vérifie du coin de l'œil qu'il n'y a personne sur le parking. Il l'enlève, et me voilà nue sous mon tee-shirt. Il se retrouve avec un soutien-gorge en dentelle rouge dans les mains et je rougis légèrement. Ses yeux à lui sont remplis de désir et d'admiration. Il se lèche la lèvre inférieure. Il a un sourire à croquer et presse légèrement ses lèvres sur les miennes. Le voir si content de lui me trouble et j'ai envie qu'il m'emmène à l'écart pour qu'il puisse continuer son exploration. Il arrive toujours à me mettre dans un état second et je ne peux que rester pantelante, en attente de plus, complètement à sa merci.

– C'est pour moi que tu mets des sous-vêtements si sexy? me demande-t-il.

– Non, je réponds, trop honteuse pour admettre la vérité.

J'étais tellement prête à lui faire plaisir que j'ai dépensé une fortune chez Victoria's Secret, achetant toutes sortes d'ensembles qui me mettaient en valeur selon la vendeuse.

Il se mordille la lèvre en haussant un sourcil et son regard devient taquin.

– Ah bon? Et c'est pour qui, alors?

Il se rapproche de mon cou et le mordille avant d'entamer un suçon.

– Pour moi-même, je veux… hmm… seulement me sentir jolie, je réponds difficilement, avec des gémissements que je ne peux pas retenir.

Sa langue dans mon cou me fait un drôle d'effet au niveau du bas-ventre, et la lenteur avec laquelle Evan s'applique à faire son suçon me dit qu'il le sait et qu'il compte me torturer jusqu'à ce que je lui dise pour qui j'ai acheté ces foutus sous-vêtements.

– Tu es sûre que tu ne les as pas achetés pour moi?

Sa question ressemble plus à une proposition indécente qu'à autre chose.

– Evan, on est dans un parking là, ne fait rien d'inapproprié, s'il te plaît.

Un acte de pudeur me force à lui demander de se calmer, même si j'aimerais qu'il me fasse découvrir tous les plaisirs que je ne connais pas encore. Je serais prête à passer ma première fois là, maintenant, avec lui. La vierge effarouchée du début de l'année est bien loin à présent.

– Ne t'inquiète pas, bébé. Je ne laisserai personne d'autre que moi te voir dans cet état.

Mon bas-ventre brûle complètement maintenant et je me frotte contre sa cuisse pour me soulager. Il le remarque et sourit.

– Non, Calliopé, tu n'as pas le droit de te faire plaisir toute seule.

Je m'arrête, honteuse d'avoir été découverte, et sûrement rouge pivoine. Je plaque mes mains sur mon visage dans un besoin désespéré de me cacher. Il les écarte et ses yeux sont remplis d'un désir que je ne lui ai jamais vu. Un bref regard vers le bas me fait comprendre qu'il est dans le même état que moi. Je ne peux m'empêcher de regarder la bosse qui déforme son pantalon, et une vague de désir immense s'empare de moi. Je dois me faire violence pour ne pas passer ma main dessus pour mieux le sentir. Moi qui n'ai jamais touché un sexe masculin, je rêve de pouvoir enfin le découvrir. Des souvenirs de moi en train de le faire jouir à travers son caleçon s'imposent à moi et j'aimerais revivre la même chose, mais sans barrière de tissu cette fois.

– Tu veux qu'on aille chez moi ? me demande-t-il finalement.

Sa voix est rauque, et quand je hoche la tête, je jurerais qu'il pousse un gémissement de plaisir.

Il m'attrape la main et me tire précipitamment sur sa moto. Il roule et on arrive chez lui en un temps record. Mon désir n'a même pas eu le temps de diminuer lorsqu'il ouvre la porte et qu'il m'entraîne jusqu'à sa chambre. Là, il me couche sur le lit et je l'observe enlever mes chaussures et les siennes précipitamment, comme s'il ne pouvait plus attendre. Il vient recouvrir mon corps du sien et m'embrasse avidement, comme si sa vie en dépendait. Je réponds à son baiser avec la même ardeur, comblée de sentir sa langue s'enrouler autour de la mienne. Il passe pour la deuxième fois de la journée ses mains sous mon tee-shirt et attrape mes seins en coupe. Je pousse un halètement lorsque je sens ses doigts fermes torturer mes mamelons, déjà dressés de désir pour lui. Il passe et repasse ses doigts dessus, sans me quitter des yeux, guettant la moindre de mes réactions, me rendant folle de désir. Je suis au bord du gouffre. Il me fait un bien fou, mais j'ai envie de plus. J'ai envie de sentir ses mains partout sur moi, et surtout entre mes cuisses, là où je les attends le plus. Il enlève finalement mon haut et observe la courbe ronde de ma poitrine d'un regard brûlant. Il descend sa bouche dessus sans me lâcher des yeux et s'applique à me faire du bien rien qu'avec sa langue sur le haut de mon corps. C'est divin. Sa bouche s'attarde sur mes pointes, encore sensibles de ses doigts, et je passe les mains dans ses cheveux pour me raccrocher à quelque chose face au désir presque douloureux que je ressens. Mes cuisses se resserrent d'elles-mêmes, voulant combler le vide que je ressens en bas.

C'en est trop pour moi, et je lâche des mots que je n'aurais jamais cru prononcer, le souffle court.

– Fais-moi l'amour, Evan, je veux te sentir en moi.

30

Calliopé

Ses yeux brûlent d'un désir ardent. Il plonge sa tête dans mon cou et inspire.

– Tu sais très bien que je ne peux rien te refuser, souffle-t-il.

Je veux tellement sentir sa peau contre la mienne que je tire légèrement sur le bas de son tee-shirt. Il comprend rapidement mon but et le retire, non sans me lancer un sourire en coin. Ma main ne peut s'empêcher de suivre les courbes parfaites de ses épaules. Mes doigts descendent et caressent ses abdominaux, qui se contractent à mon contact. Il frémit en fermant les yeux.

– Tu es si parfait, je murmure, admirative devant ses muscles.

– Pas autant que toi.

Je lève les yeux, m'attendant à le voir avec son éternel sourire taquin, mais je ne vois que ses yeux emplis de sincérité et d'admiration. Mon cœur bat la chamade et je comprends désormais l'expression si niaise « avoir des papillons dans le ventre ». Je passe une main dans ses cheveux et approche son visage du mien pour l'embrasser. Il sourit contre ma bouche.

– Depuis quand es-tu devenue si entreprenante ?

Son côté moqueur est vite revenu. Chassez le naturel, il revient au galop !

– Depuis que je suis tombée amoureuse de toi.

J'adore le déstabiliser avec mes paroles. Il rougit. C'est la première fois et je ressens comme une sorte de fierté. Il est encore plus sexy. Il m'embrasse, et le désir brûlant qui embrase nos deux corps refait surface. Il presse son érection contre mon bas-ventre et soupire de plaisir. Il déboutonne mon jean et, en quelques coups de jambes rapides, je l'envoie sur le sol, trop heureuse de me débarrasser de ce tissu encombrant. Mes chaussettes le rejoignent la seconde suivante. Je suis presque nue, ne gardant sur moi que ma culotte en dentelle. Evan la regarde longuement. Ses yeux sont encore plus noirs et intenses que d'habitude. Il passe sa langue sur ses lèvres entrouvertes. Mes mains déboutonnent son pantalon et le lui enlèvent. Lui aussi n'est désormais plus qu'en caleçon, déformé par son membre en érection. Je n'ose pas trop regarder, intimidée. Lui ne se gêne pas pour me détailler de haut en bas en se mordant la lèvre, et je panique tout à coup.

– Evan, tu peux éteindre la lumière, s'il te plaît?

Ses sourcils se froncent et sa mâchoire se contracte.

– Pourquoi?

Il semble frustré.

– Je ne me sens pas très à l'aise, je réponds.

– Tu es magnifique, Calliopé, et je veux profiter de toi chaque seconde. N'aie pas peur. Je suis avec toi. Tout va bien, murmure-t-il contre mes lèvres, entre plusieurs baisers.

Ses mots me rassurent et je lui souris. Il revient m'embrasser et sa langue dans ma bouche me fait tourner la tête. Je proteste lorsqu'il abandonne mes lèvres, mais quand il les pose sur mon cou, je ne peux que soupirer de contentement. Il déclenche des milliers de frissons agréables sur son passage. Il descend tout le long de ma gorge et sa langue se perd sur mes seins, s'occupant de chaque mamelon tour à tour une fois de plus, me faisant perdre la tête. Puis elle glisse tout le long de mon ventre et s'arrête à la bordure de ma culotte. Je pousse un gémissement de frustration. Mon bassin vient à la rencontre de sa bouche sans que je le contrôle, désireux qu'il reprenne son exploration. La danse sensuelle de sa langue sur mon corps me fait fondre et, lorsqu'il enlève finalement ma culotte, je gémis. Je vais enfin pouvoir le sentir entre mes cuisses, là où mon désir pour lui est le plus fort. Je sens son regard brûlant sur la partie la plus intime de mon anatomie et mon cœur s'accélère lorsqu'il embrasse longuement l'intérieur de ma cuisse. Il a les yeux fermés et ses mains posées sur mon ventre tremblent. Soudain gênée par une telle proximité, je tente de fermer mes cuisses, mais il pose ses mains sur elles pour les maintenir écartées. Il caresse mes jambes et relève la tête. Je ne l'ai jamais vu autant troublé par le désir.

– Laisse-moi te goûter, Calliopé, j'en meurs d'envie.

Je reste quelques secondes immobile, choquée et, je dois bien l'admettre, excitée par ces mots. Je hoche la tête et il ouvre doucement mes jambes avant de s'attaquer à mon entrecuisse. Sa langue me fait perdre la tête et je pousse sans arrêt des gémissements. Il prend son temps, ce qui a le don de me rendre folle. Il taquine plus précisément la boule de chair tendue de désir pour lui. Petit à petit, une vague – qui, je le sens, va être dévastatrice – monte en moi, et Evan a l'air de s'en rendre compte, car il accélère ses mouvements. Il joint tout à coup ses mains à sa langue, et je sens qu'un de ses doigts entre dans mon intimité. Je me contracte autour de ce doigt qui me rend folle alors que sa langue ne cesse de me titiller. Je bascule la tête en arrière, la pression dans mon bas-ventre se faisant de plus en plus intense. Mon regard commence à se voiler alors que tout mon corps est pris de légers tremblements. Je suis à deux doigts de me laisser partir.

– Viens pour moi, ma beauté.

La voix d'Evan m'atteint de loin. Il me supplie presque et je dois faire tous les efforts du monde pour me redresser. Mes ongles se plantent dans ses épaules pour essayer de me raccrocher à quelque chose. Il retire son doigt de moi et se redresse, également décontenancé. Tout mon corps hurle de frustration de ne plus le sentir là où il me fait tant de bien. J'essaie de rassembler mes esprits pour lui dire ce que je veux.

– Je veux venir une fois que tu seras en moi, je lui demande, essoufflée.

Ses yeux sont brûlants, et il acquiesce en sortant un préservatif de sa commode.

Il doit souvent en avoir, avec toutes les filles qu'il ramène ici, me chuchote ma conscience.

Mais je secoue la tête. Evan est avec moi, maintenant. Je l'aime, et lui aussi m'aime. J'ai confiance en lui.

Il se rallonge sur moi, après avoir retiré son caleçon et mis sa protection, et me caresse tendrement les cheveux. Mon corps n'attend plus que lui. Ses yeux sont ancrés au fond des miens. Il pose son front contre le mien.

– Tu es sûre ? me demande-t-il.

– Certaine.

J'essaie de paraître le plus sereine possible, mais je ne peux cacher l'appréhension dans ma voix.

– Ne t'inquiète pas, je vais y aller doucement, me promet-il.

Il presse son membre contre mon entrejambe et y entre doucement. Je ne peux retenir une grimace, je ne m'attendais pas à ce que ça fasse aussi mal ! Lorsqu'il voit que je souffre, il se retire précipitamment. Ses yeux expriment toute sa panique. Ses sourcils sont froncés d'inquiétude et les battements de son cœur sont plus rapides.

– Ça te fait mal, on arrête !

Sa voix est remplie de détresse.

Je lui caresse la joue.

– C'est bon, Evan, je le veux vraiment, je vais bien.

Il me regarde longuement et semble rassuré, mais son froncement de sourcils ne le quitte pas. Il rentre doucement en moi une nouvelle fois et j'essaie de cacher le plus possible la douleur. Une fois qu'il est complètement en moi, je soupire : je ne me suis jamais sentie aussi bien. Même si c'est un peu désagréable, l'avoir en moi et être liée à lui d'une certaine manière me comble de joie. Je peux voir ses yeux embués et une larme coule sur son visage. Je la cueille sur mes lèvres. Il semble avoir vraiment mal tout à coup et mon cœur se serre. Je déteste le voir comme ça.

– Je suis là, je lui dis avec l'impression que ces mots pourraient le rassurer.

– Je t'aime, Calliopé, me répond-il d'une voix tremblante, je t'aime tellement !

Ses mots font redoubler les battements de mon cœur. Il commence à bouger tout doucement en moi et c'est vraiment désagréable au début, mais je commence petit à petit à y prendre du plaisir. Ses yeux me scrutent à chaque mouvement, cherchant le moindre signe de souffrance. Au bout d'un moment, lorsque je me suis habituée à sa présence en moi, je commence à vraiment apprécier ses va-et-vient. La tension que je sentais tout à l'heure dans mon bas-ventre revient et grandit de plus en plus. Je passe mes mains dans ses cheveux et soupire de le sentir en moi. Lui pousse des gémissements et s'accroche fortement au drap, comme pour contenir son plaisir et ne pas aller trop vite.

– Tu es si serrée, mon amour.

Son surnom me donne des frissons dans tout le corps et la voix rauque avec laquelle il le prononce réveille mon bassin, qui bouge de lui-même, allant à la rencontre du sien. Chaque fois qu'il s'enfonce en moi, j'ai de plus en plus conscience de la connexion de nos corps et ça m'excite de savoir qu'il me possède enfin entièrement. Soudain, il touche un point sensible au fond de moi et mes yeux se révulsent de plaisir. Je pousse un gémissement de bien-être. Lorsque je croise son regard, je sais qu'il a conscience du bien qu'il me fait à chaque fois que son sexe rencontre cette partie sensible. Il semble fou de désir pour moi et en même temps concentré pour ne pas jouir trop vite. La boule de plaisir devient de plus en plus importante et s'apprête à éclater et à tout dévaster sur son passage. Je vois à ses mouvements de bassin qui s'accélèrent, de moins en moins contrôlés, que c'est la même chose pour lui. Ses yeux sont fermés et ses lèvres entrouvertes. Tout à coup, il passe une main entre nos corps et vient trouver mon clitoris, qu'il caresse. Je ne peux retenir un cri de plaisir et, n'en pouvant plus, je le sens jouir finalement en criant mon nom, ce qui entraîne ma propre jouissance. Je me contracte autour de lui, prise de milliers de tremblements qui me font un bien fou. Ma jouissance est brutale, dévastatrice mais tellement plaisante. Comme ma relation avec Evan, en fin de compte. Essoufflé, il s'écrase contre moi dans le lit et s'ensuit un moment de silence apaisant, où nous essayons de reprendre notre souffle. J'ai l'impression de flotter dans l'air tellement je me sens bien.

Après que l'on a repris nos esprits, il se retire, enlève le préservatif et vient me prendre dans ses bras. Ma tête est contre son torse et nos jambes sont entremêlées. Il tire la couverture pour recouvrir notre nudité et m'embrasse sur le front. Je suis tout à coup extrêmement fatiguée et mes yeux se ferment d'eux-mêmes pendant que sa main me caresse tendrement le dos. Il brise tout à coup le silence.

– Merci.
– Pour quoi?
– De m'avoir accordé ta confiance.

***

Evan

Je n'arrive pas à dormir. Depuis une heure, je la regarde sommeiller, si paisible, si belle. Je n'ai jamais été aussi heureux que lorsque je suis venu en elle. Mais maintenant, je culpabilise et j'ai peur. Comment je vais gérer ce putain de pari ? Si elle vient à l'apprendre, je suis sûr qu'elle me quittera. Elle me laissera, bien qu'elle m'ait promis le contraire. J'ai envie de me frapper : quel con d'avoir accepté cette merde ! Tout ça pour ma fierté, une réputation à tenir, celle du mec qui peut avoir toutes les filles qu'il veut. Mais maintenant, je ne veux plus qu'elle. Elle bouge légèrement et mes battements de cœur s'accélèrent ; je resserre mon étreinte sur son corps nu blotti contre le mien.

Il faut que je me calme. Pour l'instant, elle est avec moi, je devrais profiter de ce moment. Je repense aux quelques heures plus tôt, lorsque j'ai découvert les sous-vêtements qu'elle avait achetés pour moi. Le fait qu'elle ait voulu me faire plaisir m'a rendu fou. Et, pour la première fois de ma vie, j'ai fait l'amour. C'est tellement mieux que ces petits coups de baise à la va-vite dans les chiottes du lycée ! Je n'ai pas pu retenir une larme lorsque j'étais en elle. La voir souffrir m'a fait tellement mal. Mais, après, quand j'ai vu le plaisir qu'elle prenait, j'étais fier, fier de lui faire découvrir quelque chose qui la rendait heureuse.

Je cale ma tête contre l'oreiller et m'endors finalement, profitant de l'avoir contre moi et essayant de ne pas penser au futur.

***

Je me réveille soudain à cause d'une sensation de froid. Un bref regard à côté de moi me fait comprendre que Calliopé n'est plus dans le lit. Je me lève soudain, paniqué, et remets mon caleçon avant de descendre l'escalier précipitamment. Putain, j'espère qu'elle ne s'est pas barrée ! Je comprends tout à coup le sentiment des filles que j'ai baisées et dont j'ai quitté l'appartement avant qu'elles ne se réveillent.

– Bonjour, marmotte !

Sa voix calme les battements de mon cœur et je souris quand je la vois affalée sur le canapé avec mon peignoir, la télécommande à la main. Je m'avance et m'allonge sur le canapé en ouvrant les bras, et elle vient s'y blottir immédiatement. Je respire son odeur de vanille, la tête plongée dans son cou. Elle frissonne dans mes bras et je resserre mon étreinte, le cœur battant plus vite. Je ne me suis jamais senti aussi bien, aussi serein que maintenant.

– Qu'est-ce que tu fais ? je demande.

– Je regarde une série.

Je ris doucement, je ne sais même pas pourquoi. L'amour rend vraiment niais. Je regarde vite fait son truc et hausse les sourcils quand je vois à quel point c'est cucul.

– Qu'est-ce que c'est que cette merde ? je ne peux m'empêcher de dire, ce qui me vaut une tape sur le bras.

– Tu ne peux pas juger sans connaître !

Je l'embrasse pour qu'on ne se dispute pas.

Je passe le reste du temps à la regarder. Elle a des réactions trop marrantes. Elle essaie de m'expliquer un peu le principe de la série et à chaque fois me présente les personnages. Moi, je m'en fous complètement. J'aime juste l'écouter et l'avoir dans mes bras. Je l'embête en l'embrassant et en la chatouillant, et elle me traite de pervers qui ne pense qu'au sexe, ce qui me fait rire. Le pire, c'est que je n'y pense même pas… Enfin, presque pas ! Il faut dire que c'est difficile quand la fille que j'aime est allongée sur moi dans mon peignoir !

Alors qu'on est tranquilles, elle reçoit un message de sa sœur, qui a besoin d'elle, et du coup elle décide de rentrer chez elle.

Je reste sur le canapé à ne rien faire, les yeux dans le vague. Elle me manque déjà, putain !

Je sors dans le jardin et fume une clope. Je suis carrément accro à la cigarette, mais quand Calliopé est là, je n'en ai même pas envie, car je sais à quel point elle déteste ça. Elle remplace en quelque sorte ma clope, c'est comme une drogue pour moi. Je ne pourrais pas me passer de ses sourires, de son odeur, de ses lèvres. Je n'ai plus qu'à espérer qu'elle n'apprenne jamais pour ce putain de pari…

31

Evan

Ce matin, j'ai un entraînement de foot avant de commencer les cours. D'habitude, je sèche les entraînements si matinaux parce que je suis crevé. Généralement, quand je vais en soirée, le lendemain j'ai une gueule de bois pas possible. Mais là, faut vraiment que j'y aille.

En y réfléchissant bien, les seules personnes au courant de ce putain de pari sont les gars du foot et Cassandra, mais je pense que je vais réussir à supprimer le problème. Je n'ai qu'à aller les voir et leur dire de fermer leur gueule. Ils me respectent assez pour m'obéir.

Je fonce sous la douche et ressors les cheveux trempés. Je mets vite fait du parfum parce que je sais qu'ensuite je vais voir Calliopé et qu'elle adore cette odeur. Même si on va être coincés pendant une heure dans une salle de cours, je serai avec elle, et donc le reste, je n'en ai rien à faire.

Je grimpe sur ma moto et arrive le plus vite possible dans les vestiaires. En un coup d'œil, je constate que tout le monde est là.

– Les gars, j'ai besoin de vous parler, je dis d'une voix forte.

Les rires et les discussions s'arrêtent immédiatement.

Ils se rassemblent tous autour de moi, y compris Mickey, qui vient me taper dans le dos.

– Qu'est-ce qu'il y a, mon pote? T'es enceinte? se moque-t-il.

Je lui lance un regard noir, et les mecs que sa plaisanterie a fait rire se calment directement.

– Vous vous rappelez du pari? je commence.

– Tu l'as enfin baisée? me demande un gars de l'équipe.

Je me retiens de lui foutre mon poing dans la gueule.

Et dire qu'avant de la rencontrer, j'étais comme lui, je ne pensais qu'à ma bite. Ma colère vient se perdre dans l'un des casiers à ma gauche. Je fais mine de rien, mais ma main me lance douloureusement.

– Laissez-moi finir, putain!

Je les regarde tous et je sais que plus personne ne dira quoi que ce soit tant que je n'aurai pas terminé. Ils ne veulent pas réveiller le dragon qui sommeille en moi et ils ont bien raison.

– Je ne l'ai pas baisée, comme tu dis. On a fait quelque chose de beaucoup mieux… Bref, je veux juste qu'elle n'apprenne jamais pour ce pari, c'est clair?

Ma question n'appelle pas de réponse, mais David, un des défenseurs, s'avance quand même vers moi. Qu'est-ce qu'il veut, lui? Je sens que ce qu'il va me dire ne va pas me plaire.

– Je pense qu'elle mérite de le savoir! me dit-il.

Il se prend pour qui, ce mec? En quoi il a besoin de s'immiscer dans ma relation avec Calliopé? Peut-être qu'il l'aime? J'avoue que c'est l'un des gars qui couche avec le moins de meufs. Je ne l'ai jamais entendu parler d'une nana. Peut-être qu'il est en couple et qu'il aime tellement sa copine qu'il ne souhaite pas parler de ses relations sexuelles avec nous. Comme moi, d'ailleurs. Jamais je ne raconterais à cette bande de pervers ce qu'on fait tous les deux, avec Calliopé, même pas à Mickey.

– Ce n'est pas à toi de décider de ce qui est bon pour elle ou non, je réponds, la mâchoire contractée.

J'essaie de ne pas montrer à quel point je suis énervé et à quel point je tiens à elle. Putain de fierté !

– Tu l'aimes ou quoi ? me demande Mickey en riant.

Sûrement une blague pour détendre l'atmosphère, mais il ne sait pas à quel point il est proche de la vérité.

Je lui lance un regard noir et me passe la main dans les cheveux. Je sais que ça peut paraître bizarre, mais je n'ai pas envie que les gars sachent ce que je ressens. Je dois rester un mec sans cœur à leurs yeux, un dur.

– Non, je ne veux juste pas qu'elle l'apprenne, pour des raisons personnelles.

Moins crédible, tu meurs, mais personne ne semble vouloir protester, même si je remarque quelques froncements de sourcils.

– C'est compris ?

Ma question s'adresse à David, que je regarde droit dans les yeux.

Il ne baisse pas le regard, mais finit par hocher la tête.

– OK, les gars, alors on y va maintenant ! je leur dis.

Je me change rapidement pendant que l'équipe se dirige vers le terrain.

On fait de rapides tours de stade pour s'échauffer et on s'étire avant de prendre place et de s'entraîner sous les sifflets stridents du coach. Il est insupportable, en ce moment, avec le tournoi où s'affrontent tous les lycées de la Géorgie. Je dirais que, le plus stressé de l'équipe, c'est lui ! Même moi qui suis capitaine, je ne me fais pas trop de soucis. Nous sommes vraiment forts et les autres équipes ne nous arrivent pas à la cheville.

Alors qu'on vient de marquer un but en cours de match, un cri se fait entendre du côté des gradins.

– Allez, mon amour, tu es le plus beau !

Je crois reconnaître cette voix et, lorsque je tourne la tête, je vois sans surprise Abygail. Pourtant, ce qui fait accélérer mon cœur, ce n'est pas cette fille qui hurle des encouragements à Mickey, mais celle juste derrière elle. Calliopé est en train de lui donner un coup de coude et de lui faire les gros yeux. J'ai déjà remarqué qu'elle détestait avoir toute l'attention sur elle.

Un sourire niais se plaque immédiatement sur mon visage quand elle croise mon regard. J'essaie de le camoufler le plus possible pour que personne ne le remarque.

Mickey mime un cœur avec ses mains et je soupire. Jamais je ne deviendrai comme ça !

Pourtant, je ne veux plus qu'une chose maintenant : que cet entraînement se termine le plus vite possible.

Au bout d'une heure passée à courir sur tout le terrain, le coach nous laisse enfin partir. Je ne vais même pas me changer et pars directement rejoindre Calliopé. Mickey me devance et court dans les bras d'Aby. Du coup, quand j'arrive, ils sont déjà en train de se rouler une grosse pelle... Dégueu !

– Prenez-vous une chambre ! je dis.

Ils ne prennent même pas la peine de me répondre, trop occupés à se laver mutuellement la bouche.

Je prends Calliopé par la main et l'emmène à l'abri des regards. Elle me saute dans les bras et entoure ma taille de ses jambes, avant de plonger sa tête dans mon cou.

– Je pue la transpiration ! je la préviens en riant pour ne pas qu'elle soit dégoûtée par mon odeur, étonné de sa réaction imprévue.

– Je m'en fiche.

Je la serre fort dans mes bras. Elle a l'air de bonne humeur !

– Qu'est-ce que tu fais là ? je lui demande en la reposant par terre, toujours ce même sourire en plein milieu de la figure.

– Aby m'a dit qu'elle venait voir Mickey à son entraînement, et donc j'en ai profité pour venir voir l'équipe ! me taquine-t-elle.

– Dis tout de suite que tu voulais admirer mes muscles en action.

Je lui fais un clin d'œil.

– Non, j'en ai déjà eu l'occasion avant-hier, si je me souviens bien, dit-elle.

Je ne peux que me mordre la lèvre au souvenir de moi en elle, de ses mains perdues dans mes cheveux, les tirant pour me faire gémir, de ses soupirs, de sa façon de m'accueillir en elle, si serrée… J'ai repassé ces moments des milliers de fois dans ma tête, en boucle, me faisant bander de nouveau à chaque fois. Oui, je sais : plus glamour, tu meurs !

D'habitude, après avoir baisé, j'oublie tout, du prénom de la meuf à sa couleur de cheveux. Mais avec Calliopé, c'est si différent que ça me fait flipper. J'ai peur de l'inconnu, mais j'ai encore plus peur de la perdre.

Elle me regarde, les sourcils froncés, inquiète, me posant une question muette. Je l'embrasse, et le goût de sa bouche est légèrement plus sucré que d'habitude. Je lui lèche les lèvres avidement pour profiter de cette douceur. Son cœur bat très vite contre ma poitrine et ses doigts me touchent tendrement la nuque. Mes mains descendent d'elles-mêmes sur ses fesses et je les caresse, la rapprochant par la même occasion contre mon bassin. Elle soupire contre ma bouche et pose son front contre le mien.

– Calme-toi, Miller, ou c'est nous qui allons avoir besoin d'une chambre, me dit-elle.

Je souris contre ses lèvres. Je l'ai rendue plus forte, moins timide et plus entreprenante. Plus sexy, aussi. Je revois son expression pendant que je lui donnais son tout premier orgasme. Elle était tellement belle. J'avais envie de prendre une putain de photo pour la revoir encore et encore.

– Tu ne sais pas à quel point tu m'excites, Anderson, je réponds en terminant par un chaste baiser.

Puis je m'écarte d'elle pour qu'on se reprenne.

Elle semble vraiment gênée tout à coup et je lui prends la main. Elle est imprévisible.

– Je vais me changer. On se retrouve en cours ? je demande une fois devant les vestiaires.

– Tu vas aller en cours ? demande-t-elle, surprise.

C'est vrai que je ne suis pas très présent au lycée, mais en aucun cas je ne la laisserai seule avec tous ces gars en chaleur qui bavent sur elle. Ils doivent comprendre : elle est à moi. Surtout ce James, là. Peut-être qu'elle n'en a rien à foutre de lui, mais ça ne m'étonnerait pas qu'il l'aime un peu plus que bien. De toute façon, à moins d'être gay, impossible de lui résister.

– Ouais, je n'ai rien d'autre à faire.

Je hausse les épaules pour paraître indifférent. Ce n'est pas parce que je lui ai dit « Je t'aime » qu'il faut que je paraisse dépendant d'elle.

– Je t'attends là-bas alors, dit-elle en se mordant la lèvre.

Je ne sais pas si c'est ça qui me fait craquer ou son regard innocent, mais je la prends d'un coup dans les bras et l'emmène dans les vestiaires.

Par chance, ils sont déserts et je ferme la porte à clé pendant qu'elle m'embrasse le cou, visiblement dans le même état d'euphorie que moi.

Je l'embrasse longuement, puis descends vers sa gorge. Elle n'arrête pas de gémir, me demandant d'arrêter, disant que quelqu'un pourrait nous voir, mais sa voix me paraît peu persuasive et ses baisers le sont encore moins. J'enlève son tee-shirt et elle retire le mien, puis je la plaque contre un casier et elle enroule une fois de plus ses jambes autour de mon bassin, qui donne des petits coups, pressé d'assouvir ses besoins. J'ai tellement envie d'elle, là, maintenant, que je ne réfléchis même plus. Mon short se baisse de lui-même et je ne suis plus qu'en caleçon, dévorant son cou et ses lèvres. Le fait qu'elle soit en jupe me facilite la tâche, et mes doigts écartent le tissu de sa culotte avant d'aller explorer son entrejambe, pendant qu'elle s'accroche à mes bras musclés.

– Tu es si mouillée pour moi, je murmure dans son cou.

Elle gémit, son bassin bougeant contre mes doigts.

– C'est mal, Evan. Imagine que quelqu'un rentre, dit-elle entre deux soupirs.

– J'ai fermé la porte à clé, Calliopé. Il n'y a que toi et moi.

– Jure-moi que ce qu'on est en train de faire est plus qu'un petit coup de baise anodin pour toi, me demande-t-elle.

Mon cœur se serre à l'idée qu'elle pense ça.

– Avec toi, je ne baise pas, Calliopé, je te fais l'amour. Il y a juste des manières plus sauvages que d'autres de le faire, je lui dis, et elle me sourit.

Ses yeux expriment toute la tendresse et le désir qu'elle éprouve pour moi.

Elle descend de ma taille et je pousse un gémissement de protestation, mais ensuite elle vient se mettre à genoux devant moi. Mon sexe est encore plus tendu quand je comprends ce qu'elle veut faire. Elle semble toute timide à présent, ne sachant pas trop comment s'y prendre, observant mon caleçon déformé, l'air curieux.

– Qu'est-ce que tu fais, Calliopé ?

Elle lève ses magnifiques yeux bleus vers moi. Mon souffle n'a jamais été aussi court.

– Je voulais te goûter, comme toi, tu l'as fait l'autre fois, mais je ne sais pas trop comment m'y prendre…

Elle semble perdue et paniquée, et je déteste la voir comme ça. Je la relève doucement et l'embrasse tendrement pour la rassurer.

– Tu n'es pas encore prête. On fera ça le moment voulu, dans un endroit plus approprié, et je serai là pour te guider.

Je l'embrasse sur la bouche et je profite de ce que la tension sexuelle soit un peu retombée pour remettre mon short et lui enfiler son tee-shirt, et remettre le mien par la même occasion.

– Viens, Calliopé, on ne va pas faire ça ici. Je veux être dans un lit quand on fait l'amour. Tu mérites le meilleur, pas un vestiaire qui fait flipper.

– Je suis désolée, Evan, je ne sais pas ce qui m'a pris, je n'arrivais pas à m'arrêter.

– Je sais, j'étais dans le même état, je la rassure avant d'enlever rapidement mes vêtements pour me changer.

Elle détourne le regard et je rigole.

– Ce n'est que maintenant que tu te sens gênée ?

Elle me frappe le bras en retour et je souris. Plus rien ne pourra se mettre entre elle et moi maintenant que les gars sont prévenus.

Si j'avais su…

32

Calliopé

– Prenez vos livres page 48 et faites les questions une à quinze jusqu'à la fin de l'heure !

La voix criarde de mon professeur d'histoire me sort de ma somnolence.

Je soupire et tourne la tête vers Evan, qui s'est endormi au bout d'à peine dix minutes de cours. J'essaie d'écouter tant bien que mal, mais je n'arrête pas de repenser à ce qui s'est passé tout à l'heure, dans les vestiaires. Je secoue la tête.

Concentre-toi, Calliopé !

Un bref coup d'œil dans mon sac me fait comprendre que, dans la précipitation ce matin, j'ai oublié mon livre. Il ne manquait plus que ça !

Je tourne la tête et je vois Evan toujours la tête entre les bras, immobile. Il semble si paisible. Bon, mais si je veux terminer ce cours vivante, je n'ai pas le choix : il faut que je le réveille ! Je lui donne de légers coups de coude dans le bras. Essayant d'être le plus discrète possible, je l'appelle dans un souffle.

– Quoi ?

Je sursaute au son de sa voix et mes battements de cœur

s'accélèrent à cause de la surprise. Il s'est réveillé brusquement et me lance désormais un regard noir.

– J'imagine que tu n'as pas ton livre? je lui demande, de l'espoir dans la voix.

Il hausse les sourcils.

– J'ai une tête à ramener un putain de livre?

Il est vraiment de mauvaise humeur! La journée a pourtant si bien commencé... Je hausse les épaules et décide de ne plus faire attention à lui ni à son expression maussade, puis je pars en quête d'un manuel. Je me tourne sur la gauche, essayant d'attirer l'attention de mes camarades un peu plus loin.

– Vous avez deux livres? je leur demande silencieusement quand ils tournent leurs regards vers moi, mimant un deux avec mes doigts.

– Mademoiselle Anderson, on peut savoir ce qu'il se passe?

La voix du prof me coupe dans mon élan et je me retourne vers lui lentement.

Il me regarde par-dessus ses lunettes, méprisant. Il ne m'a jamais aimée, et la moindre occasion pour me rabaisser, il la prend. Il scrute ma table et ne met pas longtemps à comprendre le problème.

– Où est votre livre? crache-t-il.

Je baisse la tête, rouge de honte, et marmonne quelques excuses inaudibles.

– Je n'ai pas entendu, pourriez-vous répéter?

Je l'imagine bien avec son habituel sourire sadique plaqué sur le visage.

– Vous avez très bien entendu, pas besoin de jouer au con.

Je tourne la tête vers mon voisin, surprise.

Il est fou ou quoi? Evan lance un regard glacial au prof, les bras croisés. Un long silence s'installe, où plus personne n'ose dire quoi que ce soit, avant que le prof devienne rouge de colère.

– Tous les deux, vous sortez immédiatement ! Je ne veux plus de vous dans mon cours ! hurle-t-il en désignant la porte de sa main.

Je veux protester, mais je vois qu'Evan range tranquillement ses affaires et je n'ai pas envie d'affronter les foudres du prof seule, alors je fais pareil. Evan sort avant moi et je le trouve adossé contre le mur du couloir pendant que je ferme la porte. Il vient me voir et me prend dans ses bras.

– Enfin tous les deux, murmure-t-il dans mon cou.

– Tu n'es plus énervé ? je demande, surprise, caressant sa nuque.

– Non, désolé pour tout à l'heure !

Un grand sourire illumine son visage et des millions de frissons me parcourent. C'est un putain de lunatique !

Mais… tu es folle de lui, me chuchote ma conscience.

– On sort d'ici, finit-il par dire en attrapant ma main et en me tirant vers la sortie du lycée.

– Tu es sûr qu'on a le temps ? Le prochain cours est dans quarante minutes ! je lui rappelle après avoir jeté un coup d'œil à ma montre.

– Allez, Calliopé, sécher la culture antique ne nous fera pas de mal.

Je fais une petite moue, essayant de réfléchir, ce qui s'avère compliqué, car Evan m'embrasse les joues et me murmure « s'il te plaît » au creux de l'oreille d'une voix qui ferait fondre n'importe quelle fille.

– D'accord, je cède.

Il sourit, fier de lui, et je soupire.

On se promène longuement dans les rues en se taquinant, en s'embrassant dès que l'on peut. Je ne me suis jamais sentie aussi bien que lorsque son bras est autour de mes hanches ou que l'on marche main dans la main. Je sais que ça peut paraître un peu niais, mais Evan ne m'a tellement pas habituée à ça que je profite de chaque moment de tendresse. J'ai peur de me réveiller et de me rendre compte que tout ça n'était qu'un rêve.

– Tu as soif? me demande-t-il quand on passe devant un bistrot.

Je hoche la tête. Je rêve d'un chocolat chaud, surtout que l'hiver approche et qu'il fait de plus en plus froid. Nous poser au chaud ne nous fera pas de mal.

Je pousse la porte du bar et l'odeur du café et du chocolat emplit mes narines. La chaleur de la pièce contraste avec le froid de l'extérieur et un soupir satisfait s'échappe de mes lèvres. Evan nous entraîne vers une banquette et se place à côté de moi. Les gens doivent trouver cela étrange que l'on ne soit pas face à face, mais on a besoin tous les deux d'être en contact, et pas séparés par une table en bois. Je retire mon manteau et le pose à côté de moi.

Un serveur arrive immédiatement, un bloc-notes à la main, pour prendre notre commande. Je remarque qu'il me regarde un peu trop, et le sourire qu'il me fait, quand il me demande ce que je veux, ne trompe pas. Je l'aurais trouvé mignon avec sa tignasse blonde et ses yeux bleus perçants si je n'avais pas connu Evan. À côté de lui, il me paraît… banal. Evan doit remarquer le trop-plein d'attention que le blond me porte, car il place un bras protecteur autour de mes épaules.

– On prendra deux chocolats chauds, lui dit-il brusquement, la mâchoire contractée.

– S'il vous plaît, je ne peux m'empêcher d'ajouter, gênée par l'impolitesse de mon copain, ce qui me vaut un regard glacial de sa part.

Le serveur me lance un sourire compatissant, mais comprend vite qu'il n'y a aucune chance avec moi, car il se retourne et part prendre la commande de deux jeunes filles un peu plus loin, leur lançant le même sourire.

– Tu n'as pas besoin d'être aussi brusque, je chuchote à Evan à voix basse.

– Il te drague ouvertement. Je ne vais pas le laisser faire quand même ! s'offusque-t-il.

– Calme-toi ! Je n'en ai rien à faire de lui ! Lui ou un autre, d'ailleurs. Il n'y a que toi, je lui dis, caressant sa joue, les yeux plongés dans les siens.

Il semble rassuré et prend ma main dans la sienne. Je ris en constatant la différence de taille. J'ai l'impression d'être la petite souris dans les bras du grand méchant loup.

Nos deux chocolats arrivent finalement et Evan ne peut s'empêcher de lancer un nouveau regard glacial au blond, qui s'empresse de repartir sans nous adresser un mot.

– Au moins, il a compris le message, dit-il.

Evan boit son chocolat et j'éclate de rire quand je vois que le liquide lui laisse une moustache marron au coin des lèvres. On dirait un enfant !

– Je peux savoir ce qui te fait rire ? me demande-t-il avec un rictus.

Je prends ma serviette et lui essuie la bouche.

– Tu as du chocolat, je lui réponds.

– La prochaine fois, tu pourras me l'enlever avec tes lèvres, me répond-il, et ses yeux brillent d'une lueur amusée.

On finit nos boissons et je presse Evan pour qu'on retourne au lycée. Me faire virer d'un cours et en sécher un autre me suffit pour aujourd'hui ! Surtout que James et Aby doivent être inquiets de mon absence.

On arrive juste avant le début du cours de mathématiques, et c'est reparti pour une longue journée !

***

Après les cours, Evan me propose d'aller chez lui et je ne peux qu'accepter, encore une fois.

– Tu dors chez moi ce soir, me dit-il quand on passe le seuil de la porte.

Son ton me fait comprendre que ce qui aurait dû être une question n'en est pas une.

– Ah bon ?

– Oui.

– Mais je n'ai pas mes affaires pour demain, ni même une brosse à dents, et...

Il soupire.

– On repassera chez toi demain matin et tu n'as qu'à emprunter ma brosse à dents, ça ne sera pas la première fois qu'on mélange nos salives, finit-il avec un clin d'œil.

Je rougis violemment et le frappe sur le bras, ce qui le fait éclater de rire.

– Je plaisante, tu n'auras qu'à en prendre une nouvelle.

Il me prend par la taille et rapproche nos bassins.

– Qu'est-ce qu'on va bien pouvoir faire ce soir, tous les deux, alors que personne n'est à la maison...

Son ton faussement interrogateur insinue clairement qu'il veut qu'on termine ce qu'on a commencé ce matin dans les vestiaires, et je rougis fortement en repensant au plaisir que j'ai ressenti dans ses bras lors de notre première fois. S'il savait que, depuis ce jour, je n'arrête pas d'y penser, voulant absolument recommencer...

– Laisse-moi appeler ma mère, déjà. Elle ne sera sûrement pas ravie que sa fille dorme chez un inconnu ! je le réprimande.

Il fronce les sourcils, comme si le fait que je dise qu'il est un inconnu le dérange fortement.

– Tu n'as pas parlé de nous à ta mère?

– Pourquoi est-ce que je l'aurais fait?

– Je ne sais pas... D'habitude, les filles confient tout à leur mère. Mais j'avais oublié que tu n'es pas n'importe quelle fille! finit-il, comprenant à mon froncement de sourcils que c'est en quelque sorte un sujet tabou et que je n'ai pas vraiment envie d'en parler.

J'aime ma mère, mais depuis le divorce, je n'arrive plus à lui confier quoi que ce soit. J'ai le sentiment qu'un lien a été rompu, qu'elle n'est plus la femme forte et pleine de vie que j'ai connue. Même si j'ai l'impression que, ces derniers temps, elle se reprend peu à peu. Elle passe de moins en moins de temps au lit, et je l'ai même aperçue un matin, avant d'aller en cours, habillée et maquillée.

– Je n'essaie pas de te cacher. Je lui en parlerai le moment voulu. Tu me laisses l'appeler maintenant ou tu vas rester là, à me tenir dans tes bras?

– Vas-y.

Il s'écarte de moi, mais reste quand même à quelques mètres.

Je compose, les doigts tremblants, le numéro de ma mère, que je connais par cœur depuis que j'ai l'âge de posséder un téléphone.

– Allô?

Sa voix fatiguée me parvient à l'autre bout du fil et je prends une profonde inspiration, cherchant les mots adéquats.

– Maman? Ça va?

– Ah, Calli, qu'est-ce qu'il y a?

Je l'imagine très bien en pyjama, les cheveux ébouriffés, en train de se frotter les yeux, à moitié réveillée, prête néanmoins à venir me chercher s'il y a le moindre problème.

– Oui, je voulais juste te prévenir que, ce soir, je ne rentrerai pas à la maison. Je vais dormir chez une amie.

Je parle d'une voix vive, comme si je récitais un texte appris par cœur. Evan fronce les sourcils, mais je hausse les épaules. Je me vois mal dire à ma mère que je vais dormir chez mon nouveau copain, qui m'incite à sécher les cours et, qui plus est, n'a pas la meilleure réputation qui soit !

– Quelle amie ? Mais tu n'as pas tes affaires ! Et tu as cours demain, comment tu vas faire ? dit-elle d'une voix inquiète.

Telle mère, telle fille !

– Ne t'inquiète pas, maman, elle a tout ce qu'il faut chez elle et c'est une amie de ma classe. On doit faire un exposé et c'est plus simple si je dors là, je mens.

Je ne peux pas lui dire que je dors chez Aby, je sais qu'elle serait capable d'appeler sa mère pour vérifier.

Un bref silence s'installe à l'autre bout de la ligne et je l'imagine appuyant son front sur sa main, essayant de réfléchir.

– C'est d'accord, Calli, mais je veux que tu sois à l'heure en cours demain ! conclut-elle.

Je la remercie avant de raccrocher.

J'espère de tout cœur que ma mère ne va pas apprendre mes petits écarts au lycée de ce matin ! Je m'en veux de lui mentir, mais en même temps je ne me sens pas prête à lui parler de ma relation avec Evan. Je sais qu'au fond, elle aime beaucoup Simon et qu'elle a l'espoir qu'un jour, peut-être, on se remette ensemble. Je préfère attendre un peu avant de lui dire que je suis tombée follement amoureuse d'un autre.

Je saute ensuite dans les bras d'Evan, qui éclate de rire en me serrant fort contre lui. Il nous emmène vers le grand canapé en cuir qui trône au milieu du salon et prend la télécommande. Je n'ai pas bougé d'un millimètre, serrée contre son torse. Je hume son odeur réconfortante pendant qu'il caresse tendrement mon dos de sa main libre.

– Ta mère n'a pas l'air si méchante, dit-il.

– Non, mais je me voyais mal lui annoncer que je dors chez

mon copain. Je ne l'ai tellement pas habituée à ça qu'elle en ferait probablement une crise cardiaque !

Il s'esclaffe. Inutile de lui parler de l'attachement qu'a ma mère pour Simon. Je ne veux pas le mettre en colère.

– Tu veux regarder un film ou faire autre chose ? me demande-t-il d'une voix explicite.

– Pourquoi ? Tu as une idée derrière la tête ?

Je lui fais un clin d'œil et il se mord la lèvre.

– Oui, mademoiselle Anderson. Plein d'idées, même.

Il penche sa tête et avance ses lèvres, avant de les arrêter à quelques centimètres de mon cou. Je sens son souffle chaud contre ma nuque et ma respiration s'accélère immédiatement, tout comme les battements de mon cœur. Je voudrais qu'il presse ses lèvres contre ma peau, mais il en a décidé autrement, bougeant tout doucement, mais sans jamais me toucher. Mon corps bouillonne et ma tête tourbillonne. Je ne pense plus qu'à ses lèvres à quelques millimètres de ma peau, si avide de ses caresses. À quel moment m'a-t-il rendue si accro ? Si dépendante de lui ? Il fait durer le plaisir, le transformant en un doux supplice, et je gémis quand il les pose finalement, embrassant ma gorge et y laissant une traînée mouillée. Mon nez est plongé dans ses cheveux et absorbe le parfum de son shampoing masculin. Il se redresse finalement et vient caresser ma joue avec son nez.

– Je veux bien regarder un film, je dis, à bout de souffle.

Il sourit, nous installant plus confortablement sur le canapé et attrapant une couverture.

Je change de position et me retourne pour que mon dos soit plaqué contre son torse musclé. Je sens quelque chose de dur contre mes fesses et je rougis fortement en constatant l'effet que je lui fais.

Evan met un film romantique et me serre contre lui, plaçant son nez dans mon cou. Pendant le début du film, je ne peux me concentrer que sur les chatouillements agréables que provoque sa respiration contre ma nuque. Puis je m'intéresse au film et je me retrouve emportée dans cette histoire où la fille et le garçon, fous l'un de l'autre, se tournent autour pendant plusieurs années avant de se mettre ensemble. Je ne peux que verser des larmes quand l'héroïne meurt à la fin, renversée par un camion alors qu'elle était à vélo. C'est tellement injuste ! Je sanglote silencieusement pour ne pas attirer l'attention d'Evan.

– Tu pleures ? me demande une voix fatiguée.

C'est raté…

– C'est trop triste, je renifle en me tournant vers lui.

Je remarque qu'il essaie de cacher un sourire pour ne pas me blesser.

– Ce n'est qu'un film.

Je me blottis contre lui une fois de plus et il pose son menton sur le haut de mon crâne. Je crois que, ce qui me rend le plus triste, c'est d'imaginer Evan à la place de cette fille. Qu'il me soit arraché sans que je ne puisse rien y faire. Je serais dévastée, détruite. Je me calme petit à petit dans sa douce étreinte et on s'endort, blottis l'un contre l'autre.

Je suis loin de me douter que, quelques jours plus tard, ce confort, cette stabilité, tout va disparaître…

33

Calliopé

Les rayons du soleil qui passent à travers le rideau me réveillent. Quand j'ouvre les yeux, je me retrouve nez à nez avec Evan. Son visage est apaisé et ses yeux sont fermés. Je lui caresse la joue et je le sens frémir contre ma main. J'arrête mon geste, gênée de l'avoir réveillé, mais je constate, rassurée, que sa respiration est toujours régulière. Je me redresse et m'étire. Mes muscles sont engourdis à cause de l'inconfort du canapé.

Alors que je me lève pour me dégourdir les jambes, une main me tire et je me retrouve plaquée contre le torse de celui que je croyais endormi. Je ris, surprise.

– Où crois-tu aller? me demande-t-il alors que je plonge mes yeux bleus dans les siens.

Il a un sourire étincelant et les cheveux encore plus ébouriffés que d'habitude. Je me retiens pour ne pas me mordre la lèvre devant tant de beauté. Je ne m'y habituerai définitivement jamais! Moi, je ne dois pas être jolie à voir avec mes cheveux en bataille, et le peu de mascara que j'ai appliqué hier a sûrement dégouliné sous mes yeux, me donnant une sympathique allure de panda.

– Je comptais nous préparer un petit déjeuner.

Il me serre dans ses bras et respire mon odeur tandis que je fais de même.

– Je voulais juste profiter un peu plus de ta chaleur, mais finalement une gaufre ne me ferait pas de mal, lâche-t-il dans un rire lorsqu'on entend son ventre gargouiller.

– Ça marche, je lui dis en l'embrassant sur la joue et en essayant de ne pas trop penser à son torse nu contre moi.

Il a dû retirer son tee-shirt pendant la nuit. Ça, c'est bien un truc que je ne comprendrai jamais : pourquoi les hommes adorent dormir vêtus uniquement d'un caleçon ?!

Je trouve facilement la cuisine, mais je galère à préparer quelque chose. Je ne sais pas pourquoi je me suis proposée pour ce petit déj : je n'ai jamais fait une gaufre de ma vie, et la seule chose que je sais à peu près réussir, ce sont les croque-monsieur. J'en raffole tellement que j'ai vite appris à les faire pour pouvoir m'en préparer quand je veux.

– Euh, Evan… tu pourrais m'aider, s'il te plaît ? je crie pour qu'il m'entende.

Je l'entends rire.

Il arrive un peu plus tard, uniquement vêtu de son jean, et je ferme les yeux quelques instants pour me contrôler.

Il vient juste devant moi, alors que je suis appuyée dos au comptoir, et il me regarde longuement avant de tendre le bras – faisant tranquillement ressortir chacun de ses muscles – et d'attraper la farine se trouvant dans le placard au-dessus de ma tête. Puis il se dirige vers les plaques de cuisson avec un sourire satisfait, me laissant tremblante de désir.

Je le regarde s'activer et nous préparer deux belles gaufres. Il est tout content quand il m'en tend une et je croque dedans sans prendre la peine de la tartiner de confiture ou de je ne sais quoi d'autre : je les ai toujours aimées nature ! Evan mange aussi la sienne sans me lâcher des yeux.

– C'était très bon, je lui dis une fois la gaufre finie.

– Je connais quelque chose de plus doux et sucré encore, me dit-il, un sourire taquin aux lèvres.

Il s'approche de moi et vient coller nos bassins l'un contre l'autre. Mon bas-ventre s'enflamme aussitôt. Son érection matinale est pressée contre mon ventre et je frotte mes cuisses pour calmer mon désir. Un coup d'œil à l'horloge derrière lui calme instantanément ma libido et je le repousse.

– Dépêche-toi, Evan, ou on va être en retard!

Il soupire en se passant une main dans les cheveux.

– Il faut juste que j'aille prendre une douche froide, je reviens!

Je rougis en comprenant qu'il n'est sûrement pas en état de conduire.

***

– J'ai l'impression que ça fait une éternité que l'on n'a pas passé un moment toutes les deux, je dis à ma meilleure amie.

J'ai passé toute la matinée en cours après être allée récupérer mes affaires chez moi. Evan n'est pas venu, il n'a fait que me déposer et m'a dit qu'il me retrouverait après le déjeuner. J'étais déçue de ne pas pouvoir profiter de sa présence en cours, mais du coup, ça me permet de passer du temps avec Aby. On est assise toutes les deux à une table de la cantine du lycée, tâchant d'ingurgiter les plats peu ragoûtants qu'ils nous servent. Je regarde ma purée de carottes avec suspicion avant de reporter mon attention sur ma meilleure amie.

– Je sais, Calli, je suis désolée. Mickey me prend tout mon temps libre, dit-elle, l'air rêveur.

– Comment ça va avec lui? je demande, curieuse.

– C'est parfait ! Je n'ai jamais rencontré un mec qui me corresponde aussi bien, et niveau sexe, je suis plus que comblée ! Il fait ce truc avec sa langue…

Je me racle la gorge, gênée, rouge tomate. J'avais oublié qu'Aby était complètement décontractée pour raconter ce qu'il se passe sous sa couette, mais je compte bien me passer des détails croustillants. Elle rit devant ma pudeur.

– Désolée, je me suis un peu emportée, mais je crois que je suis amoureuse… vraiment.

Un grand sourire plane sur ses lèvres.

– Et toi, alors, petite cachottière ? Evan Miller, hein ?

En entendant le nom de mon copain, mon sourire s'élargit.

– Je suis amoureuse de lui aussi, Aby. Et… je ne suis plus… je commence, ne sachant pas vraiment comment lui annoncer la nouvelle.

Elle écarquille les yeux et j'ai le sentiment qu'elle a compris.

– Tu n'es plus vierge ? hurle-t-elle.

Je lui plaque la main sur la bouche par réflexe. J'aurais dû m'y attendre. Les lycéens nous regardent, l'air intrigué. Certains arborent même des sourires pervers et je fais une moue sévère.

– Oui, mais pas besoin de prévenir tout le lycée, je la réprimande.

Elle me serre fort la main.

– C'est formidable, Calli ! Je veux tout savoir ! Tu as eu mal ? Est-ce que c'est un aussi bon coup que ce que tout le monde dit ?

Je sens mon cœur se tordre en pensant qu'Evan a déjà eu plein de relations sexuelles. À tel point qu'il a même récupéré le surnom de « bête de sexe ». J'ai déjà entendu plein de filles parler de ce qu'il a fait avec elles durant mes expéditions aux toilettes, et ça m'a d'ailleurs coupé toute envie d'y retourner. On pourrait presque monter un club avec toutes celles qui ont couché avec Evan Miller. Même si cela me blesse, c'est son passé et je ne peux pas le lui reprocher. Tout ce qui compte, maintenant, c'est qu'il soit avec moi et que j'aie confiance en lui.

– J'ai eu un peu mal, mais ça allait ! je réponds finalement, ignorant la dernière question.

– Et tu es sûre que… c'est un mec bien ? me demande-t-elle, hésitante.

Je ne peux que la comprendre. Evan n'a pas la meilleure réputation qui soit en ce qui concerne ses conquêtes.

– Oui, Aby, il est sincère avec moi.

Elle semble rassurée et sourit. On passe le reste du déjeuner à parler de nos petits amis respectifs. Aby reçoit ensuite un appel et s'excuse en sortant de la cafétéria. Ne supportant plus les regards oppressants des autres lycéens, je fais de même. Je resserre mon manteau sur les épaules à cause du froid et je m'assois sur un banc. Je ne suis plus vraiment dans l'enceinte du lycée, c'est une sorte de parc où tout le monde peut accéder.

J'envoie un message à James pour qu'il me rejoigne. Je ne lui ai pas parlé depuis le soir du bal et je veux le rassurer sur ma relation avec Evan. C'est lui qui m'a prévenue qu'il avait fait de la prison, il doit être inquiet ! Il me rejoint presque immédiatement, un sourire aux lèvres.

– Calli, me dit-il en me serrant dans ses bras. Tu m'as manqué, ma belle.

Je souris. Lui aussi, il m'a manqué !

– Comment tu vas depuis le soir du bal ? Tout va bien avec David ? je demande alors qu'il s'assoit à côté de moi sur le banc.

J'espère vraiment qu'ils se sont rabibochés, ils méritent tellement d'être heureux !

Il me fait un grand sourire taquin.

– Plus que bien, même. J'ai passé la nuit chez lui, on a fait l'amour comme des fous !

Je lui donne un petit coup dans le bras pour son manque de pudeur. Il est sans gêne, mais je suis heureuse pour lui.

– Il ne t'en a pas trop voulu pour notre supercherie?

– Si, il était super énervé. Il m'a même quitté sur le coup, mais j'ai tout fait pour qu'il me pardonne. Je lui ai promis qu'on annoncerait bientôt notre couple.

– C'est super!

– Ouais, ça m'a fait un électrochoc. Je me suis rendu compte que le perdre serait encore pire que de devoir subir la déception de mon père. Il faut juste que je trouve le courage pour aller lui parler.

– Tu vas le trouver, j'en suis persuadée, je l'encourage.

– Et toi, alors: Evan Miller, hein? Vous êtes en couple?

– Il faut croire, je réponds avec un sourire que je ne peux contenir.

James me lance un regard un peu inquiet en fronçant les sourcils.

– Tu lui as parlé de cette histoire de prison?

– J'étais avec lui quand tu m'as envoyé le message. Tu n'as pas à t'inquiéter, il m'a tout raconté.

– Et qu'est-ce qu'il t'a dit exactement?

– Je ne veux pas trop rentrer dans les détails. Je ne sais pas s'il a vraiment envie que j'en parle, je dis en espérant que James comprenne et ne m'en veuille pas. Mais je sais que je ne risque rien avec lui.

– Si tu lui fais confiance, alors tu as toute ma bénédiction!

Je souris. On a vraiment de la chance, tous les deux, d'être avec celui qu'on aime. Notre conversation vire sur le travail et sur tous les devoirs qu'on doit bientôt rendre. Il ne faut pas perdre de vue que cette année est déterminante pour nos futures universités! James finit par partir, car il reprend les cours avant moi.

J'aperçois Cassandra un peu plus loin, pendue au cou d'un mec que je ne peux distinguer. À mon avis, ils ne sont pas en train de jouer au Scrabble. Je décide de détourner le regard au moment où le mec s'écarte un peu, et je découvre, consternée, qu'il s'agit de Dylan !

Mon sang ne fait qu'un tour. Je n'ai pas revu ce con depuis qu'Evan m'a tout raconté sur lui, mais je compte bien aller lui parler et lui sortir tout ce que je pense de lui. Envie que je n'ai évidemment pas partagée avec Evan, sûre qu'il m'en empêcherait.

J'arrive devant eux à la vitesse de la lumière, les bras croisés et le regard noir de rage. Quand Dylan me voit, il repousse Cassandra et hausse les sourcils, étonné.

– Calliopé, ça fait longtemps que je ne t'ai pas vue…

– Il faut qu'on parle, je le coupe brusquement, pas intéressée par des retrouvailles avec celui que je considérais avant comme mon ami. Sans ta sangsue, j'ajoute en adressant un regard glacial à l'autre pimbêche, qui me toise, les mains sur les hanches.

– Attends-moi là-bas, s'il te plaît, demande Dylan à Cassandra, qui hausse les épaules et s'en va, sans oublier de rouler du cul.

– De quoi veux-tu me parler ? demande-t-il une fois qu'elle n'est plus dans notre champ de vision.

– Pourquoi tu as trahi Evan ? Qu'est-ce qu'il t'a fait pour que tu te montres aussi cruel ? Que tu le laisses croupir en prison sans pitié, alors que c'est toi qui as abandonné ta copine ?

Je craque, incapable de contenir une seconde de plus la colère que j'éprouve pour lui.

Il semble étonné, puis fronce les sourcils. Un pli se creuse sur son front.

– Evan t'a tout raconté, à ce que je vois !

Moi qui le trouvais mignon… Désormais, ses yeux bleus et ses cheveux blonds me révulsent au plus haut point.

– Oui, il m'a tout dit. (Je m'avance vers lui, un doigt pointé sur son torse.) Et tu me dégoûtes, tu n'es pas un homme ! Un homme aurait assumé ses actes !

Il a les yeux noirs de colère maintenant.

– Et tu voulais que je fasse quoi ? Que je tabasse ce mec comme il l'a fait, lui ? Que je me retrouve en prison ?

– Que tu appelles la police ! je crie.

Il baisse les bras, à court d'arguments.

Une lueur de méchanceté profonde passe dans son regard.

– C'est vrai qu'Evan, lui, est parfait, à coucher à droite à gauche, me provoque-t-il.

Cette fois, c'est lui qui s'avance vers moi, et moi qui recule.

– Ne parle pas de lui comme ça ! Il ne le fait plus depuis qu'il est avec moi !

– Tu es sûre ? me demande-t-il.

Je faiblis. Suis-je vraiment sûre qu'il me soit fidèle ? Qu'il ne joue pas un double jeu ? Qu'il ne continue pas de coucher à droite et à gauche ?

– Oui, je réponds d'une voix qui se veut ferme.

Mais c'est trop tard, Dylan a perçu mon hésitation.

– Ça m'étonne qu'une fille comme toi accepte les conditions qui ont contribué à commencer votre relation, me dit-il.

Je fronce les sourcils. De quoi parle-t-il ? Il sourit, visiblement ravi de pouvoir éclaircir ce point.

– Tu n'es donc pas au courant. Cassandra a mal compris, à moins qu'Evan ne lui ait menti.

Il s'approche encore et je ne bouge plus.

Mon cœur a arrêté de battre et je n'ose même plus respirer.

– Oui, c'est sûrement ça, dit-il plus à lui-même qu'à moi.

– Au courant de quoi ? je souffle, pas certaine de vouloir connaître la réponse de sa bouche.

Je tremble maintenant. Un sourire glacial éclaire son visage.

– Du pari. Il devait coucher avec toi pour le gagner, et je vois que c'est fait, finit-il en désignant un suçon dans mon cou.

Mon cœur se serre et mes yeux sont embués de larmes. Il ne peut pas avoir raison, c'est faux ! Il veut me faire du mal, pour une raison que je ne comprends pas, et a inventé ça de A à Z. Evan ne pourrait pas faire ça, il m'aime. Le regard de Dylan se porte derrière moi et son sourire s'élargit.

– Pas vrai, Evan ?

Je me retourne et tombe sur Evan, qui ne lui prête aucune attention. Ses yeux noirs sont focalisés sur moi et son teint est livide. Son expression est remplie de peur et d'appréhension. Il fait un geste dans ma direction pour me prendre dans ses bras, mais je recule brusquement.

C'est donc vrai ?

34

Calliopé

Il tente de se rapprocher encore et je recule brusquement, échappant à sa main. Je voudrais être autre part. N'importe où tant que c'est le plus loin possible de ses yeux noirs. Je n'arrive plus à réfléchir, mon cerveau est en ébullition. A-t-il vraiment fait ça ? Est-ce que tout ce qu'on a vécu jusqu'à maintenant n'était qu'un mensonge ? Je manque d'air, j'ai l'impression d'étouffer. Ma respiration est saccadée.

– C'est vrai ? je m'entends dire.

– Calliopé, je peux tout t'expliquer, viens.

Sa voix est calme, il tente de me rassurer avec ses mots, mais ma colère ne fait qu'augmenter. J'ai l'impression d'être une putain de bombe à retardement. J'ai le cœur brisé et une effroyable douleur dans le ventre : comme si on venait de me donner un énorme coup de poing.

Il n'a pas le droit de me faire ça ! Pas après tout ce qu'on a vécu !

Je m'approche de lui et une lueur d'espoir s'allume sur son visage. Il me tend la main, mais je le gifle violemment. Toute trace d'espoir disparaît instantanément, laissant place à une expression douloureuse.

– Arrête de me mentir, putain ! je hurle comme une hystérique.

Je suis à deux doigts de m'arracher les cheveux et les larmes coulent abondamment sur mon visage. Il me regarde, les yeux tristes et le visage meurtri.

J'aimerais qu'on m'arrache le cœur et qu'on le mette dans une boîte pour qu'il arrête de me faire si mal.

– Tu m'utilises depuis le début? Tu voulais quoi, Evan, hein? Me faire croire que tu avais des sentiments et faire l'amour avec moi? Le mot exact serait plutôt « baiser », non? Me prendre la seule chose qui était précieuse à mes yeux? Puis me briser le cœur? Combien de temps comptais-tu continuer ton jeu malsain?

Je le pousse brutalement entre chaque question, mais il ne réagit pas. Il ne bouge pas et se laisse faire sans riposter, ce qui a le don de m'énerver dix fois plus. Plusieurs personnes nous regardent, se demandant sûrement qui est cette folle. À moins qu'ils ne soient au courant, eux aussi, et qu'ils rigolent bien. « Bien fait pour elle! » doivent-ils penser. Je ne me suis jamais sentie aussi trahie et humiliée.

– Arrête, Calli, tu sais très bien que ce n'est pas ça! Viens juste un peu plus loin, laisse-moi t'expliquer, dit-il d'une voix faible, cherchant à passer la main dans mes cheveux.

– Ne m'appelle pas comme ça! Et ne me touche plus jamais! je lui dis froidement en repoussant sa main brutalement, un doigt accusateur pointé sur son torse.

Mon cœur ne m'a jamais fait aussi mal alors que ses yeux se ferment comme si me regarder en face était trop pénible. À moins que tout ça fasse partie de son jeu d'acteur?

– Tu as gagné quoi, hein? je hurle. Qu'est-ce que tu as remporté en couchant avec la sainte-nitouche?

Il me regarde tristement.

– Calliopé, *je t'aime*, murmure-t-il.

Ces mots me détruisent plus qu'autre chose. Pourquoi s'entête-t-il à mentir? J'ai envie qu'il me dise la vérité, que ce n'était qu'une histoire de cul pour lui, point. Inutile de me donner de faux espoirs. J'aurais dû écouter les rumeurs, ne pas me fier à ce qu'il disait.

– Tu as gagné quoi ? je redemande entre mes dents.

– Rien, putain ! C'était une histoire de fierté ! Mais à la minute où j'ai commencé à te parler, ce n'était déjà plus un pari, Calliopé. Je te le promets !

Je n'arrive pas à le croire, malgré son regard meurtri. Je tourne les talons et pars, décidée à m'éloigner de lui le plus rapidement possible.

– Calliopé ! hurle-t-il derrière moi. (Mais je ne prends pas la peine de me retourner.) Attends, putain !

J'entends des pas précipités derrière moi et il me retourne brusquement. Je me retrouve face à son air de détresse et à sa panique.

– Ne me quitte pas.

Sa voix est étranglée par un sanglot et je prends le peu de force qu'il me reste pour ne pas me remettre à pleurer et ne pas paraître aussi détruite que je le suis intérieurement.

– Dis-moi ce que je peux faire. Je ferai tout, dis-le-moi juste…

– Il n'y a rien que tu puisses faire, c'est fini, je dis froidement.

– Non…

Il pousse une sorte de cri de détresse. Il tente d'attraper mon bras et, encore une fois, je me détache brutalement. Il a besoin d'un contact physique pour m'avoir, pour que je sois à lui, pour se rassurer, mais je ne le laisserai pas faire. Cette fois, il est allé beaucoup trop loin.

– Ça s'est fini au moment où tu as pris la décision de faire ce pari.

Mon ton est cassant, et je vois quelque chose se briser dans ses yeux alors que je tourne une nouvelle fois les talons et le laisse au milieu de la foule qui s'est rassemblée pour profiter du spectacle. Parce que c'est ce que c'est pour lui : un putain de spectacle ! Un jeu dans lequel il joue un rôle pendant que, moi, je suis sincère. Je lui ai donné ma virginité ! Un cadeau que je réservais à quelqu'un qui m'aimerait vraiment !

Je cours en direction de la sortie et m'assois sur le premier banc que je vois. Je pose la tête sur mes genoux et évacue toutes mes larmes.

Je l'aime tellement.

Je ressens une profonde douleur. Je sors mon téléphone et appelle Aby, qui ne décroche pas. Mes larmes redoublent alors que je compose le numéro de James.

– Allô ? Calliopé ?

– James ? je dis dans un sanglot.

– Calli, ça va ? Tu es où ?

***

Evan

Bam. Bam. Bam. Bam.

Je frappe ce putain de punching-ball pour évacuer ma colère.

Bam. Bam. Bam.

J'imagine la tête de Dylan à la place du sac et mes coups redoublent.

Ce connard n'avait pas le droit de nous détruire !

Puis c'est celle de James qui remplace celle du blond. Il l'a prise dans ses putains de bras. Je les ai vus quand je suis sorti pour aller la chercher, sur le banc. Elle était en train de pleurer, et lui la prenait dans ses bras pour la rassurer.

Ça m'a détruit. Encore plus que je l'étais déjà. Je voulais lui dire de dégager, que c'était à moi de la prendre dans les bras, que c'était la *mienne*. Puis je me suis rappelé que, si elle pleurait, c'était ma faute. Que j'étais le connard qui lui avait menti. Pas sur tout. J'ai été sincère sur mes sentiments, mais elle ne m'a pas cru. Elle m'a frappé, m'a empêché de la prendre dans mes bras, alors que c'était tout ce que je voulais. La serrer contre moi et lui murmurer que tout allait bien se passer. Je lui aurais dit à quel point je l'aime et tout serait redevenu comme avant.

J'ai été bête de croire que ça marcherait.

Bam. Bam. Bam.

Une larme coule le long de ma joue. « C'est fini »: elle a dit ça tellement froidement que ça m'a brisé le cœur.

Mes muscles sont en plein travail. Je commence à ne plus sentir mes poings et remarque le sang qui coule le long de mes jointures, mais je m'en fous. Je continue de frapper pour ne plus penser à rien, pour ne plus penser à elle.

– Eh, mon pote, ralentis!

Je me retourne en entendant cette voix et décoche un crochet du droit dans la mâchoire de Mickey. Tout ça, c'est sa faute. S'il n'avait pas eu cette idée de merde, je n'aurais jamais rencontré Calliopé, je ne lui aurais pas fait du mal et mon cœur serait encore intact. Je serais en train de baiser tout ce qui bouge comme avant, la conscience bien tranquille. Elle aurait trouvé un mec bien, stable, qui ne lui aurait pas pris sa virginité pour un pari.

Il recule, une main frottant sa joue.

– Tu n'y es pas allé de main morte, ricane-t-il.

Je n'ai jamais vu Mickey en colère une fois dans sa vie. Il prend toujours tout à la rigolade et je ne m'en suis jamais plaint. Mais aujourd'hui, ça me casse vraiment les couilles.

– Elle m'a quitté, je lui dis brusquement.

Il fronce les sourcils sans comprendre, puis hausse les épaules.

– Ce n'est pas ce que tu voulais? Tu t'en fous, non?

– Non ! je hurle, énervé qu'il ne me comprenne pas.

Je soupire et attrape ma veste, que j'ai balancée négligemment au sol. Je sors mon paquet de clopes de la poche et en allume une.

– Dis-moi quel est le problème, je ne comprends pas.

– Je suis fou d'elle, Mickey, je finis par avouer.

Je regarde la clope. OK, elle calme ma colère mais ravive la douleur.

Je l'ai perdue ! Putain !

– De qui ?

– À ton avis ? Calliopé !

– La meuf du par… la meilleure amie d'Aby ? se reprend-il au dernier moment.

– Oui, je réponds sèchement.

– Pourquoi tu ne me l'as pas dit ? On aurait arrêté le pari, ça ne m'aurait pas dérangé !

Pourquoi je ne lui ai pas dit ? Très bonne question ! Tout ça pour une histoire de fierté mal placée. Je soupire et me frotte les yeux. Si j'y avais mieux réfléchi, je le lui aurais dit après lui avoir avoué mes sentiments.

– Je fais comment maintenant ? je demande d'une voix blanche, perdu.

– Tu vas la voir et tu t'excuses.

Mon poing s'abat une fois de plus sur le punching-ball, faisant frémir Mickey.

– Je lui ai dit, putain ! Elle ne veut rien entendre ! Je lui ai dit que je ferais tout, TOUT, Mickey ! Tu te rends compte ? Elle ne m'a même pas jeté un regard, je hurle, impuissant.

Mickey pose la main sur mon bras et je m'effondre contre lui, anéanti.

– Ça fait mal, putain.

– Je sais, mon pote, dit-il en me frottant le dos, je sais…

***

Je croise les bras au-dessus de la tête et guette mon téléphone, posé à côté de moi, sur le lit, attendant un message.

Son message, me chuchote cette putain de conscience, que j'aimerais parfois enfouir au plus profond de mon être.

Je n'ai fait que lui envoyer des SMS depuis que je suis rentré chez moi, après m'être plaint à Mickey pendant une heure. Je ne me reconnais plus. Elle me manque tellement, et savoir que je ne peux plus l'avoir près de moi me fait un mal de chien.

Mon téléphone vibre et je me précipite dessus. Pathétique? Simplement amoureux. Mais ça vient de Mickey.

[Ça va mieux?]

Je balance mon téléphone, ne prenant même pas la peine de répondre à mon meilleur ami. J'enfouis la tête sous mon oreiller. Mon réveil indique une heure du matin.

Elle ne répondra pas.

J'hésite à prendre ma moto et sonner chez elle, l'obligeant à m'ouvrir et à écouter encore une fois mes excuses. Mais je risque de passer pour un malade auprès de sa famille et, de toute façon, sa réaction sera sûrement la même. Je soupire et respire l'oreiller, qui sent encore son odeur. Je la revois, si belle, allongée sur mon lit, gémissant de plaisir. Mon cœur se broie dans ma poitrine et je ferme les yeux. Je deviens fou!

Demain, j'irai la voir et je la récupérerai. Peu importe le temps que ça prendra: j'attendrai.

35

Calliopé

Détruite.

C'est le seul mot qui me vient à l'esprit lorsque je me retrouve recroquevillée dans mon lit, les yeux dans le vague. D'un point de vue extérieur, je dois vraiment faire peur avec mon visage ravagé de larmes et mes cheveux ébouriffés. Intérieurement, je suis complètement dévastée. Je suis même étonnée de voir que le cœur humain peut supporter une telle douleur et continuer de battre.

Il m'a trahie. Le seul à qui j'aurais pu tout donner. Tout est fini.

Je me redresse lentement et attrape l'énorme boîte de mouchoirs à moitié vide au bout du lit. Je n'ai fait que pleurer depuis que je suis rentrée. James a bien essayé de me réconforter, mais j'ai bien vu qu'il peinait à trouver les mots adaptés. À de nombreuses reprises, il ne savait même pas quoi dire. Il était surtout furieux contre son copain, qui ne lui avait rien dit. Je n'en veux pas à David: Evan a dû se montrer persuasif pour que personne ne m'en parle afin de gagner sa *fierté*. Tout ça pour ça? Détruire mon cœur pour sa fierté? Quel connard!

Je prends mon téléphone et l'allume. Je l'ai éteint quelques heures plus tôt alors qu'il n'arrêtait pas de sonner. Mon cœur se serre quand je vois que j'ai des dizaines d'appels manqués de lui et qu'*il* m'a envoyé des messages.

[Calliopé ? Tu es où ?]

[Réponds, il faut qu'on parle.]

[Laisse-moi au moins
t'expliquer, putain !]

[Tu fous quoi avec James ?]

[Réponds, princesse,
s'il te plaît…]

Je repose mon portable et soupire, le cœur en vrac. Il ne pense qu'à lui et à sa réputation. Il veut sûrement me parler pour que je ne dise à personne ce qu'il s'est passé et continuer de briser le cœur des filles. Sa prochaine cible doit déjà être choisie.

Tous les bons moments passés avec lui me reviennent en mémoire. Ils sont vite balayés quand je repense que tout ce qu'il disait, ce qu'il faisait n'était qu'une tactique pour coucher avec moi ! Avec la petite vierge sur qui personne ne se retournait, jusqu'au jour où le bad boy a décidé de s'en prendre à elle !

Je n'arrive pas à être en colère, je me sens juste blessée. Et par-dessus tout, il me manque. Son odeur me manque, la chaleur de ses bras me manque, ses baisers me manquent, son sourire, tout chez lui me manque, et ça me rend folle.

Je n'ai même pas mangé ce soir. Je suis juste rentrée chez moi et je me suis enfouie sous la couette. Je n'ai même plus la notion du temps, je ne sais même pas quelle heure il est. J'ai l'impression que mon organisme s'est mis en pause au moment où j'ai appris la vérité.

Je passe une main sur mon visage et essuie les larmes qui recommencent à couler. J'en ai assez de pleurer pour lui, pour quelqu'un qui n'en vaut même pas la peine ! Mais ça me fait tellement mal que je pourrais en crever.

Je suis tellement bouleversée que je ne remarque même pas que ma mère est entrée dans ma chambre, jusqu'à ce que je sente ses mains passer avec tendresse dans mes cheveux. Mes larmes redoublent devant sa douceur et je me rends compte que, depuis le divorce, je n'ai pas fait de câlins à ma mère. Sans rien dire, je me redresse et me jette dans ses bras, mes larmes redoublant alors qu'elle me serre fort contre elle. À cet instant, je réalise que j'ai désespérément besoin de son soutien. Elle me berce contre elle et, au bout d'un long moment, j'arrive finalement à me calmer. Elle s'écarte et m'adresse un regard attendri.

– Tu veux en parler, ma chérie ? me demande-t-elle d'une voix douce.

N'y tenant plus, je lui déballe tout. Ma relation avec Evan, nos hauts, nos bas, l'amour que je ressens pour lui, celui que je pensais qu'il ressentait pour moi, ma première fois, sa trahison, la douleur que je ressens au plus profond de mon âme. Ma mère ne m'interrompt pas une seule fois, m'écoutant attentivement. À la fin de mon monologue, elle me reprend dans ses bras et me serre fort contre elle.

– Je suis désolée pour tout le mal qu'il t'a fait. Il ne méritait pas d'avoir ton amour s'il n'était pas capable d'en prendre soin.

– Je sais, mais c'est dur. Je n'arrive pas à effacer les sentiments que j'ai pour lui, j'avoue à ma mère, mon cœur se serrant à cette pensée.

Ma mère s'écarte et me fait un sourire tendre. C'est tellement bien de pouvoir retrouver celle que j'ai connue, de pouvoir enfin lui parler, même si c'est pour lui révéler à quel point je suis brisée.

– Les sentiments ne s'effacent pas comme ça, Calliopé. Regarde-moi avec ton père. Ça fait plus de six mois que je suis au fond du trou, et même si je remonte petit à petit la pente, c'est difficile d'accepter cette séparation. Il occupera toujours une place dans mon cœur, même s'il est temps que je tourne la page.

Une larme coule le long de sa joue et elle reprend :

– Si tu savais comme j'ai honte de vous avoir laissées tomber, ta sœur et toi, pendant tout ce temps. Je n'ai pas été la mère que vous méritiez et je m'en voudrai toute ma vie pour ça. Mais je suis là, maintenant, et je te soutiendrai quoi qu'il arrive.

Cette fois, on est toutes les deux en larmes lorsqu'elle me reprend dans ses bras. Et même si mon cœur est toujours détruit, il est plus allégé. Je ne m'étais pas rendu compte à quel point le fait que ma mère ne soit plus elle-même me bouleversait.

– Est-ce que je peux me joindre à vous ? dit une petite voix à l'entrée de ma chambre.

Et je ne peux contenir un sourire devant la tête de ma petite sœur.

Je comprends immédiatement que cette chipie n'a pas pu s'empêcher de tout écouter. J'écarte les bras et elle se précipite aussi sur le lit. Notre câlin collectif me fait un bien fou et, lorsqu'elles quittent ma chambre pour me laisser me reposer, je me sens déjà mieux.

Je finis par m'endormir, le cœur meurtri et les yeux bouffis, espérant que demain sera mieux.

***

– Quel connard ! hurle Abygail en frappant le volant de sa voiture, faisant tressauter ses longues boucles brunes le long de son visage.

Je me redresse sur le siège en cuir et tortille une mèche de cheveux, un peu gênée. Je n'avais pas l'intention de lui en parler immédiatement, mais lorsqu'elle a vu mes cernes et mes yeux rouges, elle m'a immédiatement demandé ce qu'il avait fait. Comme si tout le monde s'attendait à ce qu'il me fasse du mal! Que j'étais la seule qui ne soit pas au courant. Cela fait deux jours que je ne suis pas retournée en cours et je crains le pire. Je ne me sentais pas d'y aller et j'ai prétexté une maladie pour rester chez moi. J'ai ignoré tous les appels d'Evan et j'ai passé ces deux jours à pleurer.

– Et qui d'autre était au courant? me demande-t-elle.

– Je ne sais pas, sûrement toute l'équipe de foot, en tout cas, je réponds, ne comprenant pas l'intérêt de sa question.

– Mickael était au courant? s'énerve-t-elle.

Je m'adosse contre le siège et regarde par la fenêtre pendant que ma meilleure amie traite son copain de tous les noms.

Lorsqu'on arrive au lycée, mon cœur se serre et j'ai vraiment mal à l'estomac. Je ne suis plus sûre de vouloir y aller. Finalement, retourner en cours n'était peut-être pas une bonne idée. Je ne me sens pas capable d'aller affronter ses yeux noirs, les moqueries des autres, et de me faire pointer du doigt toute la journée. Je n'ai pas les épaules assez solides pour supporter tout ça. Aby ouvre la portière et sort, plus énervée que jamais. Quand elle voit que je ne la suis pas, elle revient vers moi et ouvre ma portière.

– Calli, qu'est-ce qui ne va pas?

Son ton compatissant me rend encore plus mal et j'ai l'impression d'être une petite fille qu'on essaie de rassurer. Une larme coule le long de ma joue.

– Je ne sais pas si je suis prête à affronter tout ça, dis-je en désignant le grand bâtiment en pierre devant moi.

– Ça va aller, Calli, je suis avec toi, me rassure ma meilleure amie.

Elle me prend furtivement dans ses bras lorsque je descends de la voiture.

J'essuie mes larmes et prends une profonde inspiration tandis que je passe mon badge pour entrer dans le lycée. Je sens les regards moqueurs des élèves sur moi et les chuchotements que provoque ma présence. Peut-être que je suis juste parano ? Les regards se font plus insistants et je vois un mec articuler « plus vierge » en me fixant. Je crois que je vais pleurer. Comment peuvent-ils être tous au courant ?

C'est là que je les aperçois. Les affiches. Il y en a partout, placardées dans tout le couloir. C'est une photo de moi qui regarde amoureusement Evan jouer au foot. Avec une immense inscription : « Elle l'aimait, il voulait juste la baiser ! » Je crois que je me serais effondrée si Aby n'avait pas été là et n'avait pas crié à tous ceux qui étaient autour de regarder ailleurs. Elle se met immédiatement à enlever chaque affiche à sa portée en lançant des regards meurtriers à la ronde.

Je me dirige tant bien que mal vers mon casier, essayant d'ignorer les remarques. Lorsque je tourne dans un couloir, je tombe sur lui.

Il ne me voit pas, car il est dos à moi. Devant lui, une foule de gens est rassemblée. Ils ont l'air de ne plus savoir où se mettre et leurs visages transpirent une grande panique. Je ne comprends pas pourquoi ils ont si peur quand j'entends sa voix grave transpercer le silence.

– Qui a fait ça ? Répondez, putain !

Il s'avance, menaçant, vers eux, brandissant une des affiches devant lui. Il s'apprête à lever le poing contre un pauvre type effrayé lorsqu'un cri s'échappe de ma gorge sans que je puisse l'arrêter.

Il baisse le bras et se retourne immédiatement, me faisant face. Mon cœur se serre : il est toujours aussi beau malgré ses yeux rouges, ses traits tirés et les grandes poches noires sous ses yeux. J'ai tellement envie de le prendre dans mes bras, de retrouver sa chaleur, son odeur… Mais une autre part de moi, et c'est celle qui l'emporte, me pousse à me protéger et à rester à l'écart. Il m'a déjà fait beaucoup trop de mal. Ses yeux expriment une profonde inquiétude alors qu'il s'avance doucement vers moi, comme s'il avait peur que je ne sois qu'un rêve et que je disparaisse. La foule se disperse pour échapper à sa colère, mais il n'y fait pas attention. Je ne bouge plus. Mes pieds sont cloués au sol et mes yeux perdus dans les siens.

– Calliopé, murmure-t-il une fois à ma hauteur.

– Evan, qu'est-ce que tu fais ?

Ma voix est neutre. Je suis impressionnée par le contrôle de mes émotions.

– J'essaie de trouver qui a fait ça. Je ne les laisserai pas te blesser, murmure-t-il, désignant l'affiche toujours dans sa main.

– Laisse tomber. Ils ont raison, de toute façon. Tu m'as utilisée.

Je n'arrive même plus à me mettre en colère, trop fatiguée par ces nuits sans sommeil.

– Calliopé, putain ! Je te l'ai déjà dit : je suis sincère avec toi et j'ai envie que tu reviennes. Donne-nous une seconde chance ! s'écrie-t-il.

– Combien de secondes chances je t'ai données exactement? je demande sèchement.

Il s'avance et tend la main. Il touche ma joue et je m'écarte, ignorant le frisson que le contact de nos peaux me fait ressentir. Ses yeux s'assombrissent.

– Non, Evan, c'est fini.

– Tu ne m'aimes plus ?

Il semble vraiment attendre ma réponse.

Comme si mes sentiments allaient disparaître en un claquement de doigts !

– Mais bien sûr que si, je t'aime ! je lâche, exaspérée, m'en voulant de ne pas réussir à lui mentir.

– Alors pourquoi tu t'entêtes à me résister ? Ton absence me fait mal, Calliopé ! Tu ne sais pas à quel point tu me manques ! Je suis même venu te voir, mais ta sœur ne m'a pas laissé entrer !

Evan est venu à la maison ? Ally ne m'en a pas du tout parlé ! Heureusement qu'elle ne l'a pas laissé entrer, il m'aurait trouvée plus bas que terre, emmitouflée dans ma couette, en train d'écouter des musiques tristes.

J'ai tellement envie de le croire, il semble si sincère. Ma carapace de fille forte retombe et je baisse la tête.

– Je ne sais pas, Evan…

Il s'approche encore de moi et prend délicatement mon menton dans sa main pour incliner mon visage vers le sien. Je ne résiste plus. Ses yeux noirs me sondent, comme s'il pouvait trouver des réponses sur mon visage. Ce serait si facile de retomber dans son jeu.

– C'était avant de te connaître, Calliopé, je n'y pensais jamais quand on était ensemble. J'ai eu envie de tout arrêter quand mes lèvres ont touché les tiennes.

– Mais tu ne l'as pas fait, je réponds.

Il se passe la main dans les cheveux. Son tic lorsqu'il est nerveux et qu'il cherche ses mots. Son parfum déroutant envahit mes narines.

– Je suis désolé…

– On ne peut pas avoir une relation basée sur un mensonge, Evan.

– Calliopé, je ne t'ai pas vraiment menti, je t'ai juste caché un détail sans importance !

– Sans importance ? Ce n'est pas ce que c'est pour moi ! J'ai l'impression que je ne pourrai plus jamais te faire confiance. Je suis désolée, mais je ne peux pas risquer d'être blessée à nouveau.

– S'il te plaît… me chuchote-t-il alors que nos lèvres ne sont plus qu'à quelques centimètres d'écart.

Son souffle chaud sur mon menton fait accélérer les battements de mon cœur et ma main se pose instinctivement sur son torse. C'est tellement facile de ne plus penser à rien, juste ses mains chaudes posées sur mes hanches et ses lèvres entrouvertes, qui ne demandent qu'à être embrassées. Son visage s'avance encore. Mes yeux ne quittent pas ses lèvres. Les battements de son cœur s'accélèrent sous ma main. Ses mains à lui s'accrochent désespérément à mes hanches. Je ne désire plus qu'une seule chose : ressentir l'étourdissement et la passion que me provoque chacun de ses baisers. Un gémissement s'échappe de ma gorge et il frémit. Il continue d'avancer son visage, il est de plus en plus près, si près…

« Pour le pari… »

Les mots de Dylan me reviennent et je tourne la tête, laissant les lèvres d'Evan se poser sur ma joue. Ma main, qui est toujours sur son torse, le repousse et je vois son regard perdu. Ses sourcils sont froncés et sa bouche entrouverte. Il essaie de se pencher une nouvelle fois vers moi, mais je pose ma main sur sa bouche pour l'arrêter. Cette fois, il semble vraiment blessé. Mais est-ce son cœur ou son ego d'homme qui parle ?

– Je ne peux pas… je finis par dire en tournant les talons et en m'éloignant le plus vite possible de lui.

Mon cœur bat très vite et j'essaie de me calmer. Qu'est-ce que j'ai failli faire ? Toutes les bonnes résolutions que je me suis données semblent s'être envolées l'espace d'un instant. Je ne pensais plus qu'à lui et à ses lèvres, que je rêvais de voir dévorer les miennes.

Alors que j'entre dans les toilettes, Aby me rejoint, essoufflée.

– Je t'ai vue parler à Evan, qu'est-ce qu'il s'est passé ? demande-t-elle.

Je m'effondre en larmes dans ses bras. Je n'ai vraiment plus aucun contrôle de mes émotions. Un coup, je vais être pleine de désir, et l'autre, anéantie. Aby me serre doucement.

– Ça fait tellement mal de le voir et de me dire que tout ça était faux, je renifle.

– Je sais, Calli, mais ce n'est pas quelqu'un pour toi. Tu mérites un mec attentionné, gentil. Il n'est rien de tout ça !

Je me redresse et essuie mes yeux, gênée par ce moment de faiblesse. Je n'ai plus envie de parler et elle comprend. Elle me dit juste que c'est l'heure d'aller en cours et m'entraîne jusqu'à la salle de maths. Evan est assis à sa place habituelle. D'habitude, je vais le rejoindre à la table d'à côté, qui est désormais vide. Il me regarde, un brin d'espoir dans les yeux, mais celui-ci disparaît lorsqu'il comprend que je ne m'installerai pas à côté de lui. Alors que le professeur entre dans la salle, je vois Evan sortir rapidement, son sac sur l'épaule, sans me jeter un regard.

Je ne sais pas si je vais supporter longtemps cette situation.

36

Evan

Une semaine. Une putain de semaine qu'elle ne me parle plus. Qu'elle ne m'adresse plus un regard. Pourtant, je vois qu'elle n'est pas bien. Elle ne sourit plus comme avant et semble tout le temps dans la lune ou perdue dans ses pensées. J'ai tout essayé pour qu'elle comprenne ce que je veux : être avec elle.

J'ai tenté de venir lui parler, en vain. Je lui ai même envoyé des fleurs. Ouais, des putains de fleurs ! Sur les conseils de Mickey, je lui ai fait livrer des roses rouges, représentant soi-disant la passion ou une connerie comme ça. Pour moi, ça n'a pas une grande signification, mais je sais que les filles s'attachent beaucoup à ces petites choses-là... Je n'ai pas même eu un mot de remerciement ! J'ai même appelé le fleuriste pour savoir si elle avait bien reçu la commande. Bien sûr, c'était le cas ! J'ai cru que j'allais devenir fou.

– Tu devrais aller en boîte avec nous, ça te changera les idées !

La main de Mickey contre mon épaule me sort de mes tristes pensées. Je regarde mon meilleur ami et le reste de mon équipe, qui s'est arrêté de déconner pour écouter ce que j'allais répondre. Je soupire et me passe une main dans les cheveux. Il est hors de question que je reste une soirée de plus à me morfondre ! J'ai l'impression que tout le monde meurt d'envie que je dise oui, qu'on recommence nos conneries comme avant. J'accepte finalement, dans un souffle presque inaudible, pas vraiment sûr de mon choix. Une petite voix dans ma tête me dit que je fais une grosse erreur, mais je préfère l'ignorer.

***

Je ne sais pas exactement combien de verres j'ai bus, ni vraiment ce qu'il y avait dedans. Tout ce que je sais, c'est que je ne pense plus à rien. Je ne fais que me balancer d'avant en arrière, me déhanchant au milieu de la foule. Comme au bon vieux temps ! Enfin, pas totalement. Avant, j'aurais eu une fille en train de se frotter contre moi. Mais il est hors de question de faire ça ce soir. J'ai besoin de temps et je n'en ai pas envie. La musique résonne plus fort que jamais dans mes oreilles. Je regarde autour de moi, essayant de repérer des têtes familières. Mickey danse tout seul un peu plus loin. Je crois que ça se passe bien avec sa copine et qu'il n'a pas l'intention de la tromper. Une fille, qui était face à moi depuis un moment, se rapproche avec une danse féline. Je ne peux m'empêcher de la comparer à elle. Elle est brune, a de larges hanches et un visage plutôt agréable à regarder. C'est le genre de fille que j'aurais qualifiée de « bonne ». Mais elle n'égale en rien le charme de Calliopé et est loin d'être aussi sexy qu'elle.

Je ferme les yeux et je revois ses longs cheveux blonds, qui s'enroulent parfaitement dans ma main, ses lèvres pleines, qui n'attendent que d'être embrassées, et ses putains d'yeux bleus, qui m'obsèdent ! J'écarte la fille, qui est maintenant un peu trop près de moi, et passe ma main dans les cheveux. J'ai envie de hurler. Pourquoi ce n'est pas elle que j'ai près de moi ? Pourquoi je gâche toujours tout ? J'essaie d'écarter les gens de la boîte pour sortir. Je suis fou de rage ! Je veux juste arrêter de penser à elle, juste une soirée…

– Eh, mec, calme-toi ! Qu'est-ce qu'il t'arrive ?

Mickey m'arrête, se mettant devant moi.

– Laisse-moi sortir d'ici, putain ! je lui demande.

Je suis au bord des larmes. Je n'ai jamais ressenti une telle douleur. Au lieu de me faire oublier, j'ai l'impression que l'alcool a accentué ma solitude. Mon manque d'elle. Je suis conscient de péter un câble, mais pour l'instant, c'est le moindre de mes soucis. Il faut juste que je sorte d'ici.

– Je veux arrêter de penser à elle, putain ! je craque finalement, la tête contre l'épaule de mon meilleur ami.

Lorsque je la relève, il a un air inquiet sur le visage. Puis, finalement, il m'attrape par le bras et m'entraîne vers le bar. Il fait un signe au barman, lui dit quelque chose que je n'arrive pas à entendre et, cinq minutes plus tard, dix shots s'alignent devant moi.

– Si, avec ça, tu arrives encore à penser à quoi que ce soit, je ne m'appelle plus Mickey ! dit mon meilleur ami par-dessus la musique.

Je lui adresse un sourire reconnaissant. J'attrape le premier shot et renverse la tête, l'avalant d'une traite. L'alcool me brûle la gorge et je grimace. Même si ça a du mal à passer, Mickey a raison, c'est exactement ce dont j'ai besoin maintenant.

***

Je suis de retour sur la piste. Ma tête tourne et une fille se frotte contre moi, et cette fois je ne la repousse pas. J'attrape même son cul pour la rapprocher de moi. Je n'ai plus aucune notion du temps ni de l'espace. Mickey me surveille, sûrement pour que je ne me retrouve pas perdu au milieu de nulle part demain matin. Je transpire comme jamais et j'en profite pour enlever mon tee-shirt et le balancer dans la foule. J'éclate de rire quand je vois qu'un mec se le prend sur la tête. Il me lance un regard noir et me fait un doigt. Je réponds par un simple clin d'œil et il s'éloigne, énervé.

La fille m'embrasse désormais le cou. J'en veux plus. Je la veux maintenant, dans les toilettes. J'attrape sa main et l'entraîne vers le fond de la salle. Il y a bien longtemps que je n'y suis pas allé. C'est le genre d'endroit où on fait tout, sauf ses besoins. Mickey me bloque le passage. J'ai l'impression de revoir une scène qui s'est passée plus tôt, mais je ne saurais dire quand exactement.

– Ne fais pas ça, me dit-il en posant une main sur mon bras.

– Pousse-toi, je lui demande entre mes dents, les poings serrés.

– Crois-moi, tu n'as pas envie de faire ça, me dit-il.

Je crois que c'est la première fois que je vois Mickey aussi sérieux. Je lâche la main de la fille derrière moi.

– Et pourquoi ça?

– Tu ne veux pas lui faire ça.

Mon cœur rate un battement. Calliopé… Qu'est-ce que je suis en train de foutre, putain?

– C'est à cause des verres que tu m'as donnés que je suis dans cet état, je lui reproche.

J'ai du mal à articuler et ma tête tourne beaucoup trop vite. L'effet négatif de l'alcool commence à se faire ressentir.

Mickael me regarde avec pitié et ça me rend fou. Je le pousse et écarte les gens bourrés de mon passage. Je ne veux plus qu'une chose: me casser le plus loin possible.

J'arrive enfin sur le parking et sors mes clés de moto de ma poche. Hors de question que je reste une minute de plus ici.

***

Calliopé

Allongée dans mon lit, j'essaie de dormir, sans grande réussite. Je pensais qu'avec le temps, la douleur de ma rupture avec Evan s'apaiserait. Mais ça n'a fait qu'empirer. J'aimerais ne plus avoir à le voir chaque jour au lycée ni à devoir trouver toutes sortes de tactiques pour l'éviter. J'ai un blocage en moi qui me force à rester loin de lui. J'ai l'impression de ne plus pouvoir lui faire confiance. Il a bien essayé de recommencer à zéro pourtant. Il m'a même offert des fleurs ! J'ai pleuré en découvrant le bouquet. Au lieu de me faire plaisir, ça m'a fait du mal. Ça m'a montré qu'il savait se montrer attentionné et adorable. Mais je suis obstinée : je ne retournerai pas avec lui ! J'ai l'intuition que ce serait encore pire.

J'attrape mon téléphone. Aucun nouveau message. Je soupire et décide d'aller faire un tour sur les réseaux sociaux. Je ne sais pas ce qu'il me prend : d'habitude, j'essaie de rester le plus loin possible de ces sites où les lycéens passent leur temps à s'insulter et à lancer des ragots. Mais la curiosité me pousse à y faire un tour de temps en temps.

Je ne contrôle plus mes doigts lorsque je tape dans la barre de recherche « Evan Miller ». Il n'a pas mis de nouvelle photo depuis deux mois. Lui non plus n'a pas l'air très actif. Au moins, on a quelque chose en commun. Je me perds un peu et je tombe soudain sur le compte d'un des joueurs de football. Je clique sur son profil et écarquille les yeux de stupeur. Mon cœur se serre et je ravale un sanglot lorsque je vois la dernière photo qu'il a mise. Elle date à peu près d'une heure. Je manque de faire tomber mon portable et mes doigts ne semblent pas vouloir arrêter de trembler.

La photo montre Evan en boîte. Il est debout au milieu

d'une foule. Plus beau que jamais, avec son irrésistible sourire en coin qui me fait fondre et ses yeux noirs qui pétillent. Il tient un verre, qui ne doit pas contenir de l'eau, dans sa main gauche. Il semble vraiment heureux. Mais ce n'est pas ça qui me dérange. Le problème, c'est que son bras droit est enroulé autour de la taille d'une fille à côté de lui. Elle a aussi passé un bras autour de son torse et posé sa tête contre son épaule. Elle le dévore des yeux. Mon estomac se contracte et une larme coule sur ma joue lorsque je vois la légende de la photo : « Le retour du tombeur. »

Je ne peux pas me plaindre, c'est moi qui ai voulu cette situation. Il a essayé de revenir vers moi et je n'ai pas accepté ses avances. Tant pis pour moi !

Non, je suis en train de dire n'importe quoi ! Tout ça, c'est sa faute et celle de son pari ! Peut-être que c'est mieux comme ça : qu'il sorte avec quelqu'un d'autre pour que je l'oublie définitivement ! Mais comment effacer l'amour que je ressens pour lui ? Ça me paraît impossible. Est-ce que je retrouverai quelqu'un d'autre ? Qui me fasse perdre la tête avec ses baisers ? Qui me donne envie d'être tout le temps avec lui ? Qui me manque, alors que ça ne fait que quelques heures que l'on ne s'est pas vus ? Qui me dévore des yeux ? Qui me fait me sentir belle ?

Le téléphone, qui est toujours dans mes mains, se met à vibrer, stoppant mes nombreuses inquiétudes. Je regarde furtivement : appel inconnu. J'hésite avant de finalement décrocher : on ne sait jamais, il a peut-être changé de numéro. L'espoir fait vivre…

– Allô ?

– Calliopé ? demande la voix de l'autre côté.

Ce n'est définitivement pas Evan.

– Oui. C'est qui ?

– Mickael, répond-il d'une voix tremblante.

Je me redresse immédiatement sur mon lit. Quelque chose ne va pas.

– Tout va bien? Pourquoi tu m'appelles? Un problème avec Aby? je demande rapidement, le cœur battant à cause de la peur et de l'adrénaline.

– Je… non, Aby va bien, enfin j'espère. J'ai… j'ai fait une grosse connerie, finit-il par dire.

– Tu l'as trompée? je demande, ne comprenant pas pourquoi il choisirait de m'appeler si c'était vraiment le cas.

– Non, Calliopé, tu ne comprends pas. Ce n'est pas Aby, c'est Evan.

Sa voix se brise sur la fin.

L'inquiétude, qui était retombée, revient et je n'arrive presque plus à respirer. Quelque chose ne va pas avec Evan, quelque chose lui est arrivé. Tout tournoie dans ma tête, je n'ai jamais eu aussi peur.

– Tu vas me dire ce qu'il se passe, bon sang! je hurle, perdant complètement mon calme.

– Comprends-moi, Calliopé, il n'était pas bien, j'ai voulu l'aider. Il voulait juste t'oublier une soirée, tu comptes tellement pour lui. Il t'aime plus que n'importe qui dans ce monde. Alors, je lui ai donné des shots. Beaucoup trop. Mais j'étais en train de le surveiller et je ne pensais pas qu'il ferait quelque chose d'irréfléchi!

Je ne respire presque plus. Ma gorge n'a jamais été si serrée. Je n'ose plus parler, attendant le moment fatidique où Mickey me dira ce qu'il se passe réellement. J'entends un reniflement de l'autre côté de la ligne et je devine qu'il est en train de pleurer.

Oh, non, s'il vous plaît, tout mais pas ça!

– Il a pris sa moto. Il a eu un accident, Calliopé, il a percuté un poteau. Il roulait plus vite que la vitesse autorisée.

Mickael continue de me parler, mais je ne l'écoute plus. Il a eu un accident… Les larmes coulent sur mon visage sans que je puisse les arrêter. J'ai envie de poser la question, mais j'ai peur de la réponse.

Je tremble de partout et j'ai du mal à former les mots quand je demande dans un souffle désespéré :

– Il est en vie ?

37

Calliopé

Je n'ai jamais aimé courir. En sport, j'étais toujours la dernière à arriver lors du cross, rouge comme une tomate et au bord de l'évanouissement. Au bout de cinq minutes, je suais déjà comme un phoque et je haletais : on pouvait m'entendre respirer à des kilomètres à la ronde. Tout le monde se moquait de moi quand je passais enfin la ligne d'arrivée, une heure après toute la classe. Mais aujourd'hui, cette fatigue que je ressentais à l'époque ne compte plus. Aujourd'hui, même si je ne sens plus mon cœur et que mes jambes me font atrocement mal, je continue de courir. Parce qu'il le faut ! Parce que, comme ça, je n'ai pas le temps de penser à ce qui pourrait lui arriver. Parce que, si je marche et que j'arrive trop tard, je m'en voudrai pour le restant de mes jours.

Je tourne au coin de la rue. Les quelques personnes encore dehors à cette heure tardive me dévisagent. J'imagine ce qu'elles doivent voir : une lycéenne à bout de souffle, qui s'entête à courir alors qu'elle n'en peut plus. Mais qu'est-ce que j'en ai à foutre, sérieux ?

Il ne peut pas mourir. Il ne peut pas mourir. Il ne peut pas mourir.

Je répète ces mots en boucle dans ma tête. Ça m'aide à avancer. Il faut que je sois près de lui le plus vite possible. J'ouvre la porte de l'hôpital. Ma voix tremble quand je demande à l'infirmière où *il* est. Elle tape trop lentement sur son ordinateur. Pourquoi ne se dépêche-t-elle pas ? Je trépigne d'impatience, je me tords les doigts dans tous les sens. Je sens que je suis au bord des larmes. Mais je ne dois pas craquer, pas maintenant. L'infirmière relève la tête vers moi. Je vois dans ses yeux qu'elle me juge : « Qui est cette folle ? » doit-elle se demander. Mais plus rien ne compte quand elle me dit enfin dans quelle chambre il est.

Je marche cette fois, le plus vite possible. Mes talons résonnent dans le long couloir blanc. Je déteste les hôpitaux. Je les ai toujours évités comme la peste. Pour moi, ils sont synonymes de malheur. Il ne se passe jamais rien de bon dans ces endroits. Mais cette fois, je n'ai pas le choix. Je n'ai plus qu'une envie : être le plus près de *lui*. J'aperçois Mickey, quelques mètres plus loin, assis par terre devant la salle que l'infirmière m'a indiquée. Il a l'air en mauvais état et, quand je m'approche, je sens une forte odeur d'alcool.

– Je ne sais pas, m'a-t-il répondu au téléphone quand je lui ai demandé si Evan était mort.

Puis je me suis précipitée ici, sans réfléchir. Je m'écroule à côté de Mickael, quand j'arrive à son niveau, mais je ne dis pas un mot, trop bouleversée par la situation.

– Le médecin ne veut rien me dire. Je sais juste qu'il est revenu de la chirurgie il y a quelques minutes. Je l'ai vu passer, Calliopé. Allongé sur un brancard, plein de tuyaux qui lui sortaient du corps... Mais son cœur battait, je suis sûr d'avoir entendu des bips de l'appareil.

La voix de Mickey se brise et un sanglot s'échappe de ma gorge.

Maintenant que je ne cours plus, toute ma tristesse revient. Mon cœur se serre : il n'a pas le droit de mourir ! Il n'a pas le droit de me laisser ! Les larmes roulent sur mes joues et je pose ma tête entre mes bras. Je me sens fatiguée. Mais qu'est-ce qui lui a pris de prendre sa moto au milieu de la nuit alors qu'il avait bu ? Il est complètement inconscient ? Il joue avec sa vie ! Soudain, je suis folle de colère contre lui et son meilleur ami.

– Qu'est-ce qui t'a pris de le laisser, connard !

Je perds mon calme, me lève et pousse Mickey contre le mur. Je suis folle de rage. Je préfère m'en prendre à Mickey parce que, si je reste assise à attendre, je vais devenir folle.

Mickey ne répond pas. Il passe la tête dans ses mains et gémit. Ce son me fait de la peine et toute trace de colère me quitte. Je m'assois à côté de lui et passe mon bras autour de ses épaules. Je n'ai pas le droit de m'en prendre à lui, il faut qu'on reste soudés. Il est dans le même état que moi actuellement.

– Ses parents n'ont pas été prévenus ? je demande finalement pour combler le silence.

– Ils sont en déplacement à l'étranger. Le personnel médical les a appelés, mais ils ne pourront pas arriver avant demain. J'ai appelé Maria aussi, mais elle n'a personne pour garder sa fille, donc elle ne peut pas venir.

Je ne sais pas combien de temps on reste là, dans le couloir, à attendre. Lorsque le médecin arrive finalement, Mickey se redresse immédiatement et je fais de même. Quand je me mets debout, ma tête tourne légèrement et je me retiens au mur pour ne pas m'effondrer. J'observe attentivement le médecin. Sa mine semble grave. Mon cœur s'arrête.

Non !

Mon souffle se coupe et j'arrive de moins en moins à respirer. Le médecin commence à parler, mais je n'entends pas, je ne vois que ses lèvres bouger. Mes oreilles bourdonnent, comme si un million d'abeilles s'étaient réfugiées à l'intérieur. J'ouvre la bouche pour essayer d'inspirer de l'air, sans succès. Mon cœur bat de plus en plus vite et mes yeux se brouillent. Je suis en train de faire une crise de panique !

Le médecin, qui remarque mon désarroi, me demande de respirer tranquillement. Il imite ce que je dois faire, et je fais de même, me calmant peu à peu et retrouvant plus ou moins une respiration normale. Mais mes battements de cœur, eux, ne semblent pas vouloir se calmer et la panique les accélère. J'essuie mes mains moites sur mon pantalon de pyjama, que je porte encore. Je suis sortie en trombe de chez moi, ne me souciant ni de prévenir ma mère ni de la façon dont j'étais habillée.

– Ce que je disais, mademoiselle, c'est que votre ami va s'en sortir. Il est réveillé et respire correctement. Il a écopé d'une légère commotion cérébrale et on a dû l'opérer, car une partie de son rein droit a été endommagé. Cependant, ce qu'il a fait ce soir est irresponsable et il faut qu'il le comprenne…

J'arrête d'écouter dès que je sais qu'Evan, mon Evan, est en vie. Je pousse un énorme soupir de soulagement et le poids qui bloque ma poitrine disparaît instantanément. Je n'ai plus qu'une envie : que le médecin s'en aille pour me précipiter dans la chambre et le retrouver. Mais j'ai peur. Peur qu'il me rejette, qu'après tout ce que je lui ai dit, il soit passé à autre chose, qu'il ait abandonné. Et d'un autre côté, je lui en veux toujours. Et je lui en veux encore plus pour avoir mis sa vie en danger. Mais à quoi il pensait, bon sang ?

Le médecin part enfin et Mickey propose d'y aller en premier. J'accepte, rassurée d'avoir quelques minutes en plus pour me préparer. Je ne me sens pas d'aller le voir tout de suite. Je suis complètement bouleversée par la tournure prise par cette soirée.

***

– Il t'attend.

La voix de Mickey me fait sursauter et je me redresse. Mon cœur bat la chamade alors que je passe à côté de lui, et le contact de la poignée froide me fait trembler. Je prends une profonde inspiration et entre à mon tour dans la chambre. Une forte odeur de désinfectant vient m'agresser les narines et je me retiens de me boucher le nez. La salle est petite, blanche, et ne possède aucune décoration. Seule une télé orne le mur. La pièce est plongée dans le silence, hormis le bip régulier de l'appareil qui contrôle le cœur d'Evan. Je pose finalement mon regard sur le lit et mon cœur manque de s'arrêter. Evan y est allongé et observe attentivement chacun de mes gestes. Son visage est presque méconnaissable, couvert de bleus et de boursouflures. Un bandage blanc est enroulé sur le haut de sa tête, ramenant ses cheveux en arrière. Lorsqu'il voit que je le regarde, il plonge ses yeux noirs dans les miens et mon cœur se serre. Il semble si fatigué, si triste…

Ne supportant plus de voir sa douleur, je baisse les yeux et tombe sur les tuyaux qui lui sortent du corps, reliés à des machines. Je ravale un haut-le-cœur et manque de déverser mon dîner sur le sol. Il doit avoir tellement mal.

– Calliopé, murmure-t-il en levant lentement son bras droit vers moi.

Sa voix faible mais grave me fait vibrer, et des frissons montent le long de mon bras. Je m'approche lentement de lui. Je m'assois sur la chaise à côté du lit. Ma main tremble quand je décide de la poser sur la joue d'Evan. Lorsqu'elle touche sa peau, je ressens l'habituelle décharge électrique. Elle commence par le bout de mes doigts et remonte dans mon bras pour se répandre dans tout mon corps. Je pousse un soupir lorsqu'il appuie sa joue contre ma main et frotte son début de barbe contre ma paume. Je tremble légèrement : son contact m'a tellement manqué ! Il replonge ses yeux dans les miens, et cette fois je ne me détourne pas. J'essaie de faire passer toutes mes émotions à travers ce contact visuel.

J'ai cru t'avoir perdu et ça a failli me tuer aussi…

Je tente de lui dire ça à travers mes yeux. Il tremble contre ma main et tourne sa joue pour que, finalement, ce soient ses lèvres qui se posent contre ma paume. Son souffle chaud réchauffe mes mains. Je ferme les yeux pour savourer le contact de ses lèvres sur ma peau.

Enfin, je le retrouve !

J'aimerais hurler tellement ce que je ressens est fort. Il me fait plein de petits baisers sur la paume et remonte vers mon poignet.

– Embrasse-moi, demande Evan.

Je fonds. Sa voix grave et cassée me fait trembler, et son ton directif mais doux me donne envie de lui montrer à quel point je l'aime. Je m'approche de lui et il se mord les lèvres. Mon cœur rate un battement. Mon Dieu, l'effet qu'il me fait ! Ça me fait presque peur ! Je continue de me pencher, ne pensant plus à rien, et quand mes lèvres touchent enfin les siennes, c'est l'extase.

Il m'a tellement manqué !

Il passe sa langue sur ma lèvre inférieure et j'ouvre la bouche. Il vient caresser ma langue avec la sienne. Je ne sens plus aucun membre de mon corps ; seul le contact de nos langues a une importance à ce moment. Au bout d'un moment, à bout de souffle, je me retire et pose mon front contre le sien. Nos souffles sont saccadés comme si on venait de faire un marathon. Un petit sourire satisfait se plaque sur son visage.

Je me recule pour l'observer. Après avoir subi cette opération pour tenter de sauver son rein, on pourrait penser qu'il n'aurait plus aucun charme… Foutaises ! Malgré ses nombreux hématomes, ses cheveux en bataille lui donnent un air sauvage. Ses yeux noirs me dévorent comme si j'étais la plus belle chose qu'il voyait et sa bouche, étirée en un sourire en coin malgré la douleur qu'il doit ressentir, ne demande qu'à être embrassée. Mon cœur s'accélère encore. Je passe une main sur la blessure qu'il a sur sa joue et il frissonne à ce contact. J'essaie de rassembler mes esprits pour pouvoir lui dire tout ce que j'ai sur le cœur.

– À quoi tu penses? me demande-t-il en chassant une mèche de cheveux qui me barre le front.

– À toi, je réponds honnêtement.

Inutile de lui mentir. De toute manière, ses yeux moqueurs savent très bien que je suis en train de le regarder.

– Il faut qu'on parle, je lui dis en me repositionnant mieux sur la chaise, m'écartant à contrecœur de lui.

Son sourire s'évanouit et une mine grave le remplace. J'aimerais passer mon doigt pour lisser le pli qui s'est creusé sur son front, mais il a besoin d'être sérieux pour cette conversation. Il a besoin d'entendre ce que j'ai à lui dire. Même si ça risque de nous détruire une fois de plus. Mes yeux s'embuent de larmes alors que je pense aux paroles que j'ai répétées cent fois dans le couloir avant de le rejoindre.

– Ce baiser ne veut pas dire que j'accepte de retourner avec toi, je lui dis, le cœur serré, en ne le quittant pas des yeux.

Ses sourcils se froncent et son visage se tord en une expression douloureuse. Une larme que je ne peux retenir roule sur ma joue.

– Tu m'as fait énormément de mal, Evan, je poursuis, la voix tremblante. Et je ne suis pas prête à te confier mon cœur brisé à nouveau.

– Calliopé, tente-t-il en tendant un bras vers moi.

Mais je me recule. Je dois rester forte et ne pas céder à son toucher comme quelques minutes auparavant. L'embrasser n'était pas prévu au programme, mais quand je l'ai vu si vulnérable, dans ce lit, je n'ai pas pu résister. Néanmoins, il ne faut pas qu'il interprète de travers ce baiser. Je ne lui ai pas pardonné.

– Laisse-moi finir, Evan, je le coupe. Est-ce que tu te rends compte de ce que tu as fait ce soir? Pourquoi est-ce que tu l'as fait, d'ailleurs ? Est-ce que ton but était de te foutre en l'air ? Parce que figure-toi que tu as presque réussi !

Je craque complètement alors que toute l'angoisse que j'ai ressentie refait surface brusquement, telle une violente vague en pleine tête. Les larmes coulent abondamment sur mes joues. L'idée qu'il aurait pu mourir et ne pas être avec moi en ce moment me détruit complètement.

– Viens là, me dit-il en m'attrapant par la nuque et en essayant de m'attirer contre lui.

Mais je tente de résister et secoue la tête. Je ne veux pas de ses bras rassurants, je ne veux pas de son étreinte. Je veux qu'il se rende compte à quel point il a été con ce soir ! Il a risqué sa vie, et il a aussi mis celles des autres automobilistes en danger ! Et il a une fois de plus détruit mon cœur.

– Tu ne peux pas tout régler avec des câlins, Evan ! je lui dis en essayant de calmer ma colère et en plongeant dans ses yeux noirs.

J'ai du mal à soutenir son regard et son expression peinée m'attriste au plus haut point. Comment quelqu'un qu'on aime autant peut nous faire autant de mal ?

– Alors, dis-moi comment je peux faire, Calli. Dis-le-moi, murmure-t-il, son souffle caressant ma joue si près de son visage.

– Pourquoi tu as fait ça, Evan ? je lui demande, tremblante.

Je ferme les yeux, ne supportant plus de voir la tristesse sur son visage, alors que c'est sa faute si on se retrouve dans cette situation.

– De quoi on parle exactement, Calliopé ? De ce soir ou d'avant ?

– Tu sais très bien de quoi je parle, je lui dis alors que je n'ose toujours pas ouvrir les yeux.

Je ne suis pas assez forte pour l'affronter.

– Regarde-moi, Calliopé, me demande-t-il.

Je le sens attraper mon menton pour redresser mon visage, mais je secoue la tête. Le voir est beaucoup trop dur, je préfère rester dans le noir.

– Je ne peux pas te dire ça, si tu ne me regardes pas, insiste-t-il.

Je cède au bout de quelques secondes.

J'ouvre les yeux et les plonge dans les siens. Ils sont embués de larmes et mon cœur se comprime dans ma poitrine. Puis il s'arrête, semblant attendre, lui aussi, ce qu'il a à me dire.

– J'ai déconné. Du début de notre relation à la fin, je n'ai jamais fait les choses bien. Lorsque Mickey m'a lancé ce pari, je n'ai pas hésité une seule seconde. Je ne te connaissais pas encore et je m'en foutais. Je n'avais qu'une idée en tête : gagner pour effacer ton air de petite fille sage et prouver à tous que j'étais le capitaine qu'ils méritaient. Mais déjà, à l'époque, je savais que ce ne serait pas si facile.

Il reprend son souffle, ne me quittant pas des yeux, alors que tout mon corps s'est arrêté de fonctionner. Seul mon cerveau absorbe ses paroles, ses explications, que je suis enfin prête à entendre.

– Puis j'ai commencé à te séduire… Et c'est là que tout a basculé. Je me suis pris à mon propre jeu, appréciant de plus en plus être avec toi et ne voulant plus qu'une seule chose : passer des heures à te taquiner, te faire rire, t'embrasser. À la seconde où j'ai commencé à te connaître, ce pari n'avait plus aucune importance. Puis je ne sais pas à quel moment exactement je suis tombé amoureux de toi. Un amour si violent, si puissant, si inattendu qu'il m'a pris de court et m'a fait flipper. Comme toutes les bonnes choses qui m'arrivent dans la vie, j'ai essayé de le détruire. Et je t'ai fait du mal. Mais, malgré ça, tu as réussi à me pardonner. Et le fait que tu m'aies donné ta première fois, que tu m'aies fait suffisamment confiance pour ça, a été mon plus beau cadeau, Calli. Je n'avais jamais fait l'amour à personne avant toi et ça a été la nuit la plus extraordinaire de ma vie.

Il s'arrête pour essuyer une larme qui coule le long de ma joue. Ce contact sur ma peau me fait frissonner alors que je tente d'assimiler tout ce qu'il me dit dans sa déclaration si bouleversante.

– J'ai voulu tout arrêter. J'ai demandé aux gars de l'équipe de ne rien te dire parce que je n'avais plus qu'une seule peur : te perdre. Perdre la plus belle chose qui me soit arrivée dans la vie. Mais j'aurais dû me douter que mon bonheur ne durerait pas. Que je finirais par payer la connerie que j'avais faite lorsque j'ai accepté ce putain de pari. Même maintenant, je me comporte comme un con. Je te fais pleurer, alors que, la seule chose que je veux, c'est ton sourire. Je suis tellement amoureux de toi que ça me fait un mal de chien.

Il s'arrête, ferme les yeux fort pendant un moment, comme si tout ce qu'il venait d'avouer avait été éprouvant pour lui.

– Quand ma putain de moto a loupé le virage et que j'ai foncé dans ce poteau, c'est ton visage que j'ai vu en dernier. Je n'ai jamais voulu atterrir dans ce lit d'hôpital. Je voulais juste, pour une soirée, oublier… Oublier à quel point t'avoir perdue me faisait mal. À quel point ma vie était devenue sans intérêt depuis que tu n'en faisais plus partie. Je n'avais pas conscience de mes actes lorsque j'ai pris la moto. Je te demande pardon, mon ange, je te demande pardon pour tout, finit-il dans un dernier souffle alors que sa main est toujours sur ma joue, la caressant de son pouce.

Je suis en larmes alors que je passe mes bras autour de son cou pour le serrer contre moi. Il est pris de légers tremblements et je me rends compte qu'il pleure lui aussi. Je plonge mon nez dans son cou en essayant de ne pas m'appuyer trop sur ses blessures pour ne pas lui faire mal.

– Si tu savais à quel point tu m'as manqué, chuchote-t-il contre moi.

Je ne peux pas m'arrêter de pleurer. Ces mots... C'est tout ce que je rêvais d'entendre depuis que je l'ai quitté. C'est tout ce qu'il me fallait pour comprendre que je n'étais pas la seule à souffrir de cette situation. Que lui aussi a mal depuis qu'on n'est plus ensemble. Qu'il ne veut pas passer une seule seconde de plus loin de moi, comme je ne veux plus être loin de lui.

– Dis quelque chose, me demande-t-il une fois que les soubresauts dus à ses larmes se sont calmés.

Je me redresse et plonge mes yeux dans les siens pour qu'il y lise tout l'amour que je ressens pour lui.

– Tu m'as fait beaucoup de mal, Evan, je lui dis.

Ma voix est rauque, car ma gorge est serrée par l'émotion. Il ne me quitte pas des yeux.

– Je sais, je m'en veux tellement...

– Mais je réalise que je t'ai aussi fait énormément de mal en te quittant, je poursuis en suivant la ligne de ses sourcils avec mon doigt, voulant absolument le toucher. J'accepte tes excuses pour le pari et pour m'avoir foutu la peur de ma vie ce soir, je lui dis en tentant un petit sourire pour essayer de dédramatiser la situation.

Mais il continue de me regarder d'un air grave comme s'il ne réalisait pas que je puisse lui pardonner.

– Ça veut dire qu'on est de nouveau ensemble? me demande-t-il, plein d'espoir.

Je lui caresse la joue tendrement.

Il m'a tellement manqué.

Mais je ne suis pas prête à me remettre avec lui tout de suite. J'ai besoin de temps et j'ai besoin de preuves.

– Ça veut dire qu'on va prendre notre temps. Et qu'on va faire les choses bien, je lui dis en l'embrassant sur la joue.

Il me serre contre lui et j'entends son soupir rassuré.

Je ne veux plus jamais être séparée de lui.

38

Evan

Je suis à l'hôpital depuis seulement quelques jours, et pourtant j'ai l'impression que ça fait plusieurs années. Les hématomes sur mon visage disparaissent peu à peu, mais mes blessures me font toujours souffrir le martyre. Dès que j'esquisse un mouvement, j'ai l'impression que des milliers de petites aiguilles viennent me piquer le ventre à fréquence constante. Être bloqué dans ce lit me rend complètement fou. Je passe mon temps à fixer le plafond et les murs presque trop blancs de la chambre. Si encore j'avais le droit de fumer, ça me détendrait un peu ! Mais ce serait trop beau ! Je ne suis même pas sûr de me souvenir du goût de ma dernière clope.

Mes parents, qui sont rentrés de leur voyage d'affaires à cause de l'accident, m'ont donné une migraine sans nom en se pointant ici. Ma mère n'a fait que pleurer, en disant qu'elle était indigne et qu'elle devrait être plus souvent à la maison, pendant que mon père me sermonnait sur mon irresponsabilité. Heureusement que Maria est arrivée pour détendre l'atmosphère même si, lorsqu'elle m'a vu, elle a fondu en larmes.

Pour arranger le tout, les infirmières ne me portent pas dans leur cœur. Je suis « le petit con inconscient qui a mis sa vie et celles des autres en danger ». Elles n'ont pas tort. J'aurais pu tuer quelqu'un ce soir-là. Mon cœur se serre. J'aurais pu me tuer et ne jamais la revoir.

– Toc, toc, je te dérange?

Je tourne la tête vers la porte, m'arrachant à une énième contemplation du plafond. Mon cœur rate un battement lorsque je reconnais la voix de celle qui occupe toutes mes pensées. Celle que j'ai failli perdre en faisant le con. Celle qui fait de moi un homme heureux malgré ma situation. Elle a attaché ses longs cheveux blonds en une queue-de-cheval haute, ce qui fait que son visage est bien dégagé, me laissant tout le loisir de me délecter de sa beauté. Mon regard s'attarde sur ses lèvres pleines, qui ont tant de fois goûté les miennes, et je sens mon bas-ventre se réveiller. Mon accident n'a en rien diminué mon envie d'elle et je cache mon érection comme je peux avec les draps pour qu'elle ne la remarque pas. Ses yeux bleus trouvent les miens et je ne contrôle plus les battements de mon cœur.

– Tu ne me déranges jamais, ma beauté, je lui réponds avec un sourire alors qu'elle s'assoit sur la chaise.

Ma voix est rauque de ne pas avoir été utilisée de toute la journée. Je ne l'attendais pas de sitôt et je suis heureux comme un gosse le jour de Noël.

J'inspire son odeur de vanille alors qu'elle se penche vers moi et je frissonne lorsque ses lèvres trouvent ma joue. Un baiser si chaste mais qui réveille une véritable tempête d'émotions en moi. J'aimerais qu'elle laisse glisser ses mains dans mes cheveux et qu'elle pose ses lèvres sur les miennes pour libérer le désir qui nous consume tous les deux. Mais elle n'en fait rien et je la laisse s'écarter à contrecœur. Elle veut qu'on prenne notre temps et je peux lui donner ça. Même si ne pas pouvoir l'embrasser me rend encore plus fou que les murs blancs de ma chambre. J'essaie de ne rien laisser paraître de ma frustration alors qu'elle me raconte sa journée et sort de son sac les cours que j'ai manqués pour les poser sur la table de chevet. Je l'écoute et ris en l'entendant me parler des frasques de Mickey. Enfin, je m'arrête vite et essaie de dissimuler une grimace de douleur.

La petite robe bleue qu'elle porte et qui me rend fou est légèrement remontée sur ses cuisses à cause de sa position assise. Ne pouvant supporter la distance qu'elle nous impose, je pose une main sur sa jambe nue et lui caresse doucement la cuisse. Même si j'essaie de faire passer ce geste pour un contact innocent, je sais qu'elle n'est pas dupe. Ses lèvres s'écartent de surprise alors que je trace des formes circulaires sur sa peau et que ses yeux bleus se voilent de désir. Elle les ferme et j'en profite pour remonter encore plus ma main, ne contrôlant plus mes gestes. Alors que j'arrive à la bordure de sa culotte, elle m'agrippe le poignet et je laisse échapper un gémissement de frustration.

– Je veux qu'on prenne notre temps, Evan. Tu n'es même pas rétabli et nous ne sommes pas encore officiellement en couple, me dit-elle.

Je repose ma main sur le lit, frustré. Mon sexe est maintenant complètement tendu et elle ne peut ignorer la bosse qui s'est formée sous le drap.

– Je ne demande qu'à être en couple avec toi, Calliopé, je lui réponds d'une voix tendre en attrapant sa main parce que je ne peux pas m'empêcher de la toucher.

Elle soupire et ses yeux tristes me donnent envie de me foutre un coup. Si seulement je pouvais revenir en arrière, je changerais beaucoup de choses. À commencer par ce putain de pari qui lui a brisé le cœur. Et le mien par la même occasion.

– Je veux te faire confiance, Evan. Vraiment, j'en ai envie. Mais ce n'est pas si simple… dit-elle.

Je presse sa main dans la mienne.

– Je comprends. C'est juste que c'est dur de me contrôler quand tu es à côté de moi, si belle dans ta petite robe, je lui réponds avec un sourire taquin pour essayer de détendre l'atmosphère.

Elle me donne un léger coup sur l'épaule pour me punir avec un petit rire. On parle de tout et de rien, mais tout à coup, je me crispe lorsqu'elle me dit qu'elle ne prend plus ses repas à la cafétéria.

– Pourquoi tu ne manges plus là-bas ?

– Oh, tu sais, avec Aby, on préfère manger dans le parc, c'est plus calme. Et puis Mickey nous rejoint aussi souvent, c'est sympa !

Elle hausse les épaules comme si c'était sans importance, mais fuit mon regard. Je la connais par cœur et je sais qu'elle me cache quelque chose. Et ça risque de ne pas vraiment me plaire. Ma mâchoire se crispe et je fronce les sourcils.

– Dis-moi ce qui se passe, Calliopé.

Mon ton est un peu brutal, mais je veux qu'elle me réponde honnêtement.

Elle soupire.

– Je ne voulais pas t'en parler pour ne pas t'inquiéter.

– Dis-moi.

J'essaie d'adoucir ma voix, mais ma demande semble presque sifflée tellement mes mâchoires sont contractées.

– On va dire que ton ex petite copine a retourné tout le lycée contre moi.

– Cassandra ? Qu'est-ce qu'elle a fait encore ?

Ma colère est palpable. Et j'ai envie de balancer mon poing contre le mur. Elle souffre encore par ma faute.

Calliopé soupire et serre sa main dans la mienne comme pour tenter de me calmer.

– En fait, je crois qu'elle est encore très attachée à toi. Elle m'a avoué avoir mis les affiches sur mon casier. Elle répète à tout le monde que tu t'es servi de moi et que, pour me venger, je t'ai envoyé à l'hôpital. Ce qui est ridicule parce que je ne vois pas comment j'aurais pu faire ! Mais apparemment tout le monde la croit. Ou alors, ils font semblant de peur de s'attirer ses foudres.

J'essaie de contrôler ma respiration pendant qu'elle me raconte ça, mais je sens ma colère monter crescendo.

Si je la revois, je la détruis.

– Et Mickey ne fait rien pour empêcher ça ? je demande d'une voix rauque de colère.

– Il n'est pas au courant. J'ai demandé à Aby de ne rien lui dire et il est enfermé dans sa bulle d'amour. Rien d'autre n'existe pour lui à part Aby.

Je me calme un peu à l'idée de savoir que mon meilleur ami n'est pas au courant. Même s'il aurait dû le savoir, putain ! La femme que j'aime se fait harceler à cause de moi et je suis bloqué dans un putain de lit, ne pouvant rien faire pour changer ça.

– Je n'ai pas besoin de ta colère, Evan, me dit Calliopé en plongeant ses yeux dans les miens. J'ai juste besoin que tu me rassures.

Je peux voir toute sa peine et la vulnérabilité qu'elle a essayé de me cacher jusqu'à présent. Je comprends qu'elle ne me dit pas tout. Cassandra est une vraie peste et elle est capable de détruire quelqu'un. Mon cœur se serre quand je vois une larme au coin de ses yeux et toute ma colère s'évapore. Mon instinct de protection s'active. Je l'attrape derrière la nuque et l'attire contre moi. Elle se laisse faire et, en douceur pour ne pas me faire mal, elle s'allonge dans le lit et niche sa tête dans mon cou alors que je passe un bras protecteur autour de sa taille. J'inspire profondément son odeur alors que je me délecte de son corps chaud contre le mien. Je la serre aussi fort que possible, comme si elle était ma bouée de sauvetage.

Ce n'est pas elle qui a besoin de moi. C'est moi qui ai besoin d'elle.

– Ça va aller. Tu sais que je ne les laisserai rien te faire, je murmure en la pressant de toutes mes forces contre moi.

J'ignore complètement la douleur, uniquement concentré sur elle. Elle hoche la tête dans mon cou et pose une main sur mon cœur, comme pour vérifier qu'il est bien en train de battre.

Et Dieu sait à quel point il bat fort pour elle.

***

Dès que Calliopé me quitte, j'appuie sur le bouton d'appel pour faire venir l'infirmière et lui demander d'appeler mon médecin. J'ai l'impression de l'attendre une éternité, et à peine il rentre dans la pièce, je lui pose la question qui me brûle les lèvres.

– Il faut que je sorte d'ici le plus vite possible. Vous pouvez trouver un remède miracle pour accélérer ma guérison?

Il hausse ses sourcils gris broussailleux et me toise, surpris.

– Vous venez de subir une lourde opération et vos lésions sont sévères. Le protocole dit qu'on doit vous garder encore deux semaines avant de peut-être songer à vous laisser partir. Et encore, c'est un minimum.

Je soupire. Cet homme n'a pas l'air de comprendre l'urgence de la situation.

– Écoutez, je me fous de ce que dit le protocole. En tant que médecin, est-ce que vous pensez que je serai capable d'être debout d'ici trois ou quatre jours?

Il me regarde avec attention.

– Oui, je pense que, d'ici là, votre douleur abdominale ne sera plus aussi importante qu'aujourd'hui et le risque d'hémorragie sera quasi nul…

– Super, je le coupe, me fichant du charabia médical qu'il me sort.

Et c'est ainsi que, pas trois mais deux jours après, je suis en train de signer les décharges pour quitter l'hôpital. Ma mère vient me chercher en voiture pour me ramener à la maison et elle ne cesse de me demander si je vais bien, ce qui a le don de m'exaspérer. Même si mes jambes ont un peu flanché lorsque je me suis levé, j'ai rapidement retrouvé l'équilibre et pouvoir remarcher a été un vrai bonheur. Mes blessures ne me font presque plus mal, mais en même temps je suis shooté aux antidouleurs.

– Tu peux me déposer au lycée ? je demande à ma mère, ne voulant pas laisser une seconde de plus Calliopé seule face aux autres.

J'ai bien essayé d'appeler Mickey ces deux derniers jours pour l'informer de la situation, mais il était injoignable. J'imagine que ce poisseux a dû perdre son tél' ! Ou alors, il est trop occupé à s'envoyer en l'air avec Aby pour se préoccuper de son meilleur pote à l'hosto. Je souris. Savoir qu'il est heureux me suffit à lui pardonner ses maladresses.

– Au lycée ? Evan, ce n'est vraiment pas raisonnable ! Tu viens juste de sortir de l'hôpital !

Je soupire. Pourquoi elle choisit ce moment pour jouer les mamans poules, alors qu'elle ne l'a jamais fait depuis ma naissance ?

– Si tu me ramènes à la maison, je trouverai un autre moyen pour y aller, je lui dis en haussant les épaules, indifférent.

– Je m'inquiète pour toi, Evan, c'est tout.

Je tourne la tête pour la regarder. Comme à son habitude, elle porte un petit chignon strict sur le haut de sa tête et pas une seule goutte de son maquillage ne coule. La rigidité incarnée. Mais sa bouche est légèrement tordue et je ne peux pas lui enlever qu'elle a l'air vraiment inquiète.

– Ça va aller, maman. J'ai juste un truc à régler au lycée et après je resterai à la maison jusqu'à ce que je sois complètement guéri, je dis, même si je n'en pense pas un mot.

Je ne suis pas sorti de l'hôpital pour rester coincé chez moi !

Je la rassure et elle accepte finalement de me conduire au lycée. Je regarde ma montre : midi trois. Parfait, je vais arriver au bon moment.

Ma mère me dépose et, lorsque j'arrive dans le couloir principal, tout est désert. Ils doivent déjà être à la cafétéria. Déterminé, je pousse les portes de la cafèt' un peu fort, car elles viennent s'écraser contre le mur dans un bruit sourd. Je suis animé par une rage qui monte de plus en plus.

Comment ont-ils osé la traiter comme ça ?

Ce qui me rend encore plus furieux, c'est qu'avant l'arrivée de Calliopé dans ma vie, j'étais le premier à fermer les yeux sur les frasques de Cassandra. Quel petit con !

Tout le monde se tourne vers moi, se demandant sûrement qui ose arriver en fanfare. Parfait, j'ai leur attention.

– J'étais à l'hôpital parce que j'ai fait le con et que j'ai conduit complètement bourré, je commence.

Ils sont tous pendus à mes lèvres. Je croise le regard de Cassandra, qui semble dans un premier temps étonnée de me voir, mais elle retrouve vite son petit sourire machiavélique. Je frissonne : elle me fait froid dans le dos.

– Je sais qu'il y a pas mal de rumeurs qui circulent ici et ça m'a rendu fou de ne pas pouvoir les rectifier. Je ne suis plus avec Cassandra, je ne l'ai d'ailleurs jamais vraiment été et je n'ai jamais rien éprouvé pour elle.

Un silence de plomb se fait. Cassandra, dans son rôle d'actrice hollywoodienne, prend une mine peinée et horrifiée. Mais personne ne lui prête attention.

– J'aime Calliopé, je continue. Alors, oui, j'ai fait le con en pariant sur elle, mais à la minute où j'ai commencé à la connaître, ça n'avait plus aucune importance. Je me fous complètement d'assumer devant vous tous à quel point je suis fou d'elle et qu'elle est ma drogue. Parce que, quand il s'agit d'elle, je suis prêt à mettre de côté ma fierté. Donc, arrêtez de croire tout ce que vous dit Cassandra parce qu'elle vous ment.

Je finis mon discours en balayant tout le lycée du regard. Évidemment, je m'adresse plus particulièrement à la table des populaires. Mon ancienne table. Il y a tous mes coéquipiers, qui n'osent pas me regarder et semblent s'en vouloir à mort. Cassandra est complètement décomposée. J'espère que mon message est passé.

Au bout d'un moment, David, le défenseur de l'équipe, se lève avec son verre et dit :

– Bon retour à notre capitaine !

Et tout le monde applaudit, faisant disparaître la tension.

Je me dirige vers eux et viens les checker. Ils me présentent tous leurs excuses et me charrient pour le discours que je viens de faire. Au fond, ce ne sont pas des gars méchants. Cassandra en a profité pour filer, et c'est tant mieux.

– J'ai moi aussi une annonce à faire, dit une voix légèrement tremblante.

On se retourne tous pour voir James se lever.

Je ne l'ai jamais particulièrement apprécié. Je l'ai même carrément détesté à chaque fois que je l'ai vu toucher Calliopé. Je ressentais une jalousie excessive qui me bouffait de l'intérieur.

– Voilà, je…

Il ferme les yeux un instant et, lorsqu'il les rouvre, il ne quitte plus David du regard. Il a le même que celui que j'ai quand je regarde Calliopé. Plein de tendresse et d'amour. Et là, je comprends que, tout ce temps, je n'avais aucune raison de craindre James. Parce que lui aussi était déjà fou amoureux.

– J'ai trouvé l'homme de ma vie. Je n'aurais jamais pensé aimer quelqu'un à ce point aussi jeune.

Il se tourne vers David.

– Et je sais que je t'ai blessé à force de cacher aux autres mes sentiments pour toi et c'est pour ça que je fais ce premier pas aujourd'hui. Pour toi, et peut-être aussi un peu pour moi. Pour qu'on puisse avancer tous les deux. Parce que je n'ai pas honte de toi.

Je regarde mon pote David. Je ne l'ai jamais vu comme ça. Il a les larmes aux yeux et un sourire amoureux plaqué sur le visage. Il s'avance et va serrer James dans ses bras et lui murmure quelque chose à l'oreille sous les applaudissements de toute la cafétéria. Décidément, cette journée est à marquer du signe de l'émotion.

– Quelqu'un veut déclarer ses sentiments? Parce que c'est le moment, les gars! s'exclame Mickey, que je n'avais pas vu entrer dans le réfectoire.

Je lui fais un grand sourire. Je vois dans son regard qu'il a entendu ce que j'ai dit sur Calliopé et qu'il s'en veut de ne pas avoir été là. Je secoue la tête pour lui faire comprendre que ce n'est plus un problème. Il doit déjà pas mal culpabiliser de ne pas m'avoir arrêté le soir de l'accident. J'ai retrouvé un Mickey en larmes à mon chevet à l'hôpital.

– En tout cas, j'ai moi aussi trouvé l'amour de ma vie cette année! poursuit-il. Et aussi mon meilleur coup!

Tout le monde éclate de rire. Il n'y a pas plus maladroit que Mickey. J'en profite pour quitter la cafétéria.

Je sors dans le jardin, et mon cœur s'accélère quand je vois Calliopé assise sur un banc, en train de manger à l'écart. Je suis surpris de ne pas voir Aby avec elle. Elle est de dos, donc elle ne peut pas voir que je m'approche d'elle. J'arrive derrière elle, je passe mes bras autour d'elle et je plonge ma tête dans son cou. Elle frissonne, mais je sais qu'elle m'a tout de suite reconnu.

– Salut, toi, je lui murmure en chatouillant son cou de mon nez et en me délectant de son odeur merveilleuse.

Cette même odeur qui n'a pas quitté mon oreiller à l'hôpital, pour mon plus grand bonheur.

Elle attrape mes mains dans les siennes et s'appuie contre moi.

– Tu ne m'as pas dit que tu sortais de l'hôpital...

C'est vrai qu'hier je lui ai caché ma sortie. Je ne voulais pas qu'elle s'inquiète.

– J'en pouvais plus de ne pas pouvoir te voir toute la journée, je lui chuchote à l'oreille.

Elle éclate de rire. Je fais le tour du banc pour venir m'asseoir à côté d'elle et plonge dans ses yeux bleus. Elle semble si contente de me voir que mon cœur se gonfle.

Moi aussi, je suis heureux, princesse.

– Le problème Cassandra est résolu, tu n'auras plus à manger ici toute seule.

Elle hausse un sourcil, surprise.

– Qu'est-ce que tu leur as dit?

– La vérité. Que je suis fou amoureux de toi.

Elle me fait un immense sourire et passe ses doigts dans mes cheveux pour les remettre en place. Je dois me faire violence pour ne pas m'emparer de ses lèvres et je pose seulement les miennes sur sa joue. Je m'y attarde un peu pour profiter du contact de sa peau contre moi. Elle frissonne et je sais que je lui fais beaucoup d'effet.

– Tu as loupé la déclaration de James aussi, je lui dis.

Elle s'écarte, visiblement surprise.

– James ?

– Oui. Tu m'avais caché son couple avec David, petite coquine. Ça te plaisait de me rendre fou de jalousie ? je lui demande, un sourcil levé et un sourire aux lèvres.

– Je ne faisais que te rendre la monnaie de ta pièce, dit-elle.

– Eh bien, tu n'auras plus besoin de le faire.

– Ah oui, et pourquoi ça, Miller ?

Je souris. Ça me fait penser à nos débuts lorsqu'elle m'appelle par mon nom de famille.

– Parce que je t'aime, Anderson.

39

Calliopé

Cela va bientôt faire une semaine qu'Evan est sorti de l'hôpital et je pense que je n'ai jamais été aussi heureuse. Au lycée, son retour a tout changé. Je ne reçois plus d'insultes ni de bousculades lorsque je traverse les couloirs. Plusieurs personnes sont venues s'excuser en comprenant qu'elles étaient allées trop loin. Cassandra a changé de lycée en comprenant qu'elle ne pourrait plus manipuler personne ici. Elle ne s'est pas excusée pour avoir déclenché toute cette méchanceté et je pense qu'elle ne le fera jamais. Au moins, je suis rassurée de ne plus avoir affaire à elle.

James et David s'affichent enfin ensemble et je suis heureuse pour mon ami. Il devient tout rouge lorsque David l'embrasse soudainement, mais il fait des efforts pour paraître plus à l'aise en public. Il faut encore qu'il en parle à son père, mais je pense qu'il est sur la bonne voie. Quant à Mickael et Aby, ils filent toujours le parfait amour.

Evan ne me lâche pas d'une semelle, comme si j'allais disparaître du jour au lendemain. Il va beaucoup mieux et peut se permettre de conduire. Le matin, il vient me chercher devant chez moi et il me redépose le soir. En rentrant, un soir, il est même tombé sur ma mère, qui lui a fait un sermon pendant quinze minutes pour tout le mal qu'il m'avait fait. Il s'est excusé longuement et lui a assuré qu'il ne me ferait plus jamais souffrir. Et je crois que ma mère est tombée sous son charme. Depuis, elle me pousse dans ses bras, et il est même venu une fois manger à la maison avec ma mère et Ally. Les deux étaient pendues à ses lèvres toute la soirée ! Il est adorable avec moi. Il me fait tout le temps rire, est plein de petites attentions et me montre à quel point il est heureux d'être avec moi.

Je n'ai toujours pas embrassé Evan, même si j'en meurs d'envie tous les jours. J'ai failli craquer plusieurs fois, mais ma fierté m'a poussée à le faire un peu attendre, le faire galérer. Mais ça devient trop dur de le repousser parce que je l'aime. D'un amour si fort qu'il me fait presque peur. Et je sais aujourd'hui que c'est réciproque, et ça me comble de bonheur.

Je m'observe dans la glace. Le petit ensemble de lingerie rouge que j'ai acheté avec Aby spécialement pour ce soir met en valeur mes courbes. Je n'aurais jamais pensé, une seule fois dans ma vie, porter ce genre de chose. Mais c'était avant de le rencontrer. Je veux être belle pour celui que j'aime. Il ne le sait pas encore, mais je compte bien retrouver mon homme ce soir. Il est temps de tirer définitivement un trait sur le passé et de tout recommencer à zéro. J'enfile une petite robe noire qui m'arrive en bas des genoux. J'ai changé de lingerie, mais je n'oserai rien porter d'extravagant en public. Il n'y a que pour lui que je veux être sexy.

– Calli, Evan est là ! m'appelle ma mère en bas.

Mon cœur se met à battre la chamade.

La perspective de cette soirée me met dans un état d'excitation intense. J'attrape mon petit sac à main, dans lequel Aby a fourré plusieurs capotes, malgré mes objections, lorsqu'elle a appris qu'Evan m'invitait au resto. Je descends l'escalier et je manque de trébucher lorsque je vois Evan. Il est tellement beau ! Il porte une chemise blanche qui tombe parfaitement bien ; sa veste souligne ses épaules puissantes et ses cheveux sont rejetés en arrière, encore humides de la douche. Ses yeux brillent lorsqu'il me voit et il ne me lâche pas du regard. Il me tend la main lorsque j'arrive à son niveau et se penche pour embrasser ma joue. Mon cœur bat comme un fou et ma main tremble dans la sienne. Il passe un bras autour de ma taille pour me soutenir.

– Amusez-vous bien, nous dit ma mère.

Je bafouille une réponse, trop occupée à dévorer Evan du regard.

Il m'entraîne dehors et ouvre même la portière de la voiture avec un grand sourire. Il prend le volant et attrape immédiatement ma main pendant qu'il conduit. On se parle de tout et de rien, mais il y a une tension très intense dans la voiture. Il me jette souvent des coups d'œil et caresse le dos de ma main avec son pouce, comme s'il sentait, lui aussi, que cette soirée était différente.

Le restaurant qu'il a réservé est très chic et le serveur nous apporte immédiatement deux coupes de champagne. Evan lève son verre en ne me lâchant pas des yeux.

– À notre rencontre, dit-il.

Je trinque avec lui avec un grand sourire.

Si on m'avait dit, au début de l'année, alors que j'étais encore avec Simon, que ma vie allait prendre un tel tournant, je n'y aurais pas cru une seconde.

Le repas se passe dans la bonne humeur. Evan me fait rire lorsqu'il commande son plat avec une voix haut perchée, comme s'il se prenait pour un homme de riche noblesse. On s'amuse d'être dans un restaurant qui ne nous correspond pas du tout. Avec lui, une soirée pizza devant la télé et dans ses bras me suffit.

Au moment de partir, je passe d'abord aux toilettes. En me lavant les mains, je tombe sur mon reflet dans la glace. Mes joues sont rosées d'avoir tant ri et mes yeux pétillent. J'ai l'expression d'une fille amoureuse. Je me passe un peu d'eau sur le visage pour tenter de me calmer un peu, mon cœur battant déjà la chamade, anticipant sur ce que je m'apprête à faire. J'ai attendu ce moment toute la soirée.

Je sors du restaurant et trouve Evan adossé contre le mur, seulement éclairé par le bout de sa cigarette. Je m'approche et m'arrête à quelques pas. Il ne me quitte pas des yeux en écrasant sa cigarette sur le sol, toute trace d'humour ayant quitté ses traits. Il a conscience que ce moment va être important. Lui aussi, il l'attend avec impatience et il a peur que je change d'avis. Je pose une main sur son torse alors que les siennes se placent sur mes hanches. Il les pose juste, sans me serrer, comme s'il me laissait le contrôle. Son cœur bat la chamade contre la paume de ma main, s'accordant au rythme du mien. Je m'approche encore plus et, bientôt, je sens son souffle contre mes lèvres.

– Demande-le-moi, Evan, je murmure contre ses lèvres.

Son regard cherche le mien. Il sait ce que je veux, je n'ai pas besoin de le préciser.

– Est-ce que tu veux sortir avec moi, Calli ? chuchote-t-il.

C'est le signal que j'attendais.

Tout à coup, tout s'anime. Je pose mes lèvres sur les siennes et je pousse un soupir de soulagement lorsque je ressens leur contact si familier. Sa langue vient immédiatement à la rencontre de la mienne et il penche la tête pour approfondir le baiser. Nos souffles courts s'entremêlent, nos langues se cherchent avec avidité et nos lèvres ne veulent plus se lâcher, comme si elles n'en pouvaient plus d'avoir été trop longtemps séparées.

Enfin, je le retrouve.

Il grogne contre moi et ses mains viennent soulever mes cuisses pour que je les enroule autour de sa taille. Je passe les doigts dans ses cheveux et les tire pour qu'il soit encore plus proche de moi. Au bout d'un long moment, après nous être embrassés comme si notre vie en dépendait, je m'écarte de lui et pose mon front contre le sien, essayant de reprendre mes esprits.

– Tu m'as tellement manqué, dit-il.

Sa voix légèrement brisée me serre le cœur.

– Je t'aime, Evan.

Je lui dis des mots que je n'avais pas prononcés depuis longtemps, et ça me fait un bien fou. De son côté, il me les répète tous les jours depuis son accident. Et surtout, il me le prouve par ses actes.

Il se perd dans mes yeux et caresse ma joue, puis mes lèvres avec ses doigts. Son regard est rempli de désir et d'amour, et des millions de papillons viennent s'installer dans mon ventre.

– Moi aussi, Calli, je t'aime tellement.

Ses lèvres viennent recouvrir une nouvelle fois les miennes, mais cette fois dans un baiser plus doux, plein de promesses, mais toujours aussi intense.

– Je peux dormir chez toi ? je lui demande lorsqu'il s'écarte.

Cette fois, je peux lire tout le désir contenu dans ses yeux.

Il se raidit contre moi comme s'il essayait de se contrôler pour ne pas me sauter dessus.

– Bien sûr, ma beauté, mais tu es sûre ? C'est vraiment ce que tu veux ?

– C'est toi que je veux, Evan. Toi tout entier, je lui réponds.

Il n'en faut pas plus pour qu'il me repose par terre et m'entraîne vers la voiture.

Le trajet jusque chez lui se fait dans un silence plein de sous-entendus. Il semble vraiment nerveux et ne cesse de tapoter ma cuisse avec sa main, en me jetant des regards, comme pour s'assurer que ce qu'on s'apprête à faire est bien réel. Je l'attrape finalement pour qu'il se calme. Il me fait un petit sourire.

Lorsqu'on arrive chez lui, il me fait monter directement dans sa chambre. Apparemment, ses parents sont sortis pour la soirée. J'entre dans la pièce et je m'avance, la parcourant du regard. Il s'adosse à la porte, restant loin de moi, comme s'il n'osait pas me toucher. Et pourtant, son regard qui me brûle prouve qu'il en meurt d'envie.

– Tu veux regarder un film? me demande-t-il d'une voix rauque alors que je m'avance vers lui.

Je secoue la tête.

– Dis-moi ce que tu veux faire, Calli.

Il passe une main le long de ma cuisse, faisant petit à petit remonter ma robe et laissant une traînée brûlante sur ma peau.

Je passe mes bras autour de son cou pour m'agripper à lui alors qu'il presse tout mon corps contre le sien. J'ai alors tout le loisir de sentir son érection contre moi, et mon désir augmente. Je serre les cuisses pour essayer de soulager mon excitation, qui pulse dans mon bas-ventre.

– Je veux qu'on rattrape tout le temps qu'on a perdu, je lui réponds, n'osant pas clairement formuler ma demande.

Mais il comprend. Il ferme un moment les yeux, comme s'il essayait de se contrôler, puis il attrape le bas de ma robe et la fait doucement monter sans me quitter des yeux, prêt à s'arrêter si je change d'avis. Il arrive enfin à me l'enlever et je me retrouve en sous-vêtements devant lui. Il me dévore du regard, et ses yeux se voilent d'un désir profond alors que son souffle se fait court.

– Depuis quand tu as ce genre de lingerie?

Sa voix rauque ne laisse aucun doute sur le désir qu'il éprouve pour moi. Je ne ressens aucune gêne à être presque nue devant lui parce que je sais que je lui plais. Je sais qu'il m'aime.

– Aujourd'hui. Je l'ai achetée spécialement pour ce soir.

Il passe un doigt le long de ma gorge. Il le descend lentement pour s'arrêter sur le haut de ma poitrine, qui dépasse du soutien-gorge.

– Tu vas me rendre fou, dit-il alors qu'il s'écarte pour retirer sa chemise.

Je l'observe la déboutonner précipitamment et se débarrasser de son jean. D'égal à égal. J'observe les muscles de son torse, contractés de désir. Sa peau bronzée et douce me fait tant envie. Je rougis lorsque je vois que son caleçon est déformé par son excitation. Je tends une main vers lui, animée par un désir brûlant, et la pose contre son torse. Sa peau est chaude contre ma main, et je le sens frémir. Il ne bouge plus, me laissant agir comme je le veux, mais je sens ses tremblements de désir. Je pose mes lèvres dans son cou et le mordille. Un son rauque sort de sa gorge et je sens mon intimité devenir de plus en plus humide. Ma main descend le long de son torse et s'arrête à la bordure de son caleçon. Avant de réfléchir, je la passe en dessous du tissu et entoure son membre raide de mes doigts. Son sexe pulse de désir dans ma main alors que, dans une lenteur frustrante, je commence à le caresser. Evan ne me lâche pas des yeux et sa mâchoire est crispée, comme s'il était déjà au bord de la jouissance.

– Je ne peux plus attendre, Calli. J'aurais toute la nuit pour te faire l'amour lentement, mais là, j'ai terriblement besoin de toi, dit-il soudainement.

Il attrape ma nuque pour venir coller ses lèvres aux miennes. Elles se trouvent et bougent avec un rythme effréné alors qu'il me fait reculer. Je bascule bientôt sur le lit. Il quitte ma bouche, puis laisse traîner sa langue le long de mon cou. Il descend encore et vient se positionner entre mes jambes. Mon cœur est au bord de l'explosion et je suis à bout de souffle. Il embrasse l'intérieur de mes cuisses et, sans me quitter des yeux, il passe une main sous le tissu de ma culotte. Je pousse un gémissement lorsque ses doigts viennent se poser sur mon intimité, qui n'attendait qu'eux. Il gémit à son tour en découvrant à quel point je suis humide et, rapidement, il se débarrasse du tissu rouge. Je ne ressens aucune gêne, simplement un immense plaisir alors qu'il enfonce un de ses doigts dans mon intimité. Il remonte sa tête et, avec son autre main, se débarrasse de mon soutien-gorge. Mes mains s'agrippent à son dos alors qu'il vient attraper la pointe de mon sein entre ses dents. Sa bouche sur mon sein et ses doigts toujours dans mon intimité sont des sensations si merveilleuses que je suis déjà au bord de l'orgasme. Ayant un besoin soudain de sentir sa peau nue contre la mienne, j'essaie de lui retirer son caleçon tant bien que mal. Il m'aide, puis tend le bras pour attraper un préservatif dans le tiroir de sa table de nuit. Je ne quitte pas des yeux son sexe tendu de désir lorsqu'il le met. Mon envie de le sentir en moi est immense.

Il se rallonge au-dessus de moi en ne laissant aucun espace entre nos corps. Il pose ses lèvres sur les miennes comme pour me rassurer. Je suis tendue de désir, dans l'attente de le sentir en moi. Enfin, sans me quitter des yeux, il me pénètre. Une sensation de plénitude et de bien-être s'empare de moi alors que nous poussons un gémissement de contentement en même temps. Il bouge tout doucement au départ puis, voyant que ça me rend folle, il accélère le rythme.

Nous n'avons pas besoin d'échanger de mots. Nos soupirs, nos nez qui se frôlent, nos lèvres qui se trouvent, nos regards qui se cherchent, nos corps en parfaite symbiose parlent pour nous. Un plaisir inimaginable me transporte et nous arrivons à la jouissance en même temps. Mon corps est parsemé de milliers de spasmes merveilleux. Evan s'effondre contre moi et nous essayons de reprendre notre souffle et de calmer nos battements de cœur. Il finit par se redresser sur ses coudes pour m'embrasser avec une douceur que je ne lui connaissais pas.

– Tu sais quoi, Calliopé ?

– Quoi ? je lui demande avec un petit sourire, dans mon hébétude post-orgasmique.

– Je crois qu'en fait, je n'avais jamais vraiment désiré quelqu'un avant de te rencontrer.

Je lui tape sur l'épaule en haussant les sourcils.

– Hé, se plaint-il.

– Arrête de mentir, Evan, tu ne vas pas me faire croire que tu étais vierge ! je réplique.

Il ricane.

– Non, mais lui, il l'était, me dit-il en prenant ma main et en venant la poser contre son cœur, qui bat la chamade.

Je lui souris en essayant d'y mettre tout mon amour.

– Tu m'as manqué, je murmure avec une pointe d'émotion dans la voix.

– Toi aussi, princesse, tu m'as tellement manqué, dit-il.

Il m'embrasse tendrement alors que je sens déjà son sexe en train de durcir à nouveau contre mon ventre.

– Apparemment, il y en a un autre à qui j'ai beaucoup manqué aussi, je ris en désignant son membre du doigt.

– Ouais, mais on a toute la nuit pour rattraper ça, me répond-il en riant.

Et déjà mon excitation revient.

La nuit ne fait que commencer.

***

Bien plus tard, après qu'Evan m'a refait l'amour une deuxième fois, puis qu'il m'a donné un plaisir immense juste avec sa langue, je suis en train de lui caresser le torse lorsque je remarque sa longue cicatrice. Je viens poser mes lèvres dessus et une profonde tristesse m'envahit en repensant que j'aurais pu le perdre.

– C'est fini maintenant, Calliopé, je suis là, me rassure-t-il lorsqu'il voit à quel point je suis bouleversée.

Je viens me blottir dans ses bras. Il me serre fort contre lui.

– Tu es là maintenant, mais comment est-ce qu'on va faire l'année prochaine? je demande.

Ni lui ni moi n'avons jamais abordé la question de l'université avant l'accident. Et je ne peux pas rester sans savoir si notre relation a un avenir ou non.

– Comment ça, comment on va faire?

– Ne joue pas à celui qui ne sait pas, Evan. L'université. On a très peu de chance de se retrouver dans la même.

Il soupire contre mes cheveux.

– Où est-ce que tu veux aller, toi?

– Mon rêve, c'est d'aller à Stanford, en Californie.

Ce n'est pas du tout à côté d'ici, je réalise, le cœur serré. Il me presse contre lui.

– Je connais l'équipe de football de Stanford. Leur recruteur m'a déjà repéré pendant un match et mon profil l'a beaucoup intéressé. Ce ne sera pas compliqué pour moi d'aller là-bas. Et avec tes notes, ce ne sera pas un problème pour toi non plus, me dit-il.

– Oui, mais est-ce que tu en as envie? je lui demande.

Il me sourit et replace une mèche de mes cheveux derrière mon oreille.

– Ce dont j'ai envie, c'est être avec toi. Et si, en plus de ça, je peux faire du foot, alors tout va bien.

Je souris devant sa déclaration et la boule qui s'était formée dans ma gorge disparaît. Je ne pourrais être plus heureuse maintenant que je sais qu'on a un avenir tous les deux. Il ne reste plus qu'à le construire.

ÉPILOGUE

Evan
Quatre mois plus tard

– Calliopé ? je l'appelle.

Quelques instants plus tard, sa tignasse blonde déboule dans la chambre.

Un grand sourire éclaire immédiatement mon visage. Je ne m'habituerai jamais à sa beauté. Ses longs cheveux retombent sur ses épaules et ses yeux bleus me percutent de plein fouet.

– Qu'est-ce qu'il t'arrive ? me demande-t-elle, un rouge à lèvres dans la main et un sourcil levé.

– Je n'arrive pas à mettre ça, tu m'aides ?

Je pointe la cravate avec un sourire taquin.

– Tu te fiches de moi ?

– Pas du tout.

Elle pose le rouge à lèvres sur la table et attrape la cravate avant de la retourner dans tous les sens.

– Ne me dis pas que tu ne sais pas comment la mettre non plus ? je lui demande alors qu'elle fronce les sourcils.

– Débrouille-toi tout seul si tu n'es pas content ! s'énerve-t-elle en me lançant la cravate, qui atterrit à côté de moi.

J'éclate de rire et l'attrape par les hanches pour la rapprocher de moi. Je suis assis sur le lit et elle se retrouve debout entre mes jambes. Je pose ma main sur sa nuque et approche sa tête de la mienne pour poser mes lèvres sur les siennes. Elle frissonne contre moi et pousse un soupir. Je souris contre sa bouche. Je lui fais toujours autant d'effet.

– OK… on laisse tomber la cravate alors, je finis par dire quand elle s'écarte de moi.

Elle hoche la tête.

– De toute façon, je ne pense pas que ça gênera Aby. Est-ce que je peux finir d'aller me préparer ? demande-t-elle.

Je lui dis oui, déçu qu'elle s'éloigne de moi.

Cela fait quatre mois environ, depuis qu'on a recommencé notre relation. Je crois que je n'ai jamais été aussi heureux de ma vie. On est tout le temps ensemble, et le soir elle vient le plus possible dormir chez moi. Je passe souvent chez elle aussi. Sa petite sœur m'adore et je crois que j'ai réussi à conquérir sa mère. Calliopé me parle beaucoup plus de sa relation avec elle. Apparemment, elle s'est enfin remise de son divorce et commence même à revoir des gens. Le père de Calliopé s'est manifesté après plusieurs mois de silence et elle songe à aller le voir pour comprendre pourquoi il les a abandonnées.

Elle ne veut avoir aucun regret. Et je crois que mon accident lui a fait comprendre qu'elle pouvait perdre quelqu'un à tout moment. Je suis complètement fou. Fou d'elle.

– Dépêche-toi, on va être en retard, me presse-t-elle en revenant dans la chambre.

J'attrape le bas de sa jupe et la rapproche de moi tout en me levant. Je fourre mon nez dans son cou et respire sa délicieuse odeur. Elle frissonne dans mes bras et je la sens chanceler. Je la serre encore plus près de moi.

– Ou alors, on peut reprendre les choses où on les a laissées hier soir, je lui dis d'un air plein de sous-entendus.

Elle relève la tête pour me regarder, les joues roses de gêne et de désir mêlés. Puis elle se dégage de moi et se racle la gorge, reprenant ses esprits.

– Non, Evan, c'est l'anniversaire d'Aby, répond-elle.

Je sais très bien que, si ça n'avait pas été le cas, on aurait passé la journée dans le lit à faire l'amour. Ses yeux pétillants de désir me prouvent qu'elle pense à la même chose que moi. Après quatre mois, mon désir pour elle ne s'est toujours pas calmé, et il est même encore plus fort qu'avant. Elle a pu expérimenter toutes les formes de plaisir. Je regarde ses lèvres et repense à la fois où elles se sont posées sur mon membre. Je frissonne de désir en repensant à l'orgasme que j'ai eu ce soir-là. Il faut absolument que je reprenne mes esprits avant de lui sauter dessus.

– Allons-y alors, je dis en attrapant mes clés de moto sur le comptoir d'une main et sa main de l'autre.

On sort de chez moi et j'enfourche ma moto, Calliopé contre moi. Les mecs du foot me l'ont offerte en apprenant que j'étais pris à Stanford. Et pour me rappeler que je ne devais pas avoir peur de remonter sur un engin à deux roues, même après ce qu'il s'était passé. Aby a décidé de fêter son anniversaire dans un bar pas loin de là où j'habite.

Dix minutes plus tard, je me gare devant le bar et un Mickey avec un grand sourire vient nous accueillir. Je me sens un peu gêné quand je vois qu'il s'est mis sur son trente-et-un. Ce con a carrément sorti le nœud pap'! Je regrette un peu d'avoir laissé tomber la cravate.

– Salut, les gars, on attendait plus que vous! nous dit-il.

Il fait un mouvement de sourcils bizarre qui veut clairement laisser sous-entendre: « Je sais que vous êtes en retard parce que vous avez fait des galipettes sous la couette. »

Calliopé doit comprendre la même chose que moi, car elle cache son visage contre mon torse. Je passe un bras par-dessus ses épaules et lui embrasse le sommet du crâne. Mon cœur s'accélère quand ses putains d'yeux bleus plongent dans les miens et j'ai l'impression qu'on est seuls au monde, jusqu'à ce qu'un raclement de gorge me ramène à la réalité.

– Vous venez ou quoi?

Mickey a ouvert la porte du bar et attend qu'on entre. Je ris et, sans lâcher Calliopé, j'entre dans le bar. Il fait sombre. Quelques spots lumineux éclairent la salle transformée en véritable boîte de nuit. Je reconnais plusieurs personnes du lycée qui se trémoussent sur la piste de danse sur une musique électro. Une petite brune en robe rose déboule comme un boulet de canon et se jette sur Calli, l'arrachant à mes bras et la traînant vers la piste. Ma copine me lance un sourire désolé et je lui fais un clin d'œil, même si je repère déjà deux ou trois gars qui la regardent. Je sens que cette soirée ne va pas trop me plaire. J'essaie de réfréner au maximum ma jalousie mais, comme on dit, chassez le naturel, il revient au galop.

– Ah là là, nos nanas, dit Mickey derrière moi, un sourire béat sur le visage quand il observe Aby sauter dans tous les sens sur la piste.

Je dois avoir la même tête que lui quand je regarde Calliopé essayer d'imiter son amie, visiblement mal à l'aise. C'est la plus belle.

– On a de la chance de les avoir, je lui dis.

Il sourit, visiblement d'accord avec moi.

Mon regard s'assombrit immédiatement lorsque je vois Calli dans les bras d'un gars en train de l'étreindre. En moins d'une seconde, je suis à côté d'elle, prêt à casser la gueule de celui qui touche à ma copine. Je veux bien faire des efforts, mais il ne faut pas trop me pousser. Calliopé me regarde, confuse, lorsque je lance au mec un regard haineux.

Il se retourne finalement vers moi et je me sens soudain idiot. C'est James. Le seul gars qui a le droit de toucher à ma copine. Parce que, même s'il a une queue entre les jambes, il est gay et fou amoureux, donc je sais qu'il ne se passera jamais rien entre eux. D'ailleurs, son copain David est derrière lui, et bientôt ces deux-là se font un baiser passionné et rien ne semble les arrêter. C'est cool qu'il ne se cache plus. Calliopé m'a dit qu'il avait avoué sa sexualité à son père il y a un mois. Apparemment, ça s'est mieux passé que ce qu'il imaginait. Il y a eu beaucoup de cris, mais au final son père a fini par accepter.

La musique se stoppe soudainement et je tourne la tête pour voir Mickey debout sur scène, un micro à la main.

– Aujourd'hui, c'est l'anniversaire de la plus merveilleuse, la plus belle, la plus gentille, la plus généreuse, et surtout la plus sexy femme du monde.

Aby soupire à côté de moi et se prend la tête dans les mains, visiblement morte de honte. Je ris doucement avant d'attraper Calliopé, qui est dos à moi, et de la serrer contre mon torse, appuyant mon menton sur le haut de sa tête. Elle se détend dans mes bras et s'appuie sur mon corps.

– Pour cela, continue Mickey, on va chanter tous ensemble : « Joyeux anniversaire, joyeux anniversaire… »

Toute la salle se met à chanter, et même moi, je me prête au jeu. Mickey et Aby ne se lâchent pas des yeux, et ceux de mon meilleur pote pétillent d'amour.

Et la soirée continue ainsi. Mais, au bout de deux heures, je ne supporte plus la chaleur et j'en ai marre d'être assis au bar, en train de regarder Calliopé danser. Mes yeux descendent de plus en plus sur ses hanches, et je la voudrais nue et dans mon lit. La bosse proéminente sous mon pantalon commence à me gêner fortement. Surtout qu'on a appris hier qu'elle était aussi acceptée à Stanford. Même si je n'en avais jamais douté, cette nouvelle m'a rempli d'une joie immense et m'a rendu fou d'excitation.

Elle et moi dans la même université, partageant le même appartement...

– On y va? je lui murmure au creux de l'oreille en m'approchant, faisant exprès d'appuyer mes hanches sur son ventre pour qu'elle ressente mon excitation.

Ses yeux se lèvent immédiatement vers moi et elle essaie de déchiffrer mes pensées, une lueur de désir dans le regard.

– Je vais juste dire au revoir à Aby, dit-elle d'une voix faible.

– Je t'attends dehors, je réponds.

Elle hoche la tête. Je sors du bar et la fraîcheur de la nuit me fait du bien. Il faut vraiment que je me calme si je ne veux pas craquer et faire l'amour à Calliopé sur ma moto. J'allume une clope pour essayer de penser à autre chose. Il faut vraiment que j'arrive à contrôler mon envie d'elle, ça devient un véritable handicap en société! Elle me rejoint dix minutes plus tard. J'enfourche ma moto et elle s'installe directement derrière moi. Je roule vite tout en faisant attention: hors de question d'avoir un nouvel accident avec ma copine derrière.

Je me gare en trombe et attrape la main de Calliopé sans dire un mot, en me dirigeant rapidement vers chez moi. À peine la porte est-elle refermée que je la plaque contre le battant et enfouis ma tête dans son cou pour respirer son odeur. Elle sent si bon! Elle halète contre moi et je l'embrasse avec tout le désir qui me traverse. Sa bouche s'ouvre dans un gémissement et ma langue s'y engouffre tandis qu'elle passe ses mains froides sous ma chemise et caresse mon torse. Mes abdominaux se contractent quand elle passe ses ongles dessus et je ne résiste plus. Je soulève sa jupe, glisse sa culotte sur le côté pendant qu'elle descend mon pantalon sur mes hanches. Mon caleçon suit le même chemin et, lorsque j'enfonce enfin mon membre en elle, je tremble de soulagement. Putain, c'est si bon de pouvoir lui faire l'amour sans la moindre barrière entre nous.

Deux mois après qu'on s'était remis ensemble, elle m'a annoncé qu'elle voulait prendre la pilule pour que nous n'ayons plus à mettre de préservatif pendant nos rapports. Je ne pensais pas avoir envie de faire ça avec quelqu'un un jour, mais ça m'a rendu fou de joie. Nous sommes allés nous faire dépister ensemble, et à peine avons-nous eu les résultats que j'expérimentais cette nouvelle façon de lui faire l'amour. C'est magique !

Je bouge légèrement en elle. Cela ne fait même pas vingt-quatre heures que je ne lui ai pas fait l'amour et j'ai déjà un terrible manque !

Calliopé bouge contre moi et pousse des gémissements. Nos yeux ne se lâchent pas et ses mains sont perdues dans mes cheveux. Elle glisse parfaitement contre moi, même sans préliminaires.

– J'y suis presque, halète-t-elle au bout de quelques minutes.

Mon corps se contracte à ses mots.

– Moi aussi, Calliopé, viens avec moi, je murmure contre son cou.

Elle se laisse aller contre moi, les jambes tremblantes.

Elle gémit mon prénom. Son sexe se serre autour du mien et je ne peux pas retenir ma jouissance tandis qu'une vague de plaisir me submerge.

Une fois que nos souffles se sont calmés, je m'assois contre la porte, Calliopé sur mes genoux. Je me retire tout doucement d'elle pour ne pas lui faire mal et plonge mon regard dans le sien.

– Je t'aime tellement, me dit-elle, les yeux fermés.

Mon cœur rate un battement.

– Moi aussi, Calliopé, moi aussi, je murmure contre ses cheveux.

Je me laisse bercer par le son de sa respiration.

C'est l'un des plus beaux moments de ma vie ! Malgré les

disputes, malgré les larmes et malgré la souffrance, Calliopé est la meilleure chose qui me soit arrivée. Et je ne remercierai jamais assez ce putain de jour où je suis allé chercher mon café. Cette fois où j'ai franchi les portes de la cafétéria sans penser à ce qui arriverait, sans penser que cette rencontre changerait toute ma vie.

Fin

REMERCIEMENTS

Le récit d'Evan et Calliopé touche à sa fin et c'est avec une grande joie mais aussi une pointe de nostalgie que j'écris ces quelques lignes.

Je tenais tout d'abord à remercier mes lecteurs et lectrices de Wattpad qui ont vu naître cette romance et qui m'ont permis de terminer ce tout premier roman. Sans vos messages et vos encouragements, je n'aurai pas eu le même plaisir à écrire.

Un grand merci à toute l'équipe des Éditions Addictives et plus particulièrement à Marianne qui n'a jamais cessé de m'encourager et de me donner des conseils. Je ne regrette absolument pas de m'être lancée dans l'édition à ses côtés !

Merci à ma maman qui est et restera ma première fan. Tu m'as suivie les yeux fermés dans cette aventure et tu m'as remotivée lorsque j'étais sur le point d'abandonner. Je sais à quel point tu es fière de moi et sache que c'est réciproque. Je t'aime.

Et enfin un grand merci à toi, lecteur ou lectrice qui vient de terminer ce roman. J'espère que tu l'as apprécié et que tu as passé un bon moment de lecture.

Allie

Extrait

GONE BOY

Amy Hopper

1

LILLY

Beth

Si l'enfer, c'est les autres, je travaille au cœur d'un enfer que même l'auteur français, dont j'ai oublié le nom, n'a pas imaginé.

Je prends le temps de faire une halte à la table où l'on vient de me crier un : « Julietta, les Knicks ont perdu, hier, c'est ta faute, tu n'as pas cru en eux ! »

– Georgie, si tu continues de m'appeler par des prénoms improbables, un jour, je ne vais plus te répondre. D'ailleurs, si tu pouvais arrêter cinq minutes de m'appeler tout court, ça m'arrangerait, j'ai dix autres tables à servir. Ils ont tous aussi soif que toi, ou presque.

J'accompagne cette dernière phrase de l'un de mes plus beaux sourires, me rendant compte qu'elle est sortie avec un peu plus d'agressivité que je ne l'aurais voulu. Ce n'est pas mon genre de perdre patience avec un client. Surtout pas avec George.

– Promis, j'arrêterai. Mais dis-moi juste une chose : Beth, c'est vraiment ton prénom de naissance, ou c'est Élisabeth, comme la reine d'Angleterre ?

Je prends un air sérieux et me penche vers lui tout en tentant de maintenir mon plateau à l'horizontale.

– Oui, la reine Élisabeth a l'honneur de porter le même nom que moi. Mais personne ne m'appelle comme ça, je ne voudrais pas lui faire de l'ombre. Maintenant, puis-je retourner à mon service, sir George ?

– Bien sûr, milady. Je ne vous importunerai plus.

Je m'éloigne en secouant la tête. Heureusement que tous les clients ne sont pas aussi bavards que celui-ci, je perdrais mon job à blaguer toute la soirée ! Ce qui arrangerait mes études, mais pas mon frigo. Je regarde un instant les derniers clients du Black Pub, et une immense fatigue m'envahit. Il est presque minuit, personne ne semble vouloir rentrer chez lui, et j'ai encore une dissert à terminer avant de pouvoir me coucher. Je me demande combien d'élèves de la grande université de Charleston cumulent, comme moi, leurs études et un job de nuit. Probablement pas beaucoup. Peut-être les quelques autres boursiers ? Allez ! Après avoir débarrassé les tables, je pourrai enfin me permettre de suggérer aux derniers clients de vider les lieux.

Quinze minutes plus tard, les dieux ont dû m'entendre, car la salle est quasiment vide. Seuls George et son camarade semblent accrochés à leurs sièges comme deux huîtres à leur rocher. Je m'approche d'eux, bien décidée à clore cette journée.

– Les amis, il est temps de rentrer chez vous. Sa Seigneurie doit aller se coucher, tenté-je.

– Oh, nous fais pas ça. Un dernier verre et on s'en va. Promis, Lilly…

Lilly ?

Tel un coup de poing en plein estomac, la mention de ce surnom, que j'ai laissé derrière moi il y a des années, me coupe le souffle. Je reste un instant stoïque, mes yeux plantés dans ceux de George. Puis ça explose, malgré moi, comme un volcan.

– Putain, merde ! Je ne m'appelle pas Lilly, tu ne m'appelles pas Lilly ! Personne ne m'appelle Lilly, tu comprends ? Je m'appelle Beth, un point c'est tout !

Je tente de dissimuler mes mains tremblantes en les plaçant maladroitement dans les poches de ma jupe et essaie, tant bien que mal, de retenir les larmes qui montent. Il est hors de question que je craque devant eux. Mais à la vue des yeux déconcertés de George, je sais que je ne vais rien maîtriser du tout. Tout ça me dépasse. Sans un mot, je me retourne et pars comme une furie. En passant devant le bar, je marmonne à Mike, notre barman, un petit « tu veux bien les encaisser, s'il te plaît » à peine audible. Je ne prends pas le temps de vérifier s'il m'a entendue et me dirige vers l'arrière-salle, la salle des billards, n'importe où pourvu qu'il n'y ait personne pour être témoin de mon effondrement soudain.

Personne d'autre ne m'a jamais appelée Lilly. Et comme lui ne le fera plus, personne n'en a le droit.

On dit qu'avec les années, la douleur s'atténue, mais c'est faux. Au mieux, on la dissimule dans un recoin, on l'étouffe. Les deux mains posées à plat sur une table de billard, je m'efforce de respirer lentement. Le tourbillon d'émotions qui s'est emparé de moi m'a prise par surprise. Je ne vais pas me mettre à pleurer, ça n'a aucun sens.

Alors que je retrouve enfin mon calme, Mike passe la tête dans l'encadrement de la porte.

– Ça y est, ils sont partis. Si tu veux, tu peux y aller, Beth. Je fermerai ce soir, me propose-t-il d'une voix timide.

Je n'ai pas la force de refuser. J'acquiesce d'un signe de tête et vais attraper mon manteau dans le local qui fait office de vestiaire. Je m'excuserai auprès de George la prochaine fois. J'ai honte d'avoir explosé ainsi, sans raison valable. Sans raison apparente, du moins. Là, il est temps de rentrer sur le campus.

Je traverse la salle principale, vide, et quitte le pub. L'air frais qui caresse mon visage me sort un peu de ma torpeur, puis un frisson remonte ma colonne vertébrale, sans que je sache bien pourquoi. Il fait très sombre et, pour la première fois depuis que j'ai pris ce boulot de serveuse, je ne me sens pas à mon aise, seule, au milieu de la nuit. Alors que je regarde autour de moi la rue déserte, je remarque la silhouette d'un homme assis à l'arrêt de bus, sur le trottoir opposé, la capuche de son sweat-shirt remontée sur la tête. Qu'attend-il ? Il n'y a plus de bus à cette heure-ci… Je détourne brusquement le regard, remonte le col de ma veste et m'éloigne d'un pas vif.

Bon, c'est de mieux en mieux : je vire paranoïaque, maintenant.

***

Oliver

Il est minuit passé. Derrière la vitre du bar, j'aperçois encore de rares silhouettes, mais la plupart des clients sont partis. Ça fait quelques minutes que je ne la vois plus : si ça se trouve, elle est sortie par une porte à l'arrière…

Ne pas passer la nuit ici. Ne pas passer la nuit ici. Ne pas céder à ta folie.

Je lève la tête vers le ciel. Il fait lourd malgré l'air frais du mois de mars. J'avais presque oublié cette sensation d'avoir froid et de sentir l'averse arriver. J'avais surtout oublié ce que c'était que d'avoir froid… S'il pleut, l'abri du bus me protégera. Combien de temps vais-je rester assis là, à épier ce pub délabré ? Existait-il déjà à l'époque ? Je ne m'en souviens plus.

Alors que je me repasse mes souvenirs, en vain, je crois enfin la voir traverser la salle. La porte du pub s'ouvre. D'un geste vif, je remonte la capuche de mon sweat-shirt, puis mon cœur explose, littéralement. Elle se tient un instant immobile sur le pas de la porte. Sa beauté est à couper le souffle.

Qu'avais-tu imaginé ? Qu'elle deviendrait laide ?

Son regard balaie rapidement la rue et passe sur moi. Je crois voir ses yeux malgré la distance, malgré la nuit, et je me fais tout petit sur mon banc de plastique. Elle remonte alors le col de sa veste et s'en va d'un pas décidé. Ce pas décidé qu'elle avait déjà à l'époque. Je dois combattre l'envie irrépressible de la suivre. Je baisse le regard dans l'espoir de me maîtriser, et mes yeux tombent sur mon poignet. Un trait d'encre noire dépasse de ma manche. Je tire nerveusement sur mon sweat pour le faire disparaître de ma vue.

Non, ne pas la suivre.

Lorsqu'elle a tourné au coin de la rue, je me lève et pars dans la direction opposée. Je presse le pas, je cours presque.

Putain, qu'est-ce qu'elle est belle !

Extrait

THE VIRGIN'S PRICE

Chloe Wilkox

1

PETITS MENSONGES ENTRE AMIS

– … alors je lui ai dit : « Les diamants sont éternels, chéri. Mais toi et moi, ne te fais pas d'illusions : c'était juste pour la nuit. »

Toute la tablée rit au récit de la dernière frasque de Vanessa. Cinq filles dont vous envieriez probablement le sort, si vous mettiez en cet instant les pieds au Rose Bar. Cinq amies de toujours qui, dès le berceau, se sont échangé les filles au pair, ont fréquenté les mêmes écoles privées, ont fait ensemble leur entrée dans le monde. Cinq jeunes femmes moulées dans des robes de grands couturiers, parées de bijoux de chez Van Cleef & Arpels, qui entrechoquent leur énième flûte de champagne pendant que les enceintes diffusent le dernier tube électro-pop à la mode.

– Heaven ! lance Vanessa en s'illuminant. C'est notre chanson. Viens, on va danser !

Ma meilleure amie depuis le jardin d'enfants se lève aux premières notes de Billie Eilish, trébuche sur ses Jimmy Choo, se rattrape à l'un des garçons qui nous tournent autour depuis le début de la soirée.

– Allez, McAdams ! s'écrie-t-elle, complètement ivre. Viens !

– Tu devrais peut-être dessaouler un peu, V., déclaré-je en masquant mal mon inquiétude.

– Dessaouler… Quelle bonne idée ! L'un d'entre vous, messieurs, aurait-il la bonté d'aller m'acheter de la cocaïne ? claironne-t-elle en sortant deux billets de cent dollars. C'est pour m'aider à redescendre d'un cran.

Tous mes muscles se raidissent. Vanessa, qui a posé sa main dans mon dos, semble s'en rendre compte.

– Oh, allons, Heavy[1], ne fais pas cette tête : je plai-san-tais. Tu sais bien que mon père me déshériterait illico si jamais il apprenait que j'ai repris mes mauvaises habitudes…

Pour mimer lesdites habitudes, V. se bouche une narine avec le pouce et renifle bruyamment. Je lui montre d'un regard blasé que ça ne me fait pas rire du tout. Ça fait seulement huit mois que Vanessa est clean. Huit mois, ce n'est pas bien long. Pourtant, ces deux cent cinquante jours m'ont semblé interminables étant donné que j'ai passé chaque minute à craindre que ma meilleure amie rechute.

Quand je pense que j'ai failli la perdre… Bon sang, je ne sais pas comment j'aurais survécu.

J'étais présente lorsque V. a fait un malaise cardiaque dans la suite du Four Seasons où son copain de l'époque organisait une fête. C'est même moi qui ai appelé le 911 – coup de fil qui lui a valu de filer dès son réveil en cure de désintoxication, au fin fond de l'Utah. Depuis cette nuit affreuse, les choses ont changé entre nous. On a plus de mal à se confier l'une à l'autre, à se parler. Je crois qu'elle a vécu ma décision de prévenir les secours comme une trahison. Et moi…

… Moi, j'ai vécu sa façon de prendre des risques inconsidérés de la même façon.

---

1. Jeu de mots sur le prénom Heaven. « Heavy » en est le diminutif, mais signifie également « lourd » ou « pénible ».

Je lui en ai voulu d'avoir failli m'abandonner, là, pour toujours, dans une suite d'hôtel. Même si j'ai depuis tout tenté pour étouffer ce sentiment égoïste et ne jamais le lui faire ressentir.

– Hey, *bitches*, beugle Annabelle par-dessus la musique en contournant notre table. On fait un selfie ?

Annabelle est l'autre grande amie de Vanessa. Une fêtarde notoire que nous connaissons depuis le collège et qui a tendance à être une vraie langue de vipère. Pour être honnête, je ne l'ai jamais beaucoup appréciée, même si elle n'a pas que des mauvais côtés. Et puis, on n'a plus 12 ans : je ne vais quand même pas me montrer possessive envers V. ! Lui reprocher ses fréquentations, surtout en ce moment alors qu'elle a besoin de se sentir entourée. C'est pour ça que, même si je ne sors quasiment plus depuis trois mois, j'ai tenu à passer du temps avec notre bande ce soir. En l'occurrence, V., Tamar, Penelope, Annabelle et moi.

V. et Anna se sont énormément rapprochées pendant leur dernière année de lycée. Moi, j'étais déjà entrée à la fac – l'inconvénient d'avoir un an d'avance. À présent, Tamar est en école de commerce. Penelope travaille comme rédactrice junior dans l'un des magazines que possède son père. Annabelle, V. et moi sommes toutes les trois étudiantes à Columbia. J'ai comme *major* les langues. Anna, elle, s'est tournée vers le droit. Quant à V., elle n'a toujours pas choisi sa voie. Elle pioche un peu partout : littérature anglaise, *gender studies*, histoire de la mode… Elle a le temps de se décider : à cause des soucis qu'elle a rencontrés cette année, elle va devoir redoubler, de toute façon.

Mais je suis certaine qu'elle va se ressaisir.

Ma V. est une battante. Il faut juste qu'elle trouve ce qui la passionne vraiment.

Docilement, je me serre contre les deux autres pour prendre la pose. Vanessa, la déesse aux cheveux de jais. Annabelle, la blonde sculpturale. Je sais que je détonne un peu, avec ma tignasse rousse impossible à discipliner et mon maquillage moins sophistiqué. Je suis la « beauté naturelle » du groupe, ne manque jamais de me répéter Vanessa.

– Waouh, elle est géniale ! se réjouit Annabelle. Je la poste : mes *followers* vont adorer.

La blonde au physique de mannequin nous tague sur Insta, avant de relever la tête.

– Hey, mais ce ne serait pas Chloe Carter, là-bas ?

Je me tourne vers la direction qu'elle pointe, et reconnais effectivement Chloe, une de nos anciennes camarades de lycée. Chloe a toujours été le cauchemar d'Annabelle. Née à Brooklyn, elle est entrée à la Trinity School grâce à une bourse partielle. Dans notre lycée d'élite, elle a siégé à bon nombre de comités, décroché tous les prix d'excellence. Outre le score de quatre-vingt-dix-huit virgule neuf pour cent qu'elle a obtenu à ses SAT, c'est également une violoniste émérite… et désormais l'une des étudiantes les plus brillantes de Columbia, bien qu'elle doive travailler à temps partiel pour financer ses études. Pas de chance pour cette pauvre Chloe : elle a également choisi le droit comme spécialité. Ce qui en fait de facto la rivale d'Annabelle.

Et quand Anna vous a dans le collimateur, elle ne recule devant rien pour vous dégommer.

– Ils laissent vraiment entrer n'importe qui, ici, de nos jours, raille d'ailleurs l'héritière blonde. Oh, V., j'ai une idée géniale ! Tu as sur toi ces laxatifs dont tu te sers pour perdre du poids ? On pourrait en glisser deux ou trois dans le mojito de cette ringarde…

– Arrête, Anna, grincé-je entre les dents.

– Oh là là, ça va, c'est *drôle*. Et puis ça ne va pas la tuer, non plus !

Je plante mon regard gris clair, inflexible, dans celui de l'autre meilleure amie de ma meilleure amie.

– Si tu passais moins de temps à chercher comment saboter la moyenne de Chloe et un peu plus à essayer d'augmenter tes propres notes, tu saurais que faire prendre des médicaments à quelqu'un à son insu constitue un délit. Je crois même que c'est au programme de première année, la taclé-je.

V. pouffe, puis retrouve son sérieux en constatant la façon dont Annabelle me fusille du regard.

– Rentrez les griffes, les filles ! nous commande la pulpeuse brune en sentant la situation devenir explosive. On ne va pas s'engueuler à cause du petit peuple…

À ce moment, Chloe se retourne, son verre à la main. En reconnaissant le groupe de filles qui lui en fait baver depuis la troisième, elle se décompose. Ça m'encourage à lui faire un petit coucou : on a beau ne pas très bien se connaître, j'ai assez souvent pris sa défense pour qu'elle sache qu'en ma présence elle ne risque rien. L'air soulagé, elle me répond d'ailleurs par un signe de la main et un sourire timide.

– Dis donc, lance Anna en me tendant son verre vide, si tu as envie de parler à ton âme sœur, ne te gêne surtout pas pour nous. Regarde, elle t'attend au bar ; elle a mis ses plus belles fripes en ton honneur. Oh ! et profites-en pour me rapporter un autre verre, je commence à me déshydrater.

– Anna, arrête de faire ta garce, la coupe Vanessa. Mais c'est vrai que j'ai soif moi aussi. H., tu veux bien aller nous chercher une bouteille de Veuve Clicquot ? Et une Acquadeco ?

Une sueur froide mouille mon dos alors que je m'accroche à mon verre. Le seul que j'aie commandé de la soirée.

Le seul que j'ai les moyens de payer.

– Ça peut attendre ? tenté-je. Il y a une queue de dingue devant le comptoir… Et puis je n'ai pas encore fini le mien.

– Sérieux ? lance Annabelle en écarquillant les yeux. Tu plaisantes, j'espère ? Tu l'as commandé il y a genre mille ans !

– Tu ne nous caches rien, au moins ? me demande Vanessa d'un air inquiet. Tu n'es pas… Tu sais ? Enceinte ?

Annabelle éclate d'un rire sardonique.

– Et comment est-ce que ça serait arrivé, ça ? Par l'opération du Saint-Esprit ?

Pour une fois, Annabelle n'a pas tort.

Les vierges enceintes sont une denrée rare. Plus rares encore que les étudiantes de troisième année qui ne sont pas encore passées à l'acte.

– Je te jure, V., que si le Saint-Esprit se décide un jour à me féconder, tu seras la première au courant. Avant même le pape, les nouveaux Rois mages et ma gynéco, plaisanté-je. Et puis de toute façon, je ne sais pas si tu te souviens que…

Avec mon doigt, je commence à toucher mon visage, comme pour désigner mes taches de rousseur, mais V. voit très bien où je veux en venir : elle est la seule à savoir que je prends la pilule depuis mes 14 ans. Pour cause d'acné inflammatoire.

Il y a peu encore, V. connaissait le moindre de mes vilains secrets.

Je prends un air contrit, puis lui glisse à l'oreille, pour me justifier :

– J'ai super mal au ventre. Mes saletés de règles… Je devrais peut-être rentrer.

– Mais il n'est que minuit et demi ! gémit ma meilleure amie. Et on planifie cette soirée depuis dix jours ! Allez, reste : la nuit ne fait que commencer…

– Comme la semaine, répliqué-je en tendant la joue pour lui faire la bise. Dois-je te rappeler qu'on n'est que lundi ? Et que j'ai un TD de grammaire française à huit heures trente demain ?

– Ma petite intello… me charrie tendrement Vanessa en jouant à décoiffer mes boucles plus encore qu'elles ne le sont déjà. Oh, avant de t'en aller, tu peux payer mes verres ? Si je les mets sur ma carte, mes parents vont se rendre compte que j'ai un peu forcé la dose. Et tu sais à quel point ils me fliquent en ce moment…

Je me mets à fouiller dans mon sac. Non dans l'espoir d'y trouver de l'argent : ça, je sais que c'est mission impossible. Mais dans celui d'y trouver, peut-être, une contenance.

Ou mieux : une excuse valable.

– Merde, grogné-je en feignant la panique. La poisse ! Je ne trouve plus mon portefeuille…

– Attends, tu es certaine ? s'affole Vanessa.

– Tu as vu la taille de mon Chanel ? dis-je en brandissant le petit modèle en guise de preuve.

Tout en me détestant de faire mon cinéma. De mentir ouvertement à ma meilleure amie.

D'être devenue aussi performante, lorsqu'il s'agit de lui faire avaler mes bobards.

– Mais tu l'avais en arrivant ici, pas vrai ? Hey ! Garçon ! lance Vanessa en claquant les doigts. Mon amie a perdu son portefeuille. Un Clémence de chez Vuitton. Vous pouvez vous activer pour le lui retrouver, s'il vous plaît ?

Pendant que trois employés interrompent leur travail afin de chercher ce qui est resté bien au chaud dans mon Chanel, je fais mine d'appeler ma banque et de faire opposition à ma carte Gold – déjà bloquée depuis trois mois, bien entendu. Puis je range mon téléphone et commence à me confondre en excuses.

– Arrête tes bêtises, rétorque Vanessa en m'enlaçant. Anna me doit plein de fric de toute façon.

– Ah bon ? D'où ? s'offusque la grande blonde.

– Qui a payé le spa, jeudi dernier ? Et le brunch au Carlton, hier ? rétorque mon amie. Allez, file, H. Va me soigner ce mal de ventre.

– Tu n'as pas retrouvé ton portefeuille, alors ? s'inquiète Penelope tandis que je lui dis au revoir.

– Non, réponds-je en la serrant contre moi pour ne pas être obligée de lui mentir yeux dans les yeux.

– Bon. Je préviens mon chauffeur, qu'il te dépose.

– Vraiment, Penelope, ce n'est pas la peine…

– Tu veux rire ? Tu viens de faire opposition sur tes comptes, tu ne peux même pas payer de Uber ! Je ne vais pas te laisser rentrer à pied : tu vas foutre en l'air tes Prada.

– Et choper des ampoules à trois jours du Bal en blanc, renchérit Tamar. Hors de question ! Ma mère ne me le pardonnerait pas.

Le Bal en blanc est un événement annuel organisé par la famille de Tamar depuis dix ans, afin que toute la haute société new-yorkaise se mobilise pour la recherche médicale.

– Merci, les filles, soufflé-je en les embrassant encore une fois.

– Pas de souci, me rassure Penelope. Et préviens-moi si jamais tu as besoin d'une voiture pour venir te chercher demain.

– Oh, oui, à ce propos, rebondit Vanessa, j'ai réservé au Fulton pour vingt heures. Sois ponctuelle : avec toutes les demandes qu'ils ont, c'est déjà un miracle qu'on ait obtenu une table !

– D'accord, mens-je en sachant déjà que j'inventerai une excuse.

Une excuse pour ne pas tester le dernier restaurant à la mode. Pour ne pas taxer mes amies au moment de l'addition. Pour manger des nouilles de riz instantanées chez moi, à la place.

Le chauffeur de Penelope me laisse devant mon immeuble. Enfin… Mon *ancien immeuble*. 1132, 5e Avenue. Je me cache dans l'entrée en attendant que la berline s'éloigne, tout en priant pour que le gardien ne m'aperçoive pas. Puis, au bout de trois minutes, je prends la direction de mon véritable domicile – 441 East 140e Rue, dans le Bronx. J'attends le train de la ligne 6 du métro pendant près d'une heure, ce qui fait que quand j'arrive en bas de chez moi, il est déjà deux heures et demie du matin. La bonne nouvelle ? C'est visiblement l'heure où même les consommateurs de crack dorment du sommeil du juste. Personne ne m'a abordée en chemin, malgré mes chaussures à talons et mon sac à main ostensiblement griffé.

Un coup de chance.

Je sais que je prends des risques, à me pavaner dans le Bronx habillée comme ça. Que je devrais opter pour l'uniforme du quartier : chignon serré, *hoodie* de rigueur, *baskets*. Le souci, c'est que je serais instantanément démasquée par mes amis. Par toutes celles et tous ceux censés faire partie de ma « vraie » vie : celle d'une étudiante insouciante née dans l'Upper East Side.

Je referme les verrous de mon studio en soupirant de soulagement d'être enfin rentrée, saine et sauve en plus. Je me défais de mon *duster coat*, enlève mes escarpins, me laisse tomber sur le Clic-Clac grinçant qui trône au milieu de mon studio miteux. Devant moi, sur une table basse que j'ai miraculeusement réussi à sauver lors d'une saisie, s'empilent les factures. Loyer. Eau. Électricité. Crédit revolving. Et bien sûr, la plus angoissante de toutes : l'enveloppe encore fermée de Branden & Randolph. Je sais d'avance le montant que vont me réclamer les avocats de mon père, nous en avons déjà parlé lors de notre dernière entrevue : vingt-trois mille dollars. Rien que d'y penser, j'en ai des palpitations. Comment payer cette nouvelle échéance, qui ne couvre même pas la défense de mon père mais seulement les frais de dossier de sa future audition ? Jamais aucun organisme bancaire ne m'accordera un autre emprunt. Je pourrais vendre encore d'anciennes fringues… Mais même mon dressing n'est pas assez plein pour arriver à une telle somme !

Si je parviens à dégoter quelques milliers de dollars, peut-être qu'ils accepteront de patienter pour le reste ?

Afin de faire autre chose de mes dix doigts que de les ronger jusqu'au sang, je me lève, mets de l'eau à bouillir, reprends le sachet de tisane que j'avais mis de côté dans une coupelle après m'en être servie hier. Puis je vais frotter mon visage à l'eau et au savon, en me souvenant de l'époque où j'utilisais de la gelée nettoyante, des lingettes parfumées. De l'époque où, avant de me coucher, j'enduisais mon visage piqué de taches de rousseur de coûteuses crèmes, aux extraits de perle ou de caviar. Tous ces petits rituels que m'avait transmis ma mère. Et qui étaient le signe de notre évidente sécurité.

De notre évidente supériorité.

Est-ce que je regrette ce qui s'est passé ces trois derniers mois ? Absolument pas. OK, je mentirais si je disais que mon matelas Amerisleep à mille deux cents dollars ne me manque pas. De même que la vue imprenable que j'avais sur la ville, depuis ma chambre dans le penthouse familial. Mais je ne peux pas regretter cette vie de mensonges – même si le mensonge était doux, cotonneux. Lorsque l'existence entière de ma famille a basculé, je me suis réveillée en sursaut : maintenant, j'ai peur de fermer les yeux et de me rendormir. D'oublier tout ce que j'ai vu ces dernières semaines. Tout ce que j'ai appris sur les autres, sur moi, sur ma famille. Sur la vie telle qu'elle est vraiment, une fois franchi le pont qui traverse l'East River.

Sur le monde tel qu'il est vraiment, quand on arrête de le contempler de derrière les vitres teintées d'une limousine.

addictives

Romans déjà parus et à paraître

Rose Becker
Le Bébé, mon milliardaire et moi (aussi en poche)
Torride, sexy & dangereux
Forever You – saisons 1 et 2
Dangerous

Phoebe Campbell
Tes ordres sont mes désirs – poche
Lui résister… ou pas – l'intégrale
You Again
Single Daddy. Try Me if You Can

Mia Carre
Bad for You
Teach Me Everything
Charmant connard !

Mélodie Chavin
Campus Rules

Olivia Dean
À lui, corps et âme – volumes 1 et 2 – poche

Ann Fox
Spring Break – l'intégrale

Emma Green
Toi + Moi : L'un contre l'autre (aussi en poche)
Toi + Moi : Envers et contre tout (aussi en poche)
Toi + Moi : Seuls contre tous (aussi en poche)
Call Me Baby – volumes 1 et 2
Call Me Bitch
Love Me if You Can
Kiss Me if You Can
Bliss. Le faux journal d'une vraie romantique – volumes 1 et 2
Jeux interdits
Jeux insolents
Jeux imprudents
Une toute dernière fois
Fallait pas me chercher ! – volumes 1 et 2
Corps impatients (aussi en poche)
Cœurs insoumis
Âmes indociles
Cent facettes de Mr Diamonds – l'intégrale

Bliss. Le faux journal d'une vraie romantique – l'intégrale
(Im)parfait
Love Me if You Can – l'intégrale
Kiss Me if You Can – l'intégrale
It's Raining Love!
The Boy Next Room
Call Me Baby – l'intégrale
Call Me Bitch – l'intégrale
PS: Oublie-moi!
Fallait pas me chercher! – l'intégrale
Recherche coloc: emmerdeurs, râleurs, lovers... s'abstenir!
10 bonnes raisons de te détester !
Just 17

Kim Grey
Insolent Bastard

Megan Harold
Sublime-moi ! – poche
Breaking the Rules
Initiation with my Boss

Amy Hopper
Gone Boy

Julie Huleux
Alpha Player

Kate Jacobson
Révèle-moi – volumes 1 et 2

Amber James
Contrôle-moi ! – poche

Lucy Jones
Perfect Lover. Envoûte-moi – poche

Charlie Lazlo
Mon insupportable boss

Sienna Lloyd
Mords-moi !

Nina Marx
Escort Girl. Diamonds Private Club – poche
Rock You – l'intégrale de la trilogie *Soumets-moi !*

Caroline Mongas
Mariage forcé. Un contrat indécent

June Moore
Étreinte – volumes 1 à 3

Zoé Murat
Stepbrother Love

Clara Oz
Arrogant
Te séduire, te trahir

Lise Robin
Infiltrée. Sex, Drugs & Danger
Love Scandal

Alex Roussel
The Casting

Ana Scott
Dark Ride
Last Ride
Vicious Ride
The Dominant

Camilla Simon
Le voisin parfait est un enfoiré

Ève Souliac
Sexy Mistake

Liv Stone
Love Lessons

Lisa Swann
Adore-moi ! – l'intégrale

Louise Valmont
Toi & moi, c'est compliqué !
Mine Again

Chloe Wilkox
Ordonne-moi ! – l'intégrale
Extreme Lover – l'intégrale
Immoral
Your Game, My Rules – poche
Dominant Boss. Apprends-moi
The Virgin's Price

Luv

Romans déjà parus et à paraître

Ana K. Anderson
Indompté
Scottish Bastard

Sophie Auger
Be with Me

Laura Black
Dark Initiation
Games of Desire
H.A.R.D. Hot, Arrogant, Rebelle, Déterminé

Margot D. Bortoli
Too Young

Juliette Brunel
Delicious

Anne Cantore
On the Road with You
Promets-moi. Louise et Marco

Sarina Cassint
Avec toi… peut-être
Insolent Boss

Mary Ann Davis
Coach Me Love !

Nora Davy
Absolute Boss
Don't Resist

Gwen Delmas
Noël, toi & moi
Perfect Boss

Cléa Dorian & Ninon Vars
Dark Love

Laurie Eschard
Love Naked

Lil Evans
Savage Rider
Crash & Burn
Boss Affair

Alexandra Gonzalez
Shades of You

Erin Graham
Teach Me Love
The Boss
Secret Stepbrother

Joh Harper
Crazy Love

Iris Julliard
Prends-moi contre toi
Catch & Shoot

Lucie F. June
Fight with Darkness

Sara June
Rider in the Dark
Sexy Wild Rider

Lena Jung
Mon coloc, mes désirs & moi

Emily Jurius
Love to Hate You

Allie Krown
High School Challenge

Pauline Libersart
Tiger. Entre ses griffes

Ella Lores
Mariée par accident à un connard arrogant rencontré la veille…

Jessica Lumbroso
Emma X. Secrète et insoumise

Mila Mirelli
Dark Man in Love

Mag Maury
Fast Games
No Love, No Limits
My Hipster Christmas

Jeanne Pears
Insupportable coloc
Colocs & Sex Friends

Jeanne Périlhac
Only You… & Me

Sophie S. Pierucci
L'Inconnu de l'ascenseur & Moi (aussi en poche)
My Stepbrother. L'initiation

Silvia Reed
Darkest. La dernière heure
Too Close

Anita Rigins
No Rules

Avril Rose
Coffee, Sex & Law

Jana Rouze
Effet de vague – saisons 1, 2 et 3

Wendy Roy
Une seule fois (ou presque)

Ana Scott
À corps brisés

Léana Soal
Fight & Hope

Cara Solak
Perfect Obsession

Liv Stone
Initie-moi. Mes jours contre tes nuits

Lena K. Summers
Perfect Bad Boy

Kaly Swann
Austin. Breathe with Me

Lily Tortay
Dance for Me

Flore Valier
Ta peau contre la mienne

Anna Wendell
Arrogant Bad Boy
Apprends-moi le désir

H. A. R. D. Hot, Arrogant, Rebelle, Déterminé
Laura Black

Ténébreux, dangereux, fascinant.
Tate est dangereux, violent, imprévisible. Il n'accorde sa loyauté qu'à son gang, les Styx Lions.
Arizona est têtue, déterminée et intrépide. Membre du FBI, elle s'associe aux Styx Lions pour démanteler une fondation qui s'adonnerait à du trafic d'êtres humains.
Forcés de travailler ensemble, Tate et Arizona s'opposent en tout, se repoussent et se désirent.
Elle n'a peur de rien, l'attire et le rend dingue, lui qui ne sait pas faire l'amour sans faire mal…
Et quand le moindre faux pas peut leur coûter la vie, le désir est plus dangereux que jamais.

Auteure : Allie Krown

Edisource – Éditions Addictives
100, rue Petit, 75019 Paris
Imprimé par FINIDR – Lipova cp. 1965 – 73701 Cesky Tesin,
République tchèque
Dépôt légal : janvier 2021 – Achevé d'imprimer : décembre 2020
ISBN : 978-2-37126-407-6
Réf. contrat : ZVAN_001